Ein Hammer, wie Manotti im Gewand einer rasanten Wirtschaftsermittlung aufdeckt, wer wo warum welche Strippen ziehen kann, um ungestraft und von unsereins gänzlich unbemerkt mit blutigem Geld zu hantieren, Konzerne zu schlucken, ganze Justizsysteme einzuspannen, alles mit Billigung, wenn nicht gar Unterstützung der amtierenden Politik. Die Ermittlung zu den Intrigen um den französischen Energieriesen Orstam wird eine große Prüfung für Noria Ghozali, die man zur Nachrichtendienstsektion Wirtschaftliche Sicherheit versetzt hat.

Commandant Ghozali begegnet uns hier zum dritten Mal in Manottis Gesamtwerk. In *Roter Glamour* ist sie eine noch sehr junge Frau, die sich gewaltsam von ihrer Migrantenfamilie trennt, Polizistin wird, sich als unbestechliche Fährtensucherin bewährt. In *Einschlägig bekannt* ermittelt sie zu polizeilicher Korruption in den explosiven Vorstädten von Paris. *Kesseltreiben* zeigt sie im Alter der Bestandsaufnahmen, wie sie es nennt, und hier trifft sie auch auf Théo Daquin, Manottis schlagkräftigen Kommissar aus den Romanen *Schwarzes Gold*, *Hartes Pflaster*, *Zügellos* und *Abpfiff*.

Manottis Ermittlerfiguren stehen im Sturm, sind jedoch keine einsamen Wölfe. Im Interview mit *Libération* sagt die Autorin: »Noria ist Einzelgängerin, aber sie arbeitet im Team. Meine Bullen agieren nie ganz allein. Daquin ist inzwischen pensioniert, Prof am Sciences-Po, der Hochschule für politische Studien, aber vorher war er Polizist und hatte sein Team. Ich glaube absolut nicht, dass der einsame Bulle der Realität entspricht: Bei der Polizei, wenn du da nicht im Team arbeitest, bist du tot. Und ich lege Wert auf Realismus. Bei der Polizei kommen sehr volkstümliche Milieus zusammen, und vor allem haben diese Leute mit der Scheiße zu tun, von morgens bis abends. Aber Empathie bedeutet nicht Kritiklosigkeit. Ich versuche zu verstehen. Und was mich enorm fasziniert, ist die Durchlässigkeit zwischen legal und illegal. Im Polizeiberuf ist sie besonders groß. Man balanciert dort unaufhörlich an der Grenze.«

Am Ende des Buchs finden Sie Hintergrundinfos und Links.

Dominique Manotti

KESSELTREIBEN

Aus dem Französischen
von Iris Konopik

Ariadne 1231
Argument Verlag

Dieser Roman ist frei (sehr frei) inspiriert von der »Alstom-Affäre«, der Übernahme des französischen Unternehmens Alstom Énergie durch den amerikanischen Konzern General Electric 2013–2015.

Prolog

Samstag, 13. April 2013
New York

François Lamblin ist bester Laune, als er aus Paris kommend nach acht Stunden Flug, drei Whisky und einem exzellenten Krimi am späten Nachmittag auf dem JFK-Airport landet. Beim Verlassen des Flugzeugs ist die Luft frisch, stimulierend. Heute Abend an der Bar seines Luxushotels ein hübsches Mädchen aufgabeln, und nach einer wohlverdienten Ruhepause ist er dann in Form für das Treffen mit Großkunden, die er mit seiner Präsentation zur Leistungsfähigkeit der neuen Generation Kraftwerksanlagen einwickeln wird. Erfolg garantiert laut der Abteilung Strategie. Und wenn er erst den amerikanischen Markt in der Tasche hat, erreicht seine Karriere im Unternehmen, dem größten französischen Hersteller von Turbinen und Kraftwerken jeden Typs, ihren Zenith, so viel ist sicher.

Er geht zum Einreiseschalter, zeigt seinen Pass. Zwei uniformierte Polizisten tauchen auf, flankieren ihn, legen ihm die Hände auf die Schultern, ein dritter nimmt ihm seine kleine Reisetasche ab, ein vierter legt ihm Handschellen an. Ein Blitzlicht flammt auf.

»François Lamblin?«

Wie vom Schlag getroffen, offener Mund, unfähig, einen Ton von sich zu geben. In seinem Hirn ein paar unzusammenhängende Bilder: Er sitzt im Büro von Gus Anderson, der Nummer zwei der Rechtsabteilung bei Orstam, dieser Dreckskerl von Anderson, seine großen blauen Augen und sein ach so distinguierter britischer Akzent. Er sieht sich selbst, tief im Sessel versunken: »Das vertrauliche Rundschreiben vom Oberboss, in dem er seinen Führungskräften rät, nicht in die USA zu reisen, eine fixe Idee oder besteht echte Gefahr? Ich habe potenzielle Großkunden in New York. Soll ich die Finger davon lassen?« Und sein Gegenüber, heiter: »Was Sie betrifft, keinerlei Gefahr. Sie sind durch die Einstellung des Verfahrens der französischen Justiz bestens abgesichert ... und weiß wie Schnee seit den Ergebnissen unserer internen Untersuchung. Sie können unbesorgt reisen.« ...

Zurück in die Gegenwart. Stockend bringt er heraus: »Ja, ich bin François Lamblin.«

»Sie sind verhaftet, kommen Sie mit.«

Endlich begehrt er auf. »Was soll das Theater? Wo bringen Sie mich hin?«

»Das erfahren Sie noch, wir führen nur Befehle aus.«

Um ihn herum gehen die Leute aus dem Weg, eilig, gleichgültig. Er wird in einen kleinen fensterlosen Raum in der Nähe des Zollamts geschubst. Hinter einem Tisch zwei Männer in Anzug und Krawatte, gutaussehende Vierziger mit freundlicher Ausstrahlung, die ihn offensichtlich erwarten und ihm bedeuten, sich zu setzen. Ein Polizist nimmt ihm die Handschellen ab. Lamblin stellt überrascht fest, dass er sich mechanisch die Handgelenke reibt, wie in den Fernsehserien.

»Können Sie mir verraten, was ich hier soll, was diese Farce zu bedeuten hat?«

»Wir wollen uns vorstellen, Mister Lamblin. Ich bin Agent Morris, und dies ist mein Kollege Agent Wolfram, FBI. Ihnen wird Bestechung vorgeworfen, im Rahmen einer Ermittlung der amerikanischen Justiz, die, wie Sie wissen, im März eingeleitet wurde und ein zwischen 2004 und 2006 abgeschlossenes Indonesiengeschäft betrifft, den Pampa-Vertrag, bei dem die

Niederlassung, die Sie seinerzeit hier in den USA leiteten, als Vermittler fungierte.«

»Absurd, vollkommen abwegig, ich weiß von gar nichts.«

»Treiben Sie keine Spielchen mit uns, Mister Lamblin, Sie sind nicht Manns genug dafür. Über die Aufnahme der Ermittlungen durch die amerikanische Justiz sind Sie voll und ganz im Bilde, Ihre Firmenleitung hat Ihnen vor gut einem Monat ein vertrauliches Schreiben mit einer Reisewarnung geschickt. Sicher, in dem Rundschreiben war von ›mutmaßlicher Korruption‹ die Rede, aber weder Sie noch wir lassen uns davon täuschen.«

Lamblin spannt Rücken- und Bauchmuskeln an, um den Schlag einzustecken. Vertrauliches Rundschreiben, adressiert an etwa hundert Führungskräfte, nicht viel mehr …

»Keine Ahnung, wie Sie an dieses Schreiben gekommen sind. Wenn Sie es bis zu Ende gelesen haben, wovon ich ausgehe, wissen Sie, dass unser Generaldirektor für eine Situation wie diese zum Schweigen rät. Ich werde mich daher nicht äußern.«

»Wie Sie wollen, Monsieur Lamblin. Im Augenblick bitte ich Sie lediglich, mir zuzuhören. Ich könnte Ihnen ein paar Mailwechsel zwischen Ihrem Büro und dem Mutterkonzern vorlesen, zum Beispiel diese vom 12. Dezember 2004, ich zitiere: ›Was Pampa betrifft, trauen die Stromversorger unserem alten Freund nicht. Sie fürchten, er könnte ihnen nach Überweisung der Prämie nicht mehr als ein Taschengeld übrig lassen. Es scheint daher opportun, für diesen Abschnitt der Verhandlungen unseren alten Freund durch Monsieur Genève zu ersetzen. Zahlung verteilt über zwölf Monate, fünfundvierzig Prozent bei der ersten Rate. Was halten Sie davon?‹ Für uns war es ein Kinderspiel, Ihren alten Freund zu finden. Er war nicht gerade glücklich, dass man ihn ausgebootet hat, und bereit auszusagen, als wir ihn darum baten. Mit etwas handfesten Methoden, wie ich gern zugeben will.«

Morris schweigt, damit Lamblin das verdauen kann. Der versucht Ruhe zu bewahren. Sie haben unsere gesamten Mails abgefangen. Andersons Gesicht taucht wieder vor ihm auf, die blauen Augen, das strahlende Lächeln und die engelsgleiche Miene, keinerlei Gefahr, reisen Sie. Er hat mich regelrecht gedrängt zu fahren. Ein Verräter? Auch er hat sich bei diesen Geschichten mit zweifelhaften Verträgen die Finger schmutzig gemacht ... Seine Haut gegen meine? Ganz sein Stil. Etwas spät, daran zu denken. Also gut, dies ist eine Katastrophe. Aber keine Panik. Keine dieser Mails wurde von meinem Computer aus verschickt, keine enthält meine Signatur ...

Morris nimmt den Faden wieder auf. »Ich sehe schon, Sie fragen sich: Warum knöpft er sich mich vor? Korruption ist im Hause Orstam derart verbreitet, von oben bis unten und bei allen Geschäften, warum ich, wegen eines Vertrags über nicht mal zweihundert Millionen Dollar, Kinkerlitzchen ...«

Agent Wolfram öffnet eine Akte, die vor ihm auf dem Tisch liegt, entnimmt ihr eine Reihe Schwarz-Weiß-Fotos und schiebt sie Lamblin zu.

Morris fährt fort: »Schauen Sie sich diese Abzüge an, Mister Lamblin, schauen Sie sie sich gut an. Sicher, keine herausragende Qualität, es sind Screenshots, aber die ganze Bande ist da, aufgenommen während dieser Privatsoirée bei einer Ihrer Londonreisen vor einigen Jahren, sehen Sie das Datum in der rechten Bildschirmecke? März 2007. Erkennen Sie sich wieder, auf diesem hier, wie Sie eine Line Koks ziehen? Und hier, am gleichen Abend, wie Sie eine Line für diese entzückende Blondine vorbereiten, die sie sich wie ein Profi reinpfeift? Und sich auf dem nächsten Foto mit Ihnen auf dem Sofa wälzt? Erinnern Sie sich? Heiß. Die entzückende Blondine war damals dreizehn Jahre alt. Wussten Sie das? Trügerisch, was, dieses Paar Titten … Zu unserer Zeit … Und die Szene spielt sich zwar in London ab, aber die Minderjährige ist amerikanische Staatsangehörige …«

Lamblin stopft seine Hände in die Hosentaschen, damit Morris sie nicht zittern sieht. Anderson, immer wieder er … Ich sitze schön in der Scheiße … Nervöses Zucken im linken Augenwinkel.

»Und ich bin noch nicht ganz fertig. Sie wurden schon einmal bei einer Kokainsoirée erwischt, während Ihres Studienjahrs in Harvard vor zwanzig Jahren, und Sie standen damals vor Gericht, ohne große Konsequenzen, nichts wirklich Gravierendes. Aber das macht Sie zum Wiederholungstäter. Wie ich Ihren Oberboss kenne, ein Schreihals ohne einen Funken Courage, sobald der erfährt, was in Ihrer Akte steht, und er wird es erfahren, darauf ist Verlass – oder sollte ich sagen: auf uns ist Verlass? –, wird er Sie abservieren, das wissen Sie so gut wie ich.«

Lamblin zerfällt innerlich. Sein linkes Lid zwinkert wild. Morris betrachtet ihn ein paar Sekunden lang, dann sagt er: »Jetzt können wir uns unterhalten.«

Kapitel 1

Samstag, 13. April 2013
Montreal

Ludovic Castelvieux wacht langsam auf. Heute ist Samstag, kein Stress. Erste Verabredung am Nachmittag um halb fünf. Er stellt fest, dass er gut geschlafen hat, lässt den Blick durch das große Studio schweifen, das er im zweiten Stock eines Backsteinpavillons im angesagten Viertel von Montreal gemietet hat, es herrscht Ordnung, oberflächlich. Das Halbdunkel des Zimmers hat goldene Reflexe, draußen vor den Fensterläden kündigt sich ein Sonnentag an. Luxus, Stille und Genuss. Beruhigend. Er streckt sich unter dem Federbett, wirft einen Blick auf die Uhr, zwei Minuten vor acht, er stellt das Radio an, drei Werbespots, im Anschluss die Nachrichten. Auseinandersetzungen in der Ukraine, Chaos in Libyen, Geiseln und Krieg in Syrien, der Welt geht es schlecht, er hört dösend zu. Dann, am Ende der Nachrichten:

»Topaktuelle Information, der Tiefbauunternehmer Giorgio Bonelli«, bei diesem Namen schreckt Ludovic hoch, plötzlich hellwach, »eine in der Stadtverwaltung und der Bevölkerung von Montreal wohlbekannte Persönlichkeit, wurde gestern Abend um dreiundzwanzig Uhr erhängt in seiner Wohnung gefunden. Monsieur Bonelli hatte in letzter Zeit Schwierigkeiten bei der Führung seiner Geschäfte. Die Ermittlung geht von einem möglichen Selbstmord aus.«

Ludovic schießt aus dem Bett. Er ist nackt, das Zimmer sehr kühl, er achtet nicht darauf, steigt auf einen Stuhl, greift sich einen oben auf dem Schrank verstauten großen Koffer, wirft ihn aufs Bett. Selbstmord, was für ein Witz. Bonelli ist das zweite Opfer im Krieg der Ost-Mafia gegen die italoamerikanische Mafia. Wenn ich mich nicht schnellstens in Bewegung setze, bin ich das dritte, denn ich bin der Strohmann für die große Geldwaschmaschine, und wenn die Maschine Aussetzer hat, knallt der Strohmann wie eine Sicherung durch, um den Kreislauf zu unterbrechen. Genug gespielt, ich habe viel Kohle verdient, und den Mafiakillern bin ich nicht gewachsen. Er beginnt zu schlottern. Ganz ruhig, keine Panik. Du wusstest, dass das früher oder später passieren würde, du bist vorbereitet. Geh methodisch vor.

Er schlüft in die Kleidung vom Vortag, das geht schneller. Aus dem Kühlschrank in der Kochnische schnappt er sich einen großen Becher Joghurt, den er reichlich zuckert, und isst im Stehen. Energie tanken, der Tag wird lang. Gut, jetzt meine Route. Endziel unbekannt. Erste Etappe: Grand Cayman, da räume ich mein Bankkonto. Danach sehe ich weiter. Ich nehme eine Woche Urlaub, warum nicht? Die Inseln, das Meer, die Mädchen, Zeit, um über die Zukunft nachzudenken ... Miami also, dort finde ich leicht einen kleinen Vogel, der mich nach Grand Cayman bringt. Er ruft beim Flughafen an. Der erste Flug nach Miami: Boarding um halb eins. Der zweite am Abend. Ich muss den ersten kriegen, bevor meine »Partner« mein Verschwinden bemerken. Ich behalte beide Pässe, den kanadischen und den französischen, könnte von Nutzen sein, solange ich nicht weiß, wo ich am Ende lande. Jetzt der Koffer. Er angelt nach seinen Toilettenartikeln, stopft Kleidung und ein paar Papiere hinein. Aber nicht den Laptop, der in seiner Hülle steckt, den behalte ich am Mann, er ist meine Lebensversicherung. Dann montiert er die Schrankrückwand ab. Auf der Hinterseite, sorgsam mit Klebeband befestigt, Umschläge mit Bündeln amerikanischer

Banknoten, zwanzigtausend Dollar, dort versteckt für den Fall eines überstürzten Aufbruchs, und sein französischer Pass mit Einreisevisum für Kanada auf den Namen Ludovic Castelvieux. Er löst sie ab, schiebt einen der Pässe und einen Teil des Geldes in seine Jackentaschen, versteckt den Rest verteilt in seinem Koffer und den anderen Pass im Einband eines Buches. Mit etwas Glück geht das so durch. Jetzt zum Flughafen. Vielleicht überwacht niemand den Hauseingang, noch nicht, aber ich gehe kein Risiko ein, ich nehme die Hintertür und haue über die Gärten ab, durch Matsch und Schneewehen. An der Schnellstraße finde ich ein Taxi, und dann schnurstracks zum Flughafen.

Blick auf die Uhr. Das reicht, ich kriege den Flug um halb eins. Er dreht sich um, ein letzter Blick durchs Zimmer. Salut, Montreal. Schade, so kurz vor Ausbruch des Frühlings fortzugehen. Ich hab mich hier gut geschlagen. Aber ich habe nicht vor, zurückzukehren.

Sonntag, 14. April 2013
Grand Cayman

Ludovic Castelvieux hat einen Platz in einem Lufttaxi ergattert, das zwischen Miami und Grand Cayman pendelt. Fünfundzwanzigjähriger Franzose, unauffälliges Äußeres, Amateursportler, Auftreten eines wohlerzogenen Bankangestellten, auf dem Gesicht ein dünner Firnis Allgemeinbildung, er gibt das sehr glaubwürdige Bild eines Durchschnittstouristen ab und passiert problemlos die Grenzkontrollen. Bis hierher gut gelaufen. Er beugt sich zum Seitenfenster. Das Flugzeug überfliegt ein tiefblaues Meer, und die Erinnerung an seinen ersten Aufenthalt auf der Insel, vergraben unter den Ängsten und dem Schnee von Montreal, steigt perlend in ihm auf. Etwas mehr als zwei Jahre ist das her. Da war er gerade in Geschäfte mit Michelis eingestiegen, dem stellvertretenden Vorsitzenden von PE-Credit Montreal. Eine sehr spezielle Bank. Angelehnt an den Konzerngiganten Power-Energy (Energie, Elektrizität, Anlagentechnik), hatte sie bei ihrer Gründung zunächst die Funktion, den Kleingewerbekunden der Mutterfirma Kredite zu gewähren, dann ließ sie sich vom Strom halsbrecherischer Finanzspekulation der 80er Jahre mitreißen. Seit der Hypothekenkrise hatte sie große Sorgen, belastet durch ihre Investitionen in zweifelhafte Börsengeschäfte und katastrophale Kapitalanlagen im Madoff-Fonds. Sie musste gleichzeitig ihre heikle Lage gegenüber der Mutterfirma verheimlichen und Geld auftreiben, um ihre Kunden auszuzahlen. Michelis und die Montrealer Niederlassung der Bank hatten daher ein ganzes System aufgebaut, um das Schwarzgeld der lokalen Mafia zusammenzuziehen, das sie mittels InterBank, einer auf die Steuerflucht des Konzerns spezialisierten PE-Tochter, auf den Kaimaninseln wuschen. Vorsichtshalber hatte Michelis nie direkten Kontakt mit der Mafia. Er machte nur Geschäfte mit Castelvieux, mit seiner Firma CredAto, als Verbindungsglied – ein Schutzwall zwischen der Bank und ihren mafiösen Kunden. Schutzwall, aber auch Sicherung: Im Fall einer größeren Panne geht der Mittelsmann hoch, auf die eine oder andere Weise, und Polizei oder Fiskus können den Weg nicht zur Bank zurückverfolgen. Deshalb hielt Castelvieux es für klug, die Initiative zu ergreifen und zu verschwinden. Zu Zeiten ihrer großen Harmonie hatte Michelis ihn zu einer Urlaubswoche auf Grand Cayman mitgenommen, um den Vertrag zu besiegeln und ihn den Bossen von InterBank vorzustellen. Eine platte Insel, reizlos, mit dürftiger Vegetation und einer verblüffenden Konzentration von offen zur Schau gestelltem

Reichtum. Maseratis, Ferraris, Rolls-Royce zu Dutzenden auf der einzigen geteerten Straße der dreißig Kilometer langen Insel. Am Flughafen stauten sich Privatjets, Fünzig-Zimmer-Villen am Meer, ganzjährig so gut wie unbewohnt. Stevie, der Direktor von InterBank, empfing sie herzlich in seiner bescheidenen Acht-Zimmer-Villa (»Ich wohne das ganze Jahr über in diesem Haus«, sagte er, »wenn es größer wäre, würde ich mich einsam fühlen«). Er sorgte für ihre Unterhaltung, Jetski, Segeljacht, Hochseeangeln. In allen diesen Disziplinen war Stevie ein bemerkenswerter Athlet. Amphetamine, Koks und Nutten als Absacker. Castelvieux kam sogar in den Genuss einer Scheinromanze am Strand mit der Sekretärin von InterBank, zeitweilig Stevies Geliebte, eine prachtvolle Mestizin namens Carolina. Mit Verzückung gefärbte Erinnerungen, vielleicht auch ein wenig Nostalgie …

Und mit einem Übelkeit erregenden Beigeschmack: Nach einem ganzen Nachmittag koksbefeuertem Jetskiing und Jetlev-Flying stoßen Carolina und eine ihrer zahlungskräftigen Männern zugeneigten Freundinnen am Strand zu ihnen. Barbecue und Rum von den Inseln, dann wildes Vögeln. Mitten in der Nacht brechen sie auf und vergessen die Freundin, die nackt auf einem Badelaken eingeschlafen ist. Stevie setzt sich ans Steuer, um nach Hause zu fahren, während Ludovic und Carolina auf der Rückbank umschlungen dösen. Aufprall, Schlingern, abruptes Erwachen. Stevie, nur halb bei Bewusstsein, murmelt, er habe einen Fußgänger angefahren. Die drei Nachtschwärmer steigen aus dem Wagen, beugen sich über den Körper am Boden. Eindeutig tot. Eindeutig Träger einer Polizeiuniform. Das macht auf einen Schlag nüchtern. Ein Augenblick der Panik, angsterfüllte Blicke in alle Richtungen. Niemand. Sie steigen wieder in den Wagen, den sie in der Garage von Stevies Villa verstecken.

Am nächsten Tag hat Stevie Ludovic seinem Stellvertreter bei InterBank vorgestellt, einem gewissen Mike Burrough, ein pummeliger und friedfertiger Genießer, der ihm im Laufe des erneut sehr ausgelassenen und feuchtfröhlichen Abends einen fantastischen Vertrag zur Unterschrift vorgelegt hat, laut dem seiner Firma CredAto für jede über sie laufende Transaktion die automatische Überweisung einer Kommission in Höhe von ein Prozent auf ein Konto bei InterBank zufällt. Am übernächsten Tag ist er nach Montreal zurückgeflogen. Und einen Monat später hat Stevie Grand Cayman verlassen. Merkwürdig. Er schien so gut angepasst an das Leben auf dieser Insel, auf der alles erlaubt war. Wahrscheinlich die unliebsamen Folgen des Autounfalls. Burrough hatte seine Nachfolge angetreten.

Das Konto von CredAto, also sein eigenes, dürfte, wenn seine Berechnungen stimmen, heute ein Guthaben von zwei Millionen Dollar aufweisen. Ein Guthaben, das er in den kommenden Stunden abzuheben und fern von Montreal in Sicherheit zu bringen gedenkt.

Nach der Landung geht er in die Flughafenbar, bestellt ein Sandwich und ein Bier und ruft Burrough an.

»Hallo …« Der Mann ist noch nicht ganz wach.

»Guten Tag, Mike. Ludovic am Apparat, oder Louis Chauveau, ganz wie Sie wollen … Ich möchte Sie treffen.«

»Wann?«

»Sofort.«

»An einem Sonntag … Aber wo sind Sie denn?«

»Bei Ihnen um die Ecke, am Flughafen.«

»Sie hätten mich anrufen müssen, bevor Sie losflogen. Sie wissen, dass die Situation in Montreal heikel ist …«

»Bonellis Tod könnte polizeiliche Ermittlungen auslösen, meinen Sie das?«

»Ja, und für Banken ist das niemals gut. Ich habe die Nacht am Telefon mit Michelis verbracht. Wir haben ein paar Maßnahmen zur Absicherung getroffen.«

»Kann ich mir vorstellen, aber ich bin nicht hier, um solche Fragen zu erörtern, sondern um mein Konto aufzulösen, also das von CredAto.«

»Michelis hat es heute Nacht gesperrt.«

Erdbeben.

»Wie das?«

Ludovic würde am liebsten schreien, aber er hat keine Stimme mehr, seine Beine geben nach.

»Ja, er hielt das für notwendig angesichts der Art, wie Sie abgereist sind – ich glaube, ohne sich zu verabschieden.«

»Aber Sie haben absolut nicht das Recht, so was zu tun ...«

»Erinnern Sie sich nicht an den Vertrag, den Sie vor zwei, drei Jahren just hier mit mir unterschrieben haben?«

Stille. Mike fährt fort: »Ich frische Ihr Gedächtnis auf. Das Recht zur Sperrung des Kontos von CredAto durch den stellvertretenden Vorsitzenden von PE-Credit Montreal ist dort sehr wohl festgelegt, schwarz auf weiß. Wenn Sie Ihr Geld abheben oder transferieren wollen, ist das selbstverständlich möglich, aber ich brauche dafür Michelis' Aval.«

Ludo unterbricht das Gespräch. Er schwankt. Bestellt einen Rum. Ich habe gearbeitet und bin Risiken eingegangen, zwei oder drei Jahre lang, und komme dabei mit zwanzigtausend Dollar raus. Weniger als ein Kellner in einer Bar. Ich habe für Betrüger geschuftet. Nicht so gewalttätig, dafür effizienter als die Dealer, mit denen ich früher in Paris Geschäfte gemacht habe. Ich darf mir das nicht gefallen lassen. Mich wehren. Wie? Ein Vertrag auf den Kaimaninseln zwischen Betrügern, da kann sich immer was ändern. Aber ich muss einen Vermittler finden, einen Hebel zum Ansetzen. Stevie, den ich vor

18

zwei Jahren kennengelernt habe, der wirkte nicht so unerbitt-
lich wie die anderen. Eher sportlich und sexfreudig. Vielleicht
nicht eingeweiht in die Klausel mit der Kontensperrung, das
haben bestimmt Michelis und Burrough ausgeheckt. Aber
mit genug Gewicht im Hause, um angehört zu werden, wenn
er ordentlich motiviert ist. Was wir zusammen erlebt haben
(kurzes Bild des Toten in seiner Uniform, ausgestreckt auf
der Straße, Rückkehr der Übelkeit), verbindet. Und sollte
er es vergessen haben, kann ich es ihm in Erinnerung rufen,
das ist ein schlagendes Argument, das ihn überzeugen wird,
auf höchster Ebene Druck zu machen, damit man mir mein
Guthaben überweist. Er ist der Vermittler, den ich brauche.
Meine einzige Chance. Carolina, die ihn regelmäßig über die
Lage auf der Insel informiert, hat mir erzählt, er arbeitet jetzt
in Paris. Sie wird mir seine Kontaktdaten geben. Jetzt gleich
bei ihr anrufen? Ziemlich riskant, für sie und für mich. Nein,
nicht nötig, es von hier zu versuchen. Grand Cayman ist ein
Dorf, Burrough, InterBank, PE gehören zur selben Familie,
man wird mich in weniger als einer halben Stunde verhaften,
zusammenschlagen und für unbestimmte Zeit in den Knast
stecken. Möglich, dass Burrough schon die Bullen gerufen hat
und sie in diesem Moment nach mir suchen. Zweiter Rum.
Ich gehe nicht zurück nach Montreal, Michelis weiß das, zu
gefährlich für mich. Rückkehr nach Paris, riskant? Gar nicht
so sehr, solange ich keine Wurzeln schlage. Ich kann einen
Umweg über Spanien nehmen, mit meinem kanadischen Pass
wird niemand etwas von meiner Einreise mitkriegen … Ich
rufe Carolina von Madrid aus an, damit sie mir hilft, Stevie
in Paris zu erreichen. Ich kann nicht tatenlos zusehen, wie mir
zwei Millionen Dollar durch die Lappen gehen.

Nächster Flug nach Miami in weniger als einer Stunde.

Montag, 15. April
Levallois-Perret

Wie jeden Morgen betritt Nicolas Barrot gegen acht Uhr sein Büro im Geschäftssitz von Orstam. Pausbäckiger junger Mann Anfang dreißig, korrekte Kleidung ohne Eleganz, den immer ein wohliger und sorgenvoller kleiner Schauder überläuft, wenn er im Aufzug auf den Knopf für die zehnte Etage drückt, die mit den Direktionsbüros. Wohlig, weil er auf der Chefetage ist, sorgenvoll, dass man ihn wie einen Eindringling von dort verjagen könnte. Er, der aus einer abgelegenen Provinzstadt kommt, wo er eine mittelprächtige Handelshochschule besucht hat, ist seit zwei Jahren persönlicher Berater des Generaldirektors. Weil er jung ist, dynamisch, einfallsreich, benutzt der Generaldirektor ihn als Kreativbox und für nicht-offizielle Missionen. Weil er nicht von einer der guten Universitäten kommt und folglich nicht über einflussreiche Netzwerke verfügt, kann er als Sicherung dienen und jeden Moment rausfliegen, wenn die Situation es erfordert. Er ist sich dessen vollauf bewusst, hat aber nicht vor, in der Firma alt zu werden, er zählt auf seine Nähe zu den höheren Sphären, um sich schleunigst ein Adressbuch zusammenzustellen, unerlässliches Sprungbrett für den sozialen Aufstieg, den er sich als steil erträumt.

Heute Morgen ist er guter Dinge, denn das Wetter ist schön und er hat keinen besonderen Anlass zur Sorge.

Bis er mit einer mechanischen Handbewegung seinen Computer anmacht und in seinen elektronischen Medienspiegel sieht. Und ihm der Himmel auf den Kopf fällt. Die Nachrichtenagentur Bloomberg meldet die Festnahme von Monsieur Lamblin, Leiter des Kraftwerksgeschäfts von Orstam, am Flughafen JFK. Korruptionsaffäre, schreibt die Agentur. Die Nachricht ist mit einem schockierenden Foto aufgemacht:

Dreiviertel von hinten aufgenommen, damit man die auf dem Rücken gefesselten Hände gut sieht, flankiert von zwei robusten Polizisten, deren dunkle Uniformen das fahle Gesicht des Verhafteten zur Geltung bringen, als er sich zu dem Fotografen umdreht und der Blitz ihn voll ins Gesicht trifft, verzerrt vor Fassungslosigkeit und Angst. Fassungslosigkeit und Angst sind auch Barrots erste Reaktionen. Er sieht sich selbst an Lamblins Stelle auf dem Foto, in Handschellen.

Genau in diesem Moment klingelt das Telefon. Noch unter Schock nimmt Barrot ohne nachzudenken ab.

»Salut, Nicolas ...«

Barrot erkennt die Stimme von Sidney Morton, einem amerikanischen Journalisten in Paris, mit dem er immer gute Beziehungen unterhalten hat. Aber gerade heute ...

»Sidney am Apparat ... Sie wissen, warum ich anrufe? Einer Ihrer Manager wurde dieses Wochenende in New York verhaftet. Eine Korruptionsaffäre laut Agentur Bloomberg. Können Sie mir etwas zu Ihrer ersten Reaktion sagen?«

»Ganz sicher nicht.«

Und Barrot legt auf. Sturmwarnung, ich muss in die Gänge kommen. Oberste Priorität: mich mit der Presseabteilung abstimmen, damit sie ein phrasenreiches Kommuniqué vorbereiten. Und Carvoux aufsuchen, den Großen Manitu. Nicolas, mein Alter, du musst jetzt standhaft sein. Einem dieser ultraheftigen Wutausbrüche trotzen, für die der Orstam-Boss berühmt ist. Und er hat guten Grund, wütend zu sein, denn anders als bei früheren Korruptionsprozessen mit der Weltbank oder Norwegen wegen vor seiner Zeit abgeschlossener Verträge hat er die zweifelhaften Geschäfte, die Lamblin ins Gefängnis gebracht haben, diesmal selbst besiegelt, er steht an vorderster Front, unmittelbar hinter Lamblin, der die Geldtransfers auf seine Direktive hin getätigt hat. Und unmittelbar vor mir, denkt Barrot, der ich vor weniger als einem Monat die gleiche Sorte betrügerische Provisionen für die gleiche Sorte Geschäfte ausgehandelt habe. Er steht auf, streckt sich, lässt die Gelenke knacken, atmet zweimal langsam und tief durch und steuert mit vorgeblich ruhigem Schritt das Büro des Generaldirektors an.

Im Direktionsbüro mit Ausblick auf die Défense und Standardluxusmobiliar steht Carvoux, der Oberboss, vor dem großen Panoramafenster. Er dreht sich um, ernste Miene, fixiert Barrot ohne ein Wort. Wider Erwarten keine Spur von Wut, der Boss ist von olympischer Gelassenheit. Nach einem Moment des Schweigens setzt er sich schließlich hin und gibt Barrot ein Zeichen, es ihm nachzutun.

»Sparen Sie sich die Mühe, ich kenne die Neuigkeit. Ich habe entschieden, Sie mit der internen Handhabung der Affäre Lamblin zu betrauen.«

»Mich, Monsieur?« Barrot hat vor Überraschung beinahe aufgeschrien. »Glauben Sie, ich habe für eine solche Aufgabe das nötige Format, die nötige Autorität hier im Haus?«

»Das ist keine Frage des Formats oder der Autorität. Damit zwischen uns Klarheit herrscht, werde ich Ihnen erklären, warum ich Ihnen diese Aufgabe anvertraue.« Breites Raubtierlächeln. »Sie verdanken mir Ihre Stellung, und Sie haben nicht die Mittel, mich übers Ohr zu hauen, deshalb genießen Sie mein vollstes Vertrauen …«

Barrot schließt die Augen. Nicht zu widerlegen. Aufwallen von Hass.

»Dann haben Sie vor kurzem ein Asiengeschäft ›wie geschmiert‹ eingefädelt, Sie sind mit derlei Vorgängen also bestens vertraut und haben ein persönliches Interesse daran, dass der Fall Lamblin gut gemanagt wird und sich nicht zu einer

Kette von Katastrophen für allerlei sogenannte Korruptionsaffären auswächst. Und schließlich ist die Handhabung dieser Angelegenheit einfach. Die Linie ist klar. Erstens: Orstam trifft keine Schuld. Zweitens: Wir übernehmen Lamblins Verteidigung, solange er sich an diese Linie hält. Ihre Aufgabe besteht schlicht darin, undichte Stellen und Tratsch im Unternehmen zu unterbinden. Absolute Diskretion. Die amerikanische Justiz besteht darauf. Und Sie schirmen mich ab, in dieser Sache dringt nichts bis zu mir. Ich kümmere mich mit der Presseabteilung um die Medien und externe Firmenkontakte. Haben wir uns verstanden?«

»Firmenintern, Monsieur, scheint mir das möglich. Aber nach außen? Die Nachrichtenagentur Bloomberg hat das Foto veröffentlicht, die Presse wird sich darauf stürzen, der Präzedenzfall Strauss-Kahn …«

»Das hat nichts miteinander zu tun, Nicolas, bewahren Sie Ruhe. Lamblin ist ein Unbekannter, kein Kandidat für die Präsidentschaftswahlen. Nur die Wirtschaftspresse ist imstande, sich dafür zu interessieren. Unsere Presseabteilung wird es übernehmen, deren Eifer zu dämpfen. Sie wird erklären, dass Lamblin in unserem Unternehmen kein wichtiger Mitarbeiter ist, dass wir keine genaue Kenntnis des Dossiers haben, aber seine Verteidigung übernehmen, wie für alle unsere Firmenangehörigen, und dass im Sinne von Lamblins Sicherheit Zurückhaltung geboten ist. Und das wird funktionieren. Im schlimmsten Fall bekommen wir es mit ein paar Kurznachrichten in Fachorganen zu tun. Gegenüber diesen Medien haben wir Argumente, die wir geltend machen können. Wenn Sie selbst von Journalisten kontaktiert werden, verweisen Sie sie an die Presseabteilung.«

»Gut, Monsieur. Ich tue mein Bestes.«

»Sie erstatten mir täglich Bericht. Frohes Schaffen, Nicolas.«

Barrot flüchtet sich in sein Büro ganz am Ende der zehnten Etage. Er ist durcheinander, muss sich beruhigen, nachdenken. Er kann sich eines seltsamen Eindrucks nicht erwehren. Zu ruhig, der Oberboss. Als hätte er mit Lamblins Verhaftung gerechnet ... Ein Schatten von Argwohn ... Und ich soll bei der Geschichte mitmischen ... Zu groß, keine Handhabe ... Und wenn das meine Chance wäre? Er träumt eine Weile vor sich hin. Diese Krise, könnte sie ein Wendepunkt in meiner Karriere sein? Das kommt zu früh, zu überstürzt ...

Er sitzt vor seinem Computer, sagt sich, dass er das Recht hat, sich etwas Gutes zu tun. Barrot ist ein unverheirateter und ehrgeiziger Provinzler, seine Arbeitszeiten sind daher aberwitzig, und nach zwei Jahren in Paris hat er immer noch weder Lebensgefährtin noch Freund. Seine einzige kleine Freude, sein süßes Geheimnis, ist der regelmäßige Konsum von Entspannungsmassagen. Nacktmassagen. Öko, Zen und Lust. Voll im Zeitgeist. Buck, ein Amerikaner in der Abteilung Strategie, ebenfalls Junggeselle, hat ihm den Tipp gegeben und die Adresse eines guten Salons, wo er seit einem Jahr Stammkunde ist. Er tippt auf seiner Tastatur und hat schnell einen Termin für heute Abend zwanzig Uhr, mit Lara, seiner Stammmasseuse, in Kabine fünf, seiner Lieblingskabine.

Ruhiger jetzt, macht er sich endlich an die Arbeit.

Polizeipräfektur Paris

Die Commandante Noria Ghozali, fünfundzwanzigjährige Polizeikarriere, macht Zwischenstopp in der *Brasserie des Deux-Palais* auf der Île de la Cité, auf halber Strecke zwischen dem Justizpalast und der Polizeipräfektur, in der die Nachrichtendienstliche Abteilung DRPP logiert. Erinnerungsort. Macquart, lange Zeit Chef der RGPP, der Pariser Einheit des

Zentralen Nachrichtendiensts, kam regelmäßig her, um einen Happen zu essen, ein Glas zu trinken. Macquart, der als Erster auf die zwanzigjährige kleine Maghrebinerin aufmerksam wurde, einzelgängerisch, leidenschaftlich, unwohl in ihrer Haut und in ihrem Viertelkommissariat. Er holte sie in seine Nähe, zu den RGPP. Die Anfänge waren nicht einfach.

Sie erinnert sich an die rassistischen, sexistischen Witze, die Andeutungen über ihre Beziehung zum Chef oder ihre mutmaßlichen religiösen Praktiken. Macquart, stets präsent, stets wohlwollend, schritt nie ein. Sollte sie sich allein ihren Platz erobern. Indem sie die Zähne zusammenbiss, arbeitete, Ergebnisse vorlegte, verdiente sie sich schließlich den Respekt ihrer Kollegen. Aber nicht ihre Freundschaft. Zu hart, zu wild. Sie durchlebte die eine oder andere Krise des Überdrusses und der Mutlosigkeit, aber Macquart war da, sein beunruhigendes Lächeln mit zusammengekniffenen Lippen, er sagte ihr: »Die Polizei, das ist deine Identität und deine Familie, und du bist ein Spitzenbulle. Also machst du weiter.« Er hatte recht, sie machte weiter. Es gab nichts anderes in ihrem Leben.

Sie erinnert sich. Vor fünf Jahren saß sie auf dem gleichen Platz und aß ein Käseomelette, Macquart auf der Bank ihr gegenüber trank ein Glas Roten. Er setzte sich immer auf die Bank und überwachte die gesamte Mahlzeit über diskret den Speisesaal. Die Zentraldirektion des Inlandsnachrichtendiensts DCRI war gerade gegründet worden, mit der Bestimmung, über das Inlandsnachrichtenwesen zu herrschen und das Personal des Zentralen Nachrichtendiensts RG zu schlucken. Aber die RGPP widersetzten sich. Noria musste sich entscheiden: DCRI oder DRPP, Überbleibsel der RG, zu einem Nichts geschrumpft und missliebig bei den Mächtigen? Für Macquart stand die Wahl fest: »Die DCRI ist das neue Spielzeug der Politiker, sie wird Rückenwind haben und sich alles einverleiben. Für dich gibt es keine berufliche Zu-kunft außerhalb der DCRI, und ich will dich im Rang einer Commissaire erleben, bevor ich sterbe.«

Ein paar Tische weiter trank Commissaire Daquin, Chef des Pariser Drogendezernats, ein Glas mit einem anderen »Top-bullen«. Als sie sich zum Gehen erhoben, winkte Macquart Daquin, der daraufhin zu ihnen kam, sich neben sie setzte und einen Café-Cognac bestellte. Macquart schilderte ihm das Problem: Sollte Noria die DCRI wählen oder die DRPP?

Antwort: »Die Hauptfunktion des neuen Ladens besteht darin, der Regierung die Kontrolle über die Nachrich-tendienste zu ermöglichen, um das Durchsickern für sie kompromittierender Informationen und unliebsame Ge-richtsverfahren zu verhindern. Die Ehemaligen vom zivilen Inlandsnachrichtendienst DST werden das Sagen haben. Wer von den RG kommt, findet dort keinen Platz. Die beiden Kul-turen sind zu verschieden.«

Noria kannte Daquin kaum und mochte ihn nicht. Sie hatte seine Meinung nicht berücksichtigt. Inzwischen ist sie bei der DCRI rausgeflogen, sie geht zurück zu dem, was von den RGPP übrig ist, sie erkennt an, dass Daquin recht hatte. Und erinnert sich an den Geruch seines Café-Cognac. Kopf hoch, wird Zeit, dass du aufbrichst.

In der Präfektur angekommen, nimmt sie die Treppe. Sie ist einer Sektion zugeteilt worden, die sich mit dem Schutz der wirtschaftlichen Sicherheit befasst, ein Bereich, der aktuell un-terbesetzt ist, sie wird im Team mit zwei etwa dreißigjährigen Männern arbeiten müssen, ziemlich kompetent in ihrem Feld, wie man ihr sagte, ein Feld, von dem sie nicht die geringste Ahnung hat, und das als ihre Vorgesetzte. Komplizierte Situa-tion. Wie den Erstkontakt gestalten? Auf Ehrlichkeit setzen, auch wenn es mich Überwindung kostet.

Sie kommt vor der Tür von Büro 609 an, nicht weit von dem, in dem sie vor so vielen Jahren gesessen hat. Sie klopft, tritt ein. Zwei junge Männer sind dabei, Möbel herumzuschieben, um Platz für den dritten Schreibtisch zu schaffen. Ihren Schreibtisch. Sie richten sich auf, mustern sie, wischen sich die Hände ab und stellen sich vor.

»Capitaine Fabrice Reverdy.«

Noria findet ihn erstaunlich, aber nicht unangenehm. Er ist groß, schlank, Gesicht eines himmlischen Schurken, üppiger blonder Wuschelkopf, kunstvoll zerzaust. Lässige Erscheinung in seinem knallroten Lacoste-Shirt, Jeans und schwarzen Turnschuhen, nicht gerade der Typ Bulle, mit dem Noria in letzter Zeit zu tun hatte. Der Chef der DRPP hat von »intelligent und findig« gesprochen, sie denkt als Erstes »hübscher Kerl«. Sie schütteln sich die Hand, lächeln einander zu. Reverdy hat das Lächeln eines Engels.

»Lieutenant Christophe Lainé.«

Unauffälligerer junger Mann, Typ Allerwelts-Büroangestellter, aber ein schönes Leuchten in den grauen Augen. Handschlag.

Dann hockt sich Noria mit einer Pobacke auf einen der Schreibtische.

»Ich bin Commandant Noria Ghozali. Ich habe zwanzig Jahre bei den RG verbracht, in der ›illegalen Ausländerbeschäftigung‹. Dann fünf Jahre in der DCRI bei der Terrorismusbekämpfung. Vor zwei Monaten habe ich erfahren, dass einer meiner Brüder, den ich seit meiner Jugend nicht mehr gesehen hatte, nach Syrien gegangen und in den Djihad gezogen ist. Ich habe sofort meine Vorgesetzten unterrichtet, alle Informationen weitergegeben, über die ich verfügte …«

Noria schließt die Augen, ihre Rede versiegt, eine Flut heftiger Erinnerungen. Sie sieht sich, wie sie im Februar

zwei Commissaires gegenübersitzt, die die Abteilung Terrorbekämpfung bei der DCRI leiten. Zwei Commissaires, denn
die DCRI hat leichte Ähnlichkeit mit der mexikanischen
Armee, mehr Generäle als Soldaten. Man hatte praktisch
sämtliche Führungsposten doppelt besetzen müssen, um all
diese Ranghöchsten unterzubringen. Sie lieferte einen knappen, klaren Bericht über das, was sie gerade erfahren hatte. Ihre
Familie, die sie vor dreißig Jahren aus den Augen verloren und
am Vortag beim Begräbnis ihres Vater wiedergesehen hatte, die
Neuigkeit vom Aufbruch des jüngsten Bruders, Achour, zum
Djihad im Irak im vergangenen Dezember. Sie machte weiter
mit den möglichen Recherchepfaden für die DCRI. Achour
selbst, vierunddreißig Jahre alt, qualifizierte Tätigkeit im Tele-
kommunikationsbereich, kompensierte seinen beruflichen
Frust seit einiger Zeit durch intensivere Religionsausübung
und schwärmerische Reden über ISIS, den Islamischen Staat
im Irak, die Rückeroberung Syriens, das Land Bilad asch-
Scham, der Ort, wo er leben, kämpfen und sterben wollte, weil
Mohammed prophezeit hatte, es werde der Ort der apokalypti-
schen Schlacht zwischen Christen und Muslimen sein.

Noria erinnert sich. Sie betonte, dass Achour nicht isoliert
war hier in Frankreich. Er war nicht aus einer Laune heraus
auf eigene Faust losgezogen. Man hatte ihn ausgewählt, ange-
lockt, einem Kader unterstellt, in religiöser Hinsicht geschult
und bis zu seinem Aufbruch finanziell unterstützt, nachdem
er seine Stelle gekündigt hatte. Man hatte ihm Flugtickets
gegeben, ihn vor Ort erwartet. Dank seiner Kontakte konnte
er den Einmarsch von ISIS in Syrien Monate im Voraus
kommen sehen. Ausgehend von diesem Mann eröffnete sich
für die DCRI ein ganzes Ermittlungsfeld, um seine Freunde,
seine Verbindungen, seine Bank, seine Gebetsstätte, seine
Netzwerke zu identifizieren …

Keine Reaktion.

»Wenn ISIS es schafft, sich in Syrien zu verwurzeln, könnte die Wiederherstellung des Kalifats, die seit Bin Laden im djihadistischen Diskurs Kreise zieht, ohne einen Landeplatz zu haben, dort endlich ihr gelobtes Land finden. Ist Ihnen klar, welche Anziehungskraft die wiedererlangte Einheit zwischen Koranprophezeiung und der Wiege der arabischen Großreiche hätte?«

Kein Widerhall.

Intensiv durchlebt sie noch einmal dieses Gefühl, allein in einem menschenleeren Bunker zu sein und laut vernehmlich eine Rede zu halten.

Sie bringt ihre Stimme unter Kontrolle und spricht weiter. »Meine Chefs haben mir wortlos zugehört. Dann haben sie sich bei mir bedankt, mir die Hand geschüttelt und mich hinauskomplimentiert. Als ich am nächsten Morgen in der DCRI eintraf und in der Eingangsschleuse wie üblich meinen Zutrittsausweis vorzeigte, funktionierte er nicht mehr. Ich war gefeuert. Und jetzt bin ich hier.«

Noria durchlebt erneut die bürokratische Brutalität des Vorgangs, ihre Marke öffnet die Schleuse nicht, der Beamte am Eingang kommt zu ihr, lässt sie hinein, händigt ihr eine auf ihren Namen lautende Vorladung zum Personaldirektor aus, der sie von der Aufhebung ihrer Ermächtigung für geheime Verschlusssachen in Kenntnis setzt, mit anderen Worten, sie ist entlassen, und ihr eine Stunde gibt, um ihre »persönlichen Sachen« zu holen. Sie hat keine »persönlichen Sachen«. In ihrem Büro, in ihrem Leben ist alles geheime Verschlusssache. Danach geht es sehr schnell. In den Fluren wenden sich bereits die Blicke ab, niemand grüßt sie. Fremd. Suspekt. Und als Nächstes steht sie draußen auf dem Bürgersteig.

»Die DRPP hat mich wiedereingestellt, und dafür bin ich dankbar. Aber unmöglich, mich bei der Terrorbekämpfung oder der Immigration zu behalten, ohne einen offenen Krieg mit der DCRI auszulösen. Deshalb bin ich hier. Bei Ihnen muss ich alles erst lernen. Und ich bin Ihr Commandant.«

Lange Zeit Stille in dem kleinen Büro. Dann sagt Reverdy: »Commandant Ghozali, Sie waren noch bei den RG, als ich dort anfing. Sie kennen mich nicht, aber ich erinnere mich an Sie. Respekt. Willkommen bei der DRPP. Fühlen Sie sich wie zu Hause. Wir haben Ihnen mit Bordmitteln diesen Schreibtisch hier vorbereitet. Sagt er Ihnen zu?«

Lainé holt Kaffee am Automaten der Etage, die drei setzen sich und Reverdy erzählt von ihrer Abteilung.

»Vor ein paar Monaten bestand die Sektion Wirtschaftliche Sicherheit aus acht Personen fürs gesamte Pariser Einzugsgebiet. Da war es schon unmöglich, alles abzudecken. Nach diversen Versetzungen und Weggängen sind wir inzwischen nur noch zu zweit, mit Ihnen jetzt zu dritt. Die Chefs sprechen von ›Wiederbelebung‹ … Vorrangig befassen wir uns mit den Branchen Energie und neue Technologien. Und wir arbeiten nach altem Rezept, indem wir auf menschliche Beziehungen setzen. Wir frequentieren alle Sorten Fitnessstudios, Sporthallen, Spielhallen, wo die Mitarbeiter der anvisierten Firmen anzutreffen sind. Lainé und ich halten mindestens eine Aktie von jedem Betrieb, den wir beobachten, wir nehmen an den Aktionärsversammlungen teil. Weitere ›Eingangstür‹: die zahlreichen Exbullen, die die Betriebsschutzabteilungen in den Firmen bevölkern.«

Reverdy redet gern, er tut es in unbeschwertem Ton, als handele es sich bei dem Ganzen um ein riesiges Rollenspiel.

»Wir ernten viel Klatsch und Tratsch und ein paar Informationen, von denen wir nicht wissen, was wir damit anfangen sollen, angesichts des geringen Interesses, das sie üblicherweise hervorrufen«, schließt er.

Noria ist eine gute Zuhörerin und findet den blonden Capitaine amüsant.

Die beiden Männer übergeben ihr einen Packen Unterlagen, Notizen, Berichte, damit sie sich mit der Abteilung vertraut machen kann. Die Arbeit im Team beginnt morgen.

In der Zwischenzeit beschließt Noria, Liebhaberin des amerikanischen Film noir, die Nähe zu den Programmkinos im Quartier Latin zu nutzen und zu schauen, was im *Grand Action* läuft, zwei Schritte von der Präfektur entfernt.

Kapitel 2

Dienstag, 16. April
Levallois-Perret

Gilbert Lapouge, Finanzdirektor bei Orstam, und Maurice Sampaix, sein ältester Mitarbeiter, treffen sich vor einer Sitzung der Abteilungsleitung zu einer kurzen Besprechung. Die beiden Männer, weit in den Fünfzigern, Bauchansatz, schütteres Haar, seriöse Ausstrahlung und grauer Konfektionsanzug, ähneln sich und vertrauen einander.

»Sie wissen von Lamblins Verhaftung in New York?«

»Ja, ich habe es gestern erfahren. Seit 28. Februar habe ich in meinem Medienspiegel einen Alert ›amerikanische Justiz‹ eingerichtet.«

»Und was halten Sie davon?«

»Rustikales Einschüchterungsmanöver. Dieser Idiot ist trotz des warnenden Rundschreibens geflogen …«

»Der Chef reagiert nicht …«

»Gelähmt?«

»Es wäre nützlich, ein diskretes Treffen mit unseren amerikanischen Bankern zu organisieren, um zu erfahren, was ihrer Einschätzung nach in den nächsten Monaten an Bußgeldern, Strafzahlungen und dergleichen auf uns zukommt.«

»Ja, das wäre nützlich.«

»Na dann, Maurice, organisieren Sie das, je früher je besser.«

»Soll ich den Chef einweihen?«

»Selbstverständlich.«

Paris

»Hallo, Alice?«

»Wer ist da?«

»Ludovic. Erkennst du meine Stimme nicht?«

»Ludovic …« Ein Moment Schweigen. »Wo bist du?«

»Hier in Paris.«

Wieder Schweigen.

»Alice, ich muss dich sehen. Ich weiß, ich bin ein Drecks-kerl, ich habe dich in Gefahr gebracht und bin abgehauen. Aber erinnere dich, wenn ich geblieben wäre, wäre ich in den Knast gewandert … Ich wusste mir nicht anders zu helfen.«

»Du riskierst immer noch, in den Knast zu wandern, weißt du, du wurdest in Abwesenheit verurteilt, und deine Kumpels, die sitzen auch ein. Warum hast du mir nicht Bescheid gesagt, dass du zurückkommst?«

»Ich bin überstürzt aufgebrochen, es war nicht geplant. Ich steck in der Scheiße, Alice. Ich brauche deine Hilfe.«

»Nenn mir einen einzigen guten Grund, warum ich dir hel-fen sollte.«

»Ich weiß nur einen, aber der ist sehr gut. Wir haben zu-sammen in Saus und Braus gelebt, ein ganzes Jahr voller Lei-denschaft, Abenteuer, Kohle und Glück. Ich weiß, dass du das nicht bereust. Ich bitte dich nur um ein Klimpern mit den Wimpern, diesen Blick, den du früher draufhattest und der mich verrückt gemacht hat. In memoriam.«

»Du hast dein Plädoyer ja schön vorbereitet.«

Ludovic hört das Lächeln in ihrer Stimme, sieht es vor sich. »Ein bisschen. Ich wäre um ein Haar Anwalt geworden, erin-nerst du dich? Sag mir, wann ich dich besuchen kann.«

»Oh nein, das bestimmt nicht. Ich habe mein Leben geän-dert, Ludo. Ich bin so gut wie verheiratet mit einem brillanten, verheißungsvollen jungen Anwalt, der keinerlei Sinn für Humor hat und kein Verständnis für ein Leben, wie wir, du und ich, es damals geführt haben.«

»Also wo dann?«

Ein kurzes Zögern, dann entschließt sich Alice: »Im *Wepler*, Place Clichy. Ein Ort, wo niemand uns kennt. In einer Stunde.«

Als Ludovic im *Wepler* eintrifft, sitzt Alice schon ganz hinten im Saal, versunken in die Betrachtung eines Glases Leffe, das vor ihr auf dem Tisch steht. Er erbebt, sehr viel aufgewühlter, als ihm lieb ist. Diese schlanke junge Frau, ihr hübsches Gesicht in Weiß und Rosa, ihre klaren Augen, ihr halblanges kastanienbraunes Haar, artig frisiert, hier auf der Bank im *Wepler*, wer hätte das gedacht? In heißen Wellen steigen all die Erinnerungen in ihm auf an Abende mit Koksdelirien und sportlichem Sex. Alice immer voll dabei, immer erfinderisch, Alice, die das Risiko, das Spiel, das Adrenalin über alles liebte. Er hat sie drei Jahre lang vergraben, und jetzt stellt er fest, dass sie ihm fehlt. Er tritt an ihren Tisch, bestellt ein zweites Leffe, setzt sich neben sie und legt los.

»Ich bin seit Mitternacht in Paris. Und habe dich gleich heute Morgen angerufen. Ich schaue dich seit fünf Minuten an und erkenne, wie sehr ich dich vermisse.«

»Hör bitte auf. Wo warst du die letzten drei Jahre?«

»Ich habe bei einer Bank gearbeitet …«

»Wo?«

»Irgendwo in Amerika. Ich hab dort leicht grenzwertige Geschäfte gemacht, aber nicht übertrieben, alles lief rund. Ich habe mit Italienern zusammengearbeitet. Und dann kamen die Russen.«

»Mafiosi?«

»Könnte man sagen, ja, wenn du so willst. Ein Krieg der Mafias. Nach zwei Toten dachte ich, ich könnte der dritte sein, und bin lieber abgereist. In knapp drei Jahren habe ich viel Geld verdient, aber die Summe liegt eingefroren auf einem Bankkonto, und ich bin hier in Paris, um sie loszueisen. Das ist die ganze Geschichte.«

»Was willst du von mir?«

»Dass du mir eine Bleibe besorgst. Die Kohle reicht für den Moment. Und in ein paar Tagen: bingo.«

»Du brauchst mich nicht, um eine Bleibe zu finden, wenn du Geld hast.«

»Doch. Ich will nicht ausfindig gemacht werden, also kann ich meine Papiere nicht benutzen. Die Mafiosi suchen mich unter meinem kanadischen Namen, die Polizei unter meinem französischen. Du selbst hast mich daran erinnert, dass ich eine Verurteilung in Abwesenheit am Hals hab, ich bin auf der Flucht.« Breites Grinsen. »Das ist romantisch, aber ich darf mich nicht zu lange aufhalten.«

Alice fährt mit dem Finger über Ludovics bierfeuchte, schaumgesäumte Lippen.

»Du bist mein unehrenhafter Zwilling.«

Ludovic träumt, dass nicht alles verloren ist. Sie nimmt ihr Handy und hat binnen drei Anrufen einen Bekannten aufgetrieben, der auf Geschäftsreise in Brasilien ist und bereit, einem Freund von Alice seine Wohnung zu leihen.

»Spätestens am 26. April musst du wieder raus sein.«

»Zehn Tage, das sollte reichen. Ich rechne fest damit, meine Probleme vor diesem Datum gelöst zu haben.«

»Also dann, gehen wir, ich bring dich hin.«

Mittwoch, 17. April
Paris

Castelvieux wacht langsam auf, braucht ein paar Sekunden, um zu erkennen, wo er ist. Unvertraute Wohnung, Alice, er hat wieder den Überblick. Er steht auf, wankt in die Küche, Alice hat den Kühlschrank gefüllt. Stich im Herzen. Diese Frau ... Er isst ein Joghurt, ein Stück Gruyère, trinkt ein Glas Milch, dann lässt er sich in einen Sessel fallen, Blick ins Leere. Eine Verurteilung in Abwesenheit schwebt dräuend über ihm, er muss sich ranhalten. Stevie treffen.

Jahrelang an der Spitze von InterBank, ist er ein Mann mit Einfluss. Er muss einen Haufen Dinge über einen Haufen Leute wissen, er hat die Druckmittel, um Michelis zum Entsperren meines Kontos zu bringen, wenn er nur will. Carolina hat mir ohne zu zögern seine Handynummer gegeben, ein gutes Zeichen. Anrufen, eine Verabredung treffen, einfach. Aber dann, welchen Zug machen? Das Treffen in kumpelhaftem Ton beginnen oder ohne Vorgeplänkel drohen? Die feuchtfröhlichen Abende, waren sie freundschaftlich oder eine Falle? Organisiert um des Vergnügens willen oder um mich jeden Mist unterschreiben zu lassen? Stevie, der Komplize? Stevie, ein Unbekannter.

Ludovic wird sich allmählich seiner Naivität und seiner Isolation bewusst. Hilft alles nichts. Zwei Millionen Dollar ... Er prüft die Uhrzeit, 9:35, und nimmt sein Handy.

»Stevie? Hier ist Ludovic Castelvieux, oder Louis Chauveau, wenn Ihnen das lieber ist.« Schweigen. Ludo hört seinen Gesprächspartner atmen. »Überrascht?«

»Ziemlich, ja. Aber nicht unangenehm. Sie wecken ein paar schöne Erinnerungen an dieses verlorene kleine Paradies. Wie geht es Ihnen?«

»Nicht so gut. Ich würde Sie gern treffen, um ein paar Begebenheiten aus den guten alten Zeiten aufleben zu lassen. Wäre das möglich?«

»Natürlich. An wann dachten Sie?«

»Heute Abend?«

»Neunzehn Uhr in der Hotelbar vom Sofitel an der Porte Maillot?«

»Das passt mir sehr gut. Bis nachher, Stevie, und danke.«

Als die Verbindung unterbrochen ist, atmet Stevie zwei-, dreimal tief durch, greift zu seinem Telefon, eine Nummer in Montreal. Sobald sein Gesprächspartner in der Leitung ist: »Sie hatten recht, Carolina hat es richtig gesehen, er hat mich gerade angerufen.«

»Und?«

»Wir treffen uns heute Abend um sieben in der Bar vom Sofitel Maillot.«

»Wir tun unser Möglichstes, aber das ist ein bisschen knapp für uns. Verabreden Sie ein weiteres Treffen in zwei, drei Tagen, um auf Nummer sicher zu gehen, und geben Sie uns schnellstmöglich Bescheid.«

»Mach ich. Aber wir sind uns einig. Keine direkte Kontaktaufnahme.«

»Die wird es nicht geben.«

Ende des Gesprächs.

Er öffnet seine unterste Schreibtischschublade, nimmt eine Schachtel heraus, eine Flasche Whisky, spült mit einem kräftigen Schluck aus der Flasche zwei Tabletten runter, räumt sein Arsenal zurück und arbeitet weiter.

Levallois-Perret

Am Ende des Vormittags bekommt Nicolas Barrot einen Anruf von Sidney Morton, dem amerikanischen Journalisten, der ihn vor zwei Tagen angerufen und nach seiner Reaktion auf Lamblins Verhaftung gefragt hat.

»Nicolas, ich habe vertrauliche Neuigkeiten für Sie. Falls Sie nicht einfach auflegen.«

»Sie sind nicht nachtragend. Umso besser für mich. In einer Stunde zum Mittagessen im *Café de la Jatte*?«

Barrot hat seine Direktiven nicht vergessen: an die Presseabteilung verweisen. Aber ein amerikanischer Journalist kann für seine Karriere immer nützlich sein. Er wird sich vorsehen. Und er liebt das *Café de la Jatte*, ein ehemaliges Lagerhaus, in dem die Pariser Oper früher ihre Bühnenbilder einlagerte und das zu einem gastlichen und modischen Restaurant umgebaut wurde, nur zwei Schritte vom Orstam-Hauptsitz entfernt. An diesem Ort fühlt er, der kleine Provinzler, sich ganz als Pariser.

Es ist schönes Wetter, er geht zu Fuß, am Ufer der Seine entlang, über die Fußgängerbrücke, durchquert die Gärten der Île de la Jatte, betritt den großen Restaurantsaal, unter dessen Decke das ihm inzwischen vertraute riesige Plesiosaurierskelett hängt, Morton erwartet ihn etwas abseits in einer Ecke, kleiner runder Tisch und zwei niedrige, tiefe Sessel. Barrot, spritziger Laune, bestellt eine Schale Champagner, Morton hält sich an Whisky. Im Anschluss zweimal Kalbsconfit und eine Flasche Rosé. Sobald der Kellner gegangen ist, kommt Morton zur Sache.

»Also, schließen wir Frieden?«

»Sieht so aus.«

»Ich habe Neuigkeiten, die Sie interessieren werden. Revanchieren Sie sich bei Gelegenheit?«

Barrot lächelt. »Versprochen.«

»Lamblin ist immer noch in Isolationshaft im Wyatt-Gefängnis, Rhode Island ...«

»Das weiß ich.«

»Er war vor ein paar Jahren in ein schmutziges Sittlichkeitsverbrechen verwickelt. Sex und Koks mit einer minderjährigen Amerikanerin während einer extravaganten Abendgesellschaft. Das FBI hat eine komplette Akte darüber. Erkennen Sie die Melodie?«

Barrot schließt die Augen. Das Foto, Lamblins fahles Gesicht, ist damit alles erklärt? Nicht so schnell.

»Eine Manipulation der amerikanischen Polizei, ist das undenkbar?«

»Bei der amerikanischen Polizei kann man erst mal gar nichts ausschließen. Aber das ändert nicht viel. Lamblin ist bei Orstam kein kleiner Angestellter, er ist Abteilungsleiter. Wenn sich seine tatsächlichen oder mutmaßlichen Schandtaten in der New Yorker Presse verbreiten, hat das verheerende Auswirkungen für das Image von Orstam.«

»Sehe ich genauso.«

»Also Stillschweigen, Vorsicht, solange der Staatsanwalt nicht entscheidet, das Ganze publik zu machen. Aber Sie halten mich auf dem Laufenden über die Resonanz bei Ihnen im Laden, wenn es eine gibt.«

»Noch etwas?«

»Na sagen Sie mal, unersättlich. Anglish, vor ein paar Jahren stellvertretender Direktor von Orstam-USA, wurde letztes Jahr verhaftet und hat sich gerade für ein Schuldbekenntnis entschieden. Das heißt, er wird alle und jeden verpfeifen.«

»Das habe ich heute Morgen der amerikanischen Presse entnommen, der Staatsanwalt hat eine Pressekonferenz abgehalten ...«

»Dann wissen Sie auch von der Durchsuchung des Geschäfts-
sitzes von Orstam-USA und von den Millionen beschlagnahm-
ter Mails?«

»Ja.«

»Nicht sicher, dass Sie den Unschuldskurs lange durchhal-
ten können.«

»Was ich nicht verstehe, ist, wozu Lamblin jetzt noch dient.
Wenn der Staatsanwalt schriftliche Beweise hat, ist er auf seine
Zeugenaussage doch nicht angewiesen.«

»Er dient dazu, den Managern von Orstam Angst einzujagen,
Nicolas, seien Sie nicht naiv. Haben Sie etwa keine Angst?«

Am Nachmittag ist das Treffen zwischen Finanzabteilung und
der Eastern-Western Bank anberaumt, die die amerikanischen
Belange von Orstam wahrnimmt. Es findet ohne großen Pomp
im Konferenzraum der Finanzabteilung in der dritten Etage
statt. Carvoux hat der Initiative von Lapouge grünes Licht
erteilt, aber angekündigt, dass er nicht kommt. Er hat Nicolas
Barrot als Beobachter geschickt und beauftragt, ihm zu berichten. Lapouge leitet daher die Sitzung, die Sampaix anhand
der vor ihm liegenden dicken Akte voller Zahlen und Kurven
mit Gesprächsstoff versorgen wird. Howard Simson, Direktor der Niederlassung der amerikanischen Bank in Frankreich,
kommt auf die Minute pünktlich. Der Amerikaner ist groß,
schlank, elegant, sorgsam in Wellen gelegtes graues Haar und
maßgeschneiderter dunkler Nadelstreifenanzug. Er verteilt
Lächeln und Handschläge und stellt vor:

»Madame Taddei, meine Mitarbeiterin, sie begleitet mich.«

Eine hinreißende Vierzigerin mit halblangem tiefschwar-
zem Haar und schlanker Silhouette, eine Italoamerikanerin
reinsten Wassers. Sie grüßt diesen und jenen, drückt Barrot
etwas zu lange und mit betontem Lächeln die Hand. Barrot

kann sich gerade noch fragen, ob er träumt, dann nehmen alle Platz und die Diskussion beginnt. Nach einer höflichen und belanglosen Einleitung von Lapouge kommt Simson schnell zum Kern der Sache.

»Reden wir übers Geschäft.« Und er zeichnet ein schwarz-graues Bild der Situation von Orstam. »Die Konjunkturflaute in Europa wird anhalten, und Ihre Firma mit ihren struktu-rellen Schwächen trifft das mit voller Wucht. Die Kapital-decke ist zu dünn. Wenn der Hauptaktionär beschließt, seine Anteile zu verkaufen, wovon er regelmäßig spricht, gibt das ein Desaster an der Börse. Außerdem ist das Unternehmen international betrachtet zu klein, zu spezialisiert. Das hervor-ragende technologische Know-how, das es einsetzt, wird nicht ausreichen, um es vor der sich abzeichnenden Auftrags- und Liquiditätskrise zu schützen.«

Lapouge und Sampaix tauschen einen skeptischen Blick.

Der Banker fixiert die Umsitzenden einen nach dem an-deren und setzt nach: »Die Conclusio ergibt sich von selbst: Orstam hat nicht die finanziellen Mittel, um sich auf die Winkelzüge der amerikanischen Justiz einzulassen, die mit horrenden Kosten verbunden sind. Man muss schleunigst verhandeln und Unterstützung suchen, Allianzen in der Wirt-schaftswelt.«

Der Banker holt Luft, Madame Taddei, die neben ihm sitzt, bleibt still, hört zu und beobachtet das Verhalten jedes Teil-nehmers.

Sampaix nutzt die kurze Atempause für eine Richtigstel-lung: »Ich lege Wert darauf, dass die finanzielle Lage des Un-ternehmens bei weitem nicht so düster ist, wie Sie sagen.« Er klopft mit den Fingerspitzen auf die vor ihm liegenden Zahlentabellen. »Unsere Prognosen für das kommende Jahr sind gut, unsere Auftragseingänge steigen, das gesamte

Geschäftsfeld Wartung unterliegt keinem Wettbewerbsdruck. Eine ausgehandelte Geldstrafe dürfte, so sie denn unumgänglich ist, unseren Berechnungen zufolge die Firma nicht gefährden.«

Simson lässt ihn nicht weitersprechen. »Meine Rolle hier ist die, Ihnen zu sagen: halsbrecherisch. Ich wiederhole: Sie verfügen nicht über die finanziellen Mittel, um es mit der amerikanischen Justiz aufzunehmen. Ganz zu schweigen von der nach wie vor akuten Gefahr einer persönlichen gerichtlichen Verfolgung des obersten Führungspersonals. Lamblins Verhaftung droht kein Einzelfall zu bleiben. Können Sie sich die Situation vorstellen, wenn Ihr Generaldirektor unter dem Druck eines amerikanischen Haftbefehls französischen Boden nicht mehr verlassen kann, ohne eine Auslieferung in die USA zu riskieren?«

Die letzten Worte des Bankers lassen die Stimmung gefrieren. Lapouge und Sampaix bringen ihre Missbilligung zum Ausdruck.

Simson beeilt sich zu ergänzen: »Ich will keine Panik verbreiten. Wir werden eine Vorwärtsstrategie entwickeln. Genau dafür sind wir Bankleute da. Wir werden mit Hochdruck daran arbeiten.«

Lapouge dankt dem Banker und Madame Taddei für ihre Einschätzung, die er natürlich berücksichtigen wird, und hebt die Sitzung auf.

Simson verlässt den Raum und geht zum Aufzug, wobei er mit Sampaix plaudert, den er väterlich an der Schulter hält, während Lapouge in sein Büro zurückkehrt. Nicolas Barrot hinkt etwas hinterher, findet sich allein mit der Mitarbeiterin wieder, der schönen Madame Taddei, die leise zu ihm sagt:

»Ich weiß, dass Sie den Fall Lamblin genau verfolgen …« Nicolas runzelt die Stirn. Woher weiß sie das? Wer ist sie?

»... Wir müssen uns umgehend treffen, ich bin nicht oft in Paris.«

Erst der amerikanische Journalist, jetzt die Bankerin. Was geht hier vor? Mein Glückstag? Er zückt seinen Kalender.

Auf dem Bürgersteig vor dem Geschäftssitz von Orstam klopft Simson Maurice Sampaix auf die Schulter.

»Meine Mitarbeiterin scheint da oben Wurzeln zu schlagen. Ich bin in Eile, ich nehme den Wagen. Würden Sie ihr ein Taxi rufen? Sehr erfreut, Sie kennengelernt zu haben.« Damit verschwindet er.

Sampaix ruft ein Taxi, wartet auf Madame Taddei, die wenige Minuten später allein auftaucht. Das Taxi kommt, Sampaix öffnet die Tür, Madame Taddei steigt ein, ohne ihn eines Blickes zu würdigen.

»Zum Hotel *Plaza Athénée*.«

Die Tür schlägt zu.

Sampaix schaut dem Taxi hinterher, nimmt sein Handy, sucht die Nummer vom *Plaza Athénée* heraus, wählt, fragt nach Madame Taddei.

»Sie ist gerade nicht erreichbar, Monsieur. Wollen Sie ihr eine Nachricht hinterlassen?«

»Nein danke, nicht nötig.«

Maurice Sampaix und Gilbert Lapouge treffen sich kurz unter vier Augen, um nach der Sitzung Bilanz zu ziehen. Die beiden Männer arbeiten schon so lange zusammen, dass sie sich ohne viele Worte verstehen.

Sampaix merkt an: »Die Hübsche, die Simson begleitet hat und deren Anwesenheit durch nichts gerechtfertigt war, ist im *Plaza Athénée* abgestiegen. Nicht schlecht für eine gelegentliche Mitarbeiterin.«

»Simson hat Orstam als kurz vor der Pleite dargestellt, um dann zu schließen: ›Wir Bankleute werden für Sie eine Vorwärtsstrategie entwickeln.‹«

»Kein gutes Zeichen ...«

»Ein Satz ist bei mir hängen geblieben ... ›Über der Führungsriege schwebt nach wie vor die Drohung einer Strafverfolgung. Amerikanischer Haftbefehl, können Sie sich die Situation vorstellen.‹«

Die Männer sehen einander schweigend an.

Lapouge fährt fort: »Orstam macht stürmische Zeiten durch. Konzentrieren wir uns auf die Jahresbilanz im November. Daraus wird die Stabilität unserer Produktionsaktivitäten hervorgehen.«

»November ist noch ziemlich weit hin.«

»Ich habe eine Idee, Maurice. Wir könnten die Bilanz durch ein kleines Memorandum ergänzen, betreffend die riskanten Finanzgeschäfte, die an unseren Geldsorgen schuld sind und bei denen unsere Banken, allen voran Eastern-Western, uns begleitet haben, um nicht zu sagen die treibende Kraft waren. Eine schlichte Erinnerung, kein Vorwurf. Könnten Sie sich darum kümmern?«

»Ja, ich verstehe sehr gut, wovon Sie sprechen. Das ist eine recht aufwendige Arbeit.«

»Wir haben Zeit, es ist ja erst für November.«

»Sehr gut, ich mache noch meine laufenden Vorgänge fertig, und nächste Woche setze ich mich daran.«

Paris

Um neunzehn Uhr ist die Bar im Sofitel an der Porte Maillot gut besucht, aber die Atmosphäre bleibt intim. Ludovic, fiebrig, ist zu früh gekommen, hat sich ganz hinten in die Bar gesetzt und mustert alle Gäste. Stevie kommt Punkt neunzehn Uhr. Die beiden Männer umarmen sich feierlich und bestellen zwei Martini-Gin. Das Wiedersehen muss begossen werden. Ludovic beginnt sich zu entspannen, erzählt von seinem Ärger mit InterBank und PE-Credit Montreal, der Sperrung seines Kontos.

»Ein Zeichen von Ihnen könnte Abhilfe schaffen.«

»Um welche Summe geht es?«

»Zwei Millionen Dollar.«

»Fuck … die Geschäfte drüben liefen wohl auf Hochtouren. Sie wissen, dass ich InterBank vor langem verlassen habe?«

»Weiß ich. Aber Sie waren Direktor, Sie hatten Einfluss. Michelis' Verhalten ist inakzeptabel. Ich habe meinen Vertrag buchstabengetreu erfüllt. Und Sie wissen besser als jeder andere, dass ich in Notlagen absolut diskret sein kann, solange die Leute mich korrekt behandeln.«

Ein Moment Schweigen. Die Leiche des getöteten Polizisten drüben auf Grand Cayman wie ein Eisblock zwischen ihnen. Stevie hört die Drohung deutlich heraus, Hassanwandlung, Wut steigt in ihm hoch, er kennt dieses Gefühl gut, Lust zuzuschlagen, bis von diesem jungen Gecken nur noch Brei übrig ist, er schafft es, ein gleichmütiges Gesicht zu wahren.

Castelvieux fährt fort: »Das ist bei Michelis nicht mehr der Fall. Ich zähle auf Sie, um ihm zu sagen, dass er Risiken eingeht. Ich war fast drei Jahre lang im Herzen des Systems.«

Stevie schaut auf seine Uhr, trinkt aus, legt einen Schein auf den Tisch. »Ich werde versuchen, Michelis zu kontaktieren. Treffen wir uns am Samstag wieder.«

»Samstag ist spät …«

»Vorher ist unmöglich.«

»Gut, Samstag, fünfzehn Uhr. An diesem Tag brauche ich eine verbindliche Antwort und muss wissen, was nötig ist, um die Sache unter Dach und Fach zu bringen. Ich rufe Sie um halb drei an, um Ihnen den Treffpunkt durchzugeben.«

»Was soll das werden? Eine Schnitzeljagd?«

»Ach was. Ich muss ein paar Leute treffen, ich weiß nicht, wo ich dann gerade sein werde, das ist alles.«

Ludovic steht auf und geht. Stevie schaut ihm nach. Armer Wicht. Scheiße noch mal, zwei Millionen Dollar … Zu meiner Zeit haben wir die kleinen Mittelsmänner auch schon behumst, aber nicht um solche Summen …

Als der andere weg ist, bestellt Stevie einen Whisky, nimmt dazu einen »Aufheller«, eine dieser magischen Pillen, mit denen er es geschafft hat, vom Kokain loszukommen, fast jedenfalls. Und tätigt einen kurzen Anruf. Ich mag den Kerl nicht. Er bedroht mich. Ich mag es nicht, bedroht zu werden. Und ich mag nicht, was ich tue. Aber ich stecke in der Klemme. Grand Cayman, das war ein Trip. Das schöne Leben, bis zu dem einen Unfall zu viel, dem einen Ding zu viel. Ich leiste mir immer ein Ding zu viel. Jetzt heißt es überleben.

Er steigt in seinen Wagen, fährt Richtung Bois de Boulogne, ganz in der Nähe. Den ganzen Frust ablassen. Betäubender Rausch, Paulas Hintern, Paulas Brüste. Er passiert die Porte Maillot inmitten der Fahrzeugströme, schaut weder rechts noch links, er kennt den Weg, die Allée de Longchamp immer geradeaus, rechts in die Allée de la Reine-Marguerite und die

46

kleine Straße links, Vollbremsung vor zwei leicht bekleideten Transen.

Eine der beiden schreit: »Paula, das ist für dich. Dein Schlägerprinz.«

Eine wunderschöne Frau kommt aus dem Dickicht, hochgeschnalzte Brüste, hautenge Shorts. Der Fahrer beugt sich hinüber, öffnet die hintere Tür.

»Steig ein.«

Kavalierstart.

»Zieh dich aus.«

Zweihundert Meter weiter stoppt er den Wagen auf einem Weg, öffnet seine Hose, steigt über den Fahrersitz, setzt sich auf die Transe, die bäuchlings auf der Rückbank liegt, Schläge auf den Hintern, sobald sich die Pobacken rot färben, dreht er sie um, Schläge auf die Brüste, die schaukeln, die Transe stöhnt vor Schmerz, er packt ihre Hüften, fickt sie und spritzt sehr schnell ab, mit dem Schrei eines Holzfällers, der einen Baum umhaut. Er richtet sich auf, wischt sich mit einem Taschentuch ab, von Ekel gepackt zieht er hastig seine Hose hoch, stößt die Transe mit Fußtritten aus dem Wagen, wirft ihr ihre Klamotten nach, zieht eine Handvoll Scheine aus seiner Hosentasche, schleudert sie ihr mitsamt dem Taschentuch hinterher, bloß loswerden den ganzen Dreck, setzt sich wieder ans Steuer, fährt im Rückwärtsgang an und rast los, sobald er Asphalt unter sich hat. An der Porte Maillot, fern der Dämonen und nahe den Menschen, kommt er zur Ruhe, er verlangsamt, leises Lächeln auf den Lippen, er fühlt sich besser, erloschen seine Aggression und sein Hass. Heute Abend wird er schlafen können.

Kapitel 3

Donnerstag, 18. April
Levallois-Perret

Gleich bei seinem Eintreffen wird Barrot zu Carvoux ins Büro bestellt. Er war darauf gefasst und hat sich vorbereitet. Er beginnt mit den schlechten Nachrichten, alle auf einmal und in der Hoffnung, seine Quellen nicht preisgeben zu müssen. Verhaftung und Schuldbekenntnis von Anglish, vom Staatsanwalt angeordnete Durchsuchung bei Orstam-USA, Beschlagnahme der internen Firmenkommunikation. Der Boss bleibt wie Marmor. Normal, auch er wird die amerikanische Presse gelesen haben. Lamblin, Kokain und junges Mädchen. Der Chef zuckt immer noch nicht mit der Wimper und stellt keine einzige Frage nach seinen Informationsquellen.

»Sie sind jung, Barrot. Lassen Sie sich nicht kirre machen. Sie können feststellen, dass die französische Presse zu Lamblins Verhaftung immer noch schweigt. Die Interpretation von mehr oder weniger verschlüsselten Mails ist schwierig, mehrdeutig. Der Staatsanwalt ist weiterhin auf Abtrünnige aus unseren Reihen angewiesen, und die hat er nach wie vor nicht. Dieser Anglish ist eine untere Charge, einer von diesen Amerikanern, die man einstellt, um den Einheimischen einen Gefallen zu tun, er hat keine Ahnung von nichts. Solange die Leute, die etwas wissen, den Mund halten, bleibt die Linie unverändert: Wir haben uns nichts vorzuwerfen, deshalb arbeiten wir nicht mit der US-Justiz zusammen, und wir übernehmen die Verteidigung von Lamblin, solange er dieser Linie folgt. Was hat der Banker gesagt?«

»Er hat uns gewarnt. Ihm zufolge ist Orstam finanziell schlecht aufgestellt, eine Konfrontation mit der amerikanischen Justiz unter diesen Umständen unmöglich. Er empfiehlt, schnell zu verhandeln. Er hat sogar Lamblins Verhaftung erwähnt und angedeutet, dass alle Führungskräfte von Orstam gefährdet sind.«

»Was hat Lapouge dazu gesagt?«

»Nichts. Er hat das Thema gewechselt. Der Banker hat von einer ›Vorwärtsstrategie‹ gesprochen, ohne ins Detail zu gehen.«

»Atmen Sie, Barrot, denken Sie nach. Es muss nicht unbedingt zum Schlimmsten kommen. Es besteht immer noch die Möglichkeit, dass der amerikanischen Justiz vor uns die Luft ausgeht. Aber das braucht Zeit. Diese Affäre ist zu bedeutsam, um sie rein gerichtlich zu regeln.«

Barrot verlässt das Direktionsbüro und verkriecht sich in seinem eigenen, seinem Refugium. Erst Morton, der seine Informationen wer weiß woher hat. Dann die rätselhafte ›Vorwärtsstrategie‹ der Banker, die Blicke und das Schweigen von Lapouge und Sampaix. Und schließlich der Boss, der ungerührt, nicht im Mindesten überrascht, das Kokain und das Mädchen von Lamblin hinnimmt, eine derzeit im Prinzip nicht öffentliche Information. Und der mit diesem bewundernswerten Satz schließt: »Der amerikanischen Justiz könnte vor uns die Luft ausgehen, eine zu bedeutsame Affäre, um sie gerichtlich zu regeln.« Alle diese Leute wissen sehr viel besser als ich, was da läuft mit der amerikanischen Justiz, das ist klar. Und Carvoux schickt mich an die Front, aber gönnt mir weder Hintergrundinfos noch Rampenlicht. Warum? Ich habe eine Schlüsselposition, sonst würden sich Morton und die Bankerin nicht für mich interessieren. Aber Carvoux will mich fallen lassen können, wann immer er sich dazu entschließt. Ich bin ein Wegwerf-Berater. Ich muss einen Weg finden, mich zu schützen.

Paris

Gegen einundzwanzig Uhr verlässt Lara den Nacktmassage-salon im Wagramviertel, in dem sie arbeitet. Sie muss sich nach den Zeiten der Manager richten, die den Großteil ihrer Kundschaft bilden. Heute Abend läuft sie schnell, große Lust, die gut gekleideten Bürgersfrauen zu massakrieren, die ihr auf der Straße begegnen. Sie ist müde, und wie immer, wenn sie müde ist, hat sie ihren Beruf satt. Masseurin in einem FKK-Massage-Salon, den ganzen Tag nackt, irgendwelche Typen betatschen, sich an ihnen reiben, ihnen zulächeln, ohne zu verstehen, was die an diesen endlosen Berührungen finden. Die kriegen einen Ständer, diese Trottel kriegen einen Ständer, und manchmal erklärt sie sich bereit, ihnen unter der Dusche einen runterzuholen. Gegen ein zusätzliches Scheinchen. Die Kohle. Als sie anfing, hat sie sich eingeredet, sie würde damit ihr Studium finanzieren. Seit zwei Jahren ist sie in keiner Universität mehr eingeschrieben, jetzt weiß sie, dass sie die Kohle um der Kohle willen verdient. Und wenn sie an ihre Kunden denkt, kann sie einen leichten Ekel kaum unterdrücken. Zum Glück hat sie noch ein Zubrot … Sie hat ein kleines Geschäft mit diversen Sorten Pillen aufgezogen, die sie an Kunden des Salons verkauft, ein Handel, der recht ordentlich läuft. Schön und gut, aber auch ein Zubrot kann die Quelle von Frust sein. Heute Abend sind ihre Lieferanten nicht aufgetaucht, sie kann zwei jungen Masseurinnen das Geld nicht zurück-zahlen, das sie sich bei ihnen geliehen hat. Eine Pechsträhne, Liquiditätsprobleme, das wird schon wieder, morgen ist ein neuer Tag. Um ihnen aus dem Weg zu gehen, hat sie sich in aller Eile angezogen, notdürftig frisiert, nicht geschminkt und schnellstens verdrückt. Sie nähert sich der Métrostation Ternes, bald ist sie in Sicherheit in ihrer kleinen Wohnung in der Avenue de Choisy am anderen Ende von Paris, wo niemand auf sie wartet. Sie dreht sich um, kurzer Blick, und entdeckt die beiden Nervensägen, die ein paar Dutzend Meter hinter ihr die Verfolgung aufgenommen haben, sie wird es vielleicht nicht schaffen, sie abzuhängen. In diesem Moment, genau am Métroeingang, spricht ein Mann sie an:

»Mademoiselle Thérèse Letellier?«

Sie ist überrascht, im Umfeld des Massagesalons benutzt sie nie ihren richtigen Namen. Sie bleibt stehen, sieht den Mann an. Groß, Anfang vierzig, gut gebaut und blendendes Lächeln. Eine Chance?

»... Ja. Was wollen Sie von mir?«

»Ihnen ein Getränk ausgeben, Mademoiselle, in der Brasserie *La Lorraine* gleich nebenan. Und wenn Sie erlauben, Sie zum Essen einladen.«

Er hat einen reizenden ausländischen Akzent.

»Unmöglich, Monsieur, ich kenne Sie doch gar nicht. Und ich werde zu Hause erwartet.«

»Mademoiselle ... niemand wartet auf Sie, und Ihr Kühlschrank ist so gut wie leer. Um genau zu sein, es sind nur noch Joghurts und eine Scheibe Industriekäse übrig. Erzählen Sie mir nicht, dass ein Mann wie ich Ihnen Angst macht ... Sie haben alles zu gewinnen, wenn Sie meine Einladung annehmen.«

Sie stehen da, Auge in Auge auf dem Bürgersteig. Sie zögert. Im besten Fall steht ihr eine lange Fahrt mit der Métro bevor, dann ein einsamer Abend in einer leeren Wohnung. Im schlimmsten Fall ein misslungener Abend mit den beiden

Nervensägen, die noch nicht aufgegeben haben. Oder die Brasserie *La Lorraine*, ein ruhiges und recht vornehmes Lokal zwei Schritte entfernt, ein ordentliches Abendessen in Gesellschaft eines hübschen Kerls, der gut über sie Bescheid zu wissen scheint und in Andeutungen spricht. So müde sie auch ist, sie zögert nicht mehr.

»Exzentrik und Abenteuer haben mich schon immer gelockt, ich nehme die Einladung an.«

Sie setzen sich an einen Tisch weitab von der Straße, weiße Tischtücher, schönes Geschirr, Sessel und Bänke aus Leder, gedämpftes Licht, Lara bedauert, so schlecht frisiert zu sein, so ungepflegt. Eine Margarita als Apéritif, um wieder ins Lot zu kommen. Der Mann hält sich klassisch an Whisky, bestellt ungefragt zweimal Elsässer Sauerkraut und kommt gleich zur Sache.

»Mademoiselle Letellier, ich glaube, wir sind füreinander geschaffen. Sie lieben das Geld und schauen nicht so genau hin, womit Sie es verdienen …«

Lara kippt zwei Schlucke Margarita, die Müdigkeit verfliegt, sie unterbricht ihn schroff: »Ich verstehe kein Wort von dem, was Sie sagen.«

»Manche denken, Nacktmasseusen sind Nutten …« Er hebt beide Hände, um sie daran zu hindern, ihm ins Wort zu fallen. »Mir ist das egal. Legale Tätigkeit, nichts gegen einzuwenden. Aber die Aktivitäten, die Ihnen Ihre Zusatzeinkünfte bescheren? Einkünfte, die letztlich höher sind als die aus Ihrem angemeldeten Gewerbe.«

»Keine Ahnung, wovon Sie sprechen.«

»Wirklich nicht? Ihre Tätigkeit als Kundenfängerin für den *Palmyre Club* und seine Bumsbude lasse ich außen vor, reden wir lieber über Ihre Spezialmischung Viagra-Amphetamine, die sich bei gewissen Kunden mit dauerhaften Potenzproblemen großer Beliebtheit erfreuen. Böse Zungen sprechen von einem Herzinfarkt bei einem Ihrer Kunden vor nicht ganz drei Monaten. Es hat keine Untersuchung dieses Todesfalls gegeben. Noch nicht.«

Er macht eine Pause. Laura weiß jetzt, dass sie in Turbulenzen geraten ist. Sie kann noch so sehr suchen, das Gesicht des Mannes verrät ihr nichts. Wer? Wie? Eine Möglichkeit, Geld zu machen? Besser schweigen und abwarten. Sie leert ihr Glas, wobei sie ihren Gesprächspartner fixiert, ohne den Blick zu senken. Er nimmt den Faden wieder auf.

»Dann ist da noch der Handel mit diesem weißen Pulver, stark verschnitten, sicher, worin sich aber noch Spuren von Kokain finden lassen.«

»Haben Sie Beweise für das, was Sie da behaupten?«

»Halten Sie mich für einen Anfänger, Mademoiselle Letellier?«

Er schiebt ihr zwei Zettel zu, Ausdrucke von Screenshots. Sie liest: »Der Alte ist eine Stunde nach seiner Spezialbehandlung abgekratzt. Stell dir vor, ich hätte ihn noch am Hals gehabt ... Riesenschreck. Ich werde in nächster Zeit vorsichtig sein.« Auf dem zweiten Zettel erkennt sie mühelos ihre Privatbuchhaltung für den Monat Februar, in der unter diversen anderen Produkten die Zu- und Abgänge von kleinen blauen Pillen verzeichnet sind. Er weiß also, was im Kühlschrank und im Computer ist. Alarmstufe Rot.

»Jeder hat seine Fehler und Schwächen, Mademoiselle Letellier. Bei Ihnen verbindet sich offenbar die Mentalität einer Provinzkrämerin mit übertriebenem Vertrauen in die Sicherheit der neuen Technologien.«

»Es reicht. Was wollen Sie?«

»Ich interessiere mich für einen Ihrer Kunden. Ich brauche in logistischer Hinsicht Ihre Hilfe. Kommen wir ins Geschäft, können Sie Ihren kleinen Handel in Ruhe weiterbetreiben. Kommen wir nicht ins Geschäft, überlasse ich es Ihnen, sich die Folgen auszumalen ...«

»Was kriege ich für meine Hilfe?«

»Tausend Euro.«

»Ein läppischer Betrag.«

»Zugegeben. Aber Sie sind nicht in der Position zu verhandeln.«

Lara überlegt eine lange Minute, wobei sie ihr Glas zwischen den Fingern dreht.

»Tausend Euro, einverstanden, aber sofort, in bar. Sie müssen das Risiko eingehen, mir zu vertrauen.«

»Das gehe ich ein. Ah, da kommt das Sauerkraut. Guten Appetit, Mademoiselle Letellier.«

Paris

Bridgeabend bei Martine Vial, Assistentin des Orstam-Finanzdirektors. Der Ehemann, kein Bridgespieler, wurde gebeten, auswärts zu Abend zu essen, ins Kino zu gehen und nicht vor Mitternacht nach Hause zu kommen. Im Wohnzimmer sind zwei Spieltische aufgebaut, die Sofas an die Wände geschoben, und auf dem Esszimmertisch steht ein Buffet, einfache Weine und Obstsäfte, verschiedene Quiches und Tartes. Acht Spieler treffen sich turnusmäßig etwa alle zwei Monate bei einem von ihnen zu Hause. Sechs Frauen zwischen dreißig und fünfzig, allesamt Angestellte im Geschäftssitz von Orstam, und zwei Männer. Der eine, Pierre Sautereau, ein klobiger Mittfünfziger mit müdem Gesicht, Leiter vom Orstam-Betriebsschutz. Der andere, Fabrice Reverdy, ist der Jüngste der Gruppe. Eine elegante Erscheinung in seiner taillierten Jacke, der engen Hose und den hellen Ledermokassins, schlanke Silhouette eines Gesellschaftstänzers unter einer goldblonden, sorgsam gebändigten Haarpracht, aus der ihm eine artige Strähne in die Stirn hängt. Er ist als Einziger kein Orstam-Mitarbeiter. Die Bridgespieler kennen ihn als Freund von Martine Vial und Sautereau. Die kleine Clique greift regelmäßig auf ihn zurück, um eine Runde zu vervollständigen, wenn einer der Stammspieler aus irgendeinem Grund ausfällt. Die Damen schwärmen für ihn. Nur Martine Vial und Sautereau wissen von seiner Zugehörigkeit zur Nachrichtendienstlichen Abteilung der Polizeipräfektur Paris.

Die Atmosphäre bei den Partien ist beflissen und schweigsam. Manchmal, nicht oft, wagt jemand neue Bietsysteme oder leicht riskante Spielzüge. Aber niemand ist von echter Spielleidenschaft besessen, die Stimmung bleibt entspannt. Zwischen zwei Partien trifft man sich am Buffet, es wird geschwätzt, die Kinder, ihre kleinen und großen Sorgen und die Sexgeschichten der Kollegen. Eine Sekretärin des Geschäftsbereichs Kraftwerke beklagt sich über die fortgesetzte Abwesenheit von Lamblin, ihrem Abteilungsleiter, mitten in der Anlaufphase einer revolutionären neuen Kraftwerksanlage.

Martine Vial, die an einem der beiden Tische der Dummy ist, nutzt die Gelegenheit, um eine Runde Muscadet auszuschenken, beugt sich zu ihr hinunter und spricht in vertraulichem Ton.

»Seine Frau hat mich angerufen. Sie ist eine Freundin von mir.« Schweigen. »Sie macht sich Sorgen. Er ist zu einer Fachkonferenz in die USA gereist und wird von den amerikanischen Behörden dort festgehalten. Irgendein Durcheinander auf den Konten der US-Niederlassung, wie es aussieht.«

»Ich dachte, die Direktion hätte ein Rundschreiben an die obere Führungsriege verschickt, dass sie nicht in die USA fahren sollen?«

»Richtig. Ich weiß nicht, was passiert ist. Unsere Anwälte kümmern sich um ihn, aber sie haben seiner Frau zu äußerster Diskretion geraten, und sie konnte ihn bis jetzt noch nicht besuchen …«

Und damit lenkt Martine Vial die Unterhaltung auf den Verdruss von Pinot, dem stellvertretenden Finanzdirektor, den seine Frau und seine Geliebte vor kurzem in aller Einmütigkeit am gleichen Tag ›entlassen‹ haben. Ein Racheakt. In der Abteilung kann niemand ihn leiden. Lachen.

Gegen elf Uhr Ende der Partien, die Frauen brechen auf und die beiden Männer bleiben, um Martine Vial beim Aufräumen zu helfen. Während Fabrice Reverdy sich im Wohn- und Esszimmer zu schaffen macht, assistiert Sautereau Martine Vial in der Küche beim Sortieren, Wegwerfen, Abwaschen und Zurückräumen. In diesem begrenzten und intimen Raum berühren sich die Körper, streifen sich die Hände, in alltäglichem Ton werden ein paar Worte gewechselt. Sie kennen sich seit langem und mögen diese kumpelhafte Tuchfühlung. Dann knüpft Sautereau an das frühere Gespräch an.

»Lamblin wird in den Staaten festgehalten, das ist eine höfliche Umschreibung, de facto sitzt er im Knast.«

»Ich weiß. Lapouge hat es mir erzählt, aber geraten, nicht darüber zu sprechen.«

»Den Betriebsschutz hat niemand offiziell in Kenntnis gesetzt. Ich bin darauf angewiesen, mir meine Informationen selbst zusammenzuklauben.«

»Es hat offenbar wieder mit Bestechungsaffären zu tun, wie bei den Norwegern und der Weltbank, oder?«

»Ja, aber die Amerikaner verstehen bei der Korruptionsbekämpfung keinen Spaß. Lamblin sitzt im Gefängnis, einem richtigen Gefängnis, auf amerikanische Art. Muss ihn seltsam ankommen, das kannst du mir glauben.«

»Ein Typ aus meiner Abteilung ... kennst du Maurice Sampaix?«

»Ja, ein sehr vertrauenswürdiger Kerl, wir verstehen uns gut.«

»Er hat ein Treffen mit unserer amerikanischen Bank organisiert. Carvoux wollte persönlich nicht teilnehmen, er hat den kleinen Barrot geschickt, sein gefügiges Werkzeug. Sampaix kam entsetzt zurück. Der Banker hat Orstam als bankrotten Konzern hingestellt, so ungefähr jedenfalls. Er denkt, dass im Hintergrund ein linkes Ding in Vorbereitung sein könnte. Er weiß nicht, was genau. Du solltest dich mal mit ihm unterhalten.«

»Danke, Martine, das mache ich. Und dieser Barrot, kennst du den, wie schätzt du ihn ein?«

»Ein Jungspund ohne jede Erfahrung, dafür mit umso mehr Ehrgeiz.«

Im Esszimmer ist Fabrice Reverdy, bewaffnet mit Handfeger und Wischtuch, kein Wort des Gesprächs entgangen. Im Übrigen hat Martine Vial ihre Lautstärke nicht gedrosselt.

Als um Mitternacht der Ehemann zurückkommt, ist die Wohnung tipptopp aufgeräumt, Sautereau und Reverdy verabschieden sich und brechen gemeinsam auf.

Auf der Straße fragt Sautereau: »Hast du unser Gespräch in der Küche mitbekommen?«

»Ja.«

»Was hältst du davon?«

»Ein Topmanager von Orstam im Gefängnis in den USA, das ist alles andere als alltäglich, und es lohnt, sich damit zu befassen, oder?«

»Ganz meine Meinung.«

»Vor allem, wo hier in Paris niemand darüber spricht.«

»Auch in der Firma spricht niemand darüber. Funkstille.

Das macht mich am stutzigsten. Ich höre mich ein bisschen um, und wir treffen uns Montagmittag im *Café Zimmer*, auf einen Espresso oder einen Verdauungsschnaps wie bisher?«

»Gebongt.«

Freitag, 19. April
Polizeipräfektur Paris

Als Noria an diesem Morgen in der Präfektur eintrifft, findet sie einen Becher heißen Kaffee auf ihrem Schreibtisch, Lainé in eine Akte vertieft und Reverdy in altrosa Hemd und zartlila Hose, das Lächeln in Person.

»Ich habe Ihnen aufgelauert.«

»Das sehe ich. Danke für den Kaffee. Legen Sie los …«

»Meinen gestrigen Abend habe ich beim Bridge mit den reizenden Damen von Orstam verbracht, ein Unternehmen, das Turbinen und Kraftwerke baut, ein Schlüsselelement der Atomindustrie und unserer Kriegsmarine, und bei bestimmten Technologien weltweit die Nummer eins …«

»Ich habe eine ungefähre Vorstellung, machen Sie weiter.«

»Diese Firma haben die RG seit 1998 unter strenger Beobachtung, Schmiergelder in Millionenhöhe, gezahlt an Pasqua und die Flächenwidmungs- und Regionalförderungsbehörde DATAR, um einen Umzug zu erleichtern. Da Politiker darin verwickelt waren, hat sich das ganze Haus dafür interessiert. Ich selbst beobachte das Unternehmen seit 2004. Die Affäre hat sich vor Gericht bis 2010 hingezogen. Seither pflege ich meine Kontakte, mehr aber nicht.«

»Daher die Bridgepartie.«

»Ja, drei-, viermal im Jahr. Und dann gestern erzählt mir eine Spielerin, dass einer aus ihrer Führungsriege gerade in den USA verhaftet wurde, im Rahmen einer Ermittlung der amerikanischen Justiz gegen Orstam wegen Bestechung bei einem Indonesiengeschäft ...«

Lainé schaut auf, er ist ganz Ohr.

»Französisches Unternehmen, Indonesiengeschäft, was hat die amerikanische Justiz damit zu tun?«

»Die Überweisungen wurden in Dollar getätigt. Deshalb hält sich die US-Justiz für zuständig.«

»Und das nehmen wir so hin?«

»Alle nehmen das hin. Vergessen Sie nicht, die Amerikaner haben den Krieg gewonnen. Weiter im Text. Niemand hier in Frankreich spricht über diese Verhaftung ...«

»Warum?«

»Zum Teil wegen der Inkompetenz unserer Journalisten und einer gut gemachten Einflusspolitik. Die Medien werden darüber berichten, wenn die Amerikaner beschließen, dass es für sie von Interesse ist. Die Orstam-Direktion gibt auch intern keine Information heraus.«

»Ist Ihre Bridgespielerin vertrauenswürdig?«

»Sehr. Zwanzig Jahre in dem Laden. Sie war es, die uns 1998 auf die Fährte mit dem Schmiergeld gesetzt hat. Was natürlich unter uns bleibt. Und um mehr zu erfahren, treffe ich mich am Montag mit dem Betriebsschutzleiter der Firma, ein Exbulle und alter Kumpel.«

»Na dann, machen Sie, und schreiben Sie anschließend einen internen Vermerk, vorsichtig formuliert natürlich, im Moment verdient das noch keinen formellen Bericht, aber lassen Sie es nicht dabei bewenden, gehen Sie der Sache nach. Geben Sie mir eine Kopie Ihres Vermerks, ich werde beim Auslandsgeheimdienst DGSE oder bei der DCRI nachfragen, ob sie etwas zu dem Thema haben. Auf die Weise kann ich die verschiedenen Abteilungen kennenlernen, die mit dem

Schutz der wirtschaftlichen Sicherheit befasst sind. Darf ich Ihnen eine indiskrete Frage stellen?«

»Versuchen Sie's.«

»Kurzärmeliges Hemd in Altrosa, hautenge Hose in Blasslila, was sagen die reizenden Damen von Orstam zu Ihrem Aufzug?«

»Keine Sorge. Für die Firmen verkleide ich mich.«

Als Noria die Kopie des internen Vermerks vorliegt, mit dem Namen Lamblin, seinen Funktionen im Unternehmen und den Informationen, die Reverdy zugespielt wurden, wirft sie einen Blick in die amerikanische Presse, um zu sehen, was sie herausholen kann. Englisch beherrscht sie schlecht, Zeitungsamerikanisch noch schlechter. Sie, die fließend Arabisch spricht und liest … Was für eine Verschwendung … Hör auf, das ist Vergangenheit … Sie findet das Foto von der Verhaftung, ein paar Fitzel über die Pressekonferenz des amerikanischen Staatsanwalts, deren Tragweite sie schwer einschätzen kann, und fühlt sich ausreichend orientiert, um ihren Rundgang zu starten.

Sie beginnt mit der DCRI, weil sie weiß, dass das ein Härtetest für sie wird. Rückkehr an den Ort ihrer Hinrichtung, zwei Monate danach. Vor der Tür erzeugt sie Leere in ihrem Kopf, Stille, dann geht sie hinein. Sie hat einen Termin in der Subdirektion K, betraut mit dem Schutz des wirtschaftlichen Vermögens Frankreichs, eine Abteilung, die keinen guten Ruf genießt. Bei Gründung der DCRI war sie das schwarze Schaf, der Präsident glaubte dort Feinde zu haben. Später haben die Chefs der Subdirektion, um wieder in Gnade zu fallen, jahrelang einen Skandal um einen von der Schweizer USB-Bank eingefädelten Steuerbetrug vertuscht, weil die Betrüger

der Staatsmacht nahestanden. Der Capitaine, der die USB-
Geschichte ans Tageslicht brachte, wurde auf die gleiche Art
entlassen wie sie. Kurz und gut, die Subdirektion K »stinkt«.
Aber Noria hat keine Wahl. Der Capitaine, der sie empfängt,
ist eisig. Als sie ihm mitteilt, dass sie mit der Festnahme und
Inhaftierung von Lamblin, einem leitenden Angestellten von
Orstam, in den USA befasst ist, und ihn fragt, ob er als nicht
geheim klassifiziertes Material zu dem Fall hat, begnügt er sich
damit, ihr mit einem schmalen Lächeln zu antworten:

»Die Amerikaner sind heutzutage nicht unsere Hauptsorge.
Und wir teilen unsere Erkenntnisse zu diesem Thema genauso
wenig wie zu jedem anderen.«

»Nicht mal, wenn eine Abteilung der Police Nationale den
Antrag stellt?«

»Nicht mal dann. Die Gesamtheit unserer Informationen
ist als ›geheim‹ klassifiziert. Sollten Sie denn unsere Betriebs-
vorschriften schon vergessen haben, Commandant Ghozali?«

Paris

Nach diesem Zusammentreffen geht Noria nach Hause in
ihre Wohnung über dem Bassin de la Villette, duscht und
lässt sich im Pyjama mit einer Schale Milchkaffee und But-
terbroten in ihren Lieblingssessel fallen. Sie schaut zu, wie der
Himmel bei Einbruch der Dämmerung verblasst, ein durch-
sichtiges, fast weißes Blau, wie die Schatten von der Erde aufsteigen, die Dunkelheit zunimmt, betrachtet die Wasserfläche
zu ihren Füßen, die Lichter der Stadt, die sich darin spiegeln,
die Spaziergänger, die die ersten schönen Tage nutzen, eine
Gruppe sitzt im Anzug auf dem nackten Boden und lässt eine
Bierflasche kreisen, ein Trüppchen Senioren beendet eine
Boule-Partie. Im Hintergrund, gleich hinter der dunklen

Masse der Bäume, die vertraute Silhouette der Hochhäuser des 19. Arrondissements. Die Welt ist in Ordnung. Scheinbar. Genau wie an jenem Abend vor zwei Monaten, als sie nach einem frustrierenden Arbeitstag bei der DCRI müde und einsam an derselben Stelle in derselben Position eingenickt ist. Telefonklingeln. Sie hat abgenommen.

Eine Frauenstimme: »Hallo, Noria Ghozali?«

»Ja, ich bin dran.«

»Hier ist Samia. Erinnerst du dich an mich?«

»Samia ... ich weiß nicht.«

»Wir waren zusammen auf dem Gymnasium. Beim Fest zum Schuljahrsende sollten wir ein Theaterstück aufführen« – Noria murmelte: *Man spielt nicht mit der Liebe* – »... und du bist verschwunden.«

Noria war überrumpelt, überschwemmt von einer gewaltigen Woge, einer Abfolge schmerzlicher Bilder, seit dreißig Jahren unter Verschluss. Mein Vater, Verbot, Theater zu spielen, das Geschrei, die Schläge, ich wehre mich, schlage zurück, flüchte. Für immer, hat sie gedacht ...

»Samia ... Was willst du mir sagen?«

»Dein Vater ist gestorben, Noria, gestern Nacht.«

Totale Überraschung. Dreißig Jahre Vergessen. Mein Vater, autoritär, gewalttätig, das ja. Abhauen eine Frage von Leben und Tod, das ja. Aber diese von Arbeit zerstörte Gestalt am Familientisch, würdevoll, dieser erbitterte Wille, uns zu ernähren. Er schlug zu und redete nicht, er hatte keine Worte. Ich habe auch nicht geredet, ich bin gegangen. Und jetzt werde ich ihm nie mehr erzählen können, was aus mir geworden ist. Er hätte gedacht: mein Verdienst. Vielleicht. Er wäre stolz gewesen. Vielleicht. Vielleicht nicht. Zu spät. Noria, ergriffen, Kehle zugeschnürt, unfähig zu sprechen, fühlte Tränen aufsteigen und hasste diese Reaktion.

Samia vernahm ihre Bewegtheit und erhöhte den Druck. »Er wird morgen beerdigt. Du musst kommen, deiner Familie zuliebe.«

»Ich habe keine Familie.«

»Und deiner Mutter zuliebe …«

Meine Mutter … Das letzte Bild, das sie von ihr hat: eine schluchzende Frau, zusammengebrochen in einer Zimmerecke, eingeschlossen in ihre Ohnmacht.

»Ich will meine Mutter nicht wiedersehen.«

»Sie ist alt, müde, verbraucht. Vielleicht bald tot. Komm, nachher ist es zu spät. Du musst kommen, ihretwegen und deinetwegen. Du kannst nicht dein ganzes Leben im Krieg verbringen. Gib ein Zeichen des Friedens, für euch beide. Morgen sind die Männer bei der Beerdigung, in der Moschee und auf dem Friedhof, deine Mutter wird allein sein, bevor die Nachbarinnen zum Kondolieren kommen. Das ist der richtige Moment. Du hast dir ein Leben aufgebaut, du bist stark, dein Besuch wird ihr gut- und dir nicht wehtun.«

Noria schauderte. »Samia, du hast keine Ahnung, und ich auch nicht.«

Am nächsten Morgen war Noria bereit, als Samia an ihrer Tür klingelte.

Und jetzt fragt sie sich, warum sie an jenem Abend ans Telefon gegangen ist. Sie hätte vielleicht nie erfahren, dass ihr Bruder in den Djihad gezogen war. Und die DCRI genauso wenig.

Langsam kommt sie wieder zur Ruhe. Sie nickt ein.

Paris

July Taddei hat Nicolas Barrot zum Abendessen ins *Maison Blanche* in der Avenue Matignon eingeladen. »Sehen Sie keine politische Anspielung darin«, hat sie lächelnd gesagt.

»Während meiner Stippvisiten in Frankreich ist es einfach meine Kantine.«

Sie treffen sich vor dem Aufzug. Sechster Stock, das Paar betritt einen hellen, luftigen Raum mit sehr hoher Decke, Mezzanin über die gesamte Raumlänge und vorn eine riesige Fensterfront mit Blick auf eine Nacht aus zartem Schwarz, durchbrochen vom goldenen Schein des Invalidendoms, fast zum Greifen nah. Das Dekor mixt Anspielungen an die Dreißiger und einen moderneren Stil zu einer Einheit, in der Weiß dominiert, ohne aggressiv zu wirken. Stylish, die Kantine, denkt Barrot bei sich, July Taddei spielt in der Liga der Großen mit. Fast alle Tische sind besetzt. Manche mit Paaren, aber die Mehrheit der Gäste sind Geschäftsmänner, eine Atmosphäre wohlverdienter Extravaganz nach einem Tag voller Sitzungen und bevor man am Morgen einen Flieger nach New York, Hongkong oder Singapur besteigt.

Der Oberkellner nimmt sie in Empfang. »Ich habe Ihnen den gewohnten Tisch reserviert, Madame Taddei.«

Er führt sie zu einer Reihe unter dem Mezzanin eingelassener Nischen, ganz und gar mit Leder ausgekleidet. Sie setzen sich vis-à-vis. Jetzt dringen die Geräusche des Saals nur noch sehr gedämpft zu ihnen. Das Licht der zwei Kerzen auf dem Tisch, eine für jeden Gast, und Julys Parfum, vermischt mit dem Duft von Leder und Wachs, erschaffen eine Blase der Intimität.

Sie lächelt ihn an. »Wie Sie feststellen können, wird nicht ein Wort unseres Gesprächs aus diesem Kokon nach außen dringen. Und die Honigfarbe des Leders passt zu meinem brünetten Teint. Champagner.«

Barrot träumt, er sei bei ihr zu Hause zu Gast, und lässt sich davontragen. Als eingeschenkt ist, erhebt July ihr Glas, die Bläschen funkeln im Kerzenlicht wie die Rubine an ihrem Finger.

»Lassen Sie uns anstoßen, Nicolas. Auf uns und unsere Träume.«

Sie lächeln sich zu. Die Gläser klirren.

Der Oberkellner nimmt die Bestellung auf und entfernt sich.

July sieht Barrot lange und fest an, vermisst ihn mit ihrem Profiblick. »Ich fand Ihre kleine Orstam-Truppe neulich recht trübselig.«

»Denken Sie, wir haben derzeit viel Grund zum Optimismus?«

»Alles eine Frage der Perspektive ...«

Pause: Der Sommelier lässt July (er weiß, wer das Kommando über den Abend hat) einen mehr als ordentlichen Saint-Estèphe probieren. Auf ein Zeichen von ihr füllt er die Gläser. Der Kellner bringt zweimal Schneckenfrikassee auf einem Bett aus Kressepüree. Barrot kostet einen Bissen, zwei Bissen, er nimmt sich Zeit, zurückgelehnt in seinen Sessel, Augen halb geschlossen. Dieses Schneckenfrikassee, alle Achtung. Nie zuvor hat er so etwas gegessen, er schwebt. July holt ihn auf den Boden zurück.

»Ja, ich denke, Sie haben allen Grund, optimistisch zu sein. Krisen sind immer gewaltige Chancen, es hängt nur davon ab, was die Protagonisten imstande sind daraus zu machen.«

»Erklären Sie es mir, ich will es zu gern verstehen.«

»Orstam steckt seit langem in der Krise, praktisch seit seiner Gründung.« Barrot, der so gut wie nichts über die Vergangenheit von Orstam weiß, nickt. »Aus den Gründen, die Simson aufgezählt hat.« Hier unterbricht sich July, gibt sich zögerlich, mustert Barrot. »Wir sind hier unter uns, nichts Offizielles, keine neugierigen Ohren, ich werde noch etwas weitergehen.« Vertrauter der Bankerin, Barrot jubelt. »Wenn Orstam in der Krise steckt, dann auch, weil seine Chefs nicht sehr fähig waren.« Barrot presst beide Hände vor sich auf den Tisch, ganz flach, damit sie nicht zittern. »Der derzeitige Chef muss ein Unternehmen leiten, das nach einem von seinem Vorgänger getätigten katastrophalen Übernahmegeschäft tief verschuldet ist, und trifft seinerseits reihenweise industrielle Entscheidungen, die so riskant wie kostspielig sind. Heute, inmitten der Krise, verbarrikadiert er sich in seinem Büro, verantwortet sich weder vor seinem Personal noch vor seinen Aktionären oder seiner Regierung, und zu dem Treffen mit der Bank schickt er Sie in die Schlacht, noch dazu ohne Munition. Irre ich mich?«

Barrot senkt den Kopf, schließt die Augen, atmet tief durch. Er braucht eine Pause, nimmt sich die Zeit, sein Glas Wein auszutrinken.

»Das ist Ihre Diagnose. Orstam befindet sich am Rand der Krise. Okay. Aber die Chance?«

Neuerliche Pause: Der Kellner serviert Lammcarré für July, Rinderfilet für Nicolas. July bestellt dazu eine zweite Flasche Saint-Estèphe und fährt fort:

»Die amerikanische Justiz jagt der Führungsriege von Orstam Angst ein.«

»Das ist doch verständlich. Bestechung ist bei Asiengeschäften, sagen wir, keine wirklich ungewöhnliche Praxis, das wissen Sie so gut wie ich, praktisch alle sind darin verwickelt, und die Aussicht, Lamblin im Knast Gesellschaft zu leisten, ist nicht gerade verlockend.«

»*Alle* – inklusive Ihres Chefs, Nicolas, denken Sie daran. Finden Sie Mittel und Wege, sich auf die Ängste der anderen zu stützen, um sich zu emanzipieren. Wenn die alte Führungsriege, belastet durch all die Fehler, die sie sich geleistet hat, auf dem Abstellgleis landet, wird das Beste von Orstam übrig bleiben: die Ingenieure, die Techniker, die

Arbeiter, die Spitzentechnologien, die abhängige Kundschaft weltweit, und für diesen lebendigen Teil des Unternehmens wird alles möglich.« Barrot fühlt, wie sich sein Herzschlag beschleunigt. »Das ist das, was ich eine Chance nenne. Ich weiß nicht, wann, ich weiß nicht, wie, aber man muss bereit sein, die ›Vorwärtsstrategie‹ zu nutzen, von der Simson sprach. Nicolas, wenn Sie in Ihrem Job auf der Höhe sind, müssen Sie imstande sein, Gelegenheiten beim Schopf zu packen, wenn Sie sich bieten. Im richtigen Augenblick die richtige Wahl treffen.«

Barrot versucht nachzudenken, schnell. July Taddei, große internationale Bank. Vorsicht, nicht den Kopf verlieren.

»Orstam ist ein Unternehmen, das für Frankreich strategische Bedeutung hat. Die Regierung wird nicht jeden Unsinn zulassen.«

»Sehr richtig. Eine der großen Schwächen Ihres Chefs ist die, dass er nicht mit der Regierung reden will, angeblich weil sie sozialistisch ist. Das ist ein Fehler. Diese Regierung ist Teil des Spiels. Und da haben wir wieder die Krise als Chance. Wenn Vorschläge gemacht werden, wie auch immer sie aussehen – Umstrukturierungen, Allianzen –, die mit dem Versprechen der Schaffung von Arbeitsplätzen einhergehen, welche Regierung würde mitten in einer Wirtschaftskrise das Risiko eingehen, sie abzulehnen? Was dann später wirklich passiert ... Sie wissen selbst, dass an Versprechen nur gebunden ist, wer an sie glaubt.«

July beugt sich zu ihm vor, tiefes Decolleté, legt ihre Hände auf seine, leichter Druck, den sie zu einem langen Streicheln lockert, Berührung von Fingernägeln auf Haut, Barrot fühlt einen Adrenalinstoß. Sie gibt dem Oberkellner ein Zeichen. Kein Käse, sie achtet auf ihre Linie. Dessert: zweimal Millefeuille. Und Champagner, der schmeckt so gut zu Süßem.

»Die Kirsche auf der Torte, Nicolas, wenn Sie während der großen Wirtschaftsmanöver aufseiten der Sieger spielen, können Sie ohne Risiko viel Geld machen: Sie werden gleichzeitig am Steuer und an der Kasse sein.«

»Ich bin nicht sicher, ob ich in der Lage bin, solche Spiele zu spielen.«

»Vertrauen Sie mir, Nicolas, ich werde Sie leiten. Und vergessen Sie nicht, dass Eastern-Western Bank ein stark expandierendes Unternehmen ist, das sein Geschäft hier in Europa ausbauen will. Falls Sie umsatteln möchten und interessiert sind ...«

July erhebt ihre Champagnerschale, sie neigt den Kopf, die Flut ihres schwarzen Haars gleitet zu ihrer Schulter, verleiht ihrem Lächeln Tiefe.

»Seien Sie kein Angsthase, Nicolas, setzen Sie auf Krise.«

Samstag, 20. April
Paris

Bereits um vierzehn Uhr hat sich Ludo mit Blick in den Saal ganz hinten im *Atelier Renault Café* niedergelassen und beobachtet bei einem Club Sandwich und einer Karaffe Wasser das Kommen und Gehen der Gäste. Seit seinem Treffen im Sofitel Maillot beschleicht ihn hartnäckig das Gefühl, verfolgt zu werden. Er hat eine ganze Reihe von Umwegen gemacht, ohne irgendjemanden entdecken zu können. Er hat die Viertel der Hauptstadt aufgesucht, wo er früher als Drogendealer unterwegs war, die Gebäude mit mehreren Ausgängen abgeklappert. Ohne viel Erfolg. Die Haustüren sind immer häufiger mit Codeschlössern gesichert, deren Zahlenkombination er nicht kennt. Jeder Schatten lässt ihn hochschrecken, er hat

Panikattacken. Er, der sich für unerschütterlich hielt, erträgt die Anspannung immer weniger und merkt, dass er paranoid wird. Er versucht sich zur Vernunft zu rufen, aber wie jeder weiß, kann auch ein Paranoiker Feinde haben. Als ihm bis halb drei nichts Ungewöhnliches aufgefallen ist, ruft er Stevie an, der um fünfzehn Uhr eintrifft, allein, sich einen Espresso bestellt und ohne Umschweife zur Sache kommt.

»Die Neuigkeiten aus Montreal sind nicht gut. Dort herrscht Chaos. Die Abrechnungen haben eine Säuberungsaktion ausgelöst, Michelis wurde verhaftet, er ist im Gefängnis, der Boss von PE-Credit lässt ihn hängen, und zu allem Überfluss sucht die Polizei nach Ihnen. Sie finden das alles in der Lokalpresse von Québec bestätigt.«

Ludo fühlt, wie er aus den Fugen gerät. Wütende Geste, die Espressotasse fällt zu Boden und zerbricht.

»Dann ist mein Geld also weg ...«

»Nicht so schnell, mein Guter. Montreal und Michelis sind verbrannt. Aber ich habe einen befreundeten Anwalt auf Grand Cayman, ich werde ihn bitten, sich mit Burrough zu treffen ... Sie erinnern sich an Burrough?«

»Natürlich.«

»... und mit ihm eine Transaktion zu versuchen, jetzt, wo Michelis aus dem Spiel ist. Zwei Millionen Dollar sicher nicht, aber eine Summe, die Ihnen einen Neuanfang ermöglicht. Anderswo. Bis Sie von mir hören ...«

»Wann?«

»Woher soll ich das wissen?«

Ludovic versucht seine Panik zu unterdrücken. Er beugt sich zu Stevie vor. »Ich brauche es sehr bald. Ich kann nicht ewig hierbleiben.«

»Ich tue mein Möglichstes. Unterdessen rate ich Ihnen, sich zu verstecken und sich so diskret wie möglich zu verhalten.

Zwischen Frankreich und Kanada besteht ein Auslieferungs-abkommen.« Stevie mustert Castelvieux nachdenklich. Schließlich lächelt er. »Ich mag Sie, Ludo. Bauen Sie keinen Mist. Ich misstraue verletzten, in die Enge getriebenen Tieren. Das sind die gefährlichsten, und ich weiß, wovon ich spreche. Ich werde ruhiger sein, wenn Sie ein paar Dollar zusammen-gerafft haben und aus meinem Leben verschwunden sind.«

Ludovic sieht Stevie hinterher. Schon vier Tage. Und nichts passiert. Dieser Kerl weiß, dass es drängt. Er hält mich hin. Verletzte Tiere kuriert man nicht, man erschießt sie.

Kapitel 4

Montag, 22. April
Levallois-Perret

Wie jeden Morgen, wenn er ins Büro kommt, geht Nicolas Barrot bei Carvoux vorbei, um Bericht zu erstatten und Anweisungen entgegenzunehmen.

Carvoux empfängt ihn im Stehen, ein Lächeln auf den Lippen. »Na, haben Sie die Bankerin eingewickelt?«

Aus der Fassung gebracht öffnet Nicolas den Mund, kein Ton dringt heraus.

»Legen Sie sich ins Zeug, junger Mann, es könnte sein, dass das Schicksal von Orstam von Ihrer Leistungsfähigkeit im Bett abhängt ...«

Nicolas stammelt: »Noch etwas, Monsieur?«

Nein, sonst hat Carvoux ihm nichts zu sagen.

Nicolas flüchtet sich in sein Büro, schwankt zwischen Scham und Erbitterung. Wer kann ihm davon erzählt haben? ... Spioniert er mir nach? Dieser Tonfall ... Ich hasse ihn. Er versucht zu arbeiten, nimmt einen Bericht in Angriff, schafft es nicht, sich zu konzentrieren. Wenn der wüsste, wie sie über ihn spricht ... unfähig, schädlich, zu eliminieren. Denn er, Barrot, hat mit July Taddei zu Abend gegessen, nicht Carvoux. Ihn, Barrot, hat July ins Vertrauen gezogen. Die Wut legt sich allmählich. Er verachtet mich, sie nicht: »Vertrauen Sie mir, Nicolas, ich werde Sie leiten ...« Im Haifischbecken der Hochfinanz. Und Carvoux soll mir den Buckel runterrutschen.

Er schließt die Augen. Ich werde kein Angsthase sein. Zuallererst: mich nicht plattwalzen lassen von diesem Typ, der mich bei der erstbesten Gelegenheit feuern wird. Eins steht fest. Ich mache Aufnahmen von allen Gesprächen. Den Mut dazu bringe ich auf. Die tödliche Waffe. Er hält es nicht mehr aus. Ein Blick in seinen Terminkalender, eine Verabredung heute um 18:30 Uhr, unwichtig, die kann er verschieben. Er tippt auf seinem Computer herum, findet die Nummer des Massagesalons, vereinbart für 18:30 Uhr einen Termin bei Lara, seiner Stammmasseuse, in Kabine fünf, seiner Kabine. Plötzlich viel ruhiger macht er sich an die Arbeit.

Polizeipräfektur Paris

Nachdem sie Reverdy und Lainé guten Morgen gesagt hat, nimmt Noria ihren Rundgang durch die Geheimdienstabteilungen, die mit wirtschaftlicher Sicherheit befasst sind, gleich wieder auf.

Ehre, wem Ehre gebührt, die DGSE. Sie wird mit aller Höflichkeit und Herablassung empfangen. Befassen sie sich mit der Festnahme und Inhaftierung von Lamblin, Manager bei Orstam, in den USA?

»Das Wirtschaftsleben der Unternehmen ist nicht unser Schwerpunkt. Und die Vereinigten Staaten sind sehr enge Verbündete.«

»Selbst in diesem Fall? Ein französischer Staatsbürger, Führungskraft in einem für die Ausrüstung unserer Nuklearindustrie und unserer Armee lebenswichtigen Unternehmen, wird in den USA verhaftet und ins Gefängnis gesteckt, und bei Ihnen löst das nicht die geringste Reaktion aus?«

»Wir wurden von niemandem zu Hilfe gerufen, keinerlei Schritte seitens der französischen Botschaft oder des Konsulats.«

Als sie die Räumlichkeiten der DGSE verlässt, ist ihre

Laune auf dem Tiefpunkt. Aber der Rundgang muss fortgesetzt werden.

Bei der Interministeriellen Arbeitsgruppe zur Wettbewerbserkundung, die gerade geschaffen und dem Premierminister unterstellt wird, ist der Empfang sehr viel herzlicher, aber
die Verantwortliche erklärt ihr stolz, dass sie ausschließlich
»im offenen Gelände« agiert, von »Spionen« nichts hält und
mit so konkreten und unmittelbaren Fragen wie der Verhaftung von Monsieur Lamblin nichts zu tun hat. »Die Arbeitsgruppe befasst sich mit langfristigen Entwicklungen. Durch
Informieren der Unternehmer will sie Risiken vorbeugen und
im Dienst der Wettbewerbsfähigkeit ihre Frühwarnfähigkeit
und Impulskraft erhöhen.« Noria reißt sich zusammen, um
nicht in unkontrollierbarem Jähzorn Blut zu vergießen, sagt,
sie habe notiert, dass eine »Interministerielle Arbeitsgruppe
zur Wettbewerbserkundung, die die verschiedenen betroffenen Dienste des Geheimdienstsektors koordinieren soll, derzeit geschaffen und ihre Abteilung in naher Zukunft zur Mitarbeit eingeladen wird«, bedankt sich und geht.

Im Elysée ist ein Berater mit der Koordination der Nachrichtendienste beauftragt. Aber er hat keine Zeit, sie zu empfangen.

Sie wird sich allein durch das verwilderte und undurchsichtige
Dickicht der nachrichtendienstlichen Wettbewerbserkundung
durchschlagen müssen. Es sei denn, es gibt weder Dickicht
noch Gestrüpp, sondern nur die Schimäre einer nachrichtendienstlichen Wettbewerbserkundung. Gefühl von Verlassen-
heit und Einsamkeit. Sie wird sich daran gewöhnen müssen.

Sie gönnt sich eine Pause und macht halt in der *Brasserie des
Deux-Palais*, ehe sie ins Büro zurückkehrt. Sie bestellt ein
Käseomelette. Die Phantome sind immer noch da. Warum

herkommen und sie heraufbeschwören? Um sich weniger einsam zu fühlen? Schwäche. Macquart ist seit zwei Jahren tot. 2011. Es wäre an der Zeit, ein neues Kapitel aufzuschlagen. Ein bedeutsamer Moment in ihrem Leben, der Tod des Ersatzvaters. Sie war auf seiner Beerdigung in einem Kaff im hintersten Winkel des Vexin français. Und hat, Erinnerung über Erinnerung, an diesem Tag Daquin wiedergesehen. Er wusste, dass sie sich für die DCRI entschieden hatte, sprach sie aber nicht darauf an. Am Ende der Zeremonie, nachdem sie der Familie, die sich bereits abgefunden zu haben schien, kondoliert hatten, nahm Daquin sie mit nach Paris zurück. Im Wagen fragte sie ihn, um das Schweigen zu überbrücken, was er so treibe. Er stand kurz vor der Pensionierung und würde am Sciences-Po unterrichten, der Prestigehochschule für politische Studien. Er warf ihr einen kurzen Blick zu und ergänzte: »Meine ehemalige Uni.« Ein Seminar zum Thema wirtschaftliche Großkriminalität. Noria hört auf zu essen. Na klar. Ich wusste es, es war diese Erinnerung, blockiert in einem Winkel meines Gedächtnisses, hinter der ich her war. Daquin ergänzte: »Dieses Jahr befasse ich mich mit der wirtschaftlichen Expansionsstrategie der Amerikaner, die auf allen Hochzeiten tanzen. Sie gewinnen, indem sie mit dem Verbrechen kollaborieren, und sie gewinnen, indem sie es ahnden. Ihr Justizsystem ist faszinierend.« Damals wollte sie nicht mehr wissen, jetzt interessiert sie das Thema. Aber Daquin ... Sie ist ihm gegenüber immer auf Distanz geblieben. Sie nahm ihn instinktiv als Bedrohung wahr, ohne genau zu wissen, warum. Zu pudelwohl in seinem Körper, in seinem Beruf, zu intellektuell, einer, der seinen Gegenstand mit Leichtigkeit beherrscht. Zu anders. Ein schwuler Macho. Noria isst ihr Omelette auf. Was die DCRI betrifft, hatte er recht. Er hat deutlich bessere Kenntnis von unserem Haus, ist deutlich besser vernetzt. Aber er ist nicht mehr im Haus, ich dagegen wohl. Er ist nicht mehr wirklich in einer Position der Stärke. Also kann ich ihn aufsuchen, ohne dass er mich frisst. Ihn um Rat fragen. Vielleicht.

Sie bestellt einen Café-Cognac, wie ein Augenzwinkern.

Lainé und Reverdy haben zusammen zu Mittag gegessen, dann macht sich Reverdy auf den Weg zu einer Verabredung.

»Im *Café Zimmer*«, sagt er lächelnd, »ich nehme meine alten Gewohnheiten wieder auf.«

Und Lainé kehrt zurück ins Büro. Er schafft gerade noch einen Abstecher zum Kaffeeautomaten, da klingelt das Telefon. Ein Anruf über die Zentrale.

»Lieutenant Lainé?«

»Am Apparat.«

»Ihr Freund Ludovic, erinnern Sie sich an mich?«

Kurze Rückblende, vor zwei oder drei Jahren, Uni Assas, Drogen …

»Ich erinnere mich. Wo sind Sie?«

»In Paris. Ich würde Sie gern treffen.«

Die Stimme ist selbstsicher.

»Sie sind ziemlich dreist.«

»Stimmt, aber Sie bei der DRPP sind ziemlich kühn. In einer Viertelstunde im *Balzar*. Ich garantiere Ihnen, dass Sie es nicht bereuen werden.«

Die Leitung ist unterbrochen.

Lainé zögert. Semesterbeginn 2010, Universität Panthéon-Assas, Lainé sammelte seine ersten Erfahrungen in der Nachrichtendienstlichen Abteilung der Polizeipräfektur, war dem Studentenmilieu zugeteilt. Er stolperte über einen blühenden Amphetaminhandel mit einem Kokainzweig, der Oberdealer der Uni war ein junger Student mit guten Umgangsformen,

Geschäftssinn und großem Appetit. Ludovic Castelvieux. Er überführte ihn und übergab das komplette Dossier ans Drogendezernat. Der gesamte Ring wurde zerschlagen, verhaftet, eingebuchtet, bis auf Castelvieux, der es schaffte, sich vor seiner Festnahme in Luft aufzulösen, und in Abwesenheit zu fünf Jahren Haft verurteilt wurde. Um jetzt ohne Vorwarnung wieder aufzutauchen. Eine Falle? Wenig wahrscheinlich, die Geschichte war erledigt, kein Grund, sie neu zu beleben. Ich werde ja sehen. SMS an Reverdy, vorsichtshalber, »Treffen Balzar, Anruf in 1 h«, dann geht er schnellen Schrittes zu Fuß zum *Balzar*.

Lainé erkennt Castelvieux sofort wieder, mit Blick zur Eingangstür sitzt er ganz hinten in der Brasserie vor einer Tasse heißer Schokolade. Dieser junge Dealer mit dem runden Gesicht, die kurzen rotbraunen Locken gebändigt, muntere, harmlose Ausstrahlung, gut gekleidet, das zeitgenössische Modell des idealen Schwiegersohns. Der herrschaftliche und strenge Stil des *Balzar* steht ihm gut. Aber als Lainé sich ihm gegenüber an den Tisch setzt, sieht er in seinen braunen Augen Panikflackern. Eine zu nutzende Schwäche?

»Was willst du mir sagen? Ich gebe dir eine halbe Stunde, nicht mehr.«

»Nach der Geschichte an der Uni bin ich nach Montreal ausgewandert. Dort war ich als Strohmann aktiv, was in Kanada eine legale Tätigkeit ist …«

»Legal oder nicht, mir egal, mach weiter.«

»Ich habe für eine internationale Großbank gearbeitet, die das Geld der lokalen Mafias wusch. Ich habe ordentlich verdient. Und dann fingen die Mafiosi an, sich gegenseitig umzubringen. Die Atmosphäre wurde unerträglich, ich wollte weg. Ich bin hierher zurückgekommen, aber ich fühle mich verfolgt.«

Lainé stellt fest, dass Castelvieux' Blick ständig in Bewegung ist, er überwacht jeden Gast, jede Bedienung.

»Du bist nicht dafür gemacht, bei den Großen mitzuspielen.«

»Das denke ich auch, nach aller Erfahrung. Offen gesagt, ich will hierher zurück, ein neues Leben anfangen, zurück auf Los, aber ohne ins Gefängnis zu gehen, und ich glaube, Sie können mir helfen.«

»Welchen Nutzen habe ich davon?«

»Die kanadischen Mafias, deren Kohle bei mir vorbeigeflossen ist, haben das Kommando über ein Produktionsnetzwerk für Amphetamine und Pseudomedikamente, die zu einem erheblichen Teil in Frankreich und Europa verkauft werden. Ich kann Ihnen den europäischen Verteilerring liefern im Tausch gegen Protektion, zumindest für die Zeit, während ich mich neu aufstelle.«

»Nicht unrealistisch werden. Gib mir den Namen der Bank, für die du gearbeitet hast.«

»Ohne Gegenleistung?«

»Ja, als kleine Gefälligkeit. Wenn du willst, dass ich deinen Vorschlag ernst nehme.«

»PE-Credit Montreal.«

Ein amerikanischer Bankenriese. Lainé kennt ihn vom Hörensagen. Reverdy: amerikanische Justiz, Erpressung, sie haben den Krieg gewonnen. Wäre doch ein Witz …

»Das interessiert mich vielleicht. Aber ich verpflichte mich zu nichts, ich muss mich beraten, um zu sehen, was wir dir anbieten können. Treffen wir uns morgen noch mal.«

»Ich rufe Sie morgen unter derselben Nummer zur selben Zeit an und wir verabreden einen Ort. Halten Sie sich ran. Ich habe nicht mehr viel Zeit.«

Als Noria gegen drei in ihr Büro im obersten Stock der Präfektur zurückkommt, ist sie allein. Reverdy und Lainé sind
auf Achse. Sie kann genauso gut die Gelegenheit nutzen, um
Daquin anzurufen, ohne sich zu viel Zeit zum Nachdenken
zu geben.

Sie erreicht ihn problemlos, erzählt ihm von ihrer neuen
Stelle. »Ich habe daher Anlass, mich für die französischen
Großunternehmen zu interessieren und für ihre Auseinandersetzungen mit der amerikanischen Justiz. Und mir fehlt
da jede Orientierung.«

»Das war einer meiner Arbeitsschwerpunkte.«

»Deshalb rufe ich Sie an. Ich erinnere mich: ›In ökonomi-
scher Hinsicht gewinnen die Amerikaner an allen Fronten, ihr
Justizsystem ist faszinierend.‹ Oder etwas in der Art.«

»Sie haben ein hervorragendes Gedächtnis. Beeindruckend.
Wann wollen Sie?«

»Wann es Ihnen passt, aber möglichst bald.«

»Am Mittwoch um zehn in meinem Büro?«

»Perfekt.«

»Ich schicke Ihnen die Adresse per SMS.«

Reverdy ist im *Café Zimmer* mit Sautereau verabredet. Er findet ihn in bester Laune vor.

»Wie lange haben wir uns hier nicht mehr getroffen? Zwei,
drei Jahre?«

»Wollen wir unsere lieben Gewohnheiten wiederaufneh-
men? Wie in der guten alten Zeit?«

»Zur Feier des Tages spendiere ich schon mal den Café.«

»Vorsicht, auf Dauer wird dich das ruinieren … Hast du
Neuigkeiten für mich?«

»Ein paar. Nach zwei Jahren Ermittlungsarbeit hat die US-
Justiz vor einem Monat, kurz vor Lamblins Reise, eine offi-

zielle Untersuchung gegen Orstam eingeleitet ... Der Generaldirektor hatte deshalb ein Rundschreiben an die oberste Führungsriege verschickt, begrenzte Empfängerzahl, und ihnen geraten, nicht in die USA zu reisen.«

»Warum ist Lamblin dann gefahren?«

»Gute Frage. Im Moment weiß ich nichts darüber. Die amerikanische Justiz spricht hinter den Kulissen von einer Geldstrafe in Höhe von achthundert Millionen Dollar. Orstams Antwort darauf: Wir haben eine weiße Weste, und das geht uns am Arsch vorbei. Und in diesem Sinne übernimmt die Firma auch Lamblins Verteidigung.«

»Wer sind die Anwälte?«

»Die Kanzlei Bronson & Smith in New York. Unser Generaldirektor hat die Weiterverfolgung der Angelegenheit Nicolas Barrot anvertraut, seinem persönlichen Assistenten. Ein junger Kerl, Mädchen für alles, ohne besondere Kompetenz und voller Ehrgeiz, der, von dem Martine neulich Abend sprach. Ich war bei ihm, um ihm zu sagen, dass der Betriebsschutz regelmäßig auf dem Laufenden gehalten werden muss. Die Direktiven, die er von den New Yorker Anwälten bekommen hat, sind eindeutig. Er muss darüber wachen, dass innerhalb des Unternehmens keinerlei Information kursiert. Das sei für Lamblins Sicherheit unerlässlich.«

»Interessant. Sag mal, wenn ich mich recht erinnere, hattet ihr vor zwei, drei Jahren eine namhafte amerikanische Anwältin in eurem Verwaltungsrat.«

»Ja, die ist immer noch da. Katryn McDolan, der angelsächsischen Presse zufolge eine der zehn einflussreichsten Frauen der USA. Ich glaube sogar, dass sie an irgendeinem Punkt ihrer Karriere Kontakte zur CIA hatte.« Reverdy horcht auf. Sautereau erläutert: »Wie praktisch alle wichtigen Persönlichkeiten der amerikanischen Wirtschaft, weißt du, nichts wirklich Originelles. Ihr System ist anders als unseres.«

»McDolan, die Kanzlei Bronson & Smith, sie sitzen auf den Logenplätzen und haben trotzdem nichts kommen sehen? Unfähig, den Schutz ihrer Partner oder Klienten zu gewährleisten?«

»Jedenfalls habe ich von entsprechenden Interventionen ihrerseits keine Spur gefunden. Kommen wir zu unseren Bankern. Sampaix hat vergangene Woche eine Sitzung mit der Eastern-Western Bank organisiert, der Hauptbank für unsere amerikanischen Geschäfte. Der Direktor der Frankreichfiliale behauptet, Orstam stünde am Rande des Bankrotts, was unsere Finanzabteilung bestreitet. Und er kam in Begleitung einer hinreißenden Mitarbeiterin, die er kaum vorgestellt hat. Sampaix hat Erkundigungen eingeholt. Es handelt sich um July Taddei, ganz weit oben im Organigramm des New Yorker Hauptsitzes, eine sehr schöne Frau offenbar, und wenn sie nach Paris kommt, übernachtet sie im *Plaza Athénée*. Was soll so ein Großkaliber in einer Sitzung mit lauter niederen Chargen? Sampaix befürchtet, dass die Bank einen vernichtenden Überraschungsschlag gegen Orstam vorbereitet.«

»July Taddei, *Plaza Athénée*, ich prüfe das. Ich habe dort einen Kontakt. Ein Ehemaliger von den RG, der bei Gründung der DCRI in die Privatwirtschaft gegangen ist. Ein guter Freund. Es ist eine Gelegenheit, ihn wiederzusehen.«

»Zu guter Letzt: in jüngster Zeit sehr wenige Zugänge von Amerikanern in unserem Laden. Eigentlich sehe ich da nur Steven Buck. Er hat letztes Jahr bei Orstam angefangen, kam von einem amerikanischen Investmentfonds, und soweit ich mich erinnere, haben wir kaum Informationen über ihn. Er arbeitet in der Abteilung Strategie, von der niemand weiß, wozu sie gut ist. In der Firma ist er ziemlich unauffällig, um

nicht zu sagen unsichtbar. Einziger markanter Punkt: Hart-
näckigen Gerüchten zufolge frequentiert er die Nutten im
Bois de Boulogne.«

»Also ein Typ, den man erpressen kann? Vielleicht von Interesse, man weiß nie. Ich werde sehen, was ich finde.«

»Halten wir uns gegenseitig auf dem Laufenden?«

Das Team trifft sich am späten Nachmittag, um Bilanz zu
ziehen. Ghozalis Beitrag besteht darin, das Scheitern ihres
Rundgangs festzustellen. Die Amerikaner sind für die französischen Geheimdienste »außerhalb des Radars«. Ohne nähere
Einzelheiten kündigt sie an, dass sie in den nächsten Tagen
einen Ex-Bullen besuchen wird, der sich mit Fragen der Wirt-
schaftskriminalität befasst. »Mit ungewissem Ergebnis. Aber
es kann nicht schlimmer ausgehen als mein Zug durch die
Abteilungen, den ich hinter mir habe. Jetzt Sie, Reverdy.«

»Ich habe den Betriebsschutzleiter von Orstam getroffen ...«

»Na hören Sie, hellblaues Kurzarmhemd und königsblaue
Hose, das ist doch kein Outfit für Orstam.«

»Ich war nicht bei Orstam. Sautereau, der Betriebsschutzleiter, ist ein Ex-Bulle und langjähriger Freund, und wir waren
in einem Pariser Bistro verabredet, keine Sorge.«

Er fasst die von Sautereau gelieferten Informationen zusammen und führt zwei Punkte weiter aus: »Ein amerikanischer
Neuzugang in der Führungsriege, ein gewisser Steven Buck,
soll Fan der Nutten im Bois de Boulogne sein. Wir müssen
herausfinden, ob das stimmt. Es kann immer von Nutzen
sein. Etwas beunruhigender ist die defätistische Haltung der
Eastern-Western Bank, Orstams amerikanischer Hausbank,
die den unmittelbar bevorstehenden Konkurs des Unternehmens angekündigt hat.«

»Und ist die Gefahr gegeben?«

»Die Finanzabteilung von Orstam betont, das Unternehmen sei so gut wie gesund. Und die Anwesenheit einer Topfrau vom New Yorker Hauptsitz bei einem simplen Arbeitstreffen zwischen Bank und Finanzabteilung beunruhigt unsere Freunde. Sie wohnt im *Plaza Athénée*, wenn sie in Paris ist ...«

»Das gehört überprüft.«

»Ich habe jemanden bei der Hotelsecurity angerufen, ein alter Bekannter, und ihn darauf angesetzt.«

Noria betrachtet Reverdy ein paar Sekunden lang. Ganz schön fix unter seinem Habitus des zerstreuten Dandys. Halt dich ran, altes Mädchen, wenn du nicht den Anschluss verlieren willst. »Was schlagen Sie vor?«

»Warten wir, bis wir etwas Handfesteres haben, ehe wir neue interne Vermerke schreiben. Wir wollen ja unsere Leser nicht ermüden.«

»Einverstanden. Sie haben da was am Wickel, Reverdy, machen Sie's wasserdicht. Lainé?«

Lainé erzählt von seinem Treffen mit Castelvieux und fragt: »Was fangen wir damit an?«

»Das ist ein Relikt aus deinen jungen Jahren, es besteht kein wirklicher Zusammenhang mit unseren Zielsetzungen.«

»Eine amerikanische Großbank, die das Geld einer Drogenmafia wäscht ...«

»In Montreal, das ist ein bisschen ab vom Schuss, und dein Castelvieux hat das Ganze vielleicht frei erfunden ...«

Noria schlägt vor: »Sie treffen Ihren Spezi morgen, Sie bieten ihm an, sich der Polizei zu stellen, die ihn ins Gefängnis steckt, gut geschützt vor den Mafiosi, die ihn jagen, seine Anklage wird neu verhandelt, mildes Urteil, falls er uns tatsächlich den besagten Drogenring liefert. Das kostet Sie nicht viel Zeit, und es könnte unsere Kollegen vom Drogendezernat erfreuen, was zur Beliebtheit der DRPP beiträgt. Sie müssten nur morgen früh schauen, ob unsere Chefs bereit sind, diesen Vorschlag mitzutragen.«

»Ich kümmere mich darum.«

Paris

Es ist kurz vor halb sieben. Nicolas Barrot läuft schnell, mit gehetzten Schritten und gesenktem Kopf. Gleich beginnt sein Termin, er antizipiert die Empfindungen eine nach der anderen, spürt bereits einen Vorgeschmack der Lust. Heute gibt es die Komplettbehandlung. Das hat er sich verdient. Als er in die Straße mit dem Massagesalon einbiegt, kommt er an einem Portal vorbei, unter dem eine junge Frau an der Wand lehnt und auf ihrem Handy herumtippt. Aus dem Augenwinkel ein üppiger Schopf krauser roter Haare, eine Gestalt in einer unförmigen Tunika, die junge Frau richtet sich auf und heftet sich an seine Fersen. Als er den Massagesalon betritt, folgt sie ihm. Überraschung, dann regt sich Verlegenheit, aber die Empfangsdame lächelt ihm zu.

»Kabine fünf, wie immer. Lara erwartet Sie, und Ihr Tee ist bereit.«

Die junge Frau hinter ihm tippt immer noch auf ihrem Handy, und im Weggehen hört er sie fragen, ob es für weibliche Kundschaft auch männliche Nacktmasseure gibt. Er findet die Frage deplatziert.

Kabine fünf, er zieht sich aus, hängt seine Kleider sorgsam in einen kleinen Schrank, nimmt eine Dusche, tritt dann durch einen mit Reproduktionen japanischer Holzschnitte verzierten Paravent und steht im Massageraum, duftend, abgeschieden, intim. Er legt sich bäuchlings auf die in einen dunklen Holzrahmen eingelassene Matratze. Vor ihm ein großer Spiegel, damit er seine Masseuse jederzeit bei der Arbeit bewundern kann, neben seinem Gesicht eine Reihe Duftkerzen, er betrachtet die Flammen, blinzelt, vervielfacht sie im Spiegel ins Unendliche. Eintritt Lara. Sie zieht ihren rosa Kittel aus, den sie nachlässig über den japanischen Paravent wirft, und kommt nackt zu ihm, um ihm seinen Tee zu servieren. Er stützt sich auf die Ellbogen. Laras Brüste streifen sein Gesicht. Er trinkt seinen Tee in kleinen Schlucken, dann überlässt er sich Laras Händen, die ihn mit Öl einreibt, er ist auf dem Weg ins Glück.

Im Innenhof des Gebäudes lehnt neben den Mülltonnen eine Frau an der Wand und wartet. Ein Piepen aus ihrem Handy, sie setzt sich in Bewegung, nimmt einen Schlüssel aus ihrer Manteltasche, öffnet die Tür zum Hintereingang des Massagesalons, betritt das Lager, legt ihren Mantel ab. Sie trägt einen rosa Kittel wie die Masseusen des Etablissements zwischen zwei Kunden. Sie öffnet die Tür zum Salon, befindet sich zwei Schritte von Kabine fünf entfernt, hört Stimmen in der Empfangshalle. Die Rothaarige ist da, bereit, im Fall einer Panne für Ablenkung zu sorgen. Beruhigend. Aber Pannen wird es keine geben, sie ist Profi. Sie prüft die Uhrzeit, sie ist im Timing, mit der Schlüsselkarte, über die die Masseusen verfügen, öffnet sie die Tür zu Kabine fünf einen Spaltbreit, der rosa Kittel hängt wie vereinbart über dem Paravent: die Luft ist rein. Sie schlüpft in den Umkleideraum, hört eine gedämpfte Männerstimme über eine Frau reden. Armer Idiot. Sie öffnet den Schrank, nimmt die beiden Handys aus den Innentaschen der Jacke, die darin hängt, und geht zurück ins Lager. Vier Minuten seit Beginn der Operation. Nicolas Barrot, das Gesicht in die Matratze vergraben, heute will er Lara nicht sehen, spürt, wie zwei Brüste seinen Hintern berühren, dann über seinen Rücken nach oben streichen, während zwei Hände seine Schultern, seinen Nacken massieren. Entspannung, Wohlgefühl, er träumt von Julys Körper, er spricht über sie und bekommt einen Ständer.

Im Lager setzt sich die Frau auf eine Kiste, entnimmt ihrer Manteltasche ein Etui mit Goldschmiedewerkzeug, befestigt eine Ministablampe und eine Lupe an ihrer Stirn, konzentriert sich auf ihre Arbeit. Sie bringt in beiden Handys Wanzen an, setzt die Deckel wieder ein, steckt das Etui zurück in ihren Mantel, blickt auf die Uhr. Ihr bleiben fünf Minuten. Üppig. Sie macht den gleichen Weg noch einmal, hört die gleichen Stimmen am Empfang, öffnet die Tür zu Kabine fünf, der rosa Kittel ist immer noch an Ort und Stelle auf dem Paravent, der Typ auf seiner Matratze gurrt. Sie steckt die Handys in die beiden Innentaschen der Jacke im Schrank zurück. Als sie die Kabine verlässt, hört sie die Masseuse sagen: »Und jetzt drehen Sie sich auf den Rücken.«

Kapitel 5

Dienstag, 23. April
Polizeipräfektur Paris

Während Lainé mit den Chefs den Fall Castelvieux erörtert, nimmt Reverdy Noria mit auf einen Rundgang durch die Büros, um sie den Kollegen vorzustellen, die sie vielleicht nicht kennt. Es sind viele. Die ehemaligen RGPP haben es geschafft, die feindliche Übernahme durch die DCRI abzuwehren, aber nicht ohne Verluste und interne Umwälzungen. Noria hält sich länger im Büro von Bruno Merletti auf. Reverdy hat ihn als den Mann vorgestellt, der diejenigen kennt, die alles über die Huren im Bois de Boulogne wissen. Er empfängt sie herzlich. Sie kommt sofort zum Kern der Sache:

»Wir interessieren uns für einen gewissen Steven Buck, Amerikaner, Führungskraft im Geschäftssitz von Orstam, offenbar seit Anfang 2012 in Frankreich, er soll ein eifriger Besucher des Dickichts im Bois de Boulogne sein. Das ist das Einzige, was wir über ihn haben, und es ist lediglich Flurfunk.«

Merletti schaut auf seine Uhr, bald ist Apéro-Zeit, eine Verabredung, die man nicht verpassen darf.

»Kein Problem. Kommen Sie um zwei wieder. Es ist herrliches Wetter, ich nehme Sie mit auf eine Motorradspritztour zum Kommissariat des 16. Arrondissements, wo ich ein paar Freunde habe, und mit denen schauen Sie, was Sie über diesen Herrn herausfinden können, falls es etwas herauszufinden gibt.«

Um vierzehn Uhr warten Lainé und Reverdy im Büro gemeinsam auf ein Zeichen von Castelvieux, das nicht kommt.

Kommissariat des 16. Arrondissements von Paris

Merletti macht Noria mit Commissaire Marmont bekannt, einem stämmigen, lebhaften Vierziger, den sie sich als schnell gewalttätig vorstellt, und lässt sie dort (»Sie sind in guten Händen«), während er selbst zur Präfektur zurückfährt.

Unterstützt von einem Polizisten arbeitet Noria an einem der Computer des Kommissariats und stößt sehr schnell auf den Namen Steven Buck.

Am 22. April 2013 kam Paula Silva um 18:45 Uhr ins Kommissariat des 16. Arrondissements, um Anzeige zu erstatten gegen Steven Buck, den sie beschuldigt, sie am 20. April um 22:15 Uhr zusammengeschlagen zu haben, in seinem Wagen, der auf einem Reitweg am Tontaubenschießstand vom Cercle du Bois de Boulogne abgestellt war. Sie kennt ihn gut, er ist ein regelmäßiger Kunde. An besagtem Abend war der Betreffende stark alkoholisiert, so Paula Silva, die einen gebrochenen Wangenknochen und eine Verkrümmung der Nasenscheidewand davontrug. Das Opfer hat ein ärztliches Attest der Notaufnahme vom Ambroise Paré-Krankenhaus vorgelegt.

Nach Diskussion mit den Diensthabenden verwandelte sich die Anzeige in eine schlichte Meldung. Von Noria dazu befragt, kommentiert Commissaire Marmont:

»Paula Silva ist eine brasilianische Transsexuelle, ein explosives Wesen, wie die anderen fünf oder sechs brasilianischen Transen, die mit ihr auf den Strich gehen, sie haben ihre Stammecke im Bois, und es gibt häufig Auseinandersetzungen, mit Dritten oder untereinander, beim geringsten Anlass. Niemand hier hat Lust, sich in derlei Geschichten einzumischen, solange das Ganze im Rahmen bleibt. Für die Diensthabenden traf das in diesem Fall offenbar zu. Deshalb wurde keine Strafanzeige aufgenommen.«

»Wenn ich sie treffe, besteht dann die Chance, dass sie bereit ist, mir von diesem Buck zu erzählen?«

»Sie können's versuchen. Paula ist nicht die Schlimmste ihrer Bande. Sollen wir das Grüppchen einsacken, sie Ihnen herbringen, und Sie versuchen Ihr Glück?«

»Hier wird sie mir nichts sagen.«

»Sehe ich genauso.« Marmont überlegt einen Moment. »Das Beste wäre, sie allein an ihrem Fixpunkt zu treffen, ihrem Arbeitsplatz. Ich kann etwas für Sie arrangieren, aus Freundschaft zu Merletti. Kommen Sie heute Abend außerhalb der Stoßzeit, zwischen neun und zehn, nach dem Hochbetrieb bei Büroschluss in der Défense und vor dem bei Schließung der Nachtclubs. Ich lasse Sie von einem Kollegen begleiten, der Paula gut kennt und sie mit Ihnen bekannt macht. Wenn Sie ihr anbieten, sie für die mit Ihnen verbrachte Zeit zu entschädigen, und sie Sie sympathisch findet, könnte sie bereit sein zu reden. Schließlich war sie das Opfer in der Geschichte mit diesem Buck.«

Bois de Boulogne

Am Abend hat Noria sich einen Dienstwagen beschafft und folgt jetzt dem eines namenlosen Polizisten vom Kommissariat des 16. Arrondissements. An einem schönen Maiabend wie diesem ist der Bois bei Einbruch der Nacht stark bevölkert. Das Leben pulsiert heftig, aber im Stillen. Die Allée de Longchamp, die Zentralachse, um die dieses nächtliche Universum kreist, zeichnet eine schnurgerade Linie aus orangefarbenem Licht. Im Schatten der Bäume durchmessen Gestalten mit mechanischen Schritten die Nebenalleen, nähern sich dem Licht, wenn Autos vorbeifahren, treten dann beiseite und verblassen wieder. Die Luft vibriert in Moll von den Berührungen, Reibungen, zu Stöhnen unterdrückten Schreien und dem gedämpften Motorengeräusch der Wagen, die im Schritttempo vorüberziehen, wieder und wieder, unermüdlich. Hier und da sticht der Lärm eines Streits, das Schlagen einer Wagentür, manchmal der Tumult einer Polizeirazzia heraus. Heute Abend ist der Bois vergleichsweise ruhig.

Ihr Führer biegt rechts ab in die Allée de la Reine-Marguerite, dann in eine finstere Seitenstraße. Eine Gestalt im Fellmantel schießt aus einem Gebüsch, wirft sich ins grelle Licht der Scheinwerfer, öffnet mit theatralischer Geste ihren Mantel, Flash, sie ist vollkommen nackt, Noria hat keine Zeit, ihre Anatomie zu studieren, nur den Reflex, nach links einzuschlagen, um sie nicht zu überfahren. Ihr Führer ist bereits vorbei und hält hundert Meter weiter an. Noria parkt hinter ihm, sieht ihn aus dem Wagen steigen und sich in die dunklen Büsche schlagen. Ein paar Minuten später kommt er zurück, in Begleitung einer Frau, die ihn weit überragt. Eine Wahnsinnserscheinung. Nackte Beine, lang, schlank, schön geformt und sorgfältig enthaart, hochhackige schwarze Halbstiefel, ein runder, fester Hintern in schwarzen Ledershorts, ein schwarzer Bustier, der übernatürlich straffe Brüste darbietet und die Schultern eines Turners in Szene setzt. Das schwarze Haar, zum Bob geschnitten, umrahmt ein scharf geschnittenes Gesicht mit aggressivem, schwarzstichigem Make-up. Die Frau hat einen Bluterguss unter dem linken Auge, wahrscheinlich Folge der Prügel, die sie vor ein paar Tagen kassiert hat, und statt ihn zu verdecken, hat sie ihn noch betont, indem sie ihn schwarz geschminkt und die Kontur säuberlich nachgezogen hat. Noria fröstelt. Maskiertes Gesicht, Theater, Tragödie, schrecklich reizvoll. Sie lässt das Beifahrerfenster herab. Paula nähert sich dem Wagen, beugt sich hinunter, fixiert Noria, die sich schweigend mustern lässt, öffnet schließlich die Wagentür und setzt sich auf den Beifahrersitz.

»Fahren Sie. Ich mache Pause. Gehen wir an der Porte Dauphine einen Café trinken.«

Noria gehorcht ohne ein Wort. Ihr Führer ist bereits weg.

Als sie im Café aufkreuzen, geht Paula nicht unbemerkt durch, die Temperatur steigt um mehrere Grade, die Männer umkreisen den Tisch, an den sie sich gesetzt haben, und beglotzen Paulas Brüste, ihre Schultern, das Veilchen. Noria bietet ihr ihre Jacke an, sie legt sie über ihre Schultern, versteckt ihre Brüste, und der Druck fällt leicht ab. Sie bestellen zwei Café-Calvados, beginnen schweigend zu trinken. Paula gibt als Erste nach und eröffnet das Gespräch.

»Was genau wollen Sie von dem Typen, und was wollen Sie von mir?«

»Buck ist möglicherweise in Schlägereien verwickelt, die mit dem Tod zweier Opfer geendet haben, im Ausland, die dortige Polizei hat uns um Unterstützung bei einer Persönlichkeitsuntersuchung gebeten. Und da bin ich zu Ihnen gekommen.«

»Ich habe Anzeige gegen ihn erstattet.«

»Ich weiß. Deshalb bin ich hier.«

»Meine Anzeige hat zu nichts geführt.«

»So sind die Bullen, und das wissen Sie. Wenn Sie mit mir sprechen, führt es vielleicht zu etwas.«

»Wir machen einen Deal. Wenn Sie es schaffen, den Buck in die Scheiße zu reiten, kommen Sie und erzählen es mir, in allen Einzelheiten.«

Noria lächelt. »Genau das wollte ich Ihnen vorschlagen. Ich verspreche es Ihnen.«

»Nehmen wir noch einen Café-Calva?«

Paula ordnet ihre Geschichte, während Noria am Tresen bestellt. Als sie die Tassen auf den Tisch stellt, beginnt Paula zu erzählen, den Blick ins Leere gerichtet.

»Er war lange ein regelmäßiger Kunde ...«

»Lange, welcher Zeitspanne entspricht das?«

»Über ein Jahr. Er kam zum ersten Mal im vorletzten Winter. Mindestens einmal die Woche. Irgendwann wusste ich, wie er heißt, dass er in der Défense arbeitet und hier keine Familie hat. Wir hatten Sex im Auto. Es war immer gewalttätig. Schläge, und zum Abschluss hat er mich in den Arsch gefickt, als wollte er mich nageln, mich töten.«

»Warum sind Sie in der folgenden Woche wieder in seinen Wagen gestiegen?«

Paula betrachtet Noria. Ein Abgrund zwischen ihren beiden Leben, aber das zerbrechliche Gefühl, dass es Momente der Empathie geben kann.

»Weil er sehr gut zahlte. Vier- bis fünfmal mehr als die üblichen Freier. Wenn ich ihn bedient hatte, verließ ich den Bois, suchte mir ein Bett, und ich schlief die Nacht durch.« Paula versenkt sich in ihre Kaffeetasse und sagt leise: »Ich liebte das.«

Noria hält es nicht für dienlich, nachzuhaken, was genau dieses »das« umfasst.

»Der Abend des 20. April, erzählen Sie mir davon.«

»An dem Abend stank er und schwitzte Alkohol aus. Und bestimmt noch was anderes, Richtung Amphetamine. Das war schon vorgekommen. Es fing an wie immer, mit Schlägen. Und dann artete es aus, es war, als würde er sich an sich selbst vergiften, er geriet außer Kontrolle, fing an, mit Fäusten auf mich einzuschlagen.«

»Haben Sie sich gewehrt?«

»Nein. Weil am Anfang, da war alles wie immer. Er schlug zu und ich steckte ein. Dann war er plötzlich dabei, mich zu massakrieren, aber es war zu spät, ich konnte nicht mehr reagieren.«

Paula hält inne, sieht Noria an.

»Das verstehen Sie nicht, was?«

Körper und Gesicht reglos, hat sich Noria die Schilderung dieses Abends angehört. Dieser Moment, in dem man sich so vollkommen überwältigt fühlt, dass man jeden Überlebensreflex verliert. Natürlich versteht sie das. Sie hat es erlebt, vor gar nicht so langer Zeit. Sie steht auf, geht zum Tresen, bestellt weitere Café-Calva, setzt sich Paula gegenüber wieder an den Tisch, stellt die Tassen hin.

»Doch, ich verstehe sehr gut. In einem bestimmten Moment, wenn sich die Schläge häufen, unter dem immer schwerer lastenden Gewicht des Lebens, weiß man nicht mehr, dass man existiert, man verliert den Willen zu überleben.«

Paula betrachtet sie zwei Sekunden, ehe sie fortfährt: »Drei Freundinnen sind gekommen, sie haben mich aus dem Wagen geholt. Er ist weggefahren, sie haben mich ins Krankenhaus gebracht. Zwei Tage später habe ich Anzeige erstattet.«

»War er noch mal da?«

»Nein.«

»Kommt er noch in die Gegend?«

»Er hat es nicht versucht, aber in unsere Ecke kann er nicht mehr, nicht mal in die Nähe. Wir haben uns abgesprochen. Wenn er wiederkommt, kann er sich nur noch beim Discountstrich herumtreiben, drüben beim Périphérique. Die Transen dort sind Abfall, zu denen geht man nicht.«

Mittwoch, 24. April
Polizeipräfektur Paris

Das Team Ghozali zieht Bilanz. Steven Buck steht nicht nur auf Transsexuelle, er ist auch Alkoholiker, Junkie und pathologisch gewalttätig. Eine recht zwielichtige Persönlichkeit. Etwas zu zwielichtig für einen leitenden Angestellten bei Orstam. Man muss Sautereau um eine ergänzende interne Ermittlung bitten und ihm die Daumenschrauben anlegen. Reverdy kümmert sich darum. Ehe man einen Vermerk schreibt, wartet man den Rücklauf von Sautereau ab.

Castelvieux: kein Lebenszeichen gestern um vierzehn Uhr. Grund zur Beunruhigung? Noria und Reverdy denken eher nicht. Seine ganze Geschichte kann die Wahnvorstellung eines ewigen Studenten sein.

Lainé ist nicht einverstanden. Zum einen, weil er Castelvieux aus seiner Pariser »Unternehmer«-Phase von vor drei Jahren kennt. Kein bisschen mythoman, sondern organisiert, rational, effizient. Zum anderen, weil ihm sein Blick von neulich in Erinnerung geblieben ist, als er im *Balzar* vor seiner Tasse Kakao saß. Plötzlich ein gehetztes Tier.

»Also nehme ich ihn ernst. Und als ich gestern die Chefs abgeklappert habe, waren sie an dem Amphetaminring interessiert. Aber es gibt noch eine andere Hypothese: Er ist zurück ins Ausland, ohne sich extra von uns zu verabschieden.«

»Was schlagen Sie vor?«

»Wir warten ab, ob er heute um vierzehn Uhr ein Lebenszeichen gibt. Wenn wir wieder nichts von ihm hören, gehe ich auf die Jagd. Ich weiß in etwa, wen ich kontaktieren muss, um eine Chance auf Erfolg zu haben. Und selbst wenn er abgereist sein sollte, können wir seinen Bekanntenkreis nach interessanten Infos über seine Aktivitäten hier in Paris abgrasen.«

»Also schön. Einverstanden. Ich für mein Teil treffe meinen pensionierten Commissaire. Mal schauen.«

Paris

Ein modernes Gebäude in der Rue Nansouty am Parc Mont-souris, dritter Stock. Daquin macht ihr auf, gut geschnittene helle Stoffhose, marineblaues Rundkragenhemd. Eleganz und Lässigkeit. Noria denkt unwillkürlich: Reverdy hat noch viel zu lernen. Daquin begrüßt sie wie eine alte Bekannte, ohne übertriebene Vertraulichkeit, und führt sie in ein großes Zimmer. Noria bleibt auf der Schwelle stehen, überrascht vom Eindruck eines offenen, unstrukturierten Raums: zwei bücherbedeckte Wände, zwei große Fenster zum Park, eine Fernsehecke mit einem riesigen Bildschirm, zusammengewür-felte Sessel und wahllos platziert zwei, drei niedrige Tische. Zu dieser Stunde ist das ganze Zimmer in ein Spiel aus Schatten und Licht getaucht, das sich im Takt der schwankenden Wip-fel der Bäume im nahen Park verändert. Mein Büro, sagte Daquin. Um welche Sorte Büro handelt es sich?

In der Nähe der Fenster steht ein Mann in marineblauem Hausanzug barfuß vor einem hölzernen Pult und begutach-tet großformatige Fotos, die er in einer Zeichenmappe ver-staut. Er dreht sich um, macht einen Schritt auf Noria zu, er bewegt sich schön, stellt sie fest. Sie begegnet seinem Blick. Blaugrüne Augen, verschattet unter sehr langen Wimpern, betörend wie die von »The Look« Lauren Bacall. Er grüßt kurz und verlässt das Zimmer. In der Diele wechselt er ein paar Worte mit Daquin, zieht sich dann in die Tiefen der Wohnung zurück.

Daquin führt Noria zu ein paar Sesseln um einen niedrigen Tisch in der Mitte des Zimmers.

»Setzen Sie sich. Möchten Sie einen Café?«

»Sehr gern.«

Er verschwindet, Noria hört das Mahlen der Kaffeebohnen,

dann das Brummen der Espressodüse, erinnert sich an die Bemerkung Macquarts: Daquin ist Fanatiker, was guten Café angeht. Habe ich jemals einen guten Café getrunken? Was ist guter Café? Daquin kommt mit einem Tablett zurück, darauf zwei Espressi und zwei Gläser frisches Wasser, und stellt es auf den Tisch. Noria konzentriert sich, nimmt ihre Tasse. Auf der Oberfläche der Flüssigkeit ein dicker Schaum, karamellfarben getönt, sie trinkt in kleinen Schlucken. Der Mund ausgefüllt mit einem üppigen Geschmack, der anhält. Was für ein Geschmack? Nicht leicht, ein Gefühl mit einem Wort zu belegen, es ist das erste Mal, dass sie sich daran versucht. Als sie Worte findet (ein Hauch Säure und weiche Fülle?), stellt sie überrascht fest, dass die Empfindung im Mund stärker geworden ist.

Daquin hat seinen Café im Stehen getrunken, jetzt setzt er sich hin.

»Sagen Sie, Noria, was erwarten Sie sich von mir?«

Noria stellt ihre Tasse ab. »Das weiß ich selbst nicht so genau. Mein Team und ich, wir befassen uns mit Orstam.«

Sie spricht, ohne Daquin aus den Augen zu lassen, erzählt von der Verhaftung einer Führungskraft in den USA am 13. April, von dem Schweigen, das diese Verhaftung umgibt. Er wirkt vollkommen auf dem Laufenden. Sie fährt fort:

»Das liegt außerhalb meines Kompetenzfelds und ich bin am Schwimmen. Ich suche nach Orientierungspunkten, um mich zurechtzufinden. Ich habe eine Runde durch unsere Abteilungen gedreht, die mit wirtschaftlicher Sicherheit befasst sind, ohne Ergebnis. Da fiel mir unser Gespräch wieder ein, auf der Rückfahrt von Macquarts Begräbnis ...«

Daquin nimmt sich Zeit für seine Antwort. Er trinkt sein Glas Wasser, steht auf, geht in ein angrenzendes Zimmer, Noria kann flüchtig ein Büro erkennen, ein echtes mit

Geräten und Aktenstapeln. Er kommt mit der Ausgabe der *New York Today* vom 14. April zurück, legt sie auf den Tisch.

»Haben Sie das Foto von Lamblins Verhaftung gesehen?«

Sie beugt sich über die Zeitung. »Ich hatte das Agenturfoto im Internet gesehen. In der Zeitung ist es viel eindrucksvoller.«

»Inszenierung, Bildausschnitt, Schwarz-Weiß-Kontrast, Überbelichtung des Gesichts durch den Blitz für den tragischen Effekt, es ist alles da. Die Amerikaner sind Meister der Bilder.« Noria weiß die Anmerkung zu schätzen. »Als ich dieses Foto sah, habe ich beschlossen, eine Akte über Orstam in den USA anzulegen, um mein Seminar am Sciences-Po vorzubereiten. Ich halte mich gern ans Zeitgeschehen. Ich gehe jede Wette ein, dass Orstam nächstes Jahr in der französischen Presse Schlagzeilen machen wird.«

»So reagieren Sie, und das scheint mir vollkommen normal. Ich verstehe nicht, warum niemand über Orstam spricht, in den Medien, in der Regierung. Es handelt sich um ein Flaggschiff der französischen Industrie, mit strategischer Bedeutung für die Turbinen in unseren Atomkraftwerken, für die erneuerbaren Energien, unsere Kriegsmarine ... Haben Sie eine Erklärung dafür?«

»Ich habe mehrere. Zunächst mal verfolgen bei solchen Geschichten immer viele Leute ihre persönlichen Interessen und wollen nicht, dass man darüber spricht. Geschäftsgeheimnisse. Dann gibt es die inkompetenten Ignoranten, die keine Ahnung haben. Schließlich die Amerikaner, die es nicht mögen, wenn ihre Mauscheleien bei ihren Verbündeten an die große Glocke gehängt werden. Kein Druck auf die amerikanische Justiz ist zum Beispiel ein gut funktionierendes Argument, um die Franzosen zum Schweigen zu bringen.«

»Schwer zu glauben in so großem Maßstab.«

Daquin beobachtet sie ein paar Sekunden lang, lächelt. »Ich verlange nicht, dass Sie mir glauben.« Er fährt fort: »Wenn Sie Orientierungspunkte suchen, scheint mir, ist der erste eine Feststellung: Die Wurzel der Affäre liegt in den USA. Die amerikanische Justiz ist am Werk, schickt das FBI los, um besagten Lamblin zu verhaften, und vergisst dabei nicht, Fotografen zu bestellen. Damit haben wir schon zwei gewichtige Institutionen des amerikanischen Staates an vorderster Front. Aber ich bin sicher, es gibt noch eine dritte, und zwar nicht die geringste, die NSA.«

»Das interessiert mich. Wo sehen Sie die in unserem Fall?«

»Als Lamblin verhaftet wird, verfügt die US-Justiz bereits über alle notwendigen Beweise, um zu belegen, dass beim Pampa-Vertrag, den Orstam mit Indonesien zwischen 2004 und 2006 abgeschlossen hat, unlautere Provisionen geflossen sind.«

»Woher wissen Sie das?«

»Haben Sie die Pressekonferenz des Staatsanwalts am 15. April verfolgt?«

»Ich habe in der amerikanischen Presse einen Bericht gelesen.«

»Ich habe tags darauf im Internet eine vollständige Aufzeichnung gefunden. Ich schicke sie Ihnen. Der Staatsanwalt verkündet mit einem genüsslichen Tremolo in der Stimme, dass er eine Durchsuchung der US-Niederlassung von Orstam angeordnet hat und sich eine gewaltige Masse Mails in seinem Besitz befindet, er spricht von einer Million Mails, und aus vielen davon gehe der Tatbestand der Bestechung unmissverständlich hervor. Dabei hat er die Büros von Orstam gerade mal zwei Stunden vor der Pressekonferenz durchsuchen lassen. Er hatte schlicht nicht die Zeit, die beschlagnahmten Dokumente zu studieren. Ich denke, dass der Staatsanwalt lange vor der Durchsuchung über eine Masse gehackter Mails verfügte, und die Durchsuchung hätte dann die einzige Funktion, diese Datenpiraterie zu verschleiern.«

Relevant, denkt Noria. Das habe ich übersehen …

»Und nur die NSA kann so eine Massenpiraterie zustande bringen?«

»Nein, etliche Hacker dürften dazu in der Lage sein. Aber im Kontext enger Zusammenarbeit mit der Justiz wette ich auf die NSA.«

»Dann handelt die amerikanische Justiz auf Befehl, wie das FBI und die NSA? Ich höre ständig, wie ihre Unabhängigkeit betont wird …«

»Lassen Sie uns klären, was der Ausdruck ›Unabhängigkeit der amerikanischen Justiz‹ bedeutet. In puncto Wirtschaftsleben hält es die US-Regierung für ihre Pflicht, die Expansion der amerikanischen Unternehmen zu befördern, mit Mitteln und in einem Umfang, von denen wir hier in Frankreich nicht die leiseste Ahnung haben. Schon vierzig Jahre setzt sie ihnen Ziele. Dabei geht es um den Energiesektor und die neuen Technologien. Die Amerikaner sind von erstaunlicher Beharrlichkeit, was ihre strategischen Wirtschaftsentscheidungen angeht. Seit über einem halben Jahrhundert verlieren sie alle Kriege und erobern alle Märkte. Die Regierung hat den Unternehmen einen Verbindungsausschuss zur Verfügung gestellt, der sich aus CIA- und NSA-Leuten und großen Wirtschaftsbossen zusammensetzt, unter der Leitung des Handelsministeriums und mit der Möglichkeit, das Instrumentarium von NSA und CIA zu nutzen, wenn dieser Ausschuss es für notwendig hält. Nur ein paar französische Ideologen glauben, dass die amerikanischen Unternehmen Verfechter des freien Wettbewerbs sind. Wenn der Ausschuss es wünscht, kann er also Dossiers zusammenbasteln und sie der Justiz schlüsselfertig übergeben. Die Straftaten sind echt, die Dossiers mustergültig, also ohne Risiko, die Verfahren werden erfolgreich abgeschlossen und befördern die Karrieren der Staatsanwälte, die sie leiten. Und als Zugabe wahrscheinlich, sicher sogar, ein paar hübsche rentable Wechsel in die Wirtschaft oder die Politik, was bei US-Staatsanwälten üblich ist. Sobald die Dossiers in den Händen der Justiz sind, intervenieren Regierung oder Ausschuss nicht weiter. Um nach wie vor mit ihrer Unabhängigkeit prahlen zu können, müssen die Staatsanwälte lediglich vergessen, wie die Dossiers zu ihnen gelangt sind und wem sie nützen, und das schaffen sie mit einem betonhart guten Gewissen. Der erste Punkt, den Sie nicht aus dem Blick verlieren dürfen, ist also der, dass Sie es höchstwahrscheinlich mit einer koordinierten Offensive von FBI, NSA und Justizapparat zu tun haben, die unter Einsatz beachtlicher Mittel sicher schon eine ganze Weile läuft.«

»Und was bezwecken die Amerikaner damit?«

»Keine Ahnung im Moment. Vielleicht haben sie es auf ein fettes Bußgeld abgesehen, um ihre riesigen Defizite auszugleichen, oder sie versuchen einen europäischen Konkurrenten auszuschalten, zu zerschlagen oder aufzukaufen. Suchen Sie sich was aus.«

Einen europäischen Konkurrenten ausschalten, zerschlagen ... Noria denkt an Reverdy: »... alarmistische Haltung von Orstams amerikanischer Bank, angekündigter Konkurs ...« Eile ist geboten.

»Wie erklären Sie sich die Haltung des Orstam-Chefs? Er weiß, dass die Bestechung erwiesen ist und die US-Justiz Beweise hat. Er weiß außerdem, dass die Exterritorialität der amerikanischen Justiz von den französischen Wirtschaftsbossen und vom französischen Staat anerkannt wird. Trotzdem reagiert er nicht und unterbindet jeden Informationsfluss.«

»Ich kann Ihnen keine unumstößliche Antwort geben, nur zwei Hypothesen anbieten. Die erste: Er ist ein Ignorant, er weiß nicht, wie die amerikanische Justiz funktioniert, er bildet sich ein, wenn er die Sache aussitzt, wird alles gut, und er kann bis zum Erreichen des Pensionsalters in aller Ruhe weitermachen – so wie bei der französischen Justiz, die es mit der Höflichkeit bisweilen so weit treibt, dass sie die Verurteilung vertagt, bis die Bosse tot sind. Die zweite: Er ist gekauft, er denkt, dass der Machtkampf schlecht ausgehen wird, und versucht sich herauszulavieren, ohne ins Gefängnis zu müssen, und dabei möglichst noch ein hübsches Sümmchen einzustreichen. Was Geheimhaltung erfordert, solange der Schacher läuft ...«

Natürlich, sagt sich Noria. Ich hätte daran denken müssen. Schacher, also Geheimhaltungspolitik. Was mir immer noch nicht verrät, worum geschachtert wird.

»... Aber das sind lediglich Hypothesen, Sie finden vielleicht eine andere Erklärung für sein seltsames Verhalten. Wie dem auch sei, die Zeit drängt. Tut mir leid, wenn ich darauf herumreite, Noria, aber die amerikanische Justiz folgt einem anderen Takt als die französische.«

Als Noria Ghozali gegangen ist, kommt Bastien Marquet ins Hauptzimmer zurück.

»Café, bevor wir weiterarbeiten?«

»Café.«

»Sag mal, diese Frau ...«

»... heißt Noria Ghozali.«

»Wahnsinnsgesicht. Ich würde zu gern eine Fotosession mit ihr machen. Meinst du, sie wäre bereit, für mich Modell zu stehen?«

»Commandant Ghozali von der DRPP? Das würde mich

sehr wundern. Und ich kann mir nicht vorstellen, sie zu fragen.«

»Schade ... Ein Gesicht wie aus Stein, nichts als Flächen und Kanten. Ich sehe es in Schwarz-Weiß gearbeitet vor mir, es ist wie gemacht für Schwarz-Weiß, reine Schärfe und Kontraste. Und eingelassen in dieses Gesichts zwei dunkle Augen, so tief, dass man sich darin verlieren kann, sehr viel schwieriger einzufangen ... Wer ist sie?«

»Eine bemerkenswerte Polizistin. Ich habe nie mit ihr zusammengearbeitet, aber mein Freund Macquart hat ihr immer die Stange gehalten, und er irrte sich nicht in der Wahl seiner Mitarbeiter. Für mich ist sie eine einsame Frau, die keinen Sinn fürs Vergnügen hat.«

»Der Konflikt zwischen dem Gesicht und den Augen macht mir Lust zu erforschen, zu arbeiten und ihr dann ihr Bild durch meine Augen im Großformat zu zeigen. Sie neu erschaffen.«

»Träumst du von dir als Demiurg?«

»Seltsam, dass du diesen Begriff benutzt. Nicht sehr geläufig. Emily benutzte den gleichen, als sie über dich sprach.«

»Emily spricht über mich?«

»Keine Panik, das war vor fünfzehn Jahren, aber es hat bleibenden Eindruck hinterlassen.«

»Vor fünfzehn Jahren ...«

»Erinnerst du dich an unsere erste Begegnung?«

»Glaubst du, die konnte ich vergessen?«

»Ich werde dir erzählen, wie ich sie erlebt habe. Dank Emily Frickx, der angesagten Galeristin in New York, war ich vom kleinen französischen Werbefotografen zum Liebling des New Yorker Künstlermilieus aufgestiegen, und da war ich noch keine dreißig. Emily hatte mich zu ihrem großen Jahresfest eingeladen, ich kannte niemanden, ich wusste nicht, wie ich mich gegenüber all diesen extravaganten Leuten verhalten sollte, die mich in Angst und Schrecken versetzten und die ich bezaubern wollte. Ich schob mich Richtung Ausgang. Du kamst herein. Du hast mich angesehen, hast mich fixiert, ich fühlte mich ausgezogen, abgeschätzt und für gut befunden, ich schauderte und ich liebte diesen Schauder. Emily kam dir entgegen, strahlend, sie hat sich bei dir eingehakt, sich an deine Schulter gelehnt, mit dir gesprochen. Du sahst mich immer noch an. Ich war versteinert. Und eifersüchtig auf eure Vertrautheit. Dann seid ihr zu mir gekommen, Emily stellte uns einander vor. Und ließ uns allein. Du sagtest: ›Gehen wir.‹ Es war eine Feststellung, ich bin dir gefolgt. Erinnerst du dich?«

Lächeln. »Dunkel.«

»Vierundzwanzig fulminante Stunden später gingst du mit den Worten: ›Ich erwarte dich in Paris.‹ Erkennst du deinen Stil?«

»Schnörkellos.«

»Ich arbeitete mit Emily an einem Ausstellungskatalog. Ich fragte sie, wer du seist. Sie antwortete: ›Der Mann, der mir die Kraft und die Mittel geschenkt hat, das zu sein, was ich zu sein träumte.‹ Und mit einem Lächeln: ›Mein Demiurg.‹ Kein weiteres Wort. Als ich den Katalog abgeschlossen hatte, ging ich nach Paris, ohne etwas über dich zu wissen, einzig und allein um deinen Blick wiederzufinden und meinen Schauder. Théo, was ist da zwischen Emily und dir?« Gegenüber keine Reaktion. »Hast du mit ihr geschlafen?«

»Selbstverständlich …«

Erinnerung an jene zwei Tage in einer Berghütte in den Rocky Montains, Sex vor einem Holzfeuer, die Hitze und die Kälte auf den umschlungenen nackten Körpern, Emily praktiziert die körperliche Liebe als versierte Dilettantin, mit

Bravour und Genuss, ein kurzer Augenblick in einer langen Geschichte. Eine noch heute aufwühlende Erinnerung.

»… vor langer Zeit. Eine Frau, die ich hätte lieben können.« Lächeln. »Bist du immer noch eifersüchtig?«

»Nein. Das heißt … vor allem neugierig.«

»Kein Kommentar.«

»Schade.«

Daquin erhebt sich aus seinem Sessel. »Also, Bastien, wie war das mit dem Café? Eine leere Versprechung, typisch Gascogner … Lass gut sein, ich mach schon.«

Polizeipräfektur Paris

Vierzehn Uhr, vierzehn Uhr dreißig, immer noch kein Zeichen von Castelvieux. Um fünfzehn Uhr fragt Reverdy: »Also, dein Plan B?«

»Vor drei Jahren hatte Castelvieux eine Freundin, Alice Garrigue. Ein hübsches Mädchen, die tapfer die Rolle der jungen Unschuld spielte, völlig verstört angesichts der offenkundigen Schandtaten ihres Mackers. Sie waren sehr verliebt, und sie hat es geschafft, sich aus der Affäre zu ziehen, ohne ihn zu belasten. Wenn Castelvieux sich mit der Mafia am Hals und ohne Geld hierher nach Paris flüchtet, wenn er Angst hat und mit den Dummheiten aufhören will, wie er sagt, nimmt er logischerweise Kontakt zu ihr auf.«

»Studierende ziehen ständig um …«

»Aber ihre Handynummer wechseln sie nicht so oft, ich habe Alice' Nummer von vor drei Jahren. Ich rufe sie an. Kann ja nicht schaden.«

Alice geht beim dritten Klingeln ran, erkennt Lainé, den sie in guter Erinnerung zu haben behauptet. Ja, sie kann sich gern mit ihm treffen, auch wenn sie nicht recht versteht, wieso.

»Von wegen …«, schnaubt Lainé, die Hand auf der Muschel. Tagsüber arbeitet sie, aber heute Abend um achtzehn Uhr im *Bistrot Marguerite* auf der Place de l'Hôtel-de-Ville, das ginge. Lainé und Reverdy klatschen sich ab.

Paris

Als die zwei Polizisten am frühen Abend eintreffen, ist Alice bereits da, sie sitzt vor einer Tasse Tee und liest Zeitung. Reverdy findet sie hinreißend, Typ muntere junge Frau, sympathisch und geerdet. Lainé erkundigt sich, wie es ihr ergangen ist, interessiert sich für den Fortgang ihres Studiums, gratuliert ihr zum neuen Freund, der bald Anwalt sein wird. Im Anschluss wollen sie gemeinsam eine Kanzlei eröffnen. Lainé sagt ihr eine glänzende Zukunft voraus. In Wirtschaftsrecht, erläutert sie. Natürlich, das ist die beste Option, stimmt Lainé zu und schließt direkt an:

»Und Castelvieux, Sie haben ihn ja kürzlich wiedergesehen. Lassen Sie sich nicht wieder Ihr Leben von ihm vermasseln.«

Eine Feststellung, keine Frage. Alice gibt sich verblüfft.

»Woher haben Sie das?«

»Ludovic war bei mir. Ich denke, Sie wissen Bescheid?«

Alice, nach einem Hauch Zögern: »Ja, er hat es erwähnt.«

»Er hat mir selbst erzählt, dass er wieder Kontakt zu Ihnen aufgenommen hat. Was, meinen Sie, war der Auslöser für seine Rückkehr in die Vergangenheit?«

»Ich weiß nicht recht. Nicht ich jedenfalls. Nach dem Skandal an der Uni habe ich nie wieder von ihm gehört, und ich habe mich auch nicht darum bemüht. Und dann rief er mich vor gut einer Woche an und verabredete sich mit mir.«

»Das Datum, können Sie sich ungefähr daran erinnern?«

»Anfang letzter Woche.« Sie überlegt. »Montag oder Dienstag. Da hat er mir ein Ammenmärchen erzählt, er hat im Ausland gelebt, ohne zu sagen, wo, er hat viel Geld verdient in den fetten Jahren. Dann sind die Mafias auf den Plan getreten, Italiener gegen Russen oder andersrum, er ist überstürzt aufgebrochen, aus Angst, ermordet zu werden, und selbst hier in Paris fühlt er sich verfolgt. Ich habe das keine Sekunde geglaubt, es klang zu sehr nach dem Drehbuch für ein B-Movie, und er selbst machte keinen wirklich panischen Eindruck. Er hat noch erzählt, dass sein ganzes Geld im Ausland auf Eis liegt, er hat hier in Paris Kontakt zu einem Banker, der ihm helfen soll, da ranzukommen, deshalb ist er hier, aber das kann sich ein paar Tage hinziehen, und in der Zwischenzeit braucht er meine Hilfe. Da habe ich besser verstanden, was er von mir wollte. Und ich dachte: Es wäre nicht nötig gewesen, mir so ein Theater vorzuspielen.«

Sie unterbricht sich, wird rot, wendet den Blick ab. Hohe Kunst.

»Ich war sehr verliebt in ihn, früher, in einem anderen Leben …«

»Ich weiß, wir sprachen darüber.«

»Ich habe ihm geholfen, ich habe ihm die Wohnung eines Bekannten besorgt, der verreist ist, aber morgen zurückkommt, er meinte, zehn Tage würden ihm reichen.«

»Die Adresse?«

»Rue de Lille 39. Ich habe ihm beim Einzug geholfen. War schnell erledigt. Er hatte nur einen Koffer. Er rief mich jeden Tag an, wir haben uns mehrfach getroffen, aber seit letztem Montag kein Lebenszeichen mehr. Sein Handy ist tot, es reagiert nicht mehr. Er ist schon wieder ohne Vorwarnung abgetaucht.«

»Er hatte letzten Dienstag eine Verabredung mit uns, die er sich erkämpft hat. Kein Lebenszeichen.«

»Mein Bekannter kommt morgen von der Reise zurück. Ich bin in einer äußerst peinlichen Lage.«

»Wir könnten zu dritt in die Rue de Lille gehen und uns umsehen.«

»Warum? Machen Sie sich Sorgen?«

»Sorgen trifft es nicht ganz. Aber ich denke, die Mafiageschichten, die Castelvieux erzählt, sind vielleicht keine reine Erfindung. Und wenn es in seinem Umfeld mafiöse Aktivitäten gibt, ist nichts unmöglich, und ich brauche Zugang zu seinen Sachen.«

»Ich weiß nicht, ob das ganz legal ist.«

»Ist es nicht, das wissen Sie sehr gut, Frau angehende Anwältin. Aber einem flüchtigen Drogendealer, der strafrechtlich verurteilt ist, wissentlich zu helfen, anstatt die Polizei zu benachrichtigen, ist es genauso wenig. Gibst du mir, so geb ich dir …«

»Ich verstehe, was Sie sagen wollen …« Alice überlegt. Sie schenkt sich mechanisch Tee nach.

Lainé unterbricht sie. »Der ist kalt, trinken Sie das nicht, ich hole Ihnen heißes Wasser.«

Er kommt mit einer brodelnden Teekanne zurück. Alice greift den Faden wieder auf.

»Einfach so in die Rue de Lille zu gehen scheint mir unmöglich. Erstens habe ich keinen Schlüssel mehr, den habe ich Ludo gegeben, wir können also heute Abend nicht hin. Zweitens, dieser Bekannte … ist ein Kollege meines Lebensgefährten. Ich kann mir schwer vorstellen, morgen früh mit zwei Polizisten bei ihm aufzukreuzen und ihm zu sagen: Während deiner Abwesenheit habe ich deine Wohnung einem Mafioso überlassen, wir kommen, um eine Hausdurchsuchung zu machen … Meine Zukunftsaussichten sind gut, ich will das nicht wegwerfen. Aber ich kann ihn bei seiner

Rückkehr erwarten und mit zu ihm gehen, um beim Sauber-
machen zu helfen. Dort gibt es dann drei Möglichkeiten: Ludo
ist abgereist, ohne irgendwem Bescheid zu geben, und hat
seine Sachen mitgenommen. Ich rufe Sie an und sorge dafür,
dass wir in aller Diskretion eine ›Hausdurchsuchung‹ machen
können, sobald mein Bekannter zur Arbeit ist. Andere Möglichkeit: Ludo ist weg und hat alles vor Ort zurückgelassen.
Schon besorgniserregender. Ich sammle seine Sachen ein, um
meinen Bekannten nicht damit zu belasten, und übergebe sie
Ihnen. Und schließlich: Mein Bekannter und ich finden im
Wohnzimmer Ludos Leiche. Das wäre sehr unangenehm für
Ludo, für meinen Bekannten und für mich. Aber das kann ich
mir kaum vorstellen.«

»Warum?«

»Ludo ist ein ziemlich sonniger Typ ... Sind Sie mit meinen
Vorschlägen einverstanden?«

»Ja, Alice. Geben Sie mir Ludovics Handynummer.« Alice
kritzelt sie auf eine Ecke der Papiertischdecke. »Danke. Haben
Sie meine noch?«

»Natürlich, Christophe. Wie sollte ich Sie vergessen?«

Alice steht auf, lächelt, verabschiedet sich und geht.

Reverdy fragt: »Echte oder falsche Naive?«

Lainé zuckt die Achseln. »Das wusste ich nie, und ich versuche nicht, dahinterzukommen. Sie spielt ihre Rolle der Un-
schuldigen, egal was passiert, ich spiele meine des wissentlich
Betrogenen, dieses Rollenspiel ist eine Übereinkunft, die das
Verhandeln erleichtert.«

»Effizient. Gut gespielt.«

»Vielleicht. Warten wir's ab.«

Kapitel 6

Donnerstag, 25. April
Polizeipräfektur Paris

Lainé hat ein großes Paket Chouquettes mitgebracht, Reverdy geht Kaffee holen, Noria setzt sich an ihren Schreibtisch und findet ihre Männer perfekt.

Lainé stellt klar: »Das ist, um unsere Fortschritte zu feiern, ich werde sicher nicht jeden Tag Chouquettes mitbringen.«

»Macht nichts, wir wechseln uns ab. Also, besagte Fortschritte?«

»Alice ist ein Glücksfall. Indem wir zusammenfügen, was Castelvieux mir und was er Alice erzählt hat, können wir seinen Werdegang rekonstruieren. Er lässt sich in Montreal nieder, geht eine Geschäftsverbindung mit PE-Credit ein, um das Geld der lokalen Mafias zu waschen, verdient viel Kohle. Aber im April verschlechtert sich die Lage, blutige Abrechnungen, er bekommt es mit der Angst, flüchtet, sein Konto wird gesperrt. Wahrscheinlich durch PE-Credit, aber das wissen wir nicht. Er trifft vermutlich am 16. in Paris ein, wo er einen Banker kontaktiert, auf den er setzt, um an seine Kohle heranzukommen. Alice bringt ihn bei einem verreisten Bekannten unter, in der Rue de Lille 39. Er rechnet fest damit, schnell wieder zu verschwinden, sobald er sein Geld hat, und hat offenbar nicht die Absicht, uns zu kontaktieren. Aber er schafft es nicht, dieses Geld loszueisen, und wird zunehmend nervöser. Daraufhin ruft er mich am 22. an, fünf oder sechs Tage nach seiner Ankunft in Frankreich, vermutlich als Plan B. Ab dem 22. abends meldet er sich nicht mehr bei Alice, die er täglich angerufen hat, und sein Handy, dessen Nummer Alice uns gegeben hat, ist seit diesem Zeitpunkt tot. Morgen Abend, spätestens am Samstag, geht Alice in die Wohnung in der Rue de Lille, dann wissen wir mehr.«

»Wir werden im Internet die Aprilausgaben der Montrealer Lokalpresse nachlesen. Wenn es Abrechnungen im Mafiamilieu gab, werden wir höchstwahrscheinlich Spuren davon finden, und dann wissen wir, ob Castelvieux' Geschichte stimmt oder nicht. Was mich betrifft, keine großen Offenbarungen durch meinen pensionierten Commissaire. Aber er hat mir geholfen, meine Gedanken zu ordnen.«

Noria fasst das Gespräch mit Daquin kurz zusammen, spricht von einer wahrscheinlichen Datenpiraterie der NSA bei Orstam und schließt: »Wenn wir es mit einer koordinierten Großoffensive zu tun haben, die vor langem gestartet wurde, muss es hier bei Orstam zwangsläufig einen Brückenkopf geben. Unser erstes Ziel ist herauszufinden, aus wem er besteht, wie er handelt. Wir haben zwar hier und da ein paar Fährten, aber noch im Frühstadium. Reverdy, es hängt alles von Ihnen ab. Sie müssen Ihren Freund Sautereau aktivieren.«

»Ja, Chefin.«

»Zweites Ziel, diese Offensive mit Namen versehen: Welche Interessengruppen sind hinter der amerikanischen Justiz am Werk und was wollen sie? Mein Gesprächspartner hat hartnäckig betont, dass wir uns spät in eine Geschichte einschalten, die schon recht fortgeschritten ist. Wir müssen uns ranhalten.«

Bevor sie mit Lainé die kanadische Presse angeht, ruft Noria Ghozali im Kommissariat des 16. Arrondissements an, um sich bei Marmont für seine Hilfe zu bedanken, und erzählt ihm das Wichtigste aus dem Gespräch mit Paula Silva.

»Dieser Buck verprügelt gern Transen, denken Sie beim nächsten Übergriff an ihn.«

»Alles klar, und ich gebe Ihnen Bescheid, falls er rückfällig wird.«

Ende des Telefonats.

Lainé ist auf die Online-Ausgabe des *Journal de Montréal* gestoßen, der größten französischsprachigen Tageszeitung der Stadt. Er macht sich an die Lektüre der ersten Aprilhälfte, Noria übernimmt die zweite. Sie notieren sich beide ein paar Überfälle, Erpressungen und diverse Gewalttakte, die zu dem Puzzle gehören könnten, aber nichts Überzeugendes, bis Noria in der Wirtschaftsbeilage von Sonntag, dem 21. April, diesen Artikel entdeckt:

Wirtschaft Spezial Montreal, 21. April 2013
Nach Giorgio Bonellis Tod: Ermittlung neu aufgerollt

Giorgio Bonelli, Chef von TPM, einem in Montreal bekannten Tiefbauunternehmen, hat eine Zeugenaussage hinterlassen, aufgrund deren die Ermittlung zu seinem Tod, über den wir in unserer Ausgabe vom 14. April berichteten, neu aufgerollt wird.

Seine Putzfrau hatte am 12. April seine Leiche erhängt im Keller entdeckt. Ihm nahestehenden Personen zufolge litt er unter Depressionen. Sein Unternehmen war von Insolvenz bedroht. Die Ermittlung ging anfänglich von einem Selbstmord aus.

Nun hat die Polizei am späten Nachmittag des 19. April auf einer Pressekonferenz publik gemacht, dass sie am 15. April eine von Giorgio Bonelli verfasste schriftliche Zeugenaussage erhalten hat, Poststempel vom Tag seines Todes. Darin gesteht er, dass sein Unternehmen nur eine Tarnfirma war, die verschiedenen kriminellen Organisationen der Stadt mittels Gefälligkeitsdarlehen und einem ganzen System falscher Rechnungen zur Geldwäsche diente.

In seinem Brief belastet Monsieur Bonelli eine weitere Firma, Dandy, spezialisiert auf Vermietung und Leasing von Luxusautomobilen. Deren Chef Pietro Santelli kam am 29. März auf tragische Weise ums Leben, als ihn ein Wagen mit überhöhter Geschwindigkeit überfuhr. Der Raser beging Fahrerflucht und wurde nicht gefunden. Pietro Santelli und seine Firma Dandy sollen mit denselben kriminellen Organisationen zusammengearbeitet haben.

Die Justiz wurde umgehend eingeschaltet. Erste Ermittlungen ergaben, dass die beiden Firmen Dandy und TPM das Gros ihrer zweifelhaften Kredite mit CredAto aushandelten, einem Unternehmen im Leichtbauprinzip, dessen Geschäftsführer seit dem 13. April verschwunden ist und das de facto eine Strohfirma für eine bekanntere Bank sein könnte. Wie uns ein Ermittlungsinsider anvertraute, wurden in den drei Firmen, deren Geschäftsführer tot oder vermisst sind, große Teile der Buchhaltung vernichtet. Die Justiz hat gegen die drei Unternehmen eine Finanzermittlung wegen Geldwäsche und betrügerischem Bankrott eingeleitet. Aber dabei muss es durchaus nicht bleiben. Die Ermittler untersuchen, von welchen Komplizenschaften innerhalb der großen Banken Montreals dieses Netzwerk profitiert haben könnte.

Noria lädt den Artikel herunter, schiebt den Bildschirm von sich weg, lehnt sich mit geschlossenen Augen in ihrem Sessel zurück. Sie kennt und liebt diesen herben Geschmack im Mund, die Art, wie ihr Körper mit niedriger Frequenz vibriert, wenn sie eine heiße Fährte wittert. Aber immer schön vernünftig bleiben ...

»Lainé, Sie hatten recht zu insistieren.«

Lainé liest seinerseits den Artikel. »Inzwischen ist Castelvieux wahrscheinlich tot. Mafiaverbrechen ohne Leiche. Wie sollen wir weitermachen?«

»Falls wir weitermachen. Unser Team ist im Geheimdienstgeschäft, nicht im Kripogeschäft, und befasst sich mit wirtschaftlicher Sicherheit. Da besteht für mich keine offensichtliche Verbindung. Jetzt, wo es den Keim eines Ansatzes gibt, sollten wir versuchen, den Fall an die Kollegen von der Kriminalpolizei zu übergeben. Finden Sie das nicht vernünftig?«

»Ich finde es enttäuschend. Wenn man einer brisanten Sache auf die Spur kommt ... Gehen wir Mittag essen, bevor wir eine Entscheidung treffen?«

Freitag, 26. April
Levallois-Perret

Sautereau grummelt in seinem Büro. Reverdy war am Vortag bei ihm, hat dann am späten Nachmittag noch mal angerufen. Er mag es nicht, wenn man ihn unter Druck setzt. Aber als der Anfall von schlechter Laune vorüber ist, beschließt er, sich die Akte Buck noch mal vorzuknöpfen, um sein Gedächtnis aufzufrischen und um Reverdy einen Gefallen zu tun. Und auch, das muss er zugeben, weil der Mann ihn neugierig gemacht hat. Er beginnt damit, Bucks Bewerbungsunterlagen zu überprüfen, die beim Betriebsschutz archiviert sind. Bewerbung im Januar 2012. Von Carvoux empfohlen. Kommt nicht so häufig vor. Lebenslauf im Anhang. Finanzberater bei der VTC-Fondsgesellschaft. Auf Nachfrage des Betriebsschutzes hat die Fondsgesellschaft bestätigt, ihn 2011 eingestellt zu haben. Die Abteilung hatte Buck um ein paar ergänzende Unterlagen gebeten. An was für Operationen war er beteiligt? Und was war vor VTC? Dann hatte man sich an die DCRI gewandt, wie üblich. Obligatorische Vorgehensweise für Unternehmen im Nuklearsektor, was auf Orstam zutrifft, die Turbinen für Atomkraftwerke herstellen. Der positive Bescheid der DCRI ist Teil der Akte. Sautereau hatte daraufhin ein zustimmendes Votum abgegeben, noch vor Erhalt der erbetenen Unterlagen. Heute stellt er fest, dass sie nie eingetroffen sind, er gesteht sich ein, dass die Akte Buck leer ist und er selbst ziemlich leichtfertig war. Er startet eine Internetrecherche und findet keinen Eintrag über Buck. Er fordert einen hauseigenen Spezialisten an, der einen Großteil des Tages darauf verwendet, mit genauso wenig Erfolg. Buck existiert weder im Internet noch in den sozialen Netzwerken. Jemand ist dort durchgegangen und hat aufgeräumt.

VTC: eine vage Erinnerung, die Übernahme von Areva T&D durch Orstam vor zwei oder drei Jahren. Der Rivale bei dieser Transaktion war die VTC-Fondsgesellschaft als Vertreterin von PE, einem amerikanischen Orstam-Konkurrenten. Recherche in den im Unternehmen archivierten Akten zu diesem Vorgang. In einem Sitzungsprotokoll taucht Buck im Verhandlungsteam von VTC auf. Das hätte nicht automatisch eine Sperre seiner Bewerbung nach sich gezogen, aber unbedingt in seinem Lebenslauf erwähnt werden müssen. Kombiniert man dieses »Versäumnis« mit seiner Abwesenheit im Internet und in den sozialen Netzwerken, die sehr nach einer

Säuberung aussieht, ist das wirklich beunruhigend. Sautereau macht weiter, startet im Gesamtarchiv der Personalabteilung eine Recherche zu Steven Buck für den Zeitraum Januar 2012 bis 2013. Ein paar Notizen zu seinem Einkommen, Änderungen im Arbeitsvertrag, Gesundheitschecks der Arbeitsmedizin, nichts Besonderes. Und nach einer knappen Stunde ereignisloser Recherche diese Mail, adressiert an Carvoux, den Oberboss:

Lieber Freund,
ich glaube, ich habe den Mann gefunden, den Sie brauchen. Gute Kenntnis des Unternehmens, Zwischenstation beim amerikanischen Investmentfonds VTC, was einen hervorragenden Grundpfeiler für seine Bewerbung darstellt. Er ist derzeit in Paris. Halten Sie es für zweckdienlich, dass er Kontakt zu Ihnen aufnimmt?

Unterschrieben von Katryn McDolan mit Datum vom 15. Januar 2012. Dann folgt der Name Steven Buck mit einer Telefonnummer, unter der er zu erreichen ist.

Die Überraschung ist riesig. Zunächst mal hätte diese Mail eindeutig niemals im Archiv der Personalabteilung landen dürfen. Entweder ein Ablagefehler seitens der Sekretärin oder grobe Nachlässigkeit vom Oberboss. Darüber hinaus sagt die Mail einiges aus über den Einfluss von McDolan auf die Orstam-Direktion. Reverdys Bemerkungen über die Macht der Amerikaner kommen ihm wieder in den Sinn, sein Argwohn gegenüber der CIA. Die CIA, die nach allem, was er gehört hat, Spezialistin in Sachen Bereinigung von Lebensläufen ist.

Es folgt die Anschrift, unter der man Buck erreichen kann. Avenue du Président Kennedy im 16. Arrondissement. Eine

ziemlich schicke Adresse, die bei Sautereau ein Déjà-vu aus-
löst. Zwei Klicks später die Bestätigung, es ist die Adresse
von McDolans Zweitwohnsitz, wenn sie sich in Paris aufhält. Steven Buck ist nicht lange dort geblieben, er wurde
am 1. Februar 2012 bei Orstam eingestellt, und seine aktuelle
Adresse taucht bereits im Februar 2012 auf. Trotzdem, die
Verbindung zwischen diesen beiden scheint recht eng. Und
von welchem Unternehmen hat er »gute Kenntnis«, wie
McDolan schreibt?

Paris

Gegen siebzehn Uhr meldet sich Alice telefonisch bei Lainé.

»Ich stehe mit zwei großen Kartons auf dem Boulevard
Saint-Germain, Ecke Rue du Bac, können Sie mich abholen?«

Lainé nimmt einen Wagen, gibt Gas, findet Alice, die am
Boulevard Saint-Germain brav auf den Kartons sitzt. Er lädt
alles ein.

»Setzen Sie mich an der Station Odéon ab, das liegt auf
Ihrem Weg, ich werde dort erwartet.«

»Und, Alice, die Wohnung?«

»Ludovic scheint tatsächlich verschwunden zu sein. Er hat
seine gesamten Sachen dagelassen. Keine Unordnung wie
nach einer Schlägerei, aber es war auch nichts aufgeräumt
wie zur Vorbereitung einer Abreise. Ich habe zusammenge-
sucht, was überall verstreut herumlag, es ist alles da. Ich habe
weder Laptop noch Handy gefunden. Zum Glück hat er die
Wohnungsschlüssel in der Ablageschale in der Diele hinterlassen, so stand ich vor dem Bekannten, der mir die Wohnung
geliehen hatte, nicht allzu blöd da. Er hat gemotzt, aber es
hielt sich in Grenzen. Sagen Sie mir die Wahrheit. Ist Ludos
Verschwinden beunruhigend?«

»Ich habe keine Gewissheit, aber ja, ich denke, es ist besorg-niserregend. Ich habe ein paar Indizien, die darauf hinweisen, dass diese Geschichte von irgendwelchen Mafias, die ihm auf den Fersen sind, wahr sein könnte.«

»Bitte halten Sie mich auf dem Laufenden, aber diskret. Wenn mein Lebensgefährte etwas von Ludo mitbekommt … Ich steige hier aus. Danke fürs Mitnehmen.«

Als er in der Garage der Präfektur ankommt, ruft Lainé Reverdy an.

»Ich habe hier im Kofferraum von einem unserer Wagen zwei Kartons mit Castelvieux' Sachen. Was mache ich damit?«

»Bring sie in unser Büro.«

»Das widerspricht jeder Vorschrift … Diese Kartons haben nichts bei uns zu suchen.«

»Lass gut sein. Um Ghozali kümmere ich mich.«

Paris

Bei Büroschluss beeilt sich Martine Vial. Sie will pünktlich zu ihrer Verabredung mit Sophie Lamblin in der Brasserie *Aux Trois Obus* an der Place de la Porte de Saint-Cloud, zwei Schritte von ihrem Zuhause und dem der Lamblins. Die beiden Frauen sind Nachbarinnen und Freundinnen.

Sophie heute Morgen am Telefon: »Wir müssen uns sehen, ohne meine Kinder und deinen Mann. Es ist dringend.«

Martine Vial ist beunruhigt, Sophies Stimme klang nicht gut, zu angespannt, kurz davor zu kippen. Trotzdem wird sie sich nicht lange aufhalten, sie kann es kaum erwarten, ins Wochenende zu Freunden in der Normandie aufzubrechen, das erste Mal in diesem Jahr.

Als sie die Brasserie betritt, sieht sie Sophie vor einer Tasse Kakao zusammengekauert auf einer Bankecke hocken. Sie ist fahl. Martine umarmt sie, nimmt sich einen Stuhl, setzt sich und bestellt einen Tee.

Sophie Lamblin beugt sich vor, spricht mit sehr leiser, kaum hörbarer Stimme: »Ich komme gerade aus New York zurück. Ich habe François besucht.«

»Hat Orstam dir nun doch die Reise bezahlt?«

»Nein.« Sie unterbricht sich kurz, kann kaum atmen. »Ich habe mir das Ticket selbst geleistet. Als ich vom Richter die Erlaubnis bekam, meinen Mann zu besuchen, bin ich auf- gebrochen, ohne Orstam um irgendwas zu bitten.«

»Wie geht es ihm?«

»Nicht gut. Er hat mir einiges erzählt. Vor seiner Abreise hat er gezögert, wegen des Rundschreibens vom Chef, in dem geraten wurde, nicht in die USA zu fahren. Bist du auf dem Laufenden?«

»Ja.«

»Deshalb war er bei Anderson in der Rechtsabteilung, um zu fragen, ob eine USA-Reise für ihn riskant ist ...«

»Und?«

»Anderson hat ihm versichert, dass er keinerlei Risiko ein- geht, und ihn regelrecht zu der Reise gedrängt ...« Martine Vial verschüttet den Tee, den sie sich gerade einschenken will, verbrüht sich, schimpft, ihre Freundin fährt fort: »François denkt, er hat ihn in eine Falle geschickt. Die amerikanischen Polizisten haben ihn am Flughaften erwartet, sie hatten ein ganzes Dossier mit alten Geschichten über Kokainkonsum vorbereitet, noch aus seiner Studienzeit in den USA. Sie hat- ten auch Mails aus der internen Firmenkommunikation von Orstam, sie haben sie ihm gezeigt. François fragt sich, ob Anderson sie ihnen gegeben hat oder ob der Mailverkehr von Orstam von den Amerikanern gehackt wurde.«

»Wenn das wahr ist, ist es ungeheuerlich.«

»Er kann mit niemandem darüber reden. Er misstraut den Anwälten, die Orstam ihm geschickt hat, er fürchtet, sie könnten mit Anderson und der Rechtsabteilung unter einer Decke stecken, er darf nicht telefonieren, seine Post wird zensiert.« Sophie Lamblin steigen Tränen in die Augen. »Bei unserem Treffen hat er geweint.«

Sie senkt den Kopf, betrachtet ihre Tasse Kakao und fasst sich langsam wieder. »Ich weiß nicht, ob mir weitere Besuche genehmigt werden. Dieser war ein Gefallen. Er sitzt in Isolationshaft. Er denkt, das wird so bleiben. Es ist eine Art tropfenweise Folter. Wie soll ich mich deiner Meinung nach verhalten? Ich werde nicht dort hinziehen, es kostet ein Vermögen, ich spreche kein Amerikanisch, und die Kinder sind schließlich auch noch da … Ich habe nicht das Geld, mehrere Reisen zu finanzieren … Ich bin ratlos, Martine. Ich weiß nicht, was ich tun soll.«

Martine Vial steht auf, sammelt ihre Sachen ein. »Komm. Wir gehen nach Hause. Ich begleite dich und sage den Kindern guten Tag. Ich weiß wirklich nicht, was ich dir raten soll. Ich muss nachdenken. Diese Geschichte ist ein Hammer.«

Kapitel 7

Montag, 29. April
Polizeipräfektur Paris

Lainé hat die Kartons ins Büro ihres kleinen Teams geschafft
und mit schwarzem Filzstift beschriftet: Castelvieux. Sie nehmen fast den gesamten freien Platz zwischen den drei Schreibtischen ein.

Reverdy kommt an diesem Morgen sehr früh ins Büro. Er
will da sein, wenn Commandant Ghozali die Bescherung
entdeckt, um den Schock abzufedern. In Ermangelung eines
Olivenzweigs hat er Croissants mitgebracht.

Als Noria kurz darauf ankommt, stolpert sie als Erstes über
die Kartons. Sofort bestürmt Reverdy sie: »Werden Sie nicht
gleich wütend, ich erkläre es Ihnen. Setzen Sie sich, ich hole
uns zwei Kaffee vom Flur.«

Als er zurückkommt, stellt er einen Becher Kaffee und die
Croissants vor Noria ab, die an ihrem Schreibtisch sitzt, vor
sich Papier und Stifte, Computer hochgefahren. Er selbst
bleibt an die Kartons gelehnt stehen, den Becher in der einen,
ein Croissant in der anderen Hand, die blonden Locken zerzaust und ein breites Lächeln auf den Lippen. Noria weiß
die Croissants zu schätzen und findet ihn elegant in seiner
schwarzen Hose, dem weißen Hemd und einer grauen Kord-
weste mit tausend Taschen und großen Knöpfen. Was gibt er
heute? Montparnasse 1920?

Reverdy lässt sich willig betrachten, dann kommt er zur
Sache: »Diese Kartons hat Alice Lainé persönlich übergeben.
Vollkommen inoffiziell natürlich. Sie enthalten alles, was
Castelvieux in der Wohnung zurückgelassen hat, die sie ihm

besorgt hatte.« Pause. »Es ist möglicherweise alles, was zum jetzigen Zeitpunkt von ihm übrig ist …«

»Ersparen Sie mir das Melodram. Was wollen Sie?«

»Ich will, dass wir die Akte Castelvieux noch ein bisschen behalten, um der Kripo dann etwas wesentlich weiter Gediehenes zu übergeben. Bedenken Sie, Castelvieux verbringt acht Tage in Paris, ehe er sich an Lainé wendet. In diesem Zeitraum sucht er nach seinem Banker. Dieser Banker ist hier, er steht in Verbindung mit Geldwäsche und Drogen, vielleicht auch mit PE-Credit, wir müssen ihn finden. Eine Bank ist ein Unternehmen, ihre Sicherheit geht uns an.«

»An den Haaren herbeigezogen. Ihre ›Akte Castelvieux‹ stinkt. Ein Vermisstenfall ohne Leiche, irgendwelche Mafias in Montreal …«

»Folgen Sie meinem Gedankengang. Castelvieux wäscht drei Jahre lang Schwarzgeld. Er flieht, als die Ballerei losgeht. Die Polizei von Montreal hat festgestellt, dass die Buchhaltung der Strohfirmen, von denen eine die von Castelvieux sein muss, zerstört wurde. Ich versetze mich an seine Stelle. Ich fliehe, schön, aber ich nehme in der einen oder anderen Form Beweise mit, die die großen Banken belasten, mit denen ich zusammengearbeitet habe. Zu meinem Schutz.«

»Einverstanden.«

»Diese Beweise sind in diesen Kartons.«

»Na gut, dann durchsuchen wir sie.« Lächeln. »Wirklich nur, um Ihnen einen Gefallen zu tun. Ich übernehme das.«

Feststellung: Trotz ihrer asketischen Ausstrahlung ist die Commandante Ghozali keine fanatische Paragrafenreiterin. Perfekt, wir werden uns verstehen.

»Und Sie, Fabrice, wie weit sind Sie mit Buck?«

»Nichts Neues.«

»Der Typ ist nicht ganz sauber, das spüre ich.«

»Hören Sie jetzt auf Ihr Bauchgefühl, Commandant?«

»Ja. Klar. Um zu wissen, was ich noch wasserdicht machen muss.«

Nach Reverdys Aufbruch geht Noria an die Arbeit. Sie requiriert einen leeren Raum im Erdgeschoss, zieht ein Paar Handschuhe über und beginnt mit der Durchsuchung. Eine Arbeit, die sie mag, minutiös, Hände und Hirn in Aktion. Systematik, Geduld und Ergebnisse. Als Erstes den Inhalt der Kartons komplett ausleeren, eine schnelle Bestandsaufnahme machen. Erster Karton: ein warmer Wintermantel und leichtere Kleidung, zwei Hosen, ein Blouson, eine Regenjacke, ein Dutzend Kurzarmhemden und T-Shirts, ein Pullover und eine geringe Menge Unterwäsche. Sie prüft die Etiketten: nordamerikanische Marken. Unter der Kleidung drei englischsprachige Bücher. Im zweiten Karton, durcheinandergeworfen, ein Kulturbeutel, fünf DVD-Hüllen, ein Radio, ein Paar Kopfhörer, ein Paar Schuhe, Umschläge, leere Aktenmappen, ein Block mit Blankopapier, zwei Kugelschreiber, ein paar Zigarettenpackungen, Paracetamol-Schachteln, drei Einwegfeuerzeuge, nichts, was einer überstürzten Abreise aus Montreal widersprechen würde, ergänzt durch in Paris gekaufte Schreibwaren. Kein Handy, klar, das muss er bei sich gehabt haben. Aber eine leere Laptophülle und kein Laptop, schon beunruhigender. Fehlen jeglicher persönlicher Unterlagen, Rechnungen und dergleichen, keine Spur von dem Koffer, den Alice erwähnt hat. Das kann auf eine »wilde« Durchsuchung der Wohnung hindeuten, bei der man den Koffer benutzt hat, um mitzunehmen, was den Besucher interessierte. Kein gutes Zeichen. Um ganz sicherzugehen, öffnet sie den Kulturbeutel. Und da – ein Fund, der sie überrumpelt: inmitten von Zahnbürsten, Zahnpasta, Rasierern, diversen Cremes und Aftershaves eine angebrochene Packung Naturhennapulver, merkwürdig. Vielleicht die Hinterlassenschaft einer kanadische Liebsten, eine Packung, die in der Eile der Flucht mit dem Rest zusammengerafft wurde. Sie prüft den Inhalt, es ist tatsächlich Henna. Ihre Mutter blockierte am Tag vor Festtagen das Familienbadezimmer, bei absolutem Verbot, sie zu stören, sie rührte ihre Mischung an, tätowierte sich Handrücken und Finger, ließ sie trocknen. Kein Fest ohne Tätowierungen. Es war ihr einziger Moment der Ruhe und des Glücks. Meine Mutter, ich habe sie gehasst, dann habe ich sie vergessen. Diese Vergangenheit, die nicht aufhört wiederaufzuerstehen, mich verfolgt, seit Samia vor zwei Monaten in mein Leben geplatzt ist, um mich vom Tod meines Vaters zu unterrichten. Erinnerung an diese Rückkehr in die Vergangenheit. Da sind sie, zu zweit im Wagen, unterwegs zur Wohnung von Norias Eltern, nebeneinander, schweigend. Noria weiß, sie hat keinerlei Kontrolle über die vor ihr liegenden Stunden, und fürchtet sich davor. Sie hat Mühe zu atmen. Der Verkehr ist flüssig, sie kommen früher an als erwartet. Die Siedlung ist immer noch die gleiche, der Parkplatz, die Eingangshalle, die Briefkästen, der Aufzug, alles hat sich verändert, aber Noria erkennt alles wieder, die Gerüche, die Farben, den Verfall, die Nachbarn, eigenartiges Gefühl, die Vergangenheit erneut zu durchleben, wieder ein Mädchen zu sein, im Krieg in einer feindlichen Welt. Samia hat sie am Arm genommen, sie gehen langsam. Mit jedem Schritt fühlt Noria sich schwerer, der Kopf leer und hallend. Was tue ich hier? … Wonach suche ich? Ein Knäuel an Gefühlen, Empfindungen, Reue, Verletzungen, ein Tonnengewicht auf ihrem Magen. Keine Lust, es zu entwirren, ich denke morgen darüber nach. Drei Stockwerke, Stufe für Stufe, während sie sich am Geländer festklammert.

Als sie auf dem Treppenabsatz im dritten Stock ankommen,

tritt Mohamed, Norias ältester Bruder, aus der Wohnung der Eltern und knallt die Tür zu. Verblüfft bleibt er vor Noria stehen, dann packt er sie an den Schultern und scheucht sie mit Fausthieben zum Aufzug. Seine leise Stimme zischend zwischen den Zähnen, stößt er auf Arabisch hervor:

»Verschwinde. Du hast hier nichts zu suchen. Du bist tot, in diesem Haus existierst du nicht mehr, hast du das nicht kapiert?«

Noria, die Commandante der DCRI, lässt sich herumschubsen, schlagen, ohne Gegenwehr. Wie Paula, die Transsexuelle. Samia brüllt, fährt dazwischen. Der Bruder geht fort, das Begräbnis, die Moschee warten nicht. Die Mutter, üppig und würdevoll, ganz in Weiß gehüllt, taucht im Türrahmen auf. Sie stößt einen Schrei aus, als sie ihre Tochter erkennt, öffnet weit die Arme, umfängt Noria, umklammert sie, murmelt: »Meine Tochter, meine Tochter, Licht meines Herzens.« Noria lässt sich gegen ihre Brüste sinken. Die physische Zärtlichkeit ihrer Mutter, ein vergessenes Gefühl, ein schnell erstickendes Gefühl. Zu viel Fleisch, zu viel Wärme. Gemischte Erinnerungen, Momente mütterlicher Zärtlichkeit, gebreitet über die Momente väterlicher Gewalt, ein Breiumschlag auf den Spuren der Schläge. Die Mutter weint und wird in Norias Armen ohnmächtig. Gewicht des Körpers, Wülste aus feuchtem, überquellendem Fleisch, Wiederholung einer Szene, die sie bereits durchlebt hat, mehr als einmal. Samia kommt ihr zu Hilfe und die beiden Frauen stützen die alte Dame, bringen sie zurück in die Wohnung, führen sie zu ihrem Zimmer, legen sie auf ihr Bett.

»Bleib, meine Tochter, bleib bei mir.«

Samia verschwindet, Noria setzt sich auf die Bettkante. Die Mutter nimmt ihre Hand und streichelt sie. Noria betrachtet die hennagefärbten Finger, die Arabesken auf dem Handrücken, reißt sich zusammen, lässt sie gewähren, schaut sich um. Erneut die Erinnerungen. Diese Wohnung war ein Käfig, sie stieß sich an allen Wänden, an sämtlichen Möbeln. Aus der Küche kommt der Geruch einer köchelnden Tajine, Übelkeit.

Die Mutter psalmodiert zwischen zwei Schluchzern, kleinen trockenen Schluchzern ohne eine Träne: »Warum hast du uns verlassen? … Meine Tochter, meine einzige Tochter, jede Nacht habe ich an dich gedacht, jede Nacht habe ich Allah angefleht, dass du zu mir zurückkommst. Ich wäre vor Kummer beinahe gestorben.«

Noria zieht ihre Hand weg. Immer das gleiche Lied. Ganze Nächte voller Schuldgefühl, Wut, Ohnmacht habe ich darüber geweint.

Nach einer Pause spricht ihre Mutter weiter: »Jeden Tag sagte dein Vater zu mir: Du wirst sehen, Allah wird unser Haus segnen, sie wird zurückkommen. Dein Vater, der Ärmste, ist gegangen«, kurzes Innehalten, um den letzten Schlag zu versetzen, »er ist vor Kummer darüber gestorben …«

Noria lacht, ein spontanes Lachen, das von weit her kommt, aus großer Tiefe, außerhalb jeder Kontrolle.

»Er hat lange gebraucht, um daran zu sterben, dreißig Jahre … Man kann sagen, er hat sich Zeit gelassen.«

Das Lachen tönt laut. Die Mutter hört verblüfft auf zu schluchzen, schließt die Augen, dreht sich dann langsam in ihrem Bett um, Gesicht zur Wand, ohne ein Wort. Noria steht auf, schließt die Vorhänge vor dem Fenster, löscht die Nachttischlampe.

»Du bist sehr müde. Schlaf, du hast es nötig, schlaf ein Stündchen, wir wecken dich, wenn die Nachbarinnen kommen.«

Noria geht aus dem Zimmer. Die »bald Tote«, wie Samia sie nannte, ist bei recht guter Gesundheit, immer noch ganz die Alte.

Heute, über diese Hennapackung gebeugt, geht Noria auf,

dass der Tag der Beerdigung des Vaters auch der Tag war, an dem ihre Mutter sie zum ersten Mal zum Lachen gebracht hat. Lachen, nicht Hass. Die Erlösung …

Sie richtet sich auf, zieht die Handschuhe aus, es ist Pausenzeit. Schnelles Mittagessen in der Kantine. Mit der Inspektion der Kartons hat sie noch eine Menge zu tun.

Nach der Bestandsaufnahme macht sich Noria an die gründlichere Untersuchung des Kartoninhalts. Sehr hohe Wahrscheinlichkeit, dass die Sachen von Castelvieux bereits gefilzt wurden, das Verschwinden des Laptops ist ein Indiz dafür. Was suchen wir, der erste Eindringling und ich? Ich folge Reverdys Gedankengang, der mir schlüssig erscheint. Waschen von schmutzigem Geld, Flucht, kompromittierende Unterlagen. Das wäre eine normale Reaktion. Vermutlich sind der erste Eindringling und ich auf der Suche nach Kontoauszügen. Papierausdrucke? Zu platzraubend, wenig wahrscheinlich. Diese Hypothese lässt sich leicht ausschließen. Noria untersucht den Block mit Blankopapier, öffnet alle leeren Aktenmappen, blättert jedes der drei Bücher durch. Nichts. Wie vorherzusehen. Mit ziemlicher Sicherheit Computerlistings. Zweifellos auf seinem Laptop, und an diesem Punkt habe ich verloren. Aber es muss eine Sicherheitskopie geben, andernfalls ist man zwielichtigen Bankern hoffnungslos ausgeliefert. Auf einer DVD? Möglich. Erstaunlich, dass die fünf DVDs nicht zusammen mit den persönlichen Unterlagen und dem Laptop eingesackt wurden. Vielleicht von den Mördern im Eifer der Durchsuchung für die des Wohnungsinhabers gehalten? Um eine vollständige Sichtung komme ich wohl nicht herum. Noria wirft einen Blick auf die Titel auf den Hüllen. Drei mehr oder weniger softe Pornos und zwei Teile *Fluch der Karibik*. Jähe Lust auf Kino, echtes Kino, ein guter amerikanischer Film noir aus den Vierzigern. Später, das muss warten.

Ein USB-Stick? Das ist die wahrscheinlichste Möglichkeit und meine beste Chance. Leicht zu verstecken, schwer zu finden. Die Säume und das Futter der Kleidung untersuchen, ehe ich mir die Schuhe vorknöpfe. Mit welchem Kleidungsstück anfangen? Mit dem Wintermantel. Er ist aus dickem Material und passt nicht zur Jahreszeit. Noria erforscht systematisch alle Bereiche, wo der gefütterte Stoff einen sehr kleinen Gegenstand verbergen könnte, und stößt schließlich im Saum eines Ärmels auf eine Wölbung. Sie untersucht den Saum, er wurde sorgsam wieder zugenäht. Aus einem Nachbarbüro holt sie sich eine Schere und fördert einen USB-Stick zutage. Das Goldene Vlies, ein genüsslicher Moment. Zu kurz. Der kleine Castelvieux vermag sie nicht zu fesseln.

Ihr bleibt nur noch, alles wieder einzuräumen und die Kartons zurück ins Büro zu schaffen. Sie unternimmt einen kurzen Versuch, den Stick auf ihrem Computer einzulesen. Passwortgeschützt. Sie beißt sich nicht daran fest, sie ist nicht gut mit Computern und will nicht riskieren, den Inhalt dieses kostbaren Sticks zu beschädigen oder zu löschen. Es gibt Spezialisten im Haus. Darum kümmern wir uns morgen, oder übermorgen. Noria verspürt weder Druck noch Eile. Als hätte sie sich noch nicht ganz eingelassen auf ihren neuen Job.

Der Nachmittag neigt sich dem Ende zu. Reverdy ist nicht ins Büro zurückgekommen. Zeit fürs Kino.

Levallois-Perret

Mit einer Unterschriftenmappe unter dem Arm betritt Martine Vial das Büro von Gilbert Lapouge, ihrem Abteilungsleiter. Er empfängt sie mit einem Lächeln, wie immer. Martine Vial ist eine Vorzeigemitarbeiterin, ihr Verhältnis ist recht entspannt, es gibt keine Befangenheit zwischen ihnen.

»Monsieur, haben Sie im Laufe des Tages ein paar Minuten für mich? Es gibt etwas, das ich gern mit Ihnen besprechen möchte.«

»Legen Sie los, Martine, bevor ich mich in das Meer von Papieren stürze, die Sie mir da bringen.«

»Ich habe vergangene Woche Madame Lamblin getroffen, sie ist eine langjährige Freundin von mir. Die amerikanische Justiz hat ihr erlaubt, ihren Mann zu besuchen …«

»Ich wusste nicht, dass ihr das untersagt war.«

»Ihr Mann ist in Isolationshaft, Monsieur. Und seine Frau hat kein ständiges Besuchsrecht. Sie fand ihn sehr deprimiert, und er hat ihr zwei Dinge gesagt. Erstens: Die amerikanische Polizei hat Kenntnis von gewissen Orstam-internen E-Mails.«

»Ist sie da sicher?«

»Die Polizisten haben Monsieur Lamblin hochvertrauliche Mails gezeigt. Zweitens hat er erzählt, dass er vor seiner Abreise Anderson von der Rechtsabteilung konsultiert hat. Der hat ihn nicht gewarnt, sondern ihn im Gegenteil ermutigt, die Reise zu machen.«

»Das entspricht nicht der Darstellung der Abteilung.«

»Monsieur Lamblin denkt sogar, dass Monsieur Anderson ihm eine Falle gestellt hat.«

»Eine Falle?« Die Stimme ist um zwei Töne nach oben gegangen. »Aber zu welchem Zweck? Das scheint mir unwahrscheinlich.«

»Mehr weiß ich nicht darüber, Monsieur.«

»Martine, bringen Sie dieses Gerücht bloß nicht in Umlauf. Es könnte Schaden anrichten im Hause, und das können wir derzeit nicht gebrauchen.«

»Ich spreche mit Ihnen darüber, Monsieur, mit sonst niemandem. Aber Sie wissen sehr gut, dass das Gerücht trotzdem kursieren wird. Ich bin nicht die Einzige hier, die mit Madame Lamblin gut bekannt ist.«

Der Direktor faltet die Hände, schließt einen Moment die Augen, öffnet sie wieder.

»Sie haben recht. Ich muss darüber nachdenken. Wir kommen sehr bald noch mal darauf zurück. Danke, dass Sie mich unterrichtet haben.«

Wenig beruhigt verlässt Martine das Büro.

Später am Tag bittet Lapouge Maurice Sampaix in sein Büro. Er informiert ihn über sein Gespräch mit Martine Vial.

»Was denken Sie darüber?«

Sampaix brummelt: »Ich bin keine Leuchte in Informatik, aber unsere Mails sind verschlüsselt, wir haben den Betriebsschutz, die französische Spionageabwehr, ich bin geneigt, mich auf sie zu verlassen. Ansonsten, Weibergeschwätz?«

»Möglich. Madame Lamblin hat ihren Mann in einer tragischen Situation angetroffen, das Gefängnis, in dem er einsitzt, ist besonders brutal, es geht ihm nicht gut. Das alles kann eine Rolle spielen. Was uns betrifft, haben wir mit der Rechtsabteilung immer vertrauensvoll zusammengearbeitet.«

»Aber Anderson kennen wir nicht gut. Und in der aktuellen Lage sehe ich überall Gefahren.«

»Ob dieses Gerücht der Wahrheit entspricht oder nicht – dass es kursiert, ist beunruhigend.«

»Und ehrlich, dies ist nicht der geeignete Moment.«

»Genau das habe ich Martine Vial auch gesagt. Sie haben Freunde unter unseren Juristen. Eine kleine Runde durch die Abteilung, um die Lage zu sondieren? Und im Anschluss sprechen wir uns wieder.«

»Ich werd's versuchen.«

Dienstag, 30. April
Polizeipräfektur Paris

Noria, Reverdy und Lainé begegnen sich am Fuß der Treppe, die zu ihrem Büro führt.

»Und, die Kartons?«, fragt Reverdy.

Noria berührt mit dem Finger das Lacoste-Hemd des Tages in Knallgrün. »Nur keine Ungeduld, wir sehen uns oben. Wer zuletzt kommt, holt Kaffee für alle.«

Und sie startet einen kleinen Trab durchs Treppenhaus wie beim Training. Die zwei Männer lassen sie ohne Reue ziehen, steigen gemächlich nach oben, gehen beim Kaffeeautomaten vorbei und dann zu ihr ins Büro, das immer noch mit den Castelvieux-Kartons zugestellt ist. Noria sitzt an ihrem Platz und wartet auf sie, sie hat ihren Schreibtisch leergeräumt und vor sich gut sichtbar einen USB-Stick platziert. Zu schön, um wahr zu sein? Sie wagen nicht, ihn zu berühren. Noria lächelt.

»Ich habe mir meinen Kaffee wohl verdient, oder?«

»Wo war der?«

»Versteckt im Saum eines Wintermantels.«

Lainé reicht ihr einen Becher Kaffee und macht eine feierliche Verbeugung. »Bravo. Ich weiß nicht, ob ich das genauso gut hinbekommen hätte ...«

»Aber natürlich. Unterschätzen Sie sich nicht, das hat keinen Wert. Der Stick ist passwortgeschützt, ich wollte nicht daran rühren. Wissen Sie, wem im Haus wir ihn geben können?«

»Ja. Klar. Ich kümmere mich darum.« Lainé schnappt sich den Stick.

»Und Sie, Reverdy, wie steht es bei Ihnen? Sind Sie weitergekommen mit unserem Buck?«

»Noch nicht. Offenbar gibt es Wirbel bei Orstam. Martine Vial zufolge sind die Angestellten allmählich beunruhigt, weil sie keinerlei Information über Lamblins Verhaftung erhalten. Ich konnte vor Donnerstag keinen Termin mit Sautereau bekommen. Er wird mich einer Säule der Finanzabteilung vorstellen. Da erfahre ich sicher etwas Neues.«

Levallois-Perret

Sampaix hat gestern Abend noch ein paar Telefonate geführt, um die Meinungen und Eindrücke langjähriger Kollegen einzuholen, die in der Rechtsabteilung arbeiten, eine traditionelle Verbündete der Finanzen. Alle sagen, dass Anderson seit Lamblins Verhaftung nicht in Hochform ist. Seine Hauptaufgabe in der Rechtsabteilung besteht darin, die besten Schliche zu finden, um die Zahlung betrügerischer Provisionen zu verschleiern, ihm ist deshalb klar, dass er bis zum Hals in zahllosen Korruptionsaffären steckt, seine Situation ist brenzlig, und er hat Angst. Er hat kein Format, aber niemand kann sich vorstellen, dass er das Zeug zum Verschwörer hat. Nach kurzem Nachdenken beschließt Sampaix, ihn in der dritten Etage aufzusuchen, und spricht ihn am Kaffeeautomaten direkt auf das Thema an.

»In unserer Etage kursiert ein ziemlich unheilvolles Gerücht. Lamblin soll dazu gedrängt worden sein, in die USA zu reisen, es ist sogar die Rede von einer möglichen Falle. Sie waren der Letzte, der ihn vor seinem Aufbruch gesehen hat. Was sagen Sie dazu?«

»Ich habe versucht, ihn von der Reise abzubringen. Aber da war nichts zu machen. Aus unseren internen Untersuchungen wurde er mit reiner Weste entlassen, er hielt sich für unantastbar.«

»Reichlich naiv, oder? Jeder weiß, was unsere internen Untersuchungen in Sachen Korruption wert sind.«

»Das liegt auf der Hand, und ich habe ihm das auch gesagt. Ich habe alle mir zur Verfügung stehenden Argumente vorgebracht. Aber bei der Konferenz, zu der er wollte, stand seiner Meinung nach geschäftlich sehr viel auf dem Spiel, was mir rückblickend nicht ganz einleuchtend scheint. Wenn Sie nach einer Falle suchen, dann vielleicht dort, er könnte dorthin gelockt worden sein. Fragen Sie mich nicht, warum oder von wem, ich weiß es nicht, und ich kann es mir auch nicht vorstellen.«

Sampaix zieht sich zu seiner Basis zurück. Sobald die Tür zu ist, greift Anderson zum Telefon.

»Nicolas Barrot? Gus Anderson hier. Ich hatte gerade unerwarteten Besuch. Sampaix, Sie wissen schon, ein kleines Würstchen aus der Finanzabteilung ...«

»Ja, kenne ich ...«

»In den Büros scheint eine Desinformationskampagne zu laufen. Lamblin soll verraten worden sein ...«

»Das wird den Chef auf die Palme bringen.«

»... und man versucht mir den Verrat anzuhängen. Da Sie für das Dossier Lamblin zuständig sind, wollte ich Sie vorwarnen ...«

Sampaix ist geneigt, Andersons Einlassungen in Erwägung zu ziehen. Wer könnte Lamblin überzeugt haben, die Reise anzutreten? Buck, der Neuzugang, den niemand kennt, der Fachmann für amerikanische Sitten und Bräuche? Warum nicht? Ich werde mit Sautereau darüber reden.

Er geht hinunter in die erste Etage, betritt das Büro von Sautereau, der in eine Akte vertieft ist.

Er hebt die Nase, grüßt. »Was führt dich her?«

Sampaix erwähnt kurz Martine Vial und ihren Verdacht gegen Anderson, spricht von seinem eigenen gegen Buck.

Sautereau hört schweigend zu. Er macht ein Schlechtwettergesicht. »Keine tolle Stimmung, was? Ich schau mal, was ich über Buck finden kann, und geb dir Bescheid. Weißt du, wir zwei sollten meinen Kumpel Reverdy von der DRPP treffen. Der Mann ist verschwiegen und er könnte nützlich sein.«

»Wenn du es sagst ...«

Sampaix' Fragen decken sich mit seinen eigenen. Sautereau beschließt, dass es Zeit ist zu prüfen, wie Buck reagiert. Kleiner Höflichkeitsbesuch.

»Auf Wunsch der DCRI muss ich mir einige Einstellungsakten aus der jüngeren Vergangenheit noch mal vornehmen. Fragen Sie mich nicht, warum, man hat sich nicht die Mühe gemacht, es mir zu sagen. Und bei Ihrer habe ich festgestellt, dass sie so gut wie leer ist. Es gibt zwar die Anfrage nach einer ganzen Reihe von Unterlagen, aber die Dokumente selbst fehlen.«

»Sind sie verschwunden, falsch abgelegt?«

»Ich gebe zu, es ist ziemlich verwunderlich. Können wir zusammen ein paar Punkte klären?«

»Nur zu.«

»Sie wurden von Orstam im Februar 2012 eingestellt. Ihr vorheriger Arbeitgeber war der VTC-Investmentfonds, ich habe keine Einzelheiten über die Eintritts- und Austrittsdaten, die Aufgabengebiete.«

»Ich habe etwa ein Jahr vorher bei VTC angefangen. Wenn Sie es wünschen, bringe ich Ihnen nächste Woche alle mir vorliegenden Unterlagen über meine Zeit bei VTC vorbei ...«

Buck unterbricht sich, sieht zu, wie sich Sautereau, einen Papierblock auf den Knien, Notizen macht. Ein Mann aus einem anderen Zeitalter. Argwohn. Die sind am gefährlichsten. Man muss etwas anbieten. Er fährt fort:

»Ich wurde eingestellt, um das Übernahmeangebot zu

managen, das PE gerade für Areva T&D abgegeben hatte. PE hatte VTC mit dem Vorgang betraut, und ich kannte den Sektor ganz gut, von der Finanzseite her.«

»Sie waren im Team des Kontrahenten von Orstam?«

»Exakt.«

»Und vor VTC?«

»Da war ich im Finanzgewerbe tätig, als freier Berater. Zu der Zeit habe ich auch angefangen, gelegentlich für PE zu arbeiten.«

»Könnte ich ein paar Einzelheiten zu Ihrer Kanzlei bekommen, Listen Ihrer Klienten?«

»Selbstverständlich.«

Sautereau hebt den Kopf, steckt seinen Block in die Tasche seiner grauen Sackleinenjacke, breites Lächeln. »Danke für Ihre Mitarbeit. Ich warte dann auf die Unterlagen.«

Er steht auf und geht.

Kaum ist er allein, lehnt sich Buck in seinem verstellbaren Sessel zurück, Füße auf dem Schreibtisch, Blick zur Decke. Naiv, dieser Sautereau? Sicher nicht. Andererseits kein wirklicher Grund, in Panik zu geraten. Er weiß nichts, kann nichts wissen. Und die französischen Bullen sind nicht neugierig. Vorsichtshalber Barrot darauf ansprechen? Denkbar. Seine Beziehung zu Barrot ist gut, fast freundschaftlich. Von der Seite kann er auf Unterstützung zählen. Er schickt ihm eine Mail: »Ich wurde von Sautereau gerade einem regelrechten Verhör unterzogen, was meine Aktivitäten in der Zeit vor Orstam angeht. Ärgerlich. Warum?«

Das Gerücht, Lamblin sei von Anderson, der Nummer zwei in der Rechtsabteilung, verkauft worden, kursiert seit Montag im Geschäftsbereich Kraftwerke. Martine Vial hat es vorhergesehen, die Telefone müssen übers Wochenende heiß gelaufen sein. Und es fällt auf fruchtbaren Boden, denn alle auf der Etage kennen Lamblin persönlich und schätzen ihn. Er hat den Ruf eines kompetenten Ingenieurs und konsensorientierten Abteilungsleiters. Und alle wissen, dass er nicht zum Sightseeing in die USA gereist ist, sondern um an einer Fachkonferenz teilzunehmen, von der er sich großen geschäftlichen Nutzen erwartete. Von Kaffeepause zu Kantinenmahlzeit nimmt das Gerücht Fahrt auf: eine Falle oder ein Verrat der Rechtsabteilung? Christine Dupuis, Lamblins Assistentin, eine hübsche Rothaarige in den Dreißigern, tief gekränkt, dass Madame Lamblin, die ihr nicht traut, sie nicht angerufen hat, bestätigt:

»Ich selbst habe den Termin mit der Rechtsabteilung vereinbart – nach dem Rundschreiben der Direktion, in dem den Führungskräften von Reisen in die USA abgeraten wurde, war Monsieur Lamblin zögerlich. Er gehört nicht zu den Männern, die gern solche Risiken eingehen. Es war Monsieur Anderson, der ihn empfangen hat, und als er von dem Treffen zurückkam, hat er mich gebeten, Flüge zu buchen.«

Doch die Hypothese eines Verrats durch Anderson sorgt zwar für Gesprächsstoff, erscheint der überwiegenden Mehrheit der Angestellten aber abwegig, im äußersten Fall lassen sie sich darauf ein, von einer eventuellen Fehlanalyse zu sprechen, und selbst das mit Zurückhaltung.

Diese Diskussionen wecken in den Büros ein diffuses Schuldgefühl. Fast zwei Wochen lang haben wir unseren Direktor einfach hängen lassen. Höchste Zeit, sich solidarisch zu zeigen. Aber wie? Nach der Kantine kurze Zusammenkunft von einem Dutzend Mitarbeiter der Abteilung. Christine Dupuis schlägt vor, bei der Firmenleitung eine Sammelpetition einzureichen. Petition, einige schockiert der Begriff. Bleiben wir höflich, sprechen wir von einem »Gemeinschaftsbrief«. Von Christine formuliert, wird die Direktion darin gebeten, eine

Delegation zu empfangen, um sie über Monsieur Lamblins derzeitige Situation zu informieren und zu erörtern, welche Schritte zu seiner Freisetzung unternommen wurden und welche in Zukunft geplant sind. Der Brief macht die Runde und bekommt zweihundertdreißig Unterschriften von den zweihundertfünfzig Angestellten der Abteilung.

Bleibt noch, die Delegation zusammenzustellen, die den Brief überreichen soll: zwei Frauen, darunter Christine Dupuis, und zwei Männer. In diesem Stadium scheint es ratsamer, die Gewerkschaften nicht in die Delegation aufzunehmen.

Christine Dupuis gibt den »Gemeinschaftsbrief« um siebzehn Uhr in der Direktion ab, wo er umgehend an Nicolas Barrot weitergeleitet wird mit der Aufforderung, seine Rolle als Schutzschild für den Oberboss zu spielen.

Barrot hält es für dringlich, sich Zeit zum Nachdenken zu nehmen. In der Belegschaft wächst der Unmut im Zusammenhang mit Lamblins Verhaftung und Verteidigung. Alle werden unruhig. Anderson, Buck rufen ihn an, er versteht nicht ganz, welche Rolle sie jeweils spielen. Carvoux, der die Fäden zieht, hat es nicht für nötig befunden, ihn zu informieren, was im Verborgenen geplant wird. Und fordert ihn jetzt auf, eine Delegation der Angestellten wohlwollend zu empfangen, ihnen zuzuhören, zu ihnen zu sprechen. Er, der seit seiner Ankunft bei Orstam hinter den Kulissen der Direktion gelebt hat, kennt die Regeln dieses Spiels nicht. Ist das die Falle, die er befürchtet hat? Gleichzeitig kann er schwerlich ablehnen. In seiner Innentasche, an seiner Brust, sein Handy. Jetzt oder nie muss er entscheiden, ob er Aufnahmen macht. Zum Boss gehen, ihn um genaue Anweisungen bitten, sich Rückendeckung verschaffen … Aber an diesem Abend lässt der Boss ausrichten, er sei nicht da. Unterredung vertagt auf den 2. Mai.

Kapitel 8

Donnerstag, 2. Mai
Levallois-Perret

Als er im Orstam-Geschäftssitz eintrifft, geht Nicolas zuerst
in sein Büro. Nur eben sein Handy in den Aufnahmemodus
schalten, es zurück in die Tasche stecken, zweimal tief durchatmen, dann begibt er sich ins Büro des Großen Manitu.

Die Anweisungen, die Carvoux ihm erteilt, sind sehr klar:
so lange wie möglich verschleppen. Die Direktion braucht
Zeit, um den richtigen Dreh zu finden. Mit etwas Glück legt
sich die Aufregung wieder. Und nicht die geringste Information herausgeben. Erklären, wiederholen, dass im Zusammenhang mit der amerikanischen Justiz Diskretion eine absolute
Notwendigkeit ist.

Zurück in seinem Büro überprüft Barrot als Erstes die Qualität der Aufnahme. Gut. Der Apparat funktioniert, und der
Boss ahnt nichts. Aufwallen von Freude. Du denkst, ich bin
schutzlos? Da wäre ich mir nicht so sicher … Er informiert
also die Delegation, dass sie am Freitag, dem 10. Mai um
achtzehn Uhr empfangen wird.

Als diese Antwort die Delegation erreicht, gibt es reichlich
Reaktionen:

»Eine Woche, bevor er uns empfängt. Er hält uns zum Narren«, sagt einer.

»Freitag um achtzehn Uhr, vor einem langen Wochenende,
warum nicht gleich Sonntag um Mitternacht?«, sagt ein anderer.

»Er meinte, wegen der Brückentage Anfang Mai ließ es sich
nicht anders machen.«

»Das fängt nicht gut an.«

»Aber wir werden da sein. Und es wird krachen.«

Polizeipräfektur Paris

Am Vormittag stürmt Lainé sehr aufgeregt ins Büro, einen Packen Zettel unter dem Arm, die er vor Noria hinlegt.

»Der Code ist geknackt. Keine sonderlich zuverlässige Verschlüsselung, das Werk eines guten Amateurs, mehr nicht. Wir haben richtig gelegen, Castelvieux hatte einen ganzen Teil seiner Firmenbuchhaltung mitgenommen, und die verrät uns die Funktionsweise einer großen Schwarzgeldwaschmaschine. Wir haben das Gefüge der ineinandergeschachtelten Strohfirmen bis hin zu der ehrbaren Bank, die das Netzwerk am Leben erhält und davon profitiert.«

Lainé schnappt sich einen Stuhl, um sich Noria gegenüber zu setzen, während sie den Stapel Ausdrucke durchblättert. Er freut sich wie ein Kind. Sie hebt den Kopf.

»Ich habe ein kleines Problem. Ich bin nicht wirklich imstande, mich in diesem Haufen Bankkonten zurechtzufinden. Sie schreiben mir einen zusammenfassenden Überblick, der mir erklärt, was ich wissen muss.«

»Soll ich es schlicht halten?«

»So simpel wie möglich, tun Sie sich keinen Zwang an. In den amerikanischen Filmen über die Finanzkrise, die ich in letzter Zeit gesehen habe, sagen die Bosse immer zu ihren Experten: ›Reden Sie englisch mit mir.‹ Für Sie gilt dasselbe, Lainé, sprechen Sie französisch mit mir. Keine Zahlen.«

Am Ende des Vormittags kommt Lainé mit seinem Bericht zurück.

»Ich erklär's Ihnen. Die Mafias verdienen mit ihren kriminellen Aktivitäten massenweise Schwarzgeld, von dem sie einen Teil waschen wollen, um ihn in der legalen Wirtschaft einsetzen zu können, und der Übergang von der einen Welt in die andere macht sich nicht von selbst, man muss ihn organisieren.«

»Bis dahin alles klar.«

»Unsere Montrealer Mafias haben vorgeblich legale Firmen gegründet, Handelsregistereintrag, Geschäftsführer, alles, wie es sich gehört. Die Namen, TPM, Dandy, sind die, auf die wir schon im *Journal de Montréal* gestoßen sind. Aber diese Firmen weisen nur eine sehr geringe reale Geschäftstätigkeit aus, sie sind lediglich eine Fassade, die die Ausstellung einer großen Menge falscher Rechnungen rechtfertigt, und auf Grundlage dieser Pseudogeschäftstätigkeit leihen sie sich bei einer großen Montrealer Bank schneeweißes Geld ...«

»Bei welcher?«

»Dazu komme ich noch. Diese Kredite werden der Bank dann von den Scheinfirmen zurückgezahlt, mit dem Schwarzgeld der Mafias, der Zinssatz für den Kredit stellt die Entlohnung der Bank für die Geldwäsche dar. Aber die Bank weiß sehr wohl, was sie tut. Sie weiß, dass die Unternehmen, die bei ihr Kredite aufnehmen, unter der Hand Mafiafirmen sind. Und ihr ist natürlich nicht daran gelegen, dass die Verbindung zwischen diesen Unternehmen und der Bank sichtbar wird. Also fügt sie zwischen den Mafias und sich selbst eine Strohfirma ein, CredAto, die aus einer einzigen Person besteht, unserem Freund Castelvieux. In einem ersten Schritt verhandelt CredAto mit den Mafias, in einem zweiten Schritt mit der Bank, es gibt keine einzige direkte Transaktion zwischen Bank und Mafia. Wenn es Ärger gibt, wie der Mafia-Krieg, von dem Castelvieux seiner Freundin erzählt hat – wenn CredAto dann verschwindet, ist es unmöglich, das Ganze bis zur Bank zurückzuverfolgen.«

»Ich kann gut verstehen, dass er die Flucht ergriffen hat. Der Name der Bank?«

»PE-Credit Montreal. Aber das ist noch nicht alles. Die Bank hat eine zusätzliche Sicherung eingebaut. Die Transaktionen zwischen ihr und CredAto werden nicht in Montreal abgewickelt, sondern auf den Kaimaninseln, über eine Bank namens InterBank. CredAto taucht auf der Kundenliste von PE-Credit ebenfalls nicht auf, aber InterBank findet sich dort, gefeit gegen jede Ermittlung, da sie ihren Sitz in einem Steuerparadies hat.«

»Gut gespielt. Mit diesen Ausdrucken wissen wir dann also mehr als unsere Kollegen in Montreal?«

»Wahrscheinlich. Jedenfalls besitzen wir Unterlagen, die für sie von großem Wert sind. Und ich weise Sie darauf hin, dass die Summen, von denen wir reden, beträchtlich sind. 2012 sind über das CredAto-Konto fast zweihundert Millionen Dollar an InterBank geflossen und im Anschluss weiter an PE-Credit und die Mafiafirmen. Ich habe die Zahlen gerundet, das ist nur die Größenordnung. Und ich habe Ihnen ein paar Zeichnungen der Geldkreisläufe zwischen Mafias, CredAto, InterBank und PE-Credit angefertigt.«

Lainé schweigt. Nach einigen Augenblicken des Nachdenkens fragt Noria:

»Damit habe ich mehr als genug, um einen Zwischenbericht zu schreiben. Wollen Sie das Dossier Castelvieux immer noch behalten?«

»Ja. Ich hätte gern Klarheit über sein Verschwinden, ehe wir es ans Dezernat Finanzermittlungen bei der Kriminalpolizei abgeben.«

»Also gut. In dem Bericht werde ich auf die Qualität unserer Quellen abheben und dass es in unserem Interesse ist, sie an die Polizei von Montreal weiterzugeben, das ist ein Thema, das unsere Abteilung aufwertet und ein paar andere ärgern wird. Während ich daran arbeite, machen Sie einen Abstecher in die Rue de Lille. Es ist eine Gegend mit vielen öffentlichen Einrichtungen, sie muss vor Überwachungskameras strotzen. Sie machen mir die ausfindig, die am besten platziert sind, um Bilder vom Eingang zur Hausnummer 39 zu haben. Und ich stelle den Genehmigungsantrag.«

Lainé jubelt. Das Dossier Castelvieux ist ein bisschen sein persönliches Ding. Er hat den Eindruck, dass Ghozali endlich anfängt, ihn ernst zu nehmen. Also überspringt er das Mittagessen und macht sich auf den Weg in die Rue de Lille. Er geht langsam, Nase in die Luft gereckt, auf der Lauer. Eine lange Straße, schmal, ruhig, in einem sehr schicken Viertel im Zentrum von Paris. Vornehme Wohnhäuser, Luxusboutiquen, Sitz bedeutender Institutionen. Eine Umgebung, die der reizenden, so wohlerzogenen Alice gut zu Gesicht steht. Sie mag eine leidenschaftliche Affäre mit einem kleinen Gauner gehabt haben, schnieke übrigens auch er, das war eine Jugendsünde, ihre Freunde gehören deshalb nicht weniger zum sehr betuchten Pariser Bürgertum. Das ist der Reiz der Großstadt, man weiß nie wirklich, mit wem man es zu tun hat. Nummer 39 ist ein kleines, schmales Haus mit vier Stockwerken, zweifellos aus dem 19. Jahrhundert, sorgfältig restauriert. Ein Türcode am Eingang, aber kein Hausmeisterschild, schade. Fast direkt gegenüber ein großes Gebäude des staatlichen Finanzinstituts Caisse des Dépôts et Consignations, dessen Überwachungskameras ideal platziert zu sein scheinen, um das Kommen und Gehen in Nummer 39 aufzuzeichnen. Genau was wir brauchen. Die Macht ist mit mir. Schnelle Rückkehr zur Präfektur.

Levallois-Perret

Zur Mittagessenszeit dämmert Reverdy seelenruhig allein im Jacuzzi des Erlebnisbades von Levallois, Augen halb geschlossen, Körper vollkommen gelöst, Geist im Leerlauf, es fehlt nicht viel zum Glück. So verbringt er eine gute Viertelstunde, bevor Sautereau im Bademantel zu ihm stößt, in Begleitung eines anderen Mannes, etwa das gleiche Alter, die gleiche Korpulenz, offensichtlich mit wenig Übung darin, Spas und andere »trendige« Orte zu besuchen. Reverdy löst sich aus dem Becken, um sie zu begrüßen. Sautereau seinerseits ist sehr locker in seiner Rolle des Zeremonienmeisters.

»Darf ich vorstellen, Maurice Sampaix, von der alten Garde bei Orstam. Maurice, das ist Fabrice Reverdy, mein Freund und ein Freund von Martine.«

»Martine hat mir von Ihnen erzählt.«

Handschlag. Dann begeben sich die drei Männer in den Jacuzzi. Sautereau als alter Hase lässt sich mit dem Bauch nach oben treiben, planscht herum, ein seliges kleines Lächeln auf den Lippen. Sampaix versucht seinen Wanst einzuziehen – dieser junge Reverdy, sehr schlank, sehr muskulös, ist ein wandelnder Vorwurf –, mit hochrotem Gesicht ist er ständig in Bewegung, um den heißen Wasserstrahlen auszuweichen, die sein Fett zum Beben bringen. Er hat von Sautereau verlangt, dass die internen Querelen des Unternehmens nicht zur Sprache kommen gegenüber einer externen Partei, vor der man sich prinzipiell hüten muss, die man jedoch auf die eine oder andere Weise ködern muss, weil sie von Nutzen sein kann. Sautereau beschließt, den Anfang zu machen. Er beginnt mit Buck, dessen Name erst im Team des VTC-Investmentfonds herumschwirrt, das für PE und gegen Orstam die Übernahme von Areva T&D realisieren soll, und der dann einen Monat nach Abschluss der Operation von Orstam eingestellt wird.

Reverdy ruft dazwischen: »Bisschen eigenartig, oder?«

Sampaix, schwitzend, schnaufend, bemüht sich, bei klarem Verstand zu bleiben. »Nicht unbedingt. Heutzutage sind Firmenmanager wie die Fußballspieler, mit denen sie sich gern vergleichen. Auf dem Transfermarkt verkaufen sie sich an den Laden, der ihnen den schönsten Transfer anbietet. Sie sind ihrem Unternehmen nicht treuer als die Spieler dem Trikot ihres Clubs, und das schockiert niemanden. Orstam kann Buck während der Verhandlungen im gegnerischen Team entdeckt und ihm nach Spielende ein Angebot gemacht haben. Was mich in diesem Fall beunruhigt, ist, dass in seinem Lebenslauf die Betreuung dieses Geschäftsvorgangs, die kein Hindernis für seine Einstellung darstellen dürfte, nicht vorkommt, und auch sonst praktisch nichts.«

Sampaix, kurzatmig, verstummt, tupft sich das Gesicht ab. Sautereau übernimmt, erzählt, wie Katryn McDolan Buck empfohlen und ihn beherbergt hat. »Ich habe dir die Mail kopiert, ich gebe sie dir nachher in der Umkleide.«

Den Blick ins Leere gerichtet, denkt Sampaix laut nach: »In der Akte Buck häufen sich die kleinen Alarmzeichen. Unmittelbar bevor er bei uns anfängt, managt er ein Geschäft PE gegen Orstam. Er wird warm empfohlen von McDolan, der schlechtesten Empfehlung in unserem Verwaltungsrat, sie treibt es mit dem Bemuttern so weit, dass sie ihn bei sich unterbringt, und nach dem, was mir Sautereau erzählt, wurde offenbar seine Vergangenheit bereinigt, was immer einen Haufen Müll und nicht ganz koschere Putzkräfte impliziert.«

Die drei Männer schwitzen in großen Tropfen.

Sautereau knüpft an: »Die Frau von Lamblin hat ihren

Mann in den USA im Gefängnis besucht. Seine Situation ist hart. Amerikanische Gefängnisse sind amerikanische Gefängnisse. Sie hat ihre Freundinnen angerufen, und die Leute in der Abteilung Kraftwerke beginnen Aufklärung zu verlangen.«

Nach einem Moment des Überlegens ergänzt Sampaix: »Lamblin soll seiner Frau anvertraut haben, dass die amerikanische Polizei angeblich interne Firmenkommunikation von Orstam ausspioniert hat …«

Sautereau ruft aus: »Davon hast du mir nichts erzählt!«

»Ich weiß nicht, ob es glaubwürdig ist. Aber Sie von der DRPP, könnten Sie uns nicht sagen, wie es damit aussieht?«

Reverdy erinnert sich an Ghozalis Ausführungen nach ihrem Besuch bei dem alten Commissaire.

»Wir halten das für vollkommen glaubwürdig. Aber mehr kann ich Ihnen darüber nicht sagen.«

Sampaix muss das erst mal verdauen, Sautereau fährt fort: »Das ist noch nicht alles. Ebenfalls Lamblins Frau zufolge wurde ihr Mann von Anderson aus der Rechtsabteilung in eine Falle geschickt.«

»Ich sehe eher Buck in der Rolle des Verräters.«

»Erklären Sie mir das, wieso sprechen Sie von einer Falle und einem Verräter?«

»Es gibt ein vertrauliches Rundschreiben vom Oberboss, in dem seine Führungskräfte aufgefordert werden, keinen Fuß in die USA zu setzen. Anderson soll Lamblin überzeugt haben, dass kein Risiko für ihn besteht.«

»Andere Version: Buck könnte ihn genötigt haben, indem er die Marktchancen übertrieben dargestellt hat.«

Reverdy, plötzlich alarmiert: »Dieses Rundschreiben habe ich ganz vergessen, dabei hatten wir darüber gesprochen. Verbot, in die USA zu reisen, das ist eher ungewöhnlich für einen internationalen Konzern. Von wann datiert das Schreiben?«

Sampaix sagt nichts, schaut woandershin. Sautereau antwortet: »Gute Frage. Aus dem Gedächtnis würde ich sagen, von irgendwann im März, nach der offiziellen Eröffnung der gerichtlichen Untersuchung gegen Orstam. Ich prüfe das. Na dann, Zeit, aus dem Kochtopf zu steigen und in der Cafeteria ein Getränk zu nehmen.«

Polizeipräfektur Paris

Reverdy kommt bestens gelaunt von seinem Jacuzzitermin zurück. Er hat seine Zeit nicht vergeudet. Er trifft auf Noria und Lainé, die in umfangreiche Akten vertieft sind. Er berichtet ihnen das Wesentliche von seinem Austausch mit Sautereau. Buck, seine Vergangenheit als Finanzberater im Dienst von PE, einem amerikanischen Konkurrenten von Orstam ...

Lainé fährt hoch: »PE, im Dossier Castelvieux haben wir von denen auch eine Tochterfirma in Montreal.«

Noria zügelt ihn. »Immer mit der Ruhe, keine übereilten Zusammenhänge herstellen. PE ist ein internationaler Mischkonzern ...«

Reverdy speichert diese Koinzidenz in einer Ecke seines Gedächtnisses und fährt fort, indem er Bucks Referenzen nennt, seine Beziehung zu McDolan.

»Erinnern Sie sich noch, was Sie mir vor ein paar Tagen gesagt haben: ›Wenn es eine großangelegte Operation seitens der Amerikaner gibt, muss es einen Brückenkopf geben, hier im Hauptsitz. Es ist an uns, herauszufinden, aus welchen Personen er besteht.‹«

»Ja, ich erinnere mich.«

»Ich denke, eine von ihnen haben wir gefunden, und durchaus keine unbedeutende, und damit den Zipfel eines Netzwerks.«

»Gut möglich, zugegeben. Aber selbst wenn Buck für uns in Reichweite ist, für McDolan gilt das nicht.«

»Es geht noch weiter. Lamblins Ehefrau hat ihn im Gefängnis besucht. Die Polizisten vom FBI sollen ihm streng vertrauliche Orstam-interne Mails vorgelegt haben, wahrscheinlich um ihn zu knacken.«

»Das bestätigt unseren Verdacht einer massenhaften Datenpiraterie.«

»Ein Verdacht, der sich zur Gewissheit auswächst.«

»Zu diesem speziellen Punkt schreiben Sie einen internen Vermerk, so umfassend wie möglich. Die Dienste müssen angeschoben werden. Wir hier waren auch nicht untätig. Sie sind dran, Lainé.«

Lainé stürzt sich in einen ausführlichen Bericht über die Listen, die sie aus Castelvieux' USB-Stick herausgeholt haben, und seine daraus abgeleitete Analyse.

»Wir sind an einem Wendepunkt«, sagt Noria abschließend. »Ich habe angefangen, für unsere Chefs einen Zwischenbericht über unsere Tätigkeit zu schreiben. Zunächst Orstam. Was die Bilanz angeht, kein Problem, ich nehme alles auf, worüber wir hier gesprochen haben. Aber wir müssen uns über das weitere Vorgehen klar werden. Wie sehen Sie das, Fabrice?«

»Die Lage ist sehr unbeständig, ich mache weiter wie gehabt, wobei ich den Kreis meiner Kontakte im Unternehmen erweitere.«

»Brauchen Sie irgendwas?«

»Im Moment wüsste ich nichts.«

»Gut. Castelvieux. Im Fazit stütze ich mich auf das, was wir wissen, und unsere Dokumente aus erster Hand über den Geldwäschering in Kanada, um das aufzubauschen, was wir ahnen, ein Amphetaminring mit möglichen Ausläufern nach Frankreich, die mit der mutmaßlichen Ermordung von Castelvieux auf französischem Boden ihre Spur hinterlassen haben. Unser unmittelbares Ziel: Licht in die Sache mit Castelvieux' Verschwinden bringen. Dafür beantrage ich Einsicht in die Verbindungsnachweise für sein Handy, dessen Nummer Ihnen besagte Alice günstigerweise gegeben hat. Er wohnte in der Rue de Lille 39. Lainé hat fast genau gegenüber ein Gebäude der Caisse des Dépôts et Consignations ausfindig gemacht. Wir beantragen Zugang zu den Überwachungsvideos.«

Lainé steht auf. »Ich spendiere den Apéro. Ich habe eine Flasche gekauft und kaltgestellt, ich hole sie.«

Als er draußen ist, kräuselt Noria die Nase. »Er droht enttäuscht zu werden, unser junger Christophe. Ich glaube, dass es mit unseren Chefs gut laufen wird. Aber danach … Selbst im Fall, dass Castelvieux entführt oder ermordet wurde, ist nicht gesagt, dass das in der Rue de Lille passiert ist. Und einen anderen Ansatzpunkt haben wir nicht.«

»Doch, vielleicht die Handyverbindungen …«

»Vielleicht … Für den Moment warten wir ab.«

Lainé kommt mit einer Flasche Sekt zurück.

Montag, 6. Mai
Polizeipräfektur Paris

Die Antwort der Chefs erreicht das Team Ghozali am Montagvormittag. Grünes Licht dafür, mit Castelvieux weiterzumachen, aber ausgeschlossen, sich ewig damit aufzuhalten, man wird binnen kurzem evaluieren müssen. Der Antrag auf Einsicht in die Verbindungsnachweise wurde weitergeleitet. Man muss ein wenig warten, die Nummer gehört zu einer Prepaid-Karte, da sind die Übermittlungszeiten länger.

Die Caisse des Dépôts ist einverstanden, ihnen einen Raum zur Verfügung zu stellen und sie mit den verfügbaren Aufzeichnungen zu versorgen, die einen Monat lang aufbewahrt werden.

»Perfekt. Wir beginnen die Sichtung mit dem 17. April, kein Problem.«

»Apropos, Lainé, haben Sie Fotos von Castelvieux?«

»Ja, zwei oder drei heimlich stibitzte Abzüge von 2010, die ihm recht ähnlich sehen.« Er wühlt in seiner Schublade, findet drei Fotos, die er an Noria weiterreicht. »Geht das?«

»Sehr gut. Ich schlage vor, wir treiben uns ein bisschen im Umfeld der Rue de Lille 39 herum, entwickeln ein Gefühl für das Viertel, befragen Nachbarn, bevor wir uns mit den Videos einschließen.«

Paris

Die drei Polizisten treffen sich in der Rue de Lille 39. Im Erdgeschoss eine Boutique mit Klamotten im Used-Look und Schmuck, sehr teuer, sehr modisch. Noria geht hinein, grüßt die Verkäuferin, eine schöne Frau, so wie es sein muss, zeigt ein Foto von Castelvieux. Nie im Laden gewesen, damit musste man rechnen, auch auf der Straße nie bemerkt. Die Boutique schließt um neunzehn Uhr.

»Wissen Sie, nach neunzehn Uhr ist das Viertel sehr ruhig. Das ist hier nicht Saint-Germain-des-Prés.«

Reverdy macht einen Gang zur Hausnummer 41, ein erlesenes Luxusrestaurant, *Les Climats*. Castelvieux wurde dort nie gesehen. Das Restaurant schließt um zweiundzwanzig Uhr. Reverdy grummelt.

Bleibt das Café-Restaurant *Le Pont Royal*, an der Ecke zur Rue du Bac, Tagesgericht, familiäre Atmosphäre, eher gut situiertes Publikum. Und der Wirt erkennt Castelvieux auf einem der Fotos.

»Eine Weile kam er mindestens einmal am Tag, manchmal zweimal, zum Frühstück, zum Mittag- oder Abendessen, meistens allerdings zu Mittag. Immer allein. Er zahlt in bar.«

»Ab wann, können Sie sich daran erinnern?«

»Genau weiß ich es nicht. So Mitte April wahrscheinlich. Ein liebenswürdiger, fröhlicher junger Mann, manchmal etwas nervös. Ich habe ihn seit einer Woche oder etwas länger nicht mehr gesehen. Schwierig, es konkreter zu sagen. Hier kommen jeden Tag viele Leute durch.«

»Um wie viel Uhr machen Sie zu?«

»Um zweiundzwanzig Uhr. In diesem Viertel gibt es keine Nachtschwärmer, müssen Sie wissen.«

Vor dem Gebäude der Caisse des Dépôts, streng, würdevoll, im Inneren spärliche Zeichen von Leben, ziehen die drei Polizisten Bilanz.

»Castelvieux hat hier tatsächlich eine Zeitlang gewohnt, der Wirt vom *Pont Royal* hat ihn wiederholt gesehen. Und in letzter Zeit dann nicht mehr.«

»Damit ist die Zeugenaussage von Alice bestätigt. Die Frau ist vertrauenswürdig.«

»Sie müssen sie noch mal kontaktieren, um sie diskret auf dem Laufenden zu halten, und vielleicht schüttet sie ja wieder ihr Herz aus.«

»Ich habe schon mit ihr telefoniert. Ohne weitere Erklärungen zu geben, habe ich sie gefragt, um wie viel Uhr sie Castelvieux in der 39 abgeliefert hat …«

»Clever. Das spart uns ein bisschen Zeit.«

»Antwort: irgendwann nachmittags, wahrscheinlich gegen sechzehn Uhr. Alice hat mir außerdem für Donnerstagabend zwei Einladungen für den Comedy Club geschickt. Sie wird mit ihrem zukünftigen Staranwalt da sein.«

»Eine Art, unsere Beziehungen weiterzuentwickeln? Sie will wohl der Kategorie Komplizin von Kleindealern entkommen und in die der seriösen Zeugin eintreten?«

»Und ihr Adressbuch ausbauen. Ich lass mir nichts vormachen. Für die Kanzlei eines Firmenanwalts ist es immer günstig, gute Kontakte bei der DRPP zu unterhalten. Aber sie hat mir das Versprechen abgenommen, gegenüber ihrem zukünftigen Gatten Diskretion zu wahren.«

»Das versteht sich von selbst. Und sie hat es sich verdient.«

»Ich habe nicht wirklich Lust hinzugehen, Comedy ist nicht mein Ding, aber ich kann dir die Karten geben, Fabrice, du bist Theaterliebhaber und die schöne Alice kennt dich. Was meinst du?«

Reverdy steckt die Einladungen kommentarlos ein.

Noria fährt fort: »Noch etwas. Nichts weist darauf hin, dass Castelvieux in der Nähe seines Wohnsitzes überfallen wurde, falls er überfallen wurde. Aber ich gebe zu, dass diese Sorte ruhiges und betuchtes Viertel ein günstiges Umfeld für nächtliche Missetaten ist. Und die Caisse des Dépôts ist ideal platziert, um die Hausnummer 39 zu observieren. Von daher sehen wir uns erst mal die Aufzeichnungen der Videoüberwachung an. Das ist das Beste, was wir tun können, solange wir auf die Handyverbindungen warten. Ich schlage vor, wir machen das zu dritt, das geht schneller. Passt Ihnen das? Wir treffen uns morgen in der Präfektur und kommen zusammen her.«

Dienstag, 7. Mai
Paris

Im Gebäude der Caisse des Dépôts hat man dem Team Ghozali einen kleinen fensterlosen Raum zur Verfügung gestellt. Kurzes Einrichten, Überprüfen, dass die Hardware funktioniert: zwei Monitore, um die Aufzeichnungen der beiden Überwachungskameras ablaufen zu lassen, die die Rue de Lille kontinuierlich filmen, eine die rechte Straßenseite, die andere die linke. Die Eingangstür von Hausnummer 39 taucht auf beiden Monitoren jeweils am Rand des Bildfelds auf. Datum und Uhrzeit werden in der unteren rechten Ecke des Monitors fortlaufend angezeigt. Jeder ist mit einer Tastatur verbunden, mit der man die Geschwindigkeit des Bildlaufs regeln, das Bild anhalten, es auf das Laptop überspielen kann, das Noria mitgebracht hat. Alles funktioniert. Start des Arbeitstags. Lainé führt Regie.

»Das Gebäude ist klein, meiner Schätzung nach höchstens neun Wohnungen, vielleicht weniger, es dürfte nicht allzu viel Betrieb geben. Ich übernehme eine der Kameras, Sicht auf die rechte Seite, Fabrice die andere, Sicht nach links, ich gebe das Tempo vor.«

»Und ich bediene den Computer.«

»Los geht's. Wir starten mit dem 17. April gegen fünfzehn Uhr, mit etwas Puffer, um sicherzugehen, dass wir den Auftritt der Stars nicht verpassen.«

Kommen und Gehen auf der Straße, mehrere Frauen betreten und verlassen das schicke Geschäft in Nummer 39, Lainé schaltet auf schnellen Vorlauf, die Tür des Gebäudes geht auf, Lainé verlangsamt, zwei Jugendliche kommen heraus, dann eine alte Dame mit Hund, Lainé beschleunigt. Die alte Dame kommt zurück. Plötzlich hält er bei einem Bild an.

»Hier auf dem Bürgersteig, Alice und Castelvieux im Anmarsch.«

Noria hat die beiden noch nie gesehen, sie beugt sich zum Bildschirm vor. Zwei Zwillingsgestalten, groß, schlank, sportlich, gepflegte diskrete Kleidung, ansprechende Gesichter, gut frisiert. Der Mann trägt mit Leichtigkeit einen Koffer.

»Schönes Paar, gut zusammenpassend, die Zukunft steht ihnen offen.«

»Diese Ausstrahlung hatten sie schon vor drei Jahren, als sie noch wild gedealt und gevögelt haben. Meiner Meinung nach wird sich Alice in ihrem neuen Leben bald langweilen.«

»Ich speichere das Bild. Machen Sie weiter.«

Das Paar bleibt vor Hausnummer 39 stehen, Alice tippt den Türcode, sie gehen hinein. Lainé stoppt den Bildlauf.

»Wie machen wir jetzt weiter? Lassen wir alles kontinuierlich durchlaufen oder springen wir zum 22. April, dem letzten Tag, an dem Castelvieux lebend gesehen wurde?«

»Wir können mit dem 22. anfangen und dann mit den Folgetagen weitermachen bis zum 26., dem Datum, an dem Alice' Kumpel seine Wohnung wiederbezieht, um den Moment zu bestimmen, ab dem Castelvieux nicht mehr zu sehen ist.«

»Also los.«

Am 22., inmitten des Kommens und Gehens der Bewohner von Nummer 39, verlässt Castelvieux um 12:15 Uhr das Haus und geht in Richtung Rue du Bac. Er taucht erst am frühen Abend um 19:17 Uhr wieder auf. Er hat eine Supermarkttüte in der Hand.

Lainé merkt an: »Er ist nach unserer Verabredung nicht gleich nach Hause gegangen. Wir haben uns um fünfzehn Uhr getroffen.«

Castelvieux kommt an dem Abend nicht noch mal heraus. Lainé geht die Nacht im Schnelldurchlauf an, lässt weiterlau-

151

fen bis zum 23. April. Ein großer schwarzer Geländewagen gondelt durch die Rue de Lille, Lainé zuckt nicht mit der Wimper. Reverdy tippt ihm auf die Schulter.

»Stopp. Spiel die Sequenz noch mal in Echtzeit ab.«

Um 02:05 Uhr kommt der schwarze Geländewagen mit gemächlichem Tempo die Rue de Lille entlang, sieben Sekunden später öffnet sich die Tür von Nummer 39, zwei Männer verlassen das Haus, sie tragen einen langen, voluminösen schwarzen Plastiksack und ein undefinierbares Paket, der Geländewagen hält auf ihrer Höhe, die Öffnung der Heckklappe wird von innen betätigt, die zwei Männer laden den schweren Sack und, wie es aussieht, einen Koffer ein, steigen dann in den Wagen, der anfährt und am Ende der Straße verschwindet. Das Anhalten und Einladen hat zehn Sekunden gedauert. Lainé mit seinem anderen Blickwinkel und im Schnelldurchlauf hatte nichts bemerkt.

Reverdy ist geschockt. »Wir haben gerade den Abtransport von Castelvieux' Leiche mitangesehen, oder?«

»Durchaus möglich. Ich speichere die Sequenz«, sagt Noria. »Wir haben noch viel Arbeit vor uns. Eine Pause wird uns guttun. Gehen wir im *Pont Royal* einen Happen essen. Wir machen am Nachmittag weiter.«

Das Team isst auf die Schnelle, schweigend. Die Bilder der beiden Packer, getarnt unter ihren Schirmmützen, und von dem langen schwarzen Sack, der zur Form eines Körpers passt, laufen in Dauerschleife in den Köpfen. Gefühl der Dringlichkeit. Wie es angehen?

Nach ihrer Rückkehr schlägt Noria vor: »Ich habe die Sequenz von 2:05 Uhr an unsere Dienste geschickt. Ich gehe zurück und sorge dafür, dass möglichst scharfe Ausdrucke davon gemacht werden. Die eintönige Arbeit des Sichtens bleibt an Ihnen beiden hängen. Sie können nicht eine der Kameras abkoppeln und sich die Arbeit aufteilen, die Erfahrung von heute Morgen hat gezeigt, dass man das Gesamte unter jedem Aufnahmewinkel anschauen muss, damit einem nichts entgeht. Es wird also langwierig. Erster Schritt: prüfen, ob Castelvieux zwischen dem 22. und dem 26. April noch mal auftaucht.«

»Das ist wenig wahrscheinlich.«

»Stimmt, aber es muss trotzdem sein. Wenn er wieder auftaucht, lassen wir die Sache fallen. Zweiter Schritt: die Ankunft der Packer ausfindig machen, indem man von der Sequenz um zwei Uhr nachts rückwärts geht. Ich kann mir gut vorstellen, dass sie am 22. tagsüber auf der Bildfläche erscheinen und uns durch die Lappen gegangen sind, weil wir nicht nach ihnen gesucht haben. Wenn Sie sie finden, muss im Anschluss der gesamte Zeitabschnitt vom 17. bis zum 22. April durchgeschaut werden, um zu sehen, ob man weitere Bilder ergattern kann, vielleicht von unseren Packern bei der Lagererkundung, man weiß nie, ein glücklicher Zufall … Sie schicken mir interessante Bilder, auf die Sie stoßen, nach und nach zu, und ich lasse sie von unseren Spezialisten bearbeiten. Wir treffen uns im Büro, sobald Sie fertig sind, dann sehen wir, wie wir weiter verfahren.«

»Wir werden nicht vor dem späten Abend fertig werden.«

»Morgen, am achten, ist Feiertag. Sagen wir also Donnerstagmorgen, das wäre schon ziemlich gut.«

Donnerstag, 9. Mai
Polizeipräfektur Paris

Als Reverdy und Lainé im Büro eintreffen, hat Noria mehrere Sätze sehr guter Fotoausdrucke vor sich ausgebreitet. Jeder nimmt sich einen Moment, um einen nach dem anderen anzuschauen. Dann holt Reverdy seine Notizen hervor.

»Die Abfolge der Ereignisse ist eindeutig erwiesen. Castelvieux betritt und verlässt Hausnummer 39 jeden Tag zwischen dem 17. und dem 22. April. Keine regelmäßigen Uhrzeiten erkennbar. Am 22. geht er um 12:15 Uhr zum ersten Mal an diesem Tag aus dem Haus, kommt um 19:17 Uhr zurück und taucht nicht wieder auf. Wir haben bis zum 26. April alles überprüft. Die zwei Packer werden erstmals am 22. um 12:25 Uhr gesichtet, sie geben ohne zu zögern den Türcode ein. Und kommen am 23. um 2:05 Uhr morgens mit Sack und Koffer wieder heraus. Sie sind sonst nie zu sehen, weder vorher noch später.«

»Wie schätzen Sie die Sache ein?«

Reverdy schlussfolgert: »Eine sorgfältig eingefädelte Operation. Sie haben die Kameras an der Caisse des Dépôts geortet, sie haben den Türcode, sie müssen Castelvieux' Gewohnheiten kennen.«

»Castelvieux trifft sich am Nachmittag des 22. mit mir. Sie können das gewusst und seine Abwesenheit genutzt haben, um in Ruhe die Wohnung zu durchwühlen.«

Reverdy: »Wenig wahrscheinlich. Den Aufzeichnungen zufolge treffen sie doch viel früher ein.«

»Ihr Szenario?«

»Castelvieux geht aus dem Haus, läuft Richtung Rue du Bac. Er isst im *Pont Royal* zu Mittag, dessen Eingang in der Rue du Bac liegt, deshalb sehen wir ihn im Video nicht, aber die

Packer rechnen damit, weil sie seine Gewohnheiten kennen. Ein Komplize wartet im Lokal. Als er sieht, wie Castelvieux sich an einen Tisch setzt und bestellt, ruft er seine Kumpels an und gibt den Startschuss. Zehn Minuten zwischen dem Moment, als Castelvieux das Haus verlässt, und der Ankunft der zwei anderen, das passt. Sie müssen nur dafür sorgen, dass sie nicht gestört werden, während sie am Türschloss herumfingern und sich Zutritt zur Wohnung verschaffen. Danach haben sie alle Zeit der Welt, um auf Castelvieux zu warten und ihn umzubringen. Sie haben geplant, gegen zwei Uhr morgens wieder aufzubrechen, wenn die Straße menschenleer ist.«

»Sie müssen vor Ort zu Abend gegessen haben, von den Vorräten, die Castelvieux besorgt hatte, nachdem sie ihn säuberlich abgemurkst hatten, ohne Flecken zu machen.«

»Ihr Szenario überzeugt mich. Jetzt an die Arbeit. Ich habe das Kennzeichen des Geländewagens notiert, das auf den Fotos sehr gut sichtbar ist. VX 554 RT. Ich habe es zunächst bei der Zulassungsstelle prüfen lassen. Das Kennzeichen gehört zu einem Citroën C3, der Halter ist ein Lehrer mit Wohnsitz in Metz. Es handelt sich also um falsche Nummernschilder an einem höchstwahrscheinlich gestohlenen Wagen.«

»Das war zu vermuten.«

»Wir werden diesen Wagen aufspüren.«

Die beiden Männer zeigen sich nicht eben enthusiastisch.

»Der ist inzwischen längst abgefackelt, das sind Profis, das ist das übliche Schicksal von Autos, die für einen Leichentransport benutzt wurden.«

»Wir sind nicht in Marseille, Grillfeste sind in unseren Pariser Traditionen nicht so fest verankert. Nein, ernsthaft, solange wir die Handyverbindungen nicht haben, bleibt uns nur das Auto, also hadern wir nicht rum und geben Vollgas.

Sie, Reverdy, übernehmen die Routine mit dem Wagen, ich schreibe einen Bericht über unsere laufende Arbeit, der den Mordverdacht untermauert, ganz klassisch. Und Sie, Lainé, was halten Sie davon, wenn Sie inzwischen Castelvieux' ehemalige Kontakte abklappern, die in Ihrer Akte von 2010 auftauchen?«

Lainé brummt etwas, was als Zustimmung gelten kann, sammelt seine Sachen ein, verabschiedet sich von Noria und Fabrice und geht. Er hat es ganz schön eilig, denkt Noria. Reverdy wendet sich ihr zu.

»Wollen Sie heute Abend mit mir in den Comedy Club gehen? Lainé hat mir zwei Karten gegeben …«

»Haben Sie beide das zusammen ausgeheckt?«

»Ich liebe das Theater, als Jugendlicher wollte ich Schauspieler werden …«

»Ich auch.«

»Wirklich?«

Noria nickt. »Ich konnte nicht.«

»Ich auch nicht. Daher meine Vorliebe für Verkleidungen. Ein Überbleibsel meiner Jugendträume, ein Ausgleich. Begleiten Sie mich, ich bin sicher, es wird Ihnen gefallen. Es ist ein kleines Theater auf den Grands Boulevards, mit Komikern und Stand-up-Comedians. Ich gehe gelegentlich hin, ich bin ein Fan von Improtheater. Ich habe sogar mal einen Kurs mitgemacht. Und das hat mir im Job geholfen. Die Darbietungen sind nicht immer toll, aber das Programm an sich ist hochsympathisch. Und Sie lernen Alice kennen.«

Noria zögert, betrachtet Reverdy, seine Frisur, sein kurzärmeliges Hemd … »Ich wollte Schauspieler werden … Ich konnte nicht …« Unter dem Vorwand, Alice kennenzulernen … Sie nimmt die Einladung an.

Paris

Die Atmosphäre im Comedy Club ist herzlich, das sehr junge, bunt gemischte Publikum drängt sich im von farbigen Lichtpunkten durchbrochenen Halbdunkel, der Saal, klein, brechend voll, hat mehr von einem Cabaret als von einem Theater. Schon vom Eingang aus erspäht Reverdy an einem der Tische Alice in Begleitung ihres Junganwalts. Er bugsiert Noria zu ihnen hin, stellt sie vor. Die lächelnde Commandante Ghozali macht einen hübschen Eindruck. Noria setzt sich, Reverdy geht an der Bar eine erste Runde Cocktails holen. Heute Abend wechseln sich auf der Bühne kaum bekannte und völlig unbekannte Darsteller ab, solo oder als Duo, mehr oder weniger gut, mehr oder weniger lustig, aber immer mit Sinn für Timing. In den Pausen sorgt einer der beiden Männer hin und wieder für Alkoholnachschub. Noria schafft es, so wenig wie möglich zu trinken, ohne aufzufallen. Sie stürzt sich mit Alice in eine endlose Debatte über das amerikanische Kino, die eine Fan des Noir, die andere empfänglich für Rührstücke, womit man den ganzen Abend verbringen kann. Reverdy beobachtet sie aus dem Augenwinkel. Das erste Mal, dass er Ghozali außerhalb des beruflichen Kontexts erlebt. Sie hat es drauf. Auf der Bühne ein Impro-Duell, Noria ist fasziniert, Reverdy jubiliert. Gegen Ende der Vorstellung schleppt Reverdy den Anwalt unter irgendeinem Vorwand zur Bar und lässt Noria ein paar Minuten mit Alice allein. Noria beugt sich zu ihr vor.

»Ich arbeite mit Reverdy am Fall Castelvieux.«

»Das dachte ich mir.«

»Die Mafiageschichten sind vollkommen stichhaltig.«

»Infolgedessen gibt sein Verschwinden Anlass zur Beunruhigung.«

»Richtig. Und Castelvieux ist nach dem Abend des 22., dem Datum, seit dem Sie keinen Kontakt mehr hatten, nicht wieder in der Rue de Lille 39 aufgetaucht. Ich halte Sie auf dem Laufenden, diskret natürlich. Sagen Sie, keine neue Erinnerung seit Ihrer Unterhaltung mit Lainé, nichts, was für uns nützlich sein könnte?«

»Nein, ich glaube nicht.« Alice, konzentriert, spricht langsam. »Er war nicht sehr mitteilsam. Er hatte nicht vor, in Paris zu bleiben, er war nur hier, um einen Banker zu treffen, der sein Geld loseisen sollte, und wollte schnellstmöglich wieder weg.« Kurze Pause. »Am Anfang dachte er, er würde das zügig hinkriegen. Und dann, scheint mir, gab es wohl eine Kontaktaufnahme, die nicht nach Wunsch verlaufen ist. Er hatte sein Geld immer noch nicht, als ich ihn letzten Sonntag am Telefon hatte. Ah, und er sagte noch, seine Scherereien in Montreal seien losgegangen, als Drogen auf der Bildfläche erschienen, so hat er es formuliert.«

Die Männer kommen zurück, die Vorstellung ist zu Ende, die zwei Paare verabschieden sich und gehen auseinander, mit der Beteuerung, sich wiederzusehen. Von den großen Boulevards laufen Reverdy und Noria zu Fuß bis ins 19. Arrondissement zurück und unterhalten sich. Reverdy kommt auf seine Liebe zum Theater zu sprechen.

»Sie sagten, Sie wollten als Jugendliche auch Schauspielerin werden.«

»Das ist lange her … Mein Vater hat es mir verboten … Ein Mädchen durfte sich nicht produzieren. Seitdem gehe ich ins Kino.«

Heute Abend Satzfetzen, die Geständnissen gleichen, eine Vergangenheit, die stückweise hochkommt, eher zärtlich als schmerzhaft, und das ist neu. Die Nacht ist lau an den Ufern des Bassin de la Villette.

Kapitel 9

Freitag, 10. Mai
Levallois-Perret

Im Geschäftssitz von Orstam stellt sich heraus, dass das Treffen zwischen der Delegation vom Geschäftsbereich Kraftwerke und der »Direktion« ausschließlich mit Nicolas Barrot stattfindet, dem persönlichen Berater des Generaldirektors. Und die Delegation nimmt das übel. Die junge Christine Dupuis wurde zur Wortführerin bestimmt, weil sie Lamblins persönliche Assistentin ist und »gut rüberkommt«, will sagen, sie ist hübsch, mit Sorgfalt und ohne Effekthascherei geschminkt und gekleidet. Es ist deshalb an ihr, die Unzufriedenheit der Gruppe zum Ausdruck zu bringen. Sie hat diese Rolle noch nie gespielt, sie hat auch noch nie einen Fuß in die zehnte Etage gesetzt, die Direktionsetage, aber sie fühlt Wut in sich aufsteigen. Sie atmet tief durch und wagt sich vor:

»Wir sind enttäuscht, wir haben erwartet, unseren Generaldirektor zu treffen. Er weigert sich also, uns zu empfangen.«

»Keineswegs, Madame. Aber er ist dieser Tage sehr beschäftigt, er hat mich beauftragt, ihn zu vertreten und ihm über unser Gespräch zu berichten, was ich selbstverständlich so bald wie möglich tun werde.«

Christine Dupuis findet ihn arrogant. »Wir nehmen zur Kenntnis, dass der Generaldirektor keine Zeit hat, uns zu empfangen, aber in den nächsten Tagen sehr wohl Zeit hat, sich von Ihnen weitererzählen zu lassen, was wir ihm nicht direkt haben sagen können. Wir möchten Sie daran erinnern, dass unser Abteilungsleiter Monsieur Lamblin vor inzwischen über drei Wochen während einer Dienstreise in die USA von der amerikanischen Polizei verhaftet wurde. Die Firmenleitung hat uns keinerlei Information dazu gegeben. Wie lautet die Anklage? Welche Schritte wurden unternommen, um seine Freilassung zu erwirken? Welche weiteren Schritte planen Sie? Wir werden Ihre Antworten natürlich an unsere gesamte Abteilung weitergeben.«

»Der New Yorker Staatsanwalt hat gegen Orstam eine Untersuchung wegen Bestechung bei einem Indonesiengeschäft eröffnet. Die Überweisung der inkriminierten Summen soll über unsere US-Niederlassung gelaufen sein, in der Zeit, als Monsieur Lamblin sie leitete, aus diesem Grund hält die amerikanische Justiz ihn fest. Wir bestreiten den Tatbestand der Korruption, wir sind der Meinung, dass die Firma sich nichts vorzuwerfen hat, ebenso wenig wie Monsieur Lamblin. Orstam hat die Verteidigung von Monsieur Lamblin übernommen, wir haben ihm Anwälte der Kanzlei Bronson & Smith geschickt, der Kanzlei von Orstam, der besten von New York. Die Anwälte selbst haben uns zu höchster Diskretion geraten. Die amerikanischen Richter dulden keinen Druck von außen. Es ist daher im Interesse von Monsieur Lamblin, dass wir so diskret wie möglich sind, und wir beglückwünschen uns zu der medialen Zurückhaltung.«

Damit endet Barrot, offenbar zufrieden mit seiner Antwort. Christine Dupuis steht kurz vorm Explodieren.

»Das ist alles? Sie haben nicht die Botschaft kontaktiert? Sie haben nicht den Konsul eingeschaltet? Sie haben nicht den Außenminister verständigt? Sie haben nicht beim US-Botschafter in Frankreich vorgesprochen? Haben Sie wenigstens die französische Regierung unterrichtet?«

»Nein, wir haben nichts davon getan und werden es auch nicht tun …«

Christine Dupuis unterbricht ihn, ihr Körper sehr aufrecht, angespannte Muskeln, leuchtendes Haar, die reinste Urgewalt.

»Florence Cassez, eine Französin, die in Mexiko im Bett eines Mafiabosses verhaftet und der Komplizenschaft mit den mexikanischen kriminellen Mafias beschuldigt wird, mobilisiert die gesamte französische Diplomatie, die ihre Freilassung erwirkt, und Sie, Sie rühren keinen Finger für einen leitenden Angestellten unseres Unternehmens, der im Rahmen seiner beruflichen Tätigkeit in den USA ins Gefängnis gesteckt wird?«

»Wir stehen über unsere Anwälte im ständigen Kontakt mit dem Staatsanwalt.«

»Und was sagt der Staatsanwalt? Wann entlässt er Monsieur Lamblin aus der Haft?«

»In dieser Frage hat er sich im Grunde nicht festgelegt ...«

»Im Grunde, wie Sie sagen, versuchen Sie gar nicht, Monsieur Lamblin freizubekommen. Wir haben sogar den Eindruck, dass seine Inhaftierung Ihnen gelegen kommt.«

»Das kann ich so nicht stehen lassen. Ich wiederhole, dass die Linie der Firma in dieser schmerzlichen Angelegenheit darin besteht, ihre Unschuld zu beteuern, ebenso wie die von Monsieur Lamblin. Die amerikanische Justiz wird sie anerkennen.«

»Sie sind ein geistiges Pantoffeltierchen«, sagt Christine Dupuis. »Sie glauben doch selbst nicht, was Sie uns da erzählen. Hier, diese Liste mit Fragen, die wir gestellt und die Sie uns nicht beantwortet haben, leiten Sie bitte an den Generaldirektor weiter.«

Und die Gruppe geht, ohne Barrots letzten Worten noch Gehör zu schenken: »Ich danke Ihnen. Ich werde dem Generaldirektor das Schreiben gleich Montag früh übergeben.«

Sautereau erwartet die vier Delegierten, als sie aus der Besprechung kommen. Sie machen finstere Gesichter.

»Tatsache ist, dass die Firmenleitung beschlossen hat, nichts für Lamblins Freilassung zu unternehmen. Wir müssen das der Abteilung so weitergeben. Und die Gewerkschaften einschalten. Ich bin dermaßen wütend.«

»Stellen Sie sich mal vor, ein Laden, für den Lamblin seit über zwanzig Jahren arbeitet … ich bin empört.«

»Die Sache mit der Falle scheint mir nicht mehr vollkommen absurd.«

»Aber immer noch unerklärlich.«

»Eine Falle zu welchem Zweck?«

Keiner der vier Delegierten hat eine Antwort, Sautereau bleibt stumm. Christine Dupuis sagt abschließend: »Halten wir uns nicht länger auf, wir reden Montag weiter.«

Als er der Delegation aus dem Raum folgt, entdeckt Nicolas Barrot Sautereau, registriert seine Anwesenheit, ohne sich weiter damit zu befassen, und kehrt in sein Büro zurück, um Bilanz zu ziehen. Er hat ein seltsames Gefühl. Er ist allein an die Front gegangen, er hat sich strikt an die Anweisungen vom Oberboss gehalten, die ganze Besprechung aufgezeichnet, er ist also abgesichert, aber er war nicht gut. Hübsch, die Rothaarige. Lebhaft. »Geistiges Pantoffeltierchen«. Sie hat nicht unrecht. Die Sprüche von wegen unerlässliche Diskretion, um Lamblin zu schützen, ich weiß sehr wohl, dass das Nebelkerzen sind. Ich bete sie nach, ohne daran zu glauben, gut erkannt. Ich bin stolz, dass ich nicht darauf reinfalle. Sehr schön. Mir ist klar, dass Lamblin im Knast bleibt, weil gewisse Leute ein Interesse daran haben. Ganz toll. Aber wer und warum habe ich immer noch nicht begriffen. Ich bin scharfsichtig, aber passiv, eine Schachfigur, kein Spieler. Dank an die schöne

Rothaarige, dass sie mich daran erinnert hat. Eine andere Frau, davor: July, die Bankerin, Krise als Chance. Was hast du seither unternommen, um sie zu nutzen, die Chance? Nichts. Zwei vergeudete Wochen. *Die Geschichte reicht die Schüsseln kein zweites Mal herum.* Es wäre an der Zeit, dass du loslegst. Nicht jetzt, Erschöpfung. Schlaglicht: die Mähne der Rothaarigen, die Brüste der Bankerin. Verlangen nach einer Frau. Eine Massage, Lara. Er ruft die Homepage des Massagesalons auf, und da, Schock, Lara ist von der Homepage verschwunden, also auch aus dem Salon. Leere. *Ein einziges Wesen fehlt euch ...* Er fühlt sich völlig im Stich gelassen, verraten.

Er verlässt das Orstam-Gebäude, steuert das Café an der Ecke an. Ein doppelter Whisky, um sich aufzurichten, ohne Wasser, rau, schnell getrunken. Heute Abend geht er nicht nach Hause, das steht fest. Heute Abend Lust auf etwas anderes. Seit ein paar Monaten steckt in seiner Brieftasche eine Visitenkarte, die Lara ihm gegeben hat: Palmyre Club, Rue Marbeuf. Dezente Typografie und unaufdringliches Layout. Auf die Rückseite hat Lara notiert: »Nicolas, mein Lieblingskunde. Kümmert euch um ihn«, und unterschrieben. Er weiß, was ihn im *Palmyre Club* erwartet, sie hat es ihm gesagt, er konnte sich nicht entschließen hinzugehen. Zufrieden mit dem kuscheligen Komfort des Massagesalons, Laras beruhigenden Händen, Angst, in einer Welt von Raubtieren hilflos dazustehen. Aber heute Abend – die Rothaarige rüttelt ihn auf, Lara lässt ihn im Stich, er muss etwas tun, er zögert nicht mehr.

Paris

Nachdem er geduscht und sich umgezogen hat, verkriecht sich Nicolas Barrot in einem Kinosaal auf den Champs Elysées, um die Zeit herumzubringen, bis er im Club auftauchen kann.

Er hat *Parker* ausgesucht, einen amerikanischen Film voller Knarren und Testosteron, genau was er heute Abend braucht.

Am Eingang des Clubs zeigt Laras kleine Notiz magische Wirkung. Kaum hat er sie aus der Tasche gezogen, nimmt ein Kellner sich seiner an, führt ihn zu einem Tisch, an dem zwei verführerische, leicht bekleidete Tussis zu Abend essen und ihn glucksend begrüßen. Eine Bedienung im Stringtanga bringt ihm eine Portion Foie Gras und eine Flasche Champagner, dann noch eine zweite. Bald darauf, die Erinnerung ist bereits etwas verschwommen, ziehen die beiden Tussis ihn auf eine Tanzfläche im Keller. Er tanzt entfesselt zu einem Elektrorhythmus, der auf seinen Herzschlag abgestimmt ist, eingeklemmt zwischen den zwei Mädchen, sein Geschlecht zwischen den Pobacken der einen, sein Po am Bauch der anderen. Eine der beiden (welche?) zieht ihm sein Hemd aus, was er als erfreuliche Initiative empfindet, er trinkt Wodka aus der Flasche, um sich abzukühlen, seine Partnerinnen ziehen ihn, immer noch tanzend, in eine der dunklen Ecken, die im Kellergeschoss eingerichtet sind. Dort entledigt er sich dessen, was von seiner Kleidung übrig ist, packt eine der Mädchen und dringt mit einer Gewalt in sie ein, von der er nicht wusste, dass er dazu fähig ist, während die andere sich weiter an seinem Hintern wiegt. Wechsel des Mädchens, gleicher Rhythmus. Mit Verzückung entdeckt er die Lust, in einem Lebewesen abzuspritzen, das nichts Menschliches hat außer dem Geschlecht, dieses Gefühl grenzenloser Macht, weil der andere nur existiert durch diesen Moment und in diesem Moment, in dem er besessen, vernichtet wird. Im Morgengrauen unterschreibt Nicolas ohne Händezittern eine Rechnung, deren Höhe in keinem Verhältnis zu seinen Einkünften steht, nimmt ein Taxi nach Hause, fällt ins Bett und sinkt in einen komatösen Schlaf.

Er verbringt den Samstag halb benebelt ausgestreckt auf dem Bett, Blick zur Zimmerdecke, die gelegentlich dazu neigt, Strudel zu bilden, er isst ein bisschen, schläft viel und ist erst am folgenden Morgen wieder bei klarem Bewusstsein.

Seinen Sonntag widmet er dem Nachdenken. Er hat gerade eine Schwelle überschritten, er spürt es körperlich, jetzt muss er es verstehen. July hat ihm gesagt, dass er in ein Riesengeschäft involviert ist, er hat es gehört, er hat es nicht verstanden. Er fühlte sich bedroht, passiv, in der Defensive. Das ist vorbei. Die Mitschnitte, die er gemacht hat, verleihen ihm Gewicht, eine Art Macht über die Menschen, die er aufnimmt. Er beschließt: Ich bin im Unternehmen an strategischer Stelle, ich höre auf, Angst davor zu haben, ich werde es nutzen. Nachdenken, Entscheidungen treffen, antizipieren. Schlaglicht auf July: »Sie werden gleichzeitig am Ruder und an der Kasse sein.« Und reich werden. Das muss sein, um mir das *Palmyre* leisten zu können.

Montag, 13. Mai
Levallois-Perret

Als Christine Dupuis an diesem Morgen eintrifft, begegnet sie im Fahrstuhl Anderson. Nach dem Treffen mit Barrot hat sie das ganze Wochenende über ihrer Wut und ihrer Demütigung gebrütet. Sie nimmt all ihren Mut zusammen, grüßt ihn höflich, stellt sich vor, eine Mitarbeiterin von Monsieur Lamblin.

»Wie Sie sicher wissen, sind wir sehr besorgt über sein Schicksal. Denken Sie, dass er bald aus dem Gefängnis entlassen wird?«

»Tut mir leid, Madame, dazu habe ich keinerlei Information.«

»Sie haben ihn vor seiner Abreise getroffen. Wusste er um die Risiken, die er mit seiner Reise in die USA einging?«

Sie treten aus dem Fahrstuhl. Anderson bleibt ein paar Sekunden stehen, um ihr zu antworten. »Selbstverständlich, Madame. Entsprechend den Direktiven unseres Generaldirektors habe ich ihm die Hauptrisiken, die diese Reise mit sich brachte, erläutert, inklusive Gefängnis, und ich habe mit allen Mitteln versucht, ihn davon abzubringen. Guten Tag, Madame.«

Christine Dupuis ist erstarrt. Sie erinnert sich, wie zögerlich Lamblin war, ehe er sich zu seiner USA-Reise entschloss. »Man muss vorsichtig sein, das Rundschreiben der Direktion berücksichtigen, selbst wenn die Empfehlung, nicht in die USA zu fahren, leicht surreal wirkt bei einem Unternehmen wie Orstam. Ich werde die Rechtsabteilung um Rat fragen, machen Sie mir einen Termin.« Sie hört, sie sieht, wie wenig begeistert Lamblin ist, als er erfährt, dass Anderson ihn empfangen wird, der stellvertretende Abteilungsleiter, nicht der Abteilungsleiter selbst, dann wie er nach seinem Gespräch mit Anderson in sein Büro zurückkommt, ganz aufgekratzt: »Alles in Ordnung, Christine. Buchen Sie mir einen Flug Paris-New York und zurück.«

Lamblin, besonnen, geduldig, weder Abenteurer noch Spieler. Eine Falle, die Idee ist nicht absurd, sie ist glaubhaft. Christine dreht sich der Kopf.

Zur Mittagszeit findet im Orstam-Geschäftssitz, in einem Konferenzraum im Ergeschoss, eine Belegschaftsversammlung des Geschäftsbereichs Kraftwerke statt, damit die Delegation von ihrem Treffen mit der Direktion berichten kann. Christine Dupuis hat die beiden im Unternehmen vertretenen Gewerkschaften informiert, die daraufhin Beobachter geschickt haben. Die Delegation spricht vor mehr als hundert Personen, darunter einige leitende Angestellte, eine außergewöhnlich hohe Teilnahmequote, die von der herrschenden Unsicherheit zeugt, so die Ansicht von Sautereau, der dort vorbeischaut.

Christine Dupuis ergreift das Wort, sachlich: »Wir wurden nicht vom Chef empfangen, sondern von Nicolas Barrot, der keine klar definierte Funktion im Unternehmen hat. Die vier Mitglieder der Delegation fanden diesen Wechsel des Gesprächspartners bedauerlich, wenn nicht gar beleidigend. Um den Inhalt des Treffens zusammenzufassen: Monsieur Lamblin sitzt immer noch im Gefängnis. Da die Direktion ihn für unschuldig hält, hat sie keinerlei Schritte zu seiner Freilassung unternommen und auch nicht die Absicht, etwas zu unternehmen, das hat man uns klipp und klar gesagt. Verstehe das wer will.«

Allgemeine Debatte, ohne jede Ordnung. Die Mehrheit der Wortbeiträge zielt jetzt auf die Frage, wie Anderson zu der Sache steht. Nach einigen Minuten des Zögerns meldet sich Christine Dupuis wieder zu Wort, erzählt von ihrer Begegnung mit Anderson just an diesem Morgen und schließt:

»In den letzten Tagen hatte ich gewisse Vorbehalte, aber jetzt bin ich sicher, dass Monsieur Lamblin irgendeiner krummen Tour zum Opfer gefallen ist, und ich kann es mir nicht erklären. Zwanzig Jahre Firmenzugehörigkeit, ein unbescholtener Mann. Das empört mich.«

Ihre Kehle ist zugeschnürt, der ganze Raum teilt ihre Erregung. Gleich im Anschluss schlagen die beiden Gewerkschaftsvertreter vor, dass die Abteilung am kommenden Donnerstag für zwei Stunden die Arbeit niederlegt und das Petitionsschreiben zur Unterschriftensammlung in sämtlichen Abteilungen in Umlauf gebracht wird.

Sautereau sagt sich, dass die Sache allmählich eine schlimme Wendung nimmt.

Paris

Reverdy konsultiert die Spezialisten der präfektureigenen Kfz-Werkstatt mit einem Satz Fotos von dem dicken Geländewagen. Es hagelt anerkennende Urteile: »Schöne Karre …« Die Fotos werden herumgereicht, die Diagnose gefällt: »Mercedes GLE, Baujahr 2012. Bei sehr gutem Zustand kann man viel Geld dafür kriegen.«

»Wie viel?«

»Das hängt von dem Markt ab, auf dem er verkauft wird, und auch von der Qualität des Zwischenhändlers. Aber ich würde sagen, mindestens siebzigtausend Euro für den Erstverkäufer.«

»Ah! Immerhin …«

Reverdy bedankt sich, sammelt seine Abzüge ein. Und denkt, dass es wirklich schade ist, siebzigtausend Euro oder mehr zu verbrennen. Was eine andere Überlegung nach sich zieht: Wenn es echte Profikiller wären, hätten sie dann einen so teuren und auch auffälligen Wagen gestohlen, um die Leiche zu transportieren? Nein, sie klauen einen Wagen, um die Leiche zu transportieren *und* ihre Verwegenheit zu beweisen *und* ein bisschen Kohle zu verdienen. Er fühlt sich fast in ihrer Haut. Ghozalis Hypothese ist nicht so abwegig. Ich werde die Typen aufspüren.

Mit neuer Energie kehrt Reverdy zur Datenbank für gestohlene Fahrzeuge zurück. Suche nach einem schwarzen Mercedes GLE 4x4, möglicherweise das Modell von 2012. Vom 22. April an rückwärts. Treffer. Anzeige des Diebstahls eines Mercedes usw. am frühen Abend des 18. April beim Kommissariat des 6. Arrondissements. Anzeige aufgenommen von Lieutenant Rémond. Reverdy ruft an und verabredet sich mit ihm für morgen Nachmittag um sechzehn Uhr.

Dienstag, 14. Mai
Paris

Punkt sechzehn Uhr nimmt Reverdy Lieutenant Rémond gegenüber Platz. Er hat einen Packen Fotos des Wagens mitgebracht, die er ihm eins nach dem anderen zeigt. »Wir suchen die beiden Umzugsleute, aber als einzige Fährte haben wir diese Karre, deshalb verfolgen wir ihre Spur.«

»Ich erinnere mich sehr gut an diesen Wagen und diese Anzeige, weil es nicht lange her ist und eine vertrackte Geschichte war. Der Besitzer ist ein namhafter, stinkreicher Chirurg, der im Pariser Osten eine Klinik hat. Am Nachmittag des 18. April hätte er dort sein und operieren sollen, jedenfalls dachte seine Frau, er sei dort, mit seiner Riesenkarre, die brav im Untergeschoss der Klinik parkt. Aber tatsächlich schob er eine Nummer im Hôtel du Quai-Voltaire, wo er regelmäßiger Gast zu sein scheint, dem Empfangschef zufolge jeden Donnerstagnachmittag. Sein Wagen stand wie immer im Parkhaus in der Rue Montalembert.«

»Der Wagen wurde im Parkhaus gestohlen?«

Rémond beugt sich zu seinem Computer vor. Zwei Mausklicks.

»Der Mercedes ist um 14:20 Uhr ins Parkhaus gefahren. Er fuhr um 15:04 Uhr wieder raus. Hier ist das Bild der Überwachungskamera. Sie können feststellen, dass der Fahrer ein Parkticket benutzt, um ganz regulär rauszufahren, der Chirurg lässt das Ticket immer in der Sonnenblende. Der Fahrer und sein Beifahrer tragen Kappen, nicht dieselben wie auf Ihren Fotos, aber das will nichts heißen, und haben die Köpfe gesenkt, die Gesichter sind nicht zu erkennen. Das Kennzeichen VX 554 RT gehört zu keinem gestohlenen Wagen.«

»Das haben wir auch überprüft.«

»Die Nummernschilder wurden mitgebracht und im Parkhaus ausgetauscht. Zurück zu meinem Chirurgen. Nach Beendigung seiner Nummer, gegen sechs Uhr abends, er ist ein Langstrecken-Rammler, ist der Wagen weg. Er kommt zu uns gerannt, in Panik. Nicht wegen des Verlusts des Mercedes, Monsieur ist gut versichert und lässt uns das wissen, sondern bei dem Gedanken, dass seine Frau von seinen Eskapaden erfahren könnte.«

»Er wäre nicht der Erste, dem das passiert.«

»Aber er hat mir mindestens zwanzig Mal erklärt, dass er sich das nicht leisten kann. Seine Frau scheint ziemlich streng zu sein, was die Einhaltung der ehelichen Treue betrifft, und eine Scheidung kommt für ihn nicht infrage. Wenn ich es richtig verstanden habe, gehört die Klinik seiner Frau. Ein echter Gefühlsmensch, der Typ. Wir haben ihm gesagt, dass er sich nur einen plausiblen Grund ausdenken muss, warum er sich in der Gegend aufhält, die Medizinfakultät in der Rue des Saints-Pères ist ganz in der Nähe, das könnte passen. Uns geht es am Arsch vorbei, ob er während des Diebstahls in der Uni oder im Hotel war, kurz und gut, er hat sich beruhigt, wir haben den Papierkram erledigt, und zehn Tage später haben die Bullen von Saint-Denis seine Kutsche wiedergefunden.«

»Von der schnellen Truppe.«

»Der SDPJ 93, das Kripo-Dezernat von Seine-Saint-Denis, observierte schon länger eine Werkstatt im Bezirk Plaine Saint-Denis, die sie im Verdacht hatten, Hehlerei mit gestohlenen Wagen zu betreiben. Am 28. April haben sie zugegriffen, als ein Sattelschlepper mit einem Container voller Luxuskarren vom Hof fuhr, um sich Richtung Le Havre aufzumachen und von da nach Afrika. Der Werkstattbesitzer dachte wahrscheinlich, dass er an einem Sonntag, vor dem Brückentag zum ersten Mai, nichts riskiert, im Gegenzug fanden unsere Kollegen es suspekt, dass in der Werkstatt an einem Sonntag gearbeitet wird. Der Mercedes war dabei. Aber natürlich hatte er keine Nummernschilder mehr.«

»Der Werkstattbesitzer?«

»In Villepinte im Knast.«

»Er heißt?«

»Ousmane Sakho.«

Reverdy macht sich Notizen.

»Steht er als Einziger unter Verdacht?«

»Der SDPJ hat die drei Männer festgenommen, die normalerweise in der Werkstatt arbeiten, aber sie sind nicht notwendigerweise involviert, und Sakho ist der Chef.«

»Wissen Sie, wer den Fall beim SDPJ bearbeitet?«

»Capitaine Bertrand und Lieutenant Robin.«

Reverdy entnimmt dem Packen Fotos zwei Rückansichten mit offener Heckklappe.

»Keine Kennzeichen mehr, keine Motornummer, wir können uns bei dem Mercedes keinen Irrtum leisten. Schauen Sie gut hin. Erkennen Sie vorne im Kofferraum das Gitter, das ihn von den Rücksitzen trennt? Und die Matte mit Blumenmuster? Könnten Sie Ihren Kunden nicht fragen, ob sein Wagen zum Zeitpunkt des Diebstahls dieses Zubehör hatte? Er muss Sie doch lieben nach allem, was Sie für ihn getan haben …«

Rémond braucht eine Weile, um den Chirurgen in seiner Klinik zu erreichen, nur ein paar Worte zwischen zwei Operationen. Und der bestätigt, dass sich im Kofferraum seines Mercedes ein Gitter und eine Bodenmatte befanden, als er gestohlen wurde. Weil er seine Hunde darin transportiert, wenn er zur Jagd geht. Gitter und Matte waren nicht mehr da, als er den Wagen wiederbekam, aber natürlich misst er einem solchen Verlust keine Bedeutung bei, und er hielt es nicht für angebracht, die Polizei wegen einer solchen Nichtigkeit mit einer Anzeige zu behelligen.

Ein edler Prinz, der Rammel-Chirurg.

Der gestohlene Mercedes ist also tatsächlich der, den er vor der Rue de Lille 39 gesichtet hat, Irrtum ausgeschlossen. Reverdy ruft beim SDPJ 93 an und vereinbart für morgen am späten Nachmittag einen Termin mit Capitaine Bertrand und Lieutenant Robin. Er hat seinen Tag nicht vergeudet.

Mittwoch, 15. Mai
Polizeipräfektur Paris

Das Team kommt vollzählig zusammen. Reverdy bringt einen großen Strauß malvenfarbenen Flieder mit, requiriert mangels Vase eine Wasserkaraffe, arrangiert in aller Ruhe die Zweige, dann stellt er den Strauß an den Rand seines Schreibtischs und betrachtet sein Werk.

»Man bekommt gleich bessere Laune, finden Sie nicht?«

Noria hat ihm zugeschaut, ohne eine Miene zu verziehen. Jetzt lächelt sie. »Man bekommt vor allem keine Luft. Machen Sie das Fenster auf. Und jetzt an die Arbeit. Von meiner Seite: Treffen mit den Chefs, da gibt es gute Neuigkeiten. In Sachen Orstam: grünes Licht, dass wir die interne Entwicklung aus der Nähe verfolgen. Die Geschichte mit den gehackten Mails hat sie wachgerüttelt. Zum ersten Mal hatte ich das Gefühl, dass man mir wirklich zuhört. Zu Castelvieux: Sie sind überrascht von unseren Fortschritten, nehmen Kontakt nach Montreal auf und sind einverstanden, dass wir weitermachen, bis wir zu dem Mord etwas Handfestes haben, das wir an die Kriminalpolizei weitergeben können. Und bei Ihnen?«

Lainé hat vier alte Freunde von Castelvieux aufgetrieben, die ihn im letzten Monat getroffen haben. Da war er nicht gesprächig, sehr angespannt. Zwei von ihnen haben sich eindeutig geäußert: Er hat geschäftliche Verabredungen erwähnt, er hat Verhandlungspartner getroffen, aber die Sache stockte. Niemand hat ihn nach dem 22. April noch mal gesehen.

Reverdy ist an der Reihe. Die Fakten: Mercedes einwandfrei identifiziert, gestohlen am 18. April zwischen vierzehn und fünfzehn Uhr in einem Parkhaus im 6. Arrondissement, wiedergefunden am 28. April bei einem auf solche Geschäfte spezialisierten Werkstattbetreiber, einem gewissen Ousmane Sakho, Eröffnung einer In-flagranti-Ermittlung durch den SDPJ 93 und Sakho aktuell im Knast in Villepinte. Er kommentiert: »Meiner Meinung nach war der Diebstahl des Mercedes schon länger geplant. Die Diebe kannten die Gewohnheiten des Besitzers, wussten, wo das Parkticket lag, und hatten Verbindung zu einem Hehler. Als sich die Gelegenheit bot, hielten sie es wohl für raffiniert, zwei Fliegen mit einer Klappe zu schlagen, indem sie die Karre benutzten, um die Leiche abzutransportieren.«

»Das ist nicht gerade schlau.«

»Profidiebe, aber Amateurkiller.«

»Glückwunsch, Fabrice. Ein wunderbarer Fang. Dann werden wir an den SDPJ 93 herantreten und ihrer Ermittlung Stoff liefern.«

»Ich bin heute Nachmittag mit ihnen verabredet.«

»Sie sind zu schnell für mich, darauf muss ich mich einstellen. Ich bitte Sie: höchste Diplomatie gegenüber dem SDPJ. Wir müssen jede Form von Rivalität oder Störgeräuschen vermeiden. Fürs Erste haben wir gemeinsame Interessen: Wir wollen Sakho knacken, damit er unsere Umzugsleute verpfeift. Er kennt sie, das steht fest, aber noch ist nichts gewonnen.

Anschließend wenden wir uns wieder unserer Suche nach Castelvieux' Banker zu, die strafrechtliche Ermittlung verbleibt im Wesentlichen beim SDPJ.«

»Soll ich den Drogenhandel erwähnen, von dem Alice sprach?«

»Was denken Sie, Lainé?«

»Castelvieux hat mir auch davon erzählt, als ich ihn im April traf. Aber wir haben nichts Konkretes. Ich würde das im Moment lieber außen vor lassen.«

»Einverstanden, aber bringen Sie sie zum Träumen, ein schöner, lohnender Fall, und besorgen Sie uns im Gegenzug Zugang zu Sakho. Lainé und ich werden nach seinen Schwachstellen suchen, unsere Datenbanken durchforsten. Wenn wir wollen, dass er seine Kumpel verrät, müssen wir wissen, wer er ist, was er liebt. In flagranti verhaftet bei einer Autodiebstahlsnummer, da dürfte sich der SDPJ über seine Persönlichkeit nicht den Kopf zerbrochen haben … Mit gutem Riecher und Phantasie, ein bisschen, nicht zu viel, werden wir die Mittel finden, um ihn zu knacken.«

Die Arbeit mit den Datenbanken beginnt. Ghozali und Lainé klicken sich von einem Eintrag zum anderen, von Ousmane Sakho zu seinen Angehörigen und Freunden. Die Geschichte eines Lebens zusammenbasteln. Sie beginnt eher gut. Ousmane wird 1973 in Saint-Ouen in einem Sozialneubau geboren, eine Lebenswelt einfacher Leute, kein Vergleich mit den Ghettos von heute. Sein Vater und seine Mutter waren ein paar Jahre zuvor von der Elfenbeinküste gekommen. Monsieur Sakho war Facharbeiter in einer kleinen Klempnerfirma, Madame Sakho, hervorragende Köchin, Gelegenheitssängerin, ehrenamtliche Pflegerin und Tagesmutter und überhaupt ein vielseitiges Talent, organisierte

Aktivitäten im Viertel. Und brachte acht Kinder zur Welt. Ousmane war das vierte.

Und dann der Unfall: 1985 (Ousmane ist zwölf Jahre alt) wird der Vater auf einer Straße von Saint-Ouen von einem volltrunkenen Autofahrer überfahren und getötet. Er überquerte die Straße nicht an einem Zebrastreifen, die Versicherung des Fahrers hatte einen guten Anwalt, sie kam bestens dabei weg, und Madame Sakho wird »Raumpflegerin«, um die Familie zu ernähren, in wechselnden Schichten vom frühen Morgen bis zum späten Abend. Zur gleichen Zeit nimmt der Haschischhandel allmählich unternehmerische Dimensionen an, was in der in Ghettoisierung begriffenen Hochhaussiedlung Träume weckt. Für Ousmane ist das der Beginn der Spirale. Prügeleien zwischen Schwarzen und Arabern nach Schulschluss, mit fünfzehn Ausbildung bei einem Kfz-Mechaniker, der ihm das Handwerk beibringt und ihn für Maschinen begeistert, kleine Geschäfte mit dem Frisieren geklauter Motorroller, ohne große Konsequenzen. 1995 wird Madame Sakho Pflegehelferin im Krankenhaus von Saint-Denis, und Sakhos Chef geht in den Ruhestand, seine Werkstatt wird von einem Volkswagen-Händler aufgekauft. Angesichts des Images lupenreiner Geschäftsmoral, das die deutsche Marke vermitteln will, kommt es nicht infrage, dass man einen kleinen Rocker und Motorschrauber in der Werkstatt behält. Sakho hat keine Arbeitsstelle mehr. Wohl aber eine Kundschaft. Da er ein hervorragender Mechaniker ist, legt er letzte Hand an die Getriebeeinstellung der Go-fasts, mit denen Cannabis von Marokko nach Frankreich transportiert wird, und an die Motoren der Sportwagen für die im Norden des Departements zahlreichen illegalen Autorennen. Er ist an einem Fahrzeugdiebstahl beteiligt, gefolgt von einer ersten kurzen Haftstrafe. Danach wird er rückfällig mit einer Kombination aus Autobrandstiftung und Versicherungsbetrug. Diesmal brummt man ihm fünf Jahre auf. 2010 kommt er aus dem Gefängnis. Kaum ein Jahr später wird er 2011 Besitzer der Kfz-Werkstatt in La Plaine Saint-Denis.

»Erstaunlich, oder? Woher stammt das Geld? Keine großen Coups, nur ziemlich erbärmliche Tricksereien, frisch aus dem Gefängnis … Eine Kfz-Werkstatt vor den Toren von Paris, das kostet ein Vermögen.«

»Man muss schauen, wie der Kauf abgelaufen ist, wer der wirkliche Eigentümer ist.«

Die Werkstatt wird gleich 2011 vom SDPJ 93 unter polizeiliche Observierung gestellt. Der Container vom 28. April 2013 ist die erste große Entgleisung.

»Das ist idiotisch. Sakho und seine Bande müssen doch ahnen, dass die Werkstatt überwacht wird.«

»Zunächst mal: Nichts verpflichtet sie dazu, intelligent zu sein. Außerdem warten sie immerhin zwei Jahre, ehe sie die Nummer durchziehen, für sie ist das eine sehr lange Zeit, die nutzbare Lebensdauer dieser jungen Leute ist in der Regel kurz. Wenn die Überwachung geschickt gemacht ist, können sie auf den Gedanken kommen, dass keine Gefahr mehr besteht. Sagen Sie mir, wie sehen Sie diesen Sakho?«

»In erster Linie ein Maschinen-Verrückter. Er liebt es, an schicken Motoren herumzutüfteln. Als seine Werkstatt ihn entlässt, wird er abhängig von den kleinen Gangstern, um sein Handwerk weiter auszuüben und sich gleichzeitig an heißen Maschinen zu erfreuen.«

»So sehe ich ihn auch. Wahrscheinlich hat er schöne Erinnerungen an seine Kindheit und kann seinen alten Kumpeln nichts abschlagen. Sehen Sie zu, was Sie bis Montag über die Modalitäten des Werkstattkaufs herausfinden können. Prüfen Sie auch, ob es möglich ist, seine Bande zu rekonstruieren, indem Sie die Namen von allen abgleichen, die im Zusammenhang mit den verschiedenen Diebstählen und Hehlergeschäften auftauchen, bei denen Sakho beteiligt ist. Ich für meinen Teil befasse mich mit seiner Familie.«

Noria lässt Lainé gehen, dann setzt sie sich in der *Brasserie des Deux-Palais* in eine Ecke, bestellt einen Café und überlegt, wie genau sie an Sakho und seine Familie herantreten soll. Ich entstamme derselben Welt. Ousmane ist geblieben, ich bin gegangen. Eine Welt, in der Bullen nie gern gesehen sind. Der Café wird gebracht. Café, Erinnerung, Daquin. Bei diesem Namen stellt Noria überrascht fest, dass sich in ihrem Mund eine Geschmackserinnerung bildet an den Espresso, den sie neulich bei ihm getrunken hat. Sie trinkt einen Schluck vom heutigen Café. Nicht der gleiche Geschmack. Wie würde ich ihn definieren? Bitterer? Nicht ganz. Etwas aggressiver vielleicht? Und er hält sich nicht so lange im Mund. Die Worte, um es auszudrücken. Noch ein bisschen mehr Übung und ich werde wissen, was ein guter Café ist. Und dann? Dann zurück zu meinem Ausgangsproblem: Wie an Ousmane Sakho herankommen? Eine Eingangstür finden. Madame Sakho ist Pflegehelferin im Krankenhaus von Saint-Denis, eine von der Sorte, die sich weit über die Klinikmauern hinaus um alle Kranken in Not kümmert. Samia, Sozialarbeiterin in Aubervilliers, der Nachbargemeinde. Ob die beiden sich kennen?

Bevor sie die Brasserie verlässt, ruft Noria Samia an.

»Samia, da du beschlossen hast, in mein Leben zurückzukehren, nutze ich das …«

»Schieß los. Und ich freue mich, von dir zu hören.«

»Kennst du Madame Sakho, eine Pflegehelferin im Krankenhaus von Saint-Denis?«

»Ja. Nicht näher. Aber wir hatten ein paarmal miteinander zu tun.«

»Dachte ich mir.«

»Eine irre großzügige Frau. Wenn ich komplizierte Sozial-
fälle hatte, Probleme mit der Behandlung oder der Kosten-
übernahme in ihrem Krankenhaus, war sie immer bereit, mir
zu helfen.«

»Hast du heute zum Abendessen noch nichts vor? Ich lade
dich ein, ich will dir ein unmoralisches Angebot machen …«

Kapitel 10

Donnerstag, 16. Mai
Levallois-Perret

Gleich am Morgen steht Christine Dupuis in Begleitung der Gewerkschaftsvertreter und einer Handvoll Angestellter am Eingang zum Geschäftsbereich Kraftwerke und dirigiert die Eintreffenden zum Konferenzraum im Erdgeschoss. Um neun Uhr dreißig ist die Abteilung fast vollständig dort versammelt. Die Moderatoren verteilen hundertfünfzig Exemplare vom Petitionsschreiben der Abteilung, in dem Aufklärung über Lamblins Inhaftierung und die von der Firma zu seiner Freilassung unternommenen Maßnahmen gefordert wird. Es bilden sich Kleingruppen, die das Schreiben in allen Abteilungen vorlegen, es erläutern und vorschlagen sollen, dass er in Umlauf gebracht und von möglichst vielen unterzeichnet wird. Sollte es beim Personal auf gute Resonanz stoßen, haben die Gewerkschaften zugesagt, sich um die offizielle Anfrage für ein Treffen mit der Direktion zu kümmern, um das Schreiben zu übergeben und darüber zu verhandeln. Christine Dupuis hat für jede Gruppe eine »Roadmap« mit den zu besuchenden Abteilungen vorbereitet. Die Operation beginnt.

Den ganzen Vormittag ist der Geschäftssitz in Aufruhr. Sautereau dreht eine Runde durch die Büros, diskutiert mit diesen und jenen.

In seinem Büro denkt Nicolas Barrot angestrengt nach. Nach den besorgten Reaktionen von Anderson und Buck kommen

jetzt ständig auch welche von zahllosen anderen Führungskräften bei ihm an. Sie sind der Meinung, dass die Direktion
dringend reagieren muss. Offenbar lässt der Boss den Unmut
absichtlich wachsen und erteilt ihm (sorgsam mitgeschnit-
tene) Anweisungen, zu verschleppen, Termine hinauszuzö-
gern, sich zu entziehen. Mit welchem Ziel? Barrot versteht
es noch nicht. Gefährliches Spiel. Im Fall eines drohenden
Aufstands wäre das Mittel der Wahl, um der Bewegung den
Schwung zu nehmen, Lamblins Verfehlungen publik zu machen. Vielleicht … Er sieht wieder Christine Dupuis, ange-
spannter Körper, vorgereckte Brüste und flammendes Haar.
Sie ist imstande, ihm zu antworten: Das ist uns schnurz, sorgen Sie dafür, dass Lamblin freikommt. Das, was der Chef
nicht will. Man muss Wege finden, sie zu verdrängen oder zu
umgehen. Die Gewerkschaften. Abwarten, bis sie sich an die
Spitze der Bewegung manövriert haben. *Sie* sind empfänglich
für Kokain und junge Mädchen.

Nicolas ist nicht unzufrieden mit sich.

Bobigny

In den Räumen des SDPJ empfangen Bertrand und Robin
Reverdy korrekt, aber distanziert. Die Ermittler der Nachrichtendienstlichen Abteilung der Polizeipräfektur Paris stehen bei
der Kriminalpolizei in dem Ruf, dass sie gern Ärger machen.

Reverdy hat den Vortrag seines Bittgesuchs sorgfältig vorbereitet: Sein Dienst, zuständig für die Sicherheit der französischen Unternehmen im Großraum Paris, ist der Infiltration
eines Pariser Großkonzerns durch Personen auf der Spur, die
in mafiöse Machenschaften in Montreal verstrickt sind. Ein
dort ansässiger Franzose war im Besitz von Informationen
und hat Kontakt zu seinem Dienst aufgenommen, um sie an

ihn weiterzugeben. Er verschwand am 22. April, bevor es dazu kam.

Reverdy macht eine Pause, recht zufrieden mit seiner Präsentation. Vielleicht nicht ganz der Realität entsprechend, aber schlicht und glaubwürdig. Dann zeigt er auf seinem Laptop eine Montage der besten Videosequenzen von der Caisse des Dépôts. Die drei Männer beugen sich darüber. Castelvieux' Aufbruch, Ankunft der zwei Männer, Castelvieux' Rückkehr, Herauskommen der zwei Männer mit dem langen schwarzen Paket.

»Wir haben es sorgfältig geprüft, unser Kontaktmann wurde nach dieser Sequenz nirgends mehr gesehen. Im Moment denken wir, dass er am 22. April in seiner Wohnung ermordet wurde und dass wir hier das Wegschaffen seiner Leiche vor uns haben.«

»Das liegt im Bereich des Möglichen.«

»Der Mercedes, den Sie am 28. April sichergestellt haben, wurde am 18. April im sechsten Pariser Arrondissement gestohlen, und es ist mit Gewissheit der aus unseren Videos.« Reverdy legt eine Notiz auf den Schreibtisch, in der detailliert aufgeführt ist, wie der Mercedes identifiziert wurde. »Wir wollen die Identität der beiden Umzugsleute und des Fahrers herausfinden, und wir denken, dass Sakho sie kennt. Können Sie dem zuständigen Staatsanwalt unseren Besuchsantrag weiterleiten, damit wir Sakhos Aussage über die zwei Mercedes-Diebe aufnehmen können, die in keinem direkten Bezug zum Fall mit dem Autoschmuggel stehen, der Sie beschäftigt? Eins ist klar, sollte sich das Tötungsdelikt bestätigen, sind für die Strafermittlung nicht wir zuständig, die steht Ihnen zu.«

Die zwei Beamten der Kriminalpolizei sind einverstanden, sich um Reverdys Antrag zu kümmern. Sie werden ihn umgehend an den Staatsanwalt weiterleiten und befürworten. Sie teilen ihm die Antwort mit, sobald sie sie haben.

Reverdy forwardet ihnen das Video.

Handschlag. Der polizeiliche Krieg findet nicht statt, ausnahmsweise.

Freitag, 17. Mai
Paris

Am frühen Abend geht Reverdy zum Apéro ins *Café Zimmer*, wo Sautereau sich mit ihm verabredet hat. Zwei Pastis. Während Reverdy eher euphorisch ist, fühlt Sautereau sich unbehaglich.

»Es ist nie leicht, mit Außenstehenden über Familienangelegenheiten zu reden, vor allem, wenn es der Familie schlecht geht.«

»Du hast recht, wie kennen uns ja erst schlappe zehn Jahre … Also los, pack schon aus.«

»Bei uns im Hauptsitz stehen wir kurz vor dem Aufstand.«

Schweigen. Reverdy wartet.

»Der Boss hat keinen Finger gerührt, um Lamblin freizubekommen …«

»Nichts Neues. Wir sprachen schon darüber.«

»Ja, aber die Angestellten haben das irgendwann spitzgekriegt, und sie motzen. Er hat ihnen den kleinen Nicolas geschickt, sein gefügiges Werkzeug, um ihnen zu verkünden, dass er nicht nur nichts unternommen hat, sondern auch in Zukunft nichts zu tun gedenkt. Von daher …«

»Von daher was?«

»Stehen wir mit einer Arbeitsniederlegung von Lamblins Abteilung da und einer Petition zu Lamblins Gunsten, die im ganzen Geschäftssitz kursiert. Sie bekommt massenhaft Unterschriften, soweit ich es beurteilen kann. Das ist noch nie da gewesen.«

»Nachvollziehbare Reaktionen. Warum unternimmt der Chef nichts?«

»Ich gehöre nicht zu den Eingeweihten. Ich stelle mir vor, er hat Angst, mit einer Intervention die Regierung auf den Plan zu rufen, die Sozialisten, die ihre Nase in seine Angelegenheiten stecken könnten, und das will er um keinen Preis. *Er* ist ein Freund von Sarko.«

»Hoch leben der Gemeinsinn, die republikanischen Werte und der ganze Rest …«

»Das Gerücht über einen Verrat durch Anderson nimmt Überhand. Der Typ war, bevor er zu uns kam, schon in dubiose Affären bei der BAN verwickelt, dem englischen Kraftwerks- und Turbinenhersteller, den wir vor sieben oder acht Jahren aufgekauft haben, ein katastrophales Geschäft, nebenbei bemerkt …«

»Worauf gründet sich dieses Gerücht?«

»Er war der Letzte, der Lamblin vor seiner Abreise gesprochen hat. Und Lamblin zufolge soll er ihn ermuntert haben zu fahren. Aber welches Interesse könnte er haben, so etwas zu tun?«

»Und welches Interesse könnte Lamblin haben, die Rechtsabteilung anzuprangern, wenn seine Geschichte nicht stimmt?«

»Ganz genau. Falls du Informationen über Anderson hast, bin ich interessiert, das sagte ich dir ja schon …«

»Immer noch nichts über das Rundschreiben?«

»Keine Zeit gehabt.«

Reverdy bestellt eine zweite Runde Pastis.

Sonntag, 19. Mai
Saint-Denis

Samia hat es übernommen, Madame Sakho zu kontaktieren. Sie hat sie für Sonntag zum Mittagessen in ein kleines libanesisches Lokal beim Markt von Saint-Denis eingeladen und Norias Anwesenheit angekündigt.

»Eine Jugendfreundin. Sie ist Bulle, aber immer noch eine von uns. Wenn sie mich um etwas bittet, vertraue ich ihr. Sie will mit dir über Ousmane reden.«

Noria und Samia treffen sich mit Madame Sakho im Restaurant. Am Tisch schwätzen Samia und Madame Sakho, sie erzählen sich Geschichten über ihre diversen Schützlinge, immer wieder unterbrochen von Gelächter. Madame Sakho beobachtet Noria aus den Augenwinkeln, während sie Oliven aufpickt. Noria gibt ihr Zeit, sie ausführlich zu mustern, vor allem nichts überstürzen, dann nutzt sie eine Pause in der Plauderei ihrer Tischgenossinnen.

»Ich würde gern über Ousmane mit Ihnen sprechen, Madame Sakho.«

Schweigen. Madame Sakho knabbert noch ein paar Oliven, dann: »Versuchen Sie's. Ich garantiere Ihnen nichts … Sein Leben ist nicht schön.«

»Ich weiß. Jetzt hat er sich Probleme eingehandelt, von denen er noch gar nichts ahnt. Wenn nichts passiert, landet er vor dem Schwurgericht …«

»Er ist kein Verbrecher.«

»Aber seine Kumpel, genau das ist das Problem. Ich möchte wissen, wie ich ihn ansprechen muss, damit er mir zuhört und eine Chance hat, aus der Sache rauszukommen. Ich will den Weg zu seinem Herzen finden, und nur Sie können mir dabei helfen.«

Die zwei Mezze kommen, die die drei Frauen sich teilen. Noria isst praktisch nichts. Madame Sakho dagegen hat einen soliden Appetit, wechselt von einem Gericht zum anderen, dann hört sie auf, legt ihre Hand auf Samias Arm, um deren Unterstützung zu spüren, und entschließt sich.

»Ousmane war ein schwächliches und ängstliches Kind. Nach dem Tod seines Vaters, der überfahren wurde, wollte er nicht mehr allein über die Straße gehen. Seine Brüder schubsten ihn ständig herum, seine Schwestern schämten sich für ihn, und ich war nicht oft da. Und dann, während der Lehre, wurde er schnell zu einem Ausnahme-Mechaniker. Er lauschte den Motoren, sprach mit ihnen. Sein Leben hat sich verändert. Er wurde im Viertel berühmt, kein Gangster, aber berühmt. Jeder Motor, den er anfasste, wurde schneller und zuverlässiger.«

»Hat er geheiratet?«

»Nein. Er hatte Freundinnen, aber er ist nicht nett, krankhaft eifersüchtig. Bestimmt weil er sich schlechter fühlt als die anderen. Sie haben ihn alle verlassen. Er ist mit den Motoren verheiratet. Sein Chef hatte das nötige Format, sie mochten sich. Aber als er in Rente ging, blieb nur noch die Gang. Von denen bekommt er Arbeit und Bewunderung.«

»Lebt sein ehemaliger Chef noch?«

»Ja.«

»Und was denkt er von Ousmane?«

»Er denkt Gutes von ihm, wie ich, und er ist traurig.«

»Würden Sie mir seine Kontaktdaten geben?« Madame Sakho zögert. »Er ist der Einzige, der ihm helfen kann. Ich würde ihn zusammen mit Samia besuchen, wir würden über die Zukunft Ihres Sohnes sprechen.«

Madame Sakho diktiert eine Telefonnummer, Noria schreibt sie auf das Papiertischtuch, reißt das Stück ab und steckt es in ihre Tasche.

»Haben Sie ihn in Villepinte besucht?«

»Gestern zum ersten Mal. Er hat kaum mit mir gesprochen. Er ist wie ein gehetztes Tier.«

»Was denken Sie, ist er imstande, seine Kumpel fallenzulassen?«

Madame Sakho zuckt die Achseln. »Ich weiß nicht. Vielleicht wenn er es schafft, sich ein anderes Leben vorzustellen … Nicht leicht. Er hat nicht viel Phantasie.«

Die Damen beenden ihre Mahlzeit mit einem Mokka und einem kleinen Likör.

Montag, 20. Mai
Polizeipräfektur Paris

Bei der Teambesprechung beginnt Lainé mit dem Informationsaustausch und fasst seine Erkenntnisse vom Wochenende zusammen. Ousmane Sakhos Anwalt ist Maître Krim, der seine ersten Berufserfahrungen in der Kanzlei von Maître Dumas gesammelt hat, Stammanwalt eines der Zigeunerclans von Montreuil. Und wie durch Zufall wurde die Werkstatt von einer Immobiliengesellschaft bürgerlichen Rechts gekauft, die Maître Krim vertritt. Der Status von Sakho bei diesem Geschäft ist noch nicht ganz klar.

»Heute befindet sich Sakho in der Hand des organisierten Verbrechens«, schließt Lainé.

»Ja, diesmal ist es kein Spielchen, und deshalb sind unsere Chancen, ihn zum Reden zu bringen, begrenzt.«

Reverdy übernimmt. »Bleiben wir optimistisch. Der SDPJ hängt sich ordentlich rein. Kommen wir zum Dossier Orstam. Die Belegschaft im Geschäftssitz ist in Aufruhr, es herrscht Chaos, vom Chef nach wie vor keine Reaktion. Ich denke, die Lage ist ernst. Wir müssen den gesamten Bericht der letzten Woche überarbeiten, ihn ergänzen und beantragen, dass er dem Präfekten übermittelt wird, um die Regierung zu verständigen.«

»Lainé, was sagen Sie dazu?«

»Ich bin seiner Meinung.«

»Sie setzen das auf, Fabrice, und dann sprechen wir wieder darüber? Ich will den Leuten, die Sakho nahestehen, einen Besuch abstatten, im Zweierteam mit einer befreundeten Sozialarbeiterin, die in der Gegend von Saint-Ouen tätig ist. Ich werde ein bisschen Munition sammeln für unser baldiges Treffen mit diesem Typ.« Sie steht auf, nimmt ihre Jacke. »Halten Sie die Stellung, meine Herren, solange wir auf die Besuchserlaubnis warten. Wir sehen uns heute Abend.«

Ehe er sich an die Überarbeitung des Berichts macht, kommt Reverdy endlich dazu, eine vage Erinnerung zu klären, die seine Gedanken beschäftigt, ohne dass er sie einordnen kann. Zwischen 2010 und 2011 hatten die RG ein paar interne Vermerke zu den berühmt-berüchtigten Verhandlungen über die Übernahme von Areva T&D hingehauen. Er, der Orstam bereits damals beobachtete, hatte sie ohne große Aufmerksamkeit gelesen und archiviert. Sautereau und Buck haben sie ihm wieder in Erinnerung gerufen. Ein paar Recherchen, dann hat er die Akte ausgegraben. Darin befindet sich die Liste der Verhandlungsteilnehmer vom VTC-Fonds, die zu Beginn der Verhandlungen am 15. Januar 2010 dabei waren, sowie eine zweite Liste, leicht modifiziert, vom Januar 2011. Der Name Steven Buck taucht auf keiner der beiden Listen auf.

Dienstag, 21. Mai
Levallois-Perret

Reverdy hat den Weg nach Levallois gemacht, um Sautereau diskret und dringlich zu treffen. Er sitzt zur Apérozeit an der Bar des Eckcafés und wartet geduldig bei einem Suze. Punkt zwölf Uhr stützt sich Sautereau neben ihm auf den Tresen und bestellt einen kleinen Weißwein. Reverdy kommt sofort zur Sache.

»Ich halte mich nicht lange auf. Ich wollte dir nur kurz sagen, dass ich meine alten Unterlagen von 2010–2011 gefunden habe. Die Übernahme von Areva T&D ...«

»Aha.«

»In der Akte habe ich die Zusammensetzung des Teams vom VTC-Fonds gefunden, einmal zu Beginn der Verhandlungen und dann 2011, keine Spur von Buck. Falls er ins Team aufgenommen wurde, dann später, sehr spät in der Entwicklung.«

»Der Typ ist wie ein Aal. Wenn du denkst, du hast ihn ... Danke, mein Junge. Immer noch nichts über Anderson?«

»Keine Zeit, mich damit zu befassen.«

»Zur Strafe zahlst du die Zeche.«

Zur Mittagessenszeit treffen sich Christine Dupuis und die Gewerkschaftsvertreter in der Kantine, danach kommen sie zusammen, um den Unterschriftenrücklauf zum Petitionsschreiben auszuwerten. 1581 Namen, etwa die Hälfte des im Geschäftssitz tätigen Personals. Die Gewerkschaftsvertreter beschließen daher, für Donnerstag oder Freitag einen Termin beim Oberboss zu erbitten, man darf sich nicht zu viel Zeit lassen. Man bespricht, abteilungsweise kurze Ausstände zu organisieren, damit der Bericht über das Treffen die gesamte Belegschaft erreicht.

Als die Terminanfrage in der Direktion eintrifft, leitet die Chefassistentin sie an Nicolas Barrot weiter.

»Warum ich?«

»Anweisung vom Oberboss. Sie haben das erste Treffen wahrgenommen, da scheint das eine logische Konsequenz.«

Logische Konsequenz … Eher der Moment, die guten Vorsätze in die Tat umzusetzen und nein zu sagen. Ich habe lange nachgedacht. Ich bin in der Lage, Nägel mit Köpfen zu machen. Hör auf zu überlegen. Stürz dich rein.

Ganz am Ende des Tages betritt Nicolas Barrot das Büro vom Oberboss. Der Mann geht ohne Unterbrechung auf und ab, er wirkt angespannt, bösartiger Stimmung, alles Vorzeichen jener Zornausbrüche, die ihn im Milieu der großen Pariser Wirtschaftsbosse berühmt gemacht haben.

Nicolas atmet tief durch und wagt sich vor: »Monsieur, ich kann die Belegschaftsdelegation, die über Lamblins Inhaftierung sprechen will, nicht empfangen.«

»Und warum das, Nicolas? Was ist in Sie gefahren?«

»Weil die Belegschaftsdelegation diesmal von den Gewerkschaften angeführt wird, was ihr einen offizielleren Anstrich verschafft. Aber das ist nicht die Hauptsache. Die Sorge im Haus wächst und damit die Gefahr eines Aufruhrs. Man spricht von Streiks. Uns allen ist bewusst, dass Orstam von der US-Justiz unter Druck gesetzt wird und sich nur befreien kann, indem wir innovative gewagte Lösungen finden. Damit sie als alternativlos akzeptiert werden, kann ein bisschen Chaos hilfreich sein. Aber zu viel Chaos kann dazu führen, dass die Situation außer Kontrolle gerät. Und davon sind wir nicht weit entfernt.«

Der Boss ist vor dem großen Fenster stehen geblieben, Blick auf die Défense, Hände im Rücken verschränkt. Ein Moment Schweigen, der sich endlos dehnt. Dann dreht er sich um.

»Ihre Lösung?«

»Nichts sonderlich Originelles, Monsieur. Ich stütze mich auf das, was die Anwälte sagen. Der Staatsanwalt wollte Lamblin als Angriffswaffe gegen Sie einsetzen. Lamblin hat erstaunlich gut standgehalten. Inzwischen hat sich die Lage geändert, da dem Staatsanwalt schriftliche Beweise über sogenannte unsaubere Geldflüsse vorliegen. Aber trotzdem keine Zeugenaussagen gegen Sie. Wir müssen die Situation klären. Über unsere Anwälte diskret eine anständige finanzielle Entschädigung mit Lamblin aushandeln, die hat er sich wohl verdient, ihn unter der Hand überzeugen, dass er sich schuldig bekennt, um jeden öffentlichen Prozess zu vermeiden, und ihn dann geräuschvoll fallenlassen. Wobei wir den Gewerkschaften stecken, dass Drogen und Mädchen im Spiel sind. So was mögen die Gewerkschaften nicht. Sie werden voll und ganz verstehen, dass solche Sittlichkeitsgeschichten nicht öffentlich werden dürfen, im Interesse des Unternehmens und von Lamblin. Binnen kurzer Zeit wird wieder Ruhe einkehren.«

Neuerliches Schweigen. Dann der Chef: »Schauen Sie mit meiner Assistentin in meinen Terminkalender, vereinbaren Sie für Montag, nicht früher, eine Sitzung mit der Delegation, und bitten Sie einen unserer Anwälte von der Kanzlei Bronson & Smith, daran teilzunehmen. Ich wünsche nicht, dass er eingreift, aber seine Anwesenheit verschafft uns Rückendeckung. Ich werde die Delegation empfangen und Sie werden dabei sein. Bis dahin schreiben Sie mir eine Notiz, wie Sie den Fall Lamblin zu handhaben gedenken, und gehen Sie zu Sautereau, um ihn ins Bild zu setzen, ganz oberflächlich natürlich, aber in diesem Stadium kann man den Betriebsschutz nicht völlig außen vor lassen …« Schweigen. »Sie überraschen mich, Nicolas. Überraschen Sie mich auch weiterhin.«

Mittwoch, 22. Mai
Levallois-Perret

Sautereau beschließt, unter Mitteilung seiner Zweifel die DCRI um eine Neueinschätzung von Steven Buck zu bitten. Im Prinzip müssen sie zu gegebener Zeit Ermittlungen zu seiner Person angestellt haben wie bei allen Einstellungen in einem Sektor, der die Ausstattung der Armee und von Atomkraftwerken berührt. Während er auf die Antwort wartet, scheint ihm ein neuerlicher Besuch bei Buck angebracht.

»Ich möchte nicht den Eindruck erwecken, dass ich Sie unter Druck setzen will, und ich kann gut verstehen, dass Sie angesichts der aktuellen Firmensituation nicht die Zeit hatten, die nötigen Unterlagen zu suchen, um Ihre Akte zu vervollständigen, aber ich habe eine konkrete Frage: An welchem Datum haben Sie bei VTC angefangen?«

»Im Juni 2011.«

»Der Vorgang des Übernahmeangebots von PE für Areva T&D war also praktisch abgeschlossen?«

»Nein, nicht ganz, und PE machte sich noch Hoffnungen. Sie haben mich angesprochen, damit ich dem Verhandlungsteam beitrete. Ein letzter Anlauf sozusagen. Bevor ich zu VTC kam, war ich seit 2005 freiberuflicher Finanzberater in Washington, und ich hatte in dieser Zeit mehrfach für PE gearbeitet, immer als Freier. Sie schätzten meine Arbeit.«

»Ihre Beziehungen zu PE sind also älter und beständiger als die zu VTC, die jedoch als Einzige in Ihrem Lebenslauf auftauchen.«

»Aber nehmen Sie bitte zur Kenntnis, dass ich nie bei PE angestellt war.«

»Ich habe alles zur Kenntnis genommen, und ich danke Ihnen.«

Kaum ist er allein, kippt Buck seinen verstellbaren Sessel nach hinten, Füße auf dem Schreibtisch, Blick zur Decke. Hartnäckig, dieser Sautereau. Offenbar hat Barrot ihn nicht abschrecken können. Hat er es überhaupt versucht? Sollte das feine Getriebe sich festgefressen haben? Die Schlinge sich zuziehen? Werden meine Förderer mich weiterhin unterstützen oder mich bei der ersten Schwierigkeit fallenlassen? Morgen, das sehen wir morgen. Einsamkeit, Anfall von Katzenjammer. Er holt aus einem seiner Schubladen eine Flasche Whisky, eine Schachtel Tabletten, deponiert sie auf seinem Schreibtisch, rührt sie nicht an, betrachtet sie. Sich einen Moment der bitteren Reue über den Fehltritt hingeben, über das »Ding zu viel«, in Sehnsucht nach dem verlorenen Paradies schwelgen, im Schauder des Absturzes, sich im Schlamm am Grunde des Lochs suhlen. Heute Abend werde ich meine verhassten Zwillinge aufsuchen, die Transen und ihre zusammengebastelten Körper, vielschichtig, heiß, hingegeben, unterworfen, genussreich, beruhigend. Er schließt die Augen, greift blind nach der Schachtel, zwei Tabletten, die Flasche, zwei kräftige Schlucke, wartet reglos auf den Flash des Steigflugs.

Am Nachmittag erhält Sautereau eine Antwort von der DCRI. In Sachen Steven Buck nichts Besonderes zu vermelden. Und ehrlich, ohne Geheimnisverrat begehen zu wollen, Nachforschungen über einen amerikanischen Staatsbürger gehören nicht zu den Prioritäten des Dienstes. Sautereau hat mehr oder weniger mit dieser Antwort gerechnet. Nicht wirklich enttäuscht.

Donnerstag, 23. Mai
Bobigny

Die Besuchserlaubnis kommt am Mittwoch, dem 22. Mai, das Treffen findet am Donnerstagvormittag in den Räumlichkeiten des SDPJ 93 statt. Lainé und Ghozali haben das Gespräch vorbereitet, Reverdy und Capitaine Bertrand vom SDPJ sind in einem angrenzenden kleinen Raum und verfolgen die Unterredung durch eine Einwegscheibe. Sie haben ihre Akten mitgebracht, sie können sie während des gesamten Treffens einsehen und bei Bedarf über Internet mit Ghozali kommunizieren, die ihren Laptop vor sich aufgeklappt hat. Die Verbindung ist hergestellt, das System getestet, alles funktioniert einwandfrei. Ein Wärter führt Sakho herein. Ein großer, magerer Mann, das Gesicht von tiefen Falten durchzogen, schon ein paar graue Haare, die mit seinem sehr dunklen Teint kontrastieren. Vierzig, rechnet Noria, er sieht mindestens zehn Jahre älter aus. Seine Arme hängen am Körper herab, am Ende zwei große Hände, mit denen er nicht weiß was anfangen, trocken, zerfurcht von Kerben, die schwarz sind von Schmiere. Noria sieht die Hände ihres Vaters.

Der Mann bleibt stehen, wirft einen Blick in die Runde. »Wo ist mein Anwalt?«

Noria, die auf die geringste körperliche Regung lauert, schweigt, scheinbar konzentriert auf ihren Computer.

Lainé antwortet ihm. »Setzen Sie sich, Monsieur Sakho, Sie brauchen Ihren Anwalt nicht. Sie sind nicht als Beschuldigter im Rahmen des Verfahrens wegen Autoschmuggels hier, im Übrigen gehören wir nicht zur Dienststelle des SDPJ 93, die Sie festgenommen hat, wir sind beide von der Nachrichtendienstlichen Abteilung der Polizeipräfektur. Wir wollen Sie bloß befragen, nicht als Beschuldigten, sondern als einfachen

Zeugen in einem anderen Fall.« Pause. Sakho setzt sich. »Einem Mordfall.«

»He, Moment! Mit Mord habe ich nichts zu schaffen.«

»Das sehen wir später, Monsieur Sakho. Im Moment befrage ich Sie, wie gesagt, als Zeugen. Ich habe Ihnen ein paar Fotos mitgebracht. Wenn Sie sich die bitte mal ansehen. Hier ein Mercedes. Er wurde am 18. April gestohlen und vom SDPJ 93 am 28. April in Ihrer Werkstatt sichergestellt.«

»Es geht also doch um die gestohlenen Wagen …«

»In der Zeit dazwischen, genau gesagt am 22. April, wurde ein Mann ermordet, er hieß Ludovic Castelvieux, und der Mercedes wurde benutzt, um die Leiche zu transportieren und verschwinden zu lassen. Hier das Foto, auf dem zwei Männer die Leiche in den Mercedes laden. Sehen Sie sich das Foto genau an. Achten Sie auf das Aufnahmedatum. Achten Sie auf die Ausstattung des Kofferraums, anhand deren wir den Mercedes zweifelsfrei identifizieren konnten. Und sagen Sie mir, wer die beiden Männer sind.«

»Ich kenne sie nicht.«

Noria mischt sich ein. »Das ist gelogen, Monsieur Sakho.« Überrascht wendet Sakho sich ihr zu. »Ich habe Sie beobachtet, während Sie dieses Foto angeschaut haben, mindestens eine der zwei Personen haben Sie sehr wohl erkannt. Und jetzt hören Sie mir gut zu. Diese Männer, wir wissen, dass sie zur Entourage Ihrer Werkstatt gehören und dass Sie sie kennen. Wir werden sie finden. Es wird Zeit kosten, viele Kräfte binden, aber wir werden sie finden, weil Ihre Werkstatt, wie Sie wissen, seit zwei Jahren überwacht wird. Wir werden ihre Spur in den Überwachungsprotokollen finden, wir werden alle und jeden befragen und fündig werden. Und Sie, Sie haben in den kommenden Minuten die Wahl. Erste Möglichkeit: Sie bleiben dabei, dass Sie sie nicht kennen, was unmöglich ist, die haben Ihnen den

Mercedes geliefert. In dem anschließenden Verfahren werden Sie folglich als Mordkomplize gelten und vom Schwurgericht zu einer schweren Strafe verurteilt, denn Sie haben bereits ein dickes Vorstrafenregister. Wenn Sie rauskommen, sind Sie um die sechzig, Sie sind gealtert, die Motoren haben sich ohne Sie stark weiterentwickelt, Sie finden keine Arbeit mehr, Ihre Mutter, die ein hartes Leben hatte, ist vielleicht nicht mehr da, um Sie aufzunehmen, Ihre Brüder und Schwestern wollen nichts von Ihnen wissen, wie immer, und Sie enden als Penner. Zweite Möglichkeit: Sie nennen uns umgehend die Namen der beiden Männer. Nicht vielleicht, nicht morgen, sondern jetzt, hier, sofort, und Sie tauchen in dem Mordverfahren, an dem wir arbeiten, nicht auf. In Ihrem eigenen Prozess wegen Autodiebstahl durchforsten wir die Geschichte Ihrer Immobiliengesellschaft und tun unser Möglichstes, um zu belegen, dass Sie nicht der wahre Besitzer der Werkstatt sind. Wir informieren den Richter über Ihre Kooperationsbereitschaft und er wird das berücksichtigen. Ich habe Ihren ehemaligen Chef getroffen …« Sakho schreckt hoch, dann sackt er auf seinem Stuhl zusammen, seine Hände zittern. Noria beugt sich zu ihm vor, legt eine gewisse Intimität in ihre Stimme. »Wir haben uns lange unterhalten. Er hat mir von seinen Kontakten zu Motorrennställen erzählt. Von Bergrennen. Er sagte, Sie sind auf dem Laufenden.« Sakho nickt. »Er kann dort für Sie vorsprechen, er ist bereit, es zu tun. Er tritt morgen in Aktion, wenn ich ihn heute Abend anrufe und ihm sage, dass Sie mit uns kooperieren. In diesem Fall verbinden Sie eine sehr viel leichtere Strafe mit einer beruflichen Perspektive, die Ihnen eine Bewährung ermöglicht und den Traum von einem zweiten Leben, in einem Beruf, den Sie lieben, und abseits der Go-fast-Bande, die Sie, nebenbei bemerkt, in die Scheiße geritten hat mit dieser Mordaffäre, ohne Sie einzuweihen.«

Sakho betrachtet das Foto, räuspert sich, schluckt seine Spucke hinunter, ehe er leise und mit gequetschter Stimme sagt: »Ich erkenne nur Rachid Saadi, hier, das ist der Mann, der den Mercedes abgeliefert und mit mir über den Preis verhandelt hat. Der andere, ich weiß es nicht.«

Noria scheint ein paar Sekunden zu überlegen, so lange, bis auf ihrem Bildschirm die Nachricht von Bertrand auftaucht:

Plausibel.

Der Fahrer: versuchen Sie es mit Amadou Keny.

»Und der Fahrer am Steuer des Mercedes, während die zwei anderen die Leiche wegschaffen, wer ist das?«

»Ich hab keine Ahnung. Er ist nicht auf dem Foto.«

»Keine Ahnung? Wirklich? Es ist nicht zufällig Amadou Keny?«

Sakho zuckt zusammen, sieht Noria an, diese Frau ist eine Hexe. Er stößt hervor: »Ja, vielleicht ist er es, er hat mir gesagt, dass er Angst hat.«

Auf Norias Bildschirm: *Bravo.*

»Danke, Monsieur Sakho. Ich rufe Ihren alten Chef heute Abend an und halte Sie auf dem Laufenden.«

Die Polizisten vom SDPJ und vom Nachrichtendienst versammeln sich im Büro von Capitaine Bertrand. Euphorische Stimmung, Glückwünsche. Rachid Saadi steht auf der Liste der Kumpel, die Lainé erstellt hat, und in Bertrands Datenbank – oft getroffen, hin und wieder festgenommen, selten angeklagt und verurteilt, nie in einen Mordfall verwickelt. Ein sehr kleiner Gauner.

»Und Keny, der ist in der Werkstatt Mädchen für alles, noch eine Stufe unter Saadi. Bei jedem kleinen Schwindel, jeder kleinen Abzocke ist er am Start. Er säuft ordentlich und wettet bei Pferderennen. Eine Zeitlang hing er ziemlich oft mit einer

Gang ab, mit der auch dieser Saadi verkehrte. Wir konnten es mit einem Bluff versuchen, und er fiel darauf rein. Wir zählen ihn nicht zu unseren ›offiziellen‹ Informanten, aber sein unkontrolliertes Geschwätz in seinen Stammbistros hat uns auf die Spur der Operation Container gebracht, mehr als die Observation der Werkstatt, die entschieden nachlässig geworden war, wie ich heute zugeben kann. Nicht besonders schlau, ihn für so eine Aktion anzuheuern.«

»Profidiebe, Amateurkiller, die Diagnose bestätigt sich.«

»Wir wissen, wo wir Keny finden. Abgesehen davon haben Sie mich beeindruckt, Commandant. Kennen Sie Sakhos Hintergrund schon lange?«

Noria lächelt. »Seit letztem Sonntag. Oder seit meiner Kindheit, wie man's nimmt. Ab hier ist es Ihre Ermittlung. Halten Sie uns auf dem Laufenden bei allem, was Montreal betreffen könnte. Wir wollen wissen, woher der Auftrag gekommen ist und wer ihn weitergegeben hat.«

Bertrand wendet sich an Reverdy. »Sind Sie mit von der Partie, wenn wir nach Keny suchen?«

Reverdy wirft Noria einen fragenden Blick zu, sie scheint einverstanden. »Mit Vergnügen.«

Die Beziehung zwischen Kriminalpolizei und DRPP schlägt in Verliebtheit um.

Freitag, 24. Mai
Vincennes

Kurz nach siebzehn Uhr treffen Bertrand und Reverdy an der Pferderennbahn von Vincennes ein. Nachdem er den Wächter begrüßt hat, stellt Bertrand seinen Wagen im Parkhaus der Gestütsbesitzer ab.

»Sie sind offenbar Stammgast hier. Dabei liegt es gar nicht in Ihrem Bezirk.«

»Nicht mehr, aber ich war fünf Jahre im Kommissariat vom 12. Arrondissement. Und die Rennbahn ist ein magischer Ort. Wenn man die Regeln kennt, ist hier alles möglich, beinahe jedenfalls.«

»Und was steht heute Abend auf dem Programm?«

»Saison der Nachtrennen von Vincennes. Wir machen Jagd auf Niederwild. Geduld.«

Sie betreten das Hauptgebäude. Die riesige Halle nimmt die gesamte Rückseite der Tribünen ein, Kathedraleneffekt garantiert, kaum beeinträchtigt durch ein ganzes Netz aus Stegen, Balkons, Rolltreppen. Ein unermesslich weiter Raum, ausgestorben, leer, ein wenig Betriebsamkeit rund um die gerade öffnenden Geschäfte im Erdgeschoss, auf den Etagen, und ein paar Leute, die zu den ganz oben versteckten großen Restaurants eilen, geschützt vor Blicken, dem Himmel nah. Bertrand sieht, dass Reverdy etwas verloren ist, nimmt ihn am Arm und führt ihn zum Bereich des Wachschutzes unter den Tribünen. Mehrere Zimmer, etwa dreißig Personen, Bertrand stellt vor, herzliche Begrüßung. Nach ein paar Minuten höflichen Austauschs schaut Bertrand auf seine Uhr.

»Wir müssen um neunzehn Uhr auf dem Posten sein.« Er neigt sich zu Reverdy, flüstert ihm vertraulich zu: »Die Rennen bei Nacht, das Schauspiel werden Sie nicht bereuen. – Meine Herren, Generalprobe.«

Bertrand, Reverdy und ein paar Wachschutzleute gehen in einen Raum, der ringsum mit noch ausgeschalteten Bildschirmen versehen ist.

»Die Überwachungsmonitore für die Eingangshalle im Erdgeschoss, durch die wir vorhin gekommen sind. Dort, wo das Publikum der Tribünen fürs einfache Volk seine Zettel ausfüllt, wettet, isst, trinkt, seinen Gewinn abholt, schimpft. Wir nennen es die Bronx, wie das populäre Viertel und Ghetto. Hier ist es wie überall, je höher du nach oben steigst, desto mehr Knete, desto weniger Leute und desto ausgeklügelter die Abzocke. Heute jagen wir in der Bronx.«

Stück um Stück gehen die Bildschirme an, als nach und nach die Schalter für das Wettpublikum öffnen. Die Männer setzen sich in den Kontrollraum, um sie zu überwachen. Bertrand verteilt Fotos von einem Schwarzen, frontal und im Profil, dazu einen Steckbrief. Der Mann ist Reverdy unbekannt. »Keny«, raunt Bertrand ihm zu, dann geht er zu einem mit Mikrofonen bestückten runden Tisch in der Mitte.

»Ich werde mich mit Reverdy hier aufhalten. Wir brauchen drei Männer in der Bronx, die permanent mit uns in Verbindung stehen.«

Während sich drei Freiwillige mit Mikros ausstatten, betrachtet Reverdy die Schwarzweißbilder aus der Halle, die sich jetzt füllt, Kolonnen von Männern und Frauen, die stetig von überall heranfluten, durch die Halle strömen, sich vor den Schaltern stauen, zu den Tribünen abfließen.

Bertrand erteilt Anweisungen: »Ein Mann in die Schlange vor Schalter sieben, die zwei anderen in der Nähe, aber nicht zu dicht, um sich nicht zu verraten. Sie melden mir Keny, sobald Sie ihn sehen, aber ich gebe das Startzeichen. Machen wir einen Testlauf?«

Die drei Männer laufen durch die Bronx, die Funkverbindung funktioniert tadellos. Beginn des ersten Rennens in dreißig Minuten. Die Menge wird immer dichter und Reverdy immer skeptischer. Wie sollen drei Leute in diesem Getümmel einen einzelnen Mann ausmachen? Bertrand wirkt sehr ruhig, selbstsicher.

Klingeln, die Wettannahme für die ersten Rennen ist beendet, das Startsignal wird gleich gegeben, die Halle leert sich. Im Wachschutzraum hört Reverdy das anhaltende Grollen der Zuschauermenge, das Beben des Bodens, wenn die Pferde an den Tribünen vorbeiziehen, schließlich die anfeuernden, verzweifelten, erleichterten Rufe, die den Zieleinlauf begrüßen.

Bertrand starrt wieder auf die Monitore.

»Sie suchen eine Stecknadel im Heuhaufen ...«

»Nein, überhaupt nicht. Alle diese Spieler sind keine freien Elektronen, die sich zufällig bewegen. Sie haben ihre Gewohnheiten, sie nehmen immer die gleichen Wege, sie setzen sich auf den gleichen Platz, sie gehorchen obsessiven Zwängen, von denen sie sich nicht zu befreien versuchen, denn genau das ist ihr Leben. Keny wird kommen, weil es das Freitagnachtrennen in Vincennes ist, er wird seine Wette an Schalter sieben abgeben, weil es seiner ist, und wir schnappen ihn uns ...«

Keny wurde immer noch nicht gemeldet, als das Startsignal zum zweiten Rennen ertönt.

»Er kann doch eine Verabredung haben, eine Verpflichtung, krank sein, eine Frau treffen ...«

»Nein. Er ist ein Spieler. In den ersten beiden Rennen hatte er kein Pferd laufen, das ist der einzig mögliche Grund.«

Nach dem Zieleinlauf des zweiten Rennens hat sich die Bronx erneut gefüllt. Eine Stimme im Mikro: »Ihr Mann steht in der Schlange vor Schalter sieben, an dritter Stelle hinter mir.«

»Verstanden.«

Bertrand wirft einen prüfenden Blick auf den Kontrollmonitor. Es ist tatsächlich Keny. Er veständigt die zwei anderen Wachmänner.

»Unser Ziel wurde vor Schalter sieben gesichtet. Gehen Sie näher ran, ich gebe gleich das Startzeichen.«

»Verstanden.«

Er nimmt wieder den ersten Mann in die Leitung: »Alle sind auf Posten, legen Sie los.«

Reverdy und Bertrand schauen gebannt auf den Monitor. Ein Mann nähert sich Keny, spricht ihn an, unhörbar. Die Diskussion scheint sich sehr schnell zu verschärfen, Keny bekommt eine Ohrfeige, antwortet mit zwei Fausthieben, sein Gesprächspartner stolpert in die Menge, fällt, zwei uniformierte Wachmänner greifen ein, führen die beiden Kampfhähne ab, ohne dass sich jemand dafür interessiert. Die Schlange der Wetter bildet sich neu, sobald die Störenfriede fortgeschafft sind.

»Nehmen wir Keny in Empfang«, sagt Bertrand breit lächelnd. »Er gehört uns. Unter Druck und ohne Zeugen.«

Ein kleiner Raum ist für sie reserviert, gerade Platz für einen Tisch und drei Stühle. Keny kommt herein, sieht Bertrand und lässt sich auf den freien Stuhl fallen.

»Sie sind das. Ich hätte es mir denken können.«

»Ich darf dir einen Freund vorstellen, Capitaine Reverdy.« Keny grüßt ihn höflich. »Du weißt, warum ich dich habe herbringen lassen?«

»Keine Ahnung.«

»Ein bisschen mehr Ernst bitte. Wir reden über einen Mord. In der Rue de Lille gibt es Überwachungskameras, darauf hättest du kommen können. Wir haben schöne Bilder von dir am Steuer des Mercedes, in der Nacht vom 22. auf den 23. April. Ich habe dich sofort erkannt. Wir sind alte Bekannte, Keny.«

»Ich wusste, dass an der Sache was faul war.«

»Hier ist kein Anwalt, kein Richter, kein Protokollführer. Wir sind unter uns. Du erzählst mir die ganze Geschichte, und ich tue mein Möglichstes, um dich rauszuhalten. Wie ich es immer mache.«

»In der Woche davor sind Mohand und Rachid zu mir gekommen.«

»Mohand und Rachid wie weiter?«

»Mohand Dib und Rachid Saadi.«

»Das Datum, kannst du das präzisieren?«

Keny konzentriert sich. »Der Tag vor dem Nachtrennen.«

»Also Donnerstag, der achtzehnte?«

»Wenn Sie es sagen …«

»Mach weiter.«

»Sie sagten zu mir: Heute Abend bringen wir dir einen Wagen, du versteckst ihn in deiner Werkstatt. Wenn wir es dir sagen, hilfst du uns, einen Transport zu machen. Zweitausend Euro bar auf die Hand in dem Moment, wo ich ihnen den Wagen wieder übergebe. Ich habe zugesagt. Ich habe den Wagen versteckt. Sie haben mich am 22. nachmittags angerufen und gesagt: Du holst uns heute Nacht in der Rue de Lille vor Hausnumer 39 ab, pünktlich um zwei Uhr …«

»Dem Video zufolge hattest du fünf Minuten Verspätung.«

»Ich habe sie in der Rue de Lille abgeholt, sie haben ein Paket eingeladen, ich bin bis zu mir gefahren, ich bin ausgestiegen, sie haben mir die Kohle gegeben, sie haben das Steuer übernommen und sind weggefahren, mit der Fracht.«

»Nichts gesehen, von nichts gewusst. Trotzdem hattest du Angst, das wissen wir. Warum?«

»Weil Mohand und Rachid, die im Klauen echte Profis sind, bei dieser Aktion total gestresst waren, weil das Paket, als sie es zum Wagen trugen, eine komische Form hatte, weil zweitausend Euro viel sind für ein bisschen Kutschieren und für einen Wicht wie mich. Diese Geschichte, das ist nicht meine Liga. Ich wette bei Verkaufsrennen mit, nicht bei Premiumrennen.«

»Du bist ein kluger Mann, Amadou. Du wirst die Nacht

in der Ausnüchterungszelle auf dem Kommissariat des 12. Arrondissements verbringen. Wir sehen uns morgen wieder. Wenn wir die zwei Kerle bis dahin finden, bist du raus aus der Nummer.«

Als Keny abtransportiert ist, führt Bertrand ein paar Telefonate, dann wendet er sich wieder Reverdy zu.

»Was sagen Sie zu unserem Fall?«

»Nur Gutes darüber, wie Sie ihn handhaben. Aber was die Fortsetzung angeht, bin ich eher pessimistisch. Unsere zwei Umzugsleute bauen nichts als Mist, und es macht die Arbeit nicht leichter, wenn man es mit lausigen Amateuren zu tun hat. Castelvieux, der Typ, der ermordet wurde, trifft frühestens am 16., eher wohl am 17. in Paris ein. Am 18. werden die Umzugsleute bestellt, das ist prompt. Die Auftraggeber sind vom Fach. Kein gutes Zeichen.«

»Morgen früh wird der SDPJ 93 die Wohnungen von Dib und Saadi durchsuchen, und wir nehmen sie in Gewahrsam. Alles ist vorbereitet, wir waren gestern beim Staatsanwalt, ich habe es mir gerade vom Bereitschaftsstaatsanwalt noch mal bestätigen lassen. Mit etwas Glück finden wir irgendwas, um sie festzunageln, ohne Keny zu benutzen, und können damit die Sache zu den Auftraggebern zurückverfolgen.«

»*Das Leben ein Traum …*«

»Machen Sie doch in der Zwischenzeit einen Abstecher zu den Restaurants ganz oben und schauen Sie sich die letzten Rennen an, sagen Sie, Sie kommen von mir, dann wird man Sie freundlich empfangen und zuvorkommend behandeln. Sie werden sehen, die Traber in vollem Lauf bei Nacht sind ein magischer Anblick, es wird Ihre Laune heben. Ich lasse Sie jetzt allein, ich habe noch zu tun.«

Kapitel 11

Montag, 27. Mai
Polizeipräfektur Paris

Lainé hat eine Schachtel Kleingebäck mitgebracht und auf Norias Schreibtisch deponiert. Mit einem Becher Kaffee in der Hand bedienen sich alle daraus, während sie die hervorragenden Neuigkeiten genießen, die Bertrand Reverdy übermittelt hat. Im Zuge der Festnahme von Mohand Dib hat der SDPJ 93 den Plastiksack gefunden, mit dem Castelvieux' Leiche transportiert wurde. Nach der Benutzung wurde er gewaschen, getrocknet, sehr sorgsam zusammengelegt und bei den Koffern der Familie Dib verstaut. Der SDPJ hat ihn ins kriminaltechnische Labor geschickt. Dib und Saadi, der ebenfalls verhaftet wurde, schweigen. Vorerst.

»Es ist unglaublich. Dass sie gezögert haben, eine siebzigtausend Euro teure Karre zu zerstören, ist zwar dämlich, aber das kann ich noch versuchen zu verstehen. Aber ein Sack ...«

»Bestimmt aus schönem Material, solide, widerstandsfähig ... originelle Form.«

»Vielleicht praktisch, um die Musikinstrumente des Nesthäkchens zu transportieren.«

»Mit was für elenden Schwachköpfen haben wir es zu tun?«

»Vergessen Sie nicht, es sind Autodiebe.«

»Wenn es Auftraggeber gibt, haben sie sich in Sicherheit gebracht, und unsere Spitzbuben kennen sie nicht.«

»Ja, das fürchte ich auch. Sie dienen gleichzeitig als Männer fürs Grobe und als Schutzschild.«

»Wir sind in diesem Dossier nicht mehr an vorderster

Front. Die Ermittlung gehört der Kriminalpolizei. Ohne die Ergebnisse der kriminaltechnischen Untersuchung abzuwarten, schreibe ich für den Chef einen Bericht über die Entwicklungen im Fall Castelvieux. Wir waren gut, wir haben einen Mordfall aufgetan, der möglicherweise internationale Ausläufer hat, die für die Drogenfahndung interessant sein könnten und eventuell auch was die Banken betrifft, aber wir dürfen nicht zu gierig sein. Machen Sie sich das klar. Anderes Thema, ich habe letzte Woche Ihren Bericht über Orstam redigiert, Fabrice, und ihn an unsere Vorgesetzten übergeben mit der Bitte, ihn dem Präfekten vorzulegen, wir warten auf die Reaktionen.«

»Wenn Sie einverstanden sind, konzentriere ich mich nach meinem Ausflug nach Vincennes jetzt wieder auf Orstam. Die Situation in der Firma ist sehr unbeständig, ich darf nicht den Anschluss verlieren.«

»Sie haben freie Hand.«

Levallois-Perret

Eine Belegschaftsdelegation, angeführt von den beiden in der Firma vertretenen Gewerkschaften, hat um elf Uhr einen Termin mit dem Oberboss. Nicolas Barrot hat versucht, die Richtung so weit wie möglich vorzugeben. Anrufe bei den Gewerkschaften: Das Thema ist heikel, wenn es ein offenes Gespräch sein soll, muss wegen der Vertraulichkeitsproblematik die Anzahl der Teilnehmer begrenzt sein. Die Gewerkschaften verstehen das.

Nicolas Barrot nimmt die Delegation auf der Etage in Empfang. Vier Männer, die Gewerkschaftsvertreter, und zwei Frauen, diejenigen, die die Bewegung initiiert haben, eine davon natürlich Christine Dupuis, aber Nicolas stellt fest, dass sie neben den Gewerkschaftsmoguln befangen wirkt, eine Schönheit in Moll. Die Gruppe betritt den Konferenzraum der zehnten Etage, der Chef begrüßt sie, schüttelt allen mit ernster Miene die Hand, bedeutet ihnen dann, Platz zu nehmen. Er selbst präsidiert hinter einem langen Tisch, Maître Hoffman zu seiner Rechten, Nicolas Barrot zu seiner Linken. Nachdem er den Anwalt von der Kanzlei Bronson & Smith, der Monsieur Lamblins Verteidigung wahrnimmt, kurz vorgestellt hat, erteilt Carvoux der Delegation das Wort. Ein Gewerkschaftsvertreter führt die Themen des Petitionsschreibens aus, erwähnt die höchst positive Resonanz seitens der Belegschaft und fragt, mit welchen Konsequenzen man rechnen könne. Der Chef sammelt sich, geschlossene Augen, um den Ernst des Moments zu betonen. Nicolas, Geist in Habachtstellung, bemerkt nebenbei, mit welcher Leichtigkeit er von einer verschlossenen, wütenden zu einer ernsten Miene wechselt.

Dann beginnt der Chef: »Die Situation ist sehr viel komplexer, als es scheint.« Er erneuert seine Bitte um absolute Diskretion, dann enthüllt er, unter dem neutralen Blick von Maître Hoffman, die ganze Geschichte von Lamblins anstößigen Abendgesellschaften. Er schließt damit, dass er mit Unterstützung der Anwälte nach Lösungen sucht, die dem Ansehen des Unternehmens und Lamblins möglichst wenig schaden. Das braucht Zeit, Geschick und Vertrauen.

Christine Dupuis, bleiches Gesicht, verkniffene Lippen: »Kennt Madame Lamblin diese Aspekte des Falls?«

»Das kann ich nicht beantworten, ich weiß es nicht. Wir haben sie nicht informiert, das fällt nicht in unsere Zuständigkeit. Aber sie kann mit den Anwälten ihres Mannes jederzeit einen Termin vereinbaren. Ich glaube, seit sie aus New York zurück ist, hat sie einen solchen Wunsch nicht geäußert.«

Hoffman nickt. Die Delegation ist wie benommen, überrumpelt. Nach ein paar nur der Form halber vorgebrachten Wortbeiträgen zieht sie sich zurück.

Der Chef lässt drei Cafés bringen, dankt Hoffman für sein Kommen und schließt: »Von unserer Seite ist das Problem auf dem Wege der Lösung. Sie kennen unsere Ziele. Halten Sie mich über Ihre Fortschritte auf dem Laufenden.«

Hoffman bricht auf.

Nicolas ist voller Bewunderung. Der Boss spielt treffsicher und effizient. Er, der kleine Berater, hat seine Stellung würdig behauptet. Er kann zufrieden sein. Nur dass er noch nicht verstanden hat, was das endgültige Ziel des Manövers ist. Und dass er nicht weiß, ob der Boss es kennt.

Auf den Fluren der Firma bemühen sich die Gewerkschaftsvertreter, den Druck rauszunehmen. Es beginnt das Gerücht zu kursieren, dass sich Lamblin ein paar nicht ganz koschere Kleinigkeiten vorzuwerfen hat. Verheerend.

Polizeipräfektur Paris

Am Nachmittag trifft die Genehmigung ein, die Handyverbindungen für Castelvieux' Prepaid-Card einzusehen. Die drei Polizisten stürzen sich darauf. Die Karte wurde am Morgen des 17. April gekauft. Fünfundzwanzig Verbindungen bis zum Nachmittag des 22. April.

»Ein Handy extra für diesen Zweck. Er hatte bestimmt noch ein anderes, das er in Paris nicht benutzt hat, aus Angst, dass man ihn ausfindig macht. Unsere beiden Umzugsleute haben wahrscheinlich beide gefunden und mitgenommen.«

»Möglich. Mit ein bisschen Glück hat Saadi eins davon seiner Frau geschenkt …«

»Schauen wir uns diese Aufstellung an.«

Die drei Polizisten gruppieren sich, Schulter an Schulter über die Liste gebeugt.

Fünfundzwanzig Verbindungen, ein Dutzend verschiedene Nummern. Nur zwei Nummern kehren hartnäckig wieder. Keine Überraschung: die von Alice, bei der Castelvieux gleich am 16. April morgens anruft und dann noch sechs Mal. Und eine andere, unbekannte, die er erstmals am 17. April anruft und weitere drei Mal.

»Sein Banker?«

»Gut möglich.«

Ansonsten nichts Interessantes, Nummern von alten Freunden aus Studienzeiten, die Lainé kennt und bereits erreicht hat. Nichts weiter rauszuholen.

Die wiederkehrende unbekannte Nummer ist nicht geschützt, sie liefert schnell ihren Inhaber: Steven Buck. Zuerst eine Druckwelle, Verblüffung, dann Adrenalinstoß, Schwerelosigkeit, es ist schwierig, die Intensität des Augenblicks in Worte zu fassen. Eindruck von dichtem Nebel, der zu einem großen Fleck blauen Himmels aufreißt.

Als er wieder Bodenhaftung hat, sagt Reverdy leise: »Ich hatte wohl bemerkt, dass der Name PE in Castelvieux' Angelegenheiten von zentraler Bedeutung war und auch die von Buck berührte, aber von da eine direkte Verbindung zwischen Buck und Castelvieux herzustellen … Buck als Castelvieux' Banker? So weit hätte ich mich nie rausgelehnt … Das führt uns zurück zu Orstam, was für ein Glück.«

»Glück, das bezweifle ich.«

»Ich gehe gleich mal zu Sautereau …«

Noria hat sich spontan hingesetzt, sie schöpft wieder Atem. »Nehmen wir uns erst ein paar Minuten Zeit zum Nachdenken. Die Verbindungsnachweise sind maßgebliche Dokumente für die Ermittlung im Vermisstenfall Castelvieux, die Bertrand und sein Team vom SDPJ führen. Wir haben sie beschafft, sie liegen uns vor, wir bringen sie Bertrand, womit wir einen wichtigen Beitrag zu seiner Ermittlung leisten, wir müssen ihm deshalb abhandeln, bei der Fortsetzung aktive Beobachter zu bleiben. Wir wollen, dass Buck sehr bald befragt wird, und zwar in unserem Beisein. Und dass Bertrand umgehend die Abhörgenehmigung für die Nummer beantragt, die in den Verbindungsnachweisen auftaucht.«

»Das dürfte alles kein Problem sein.«

»Damit komme ich zu unserer eigenen, nachrichtendienstlichen Arbeit. Buck rechnet nicht damit, in diese Geschichte reingezogen zu werden.«

»Er wird genauso überrascht sein wie wir ...«

»Wenn er also zu einem Machtnetzwerk gehört, wie wir vermuten, wird er Kontakt aufnehmen, um Meldung zu machen, sich zu beraten ...«

»Das ist eine einmalige Gelegenheit ...«

»Wir müssen uns organisieren, um diese Gespräche abzufangen. Um das Handy soll Bertrand sich kümmern.«

»Ich kann Sautereau bitten, die internen Gespräche bei Orstam zu verfolgen und die, die über Festnetz nach draußen geführt werden.«

»Indem Sie ihm ein Minimum an Informationen geben. Wir müssen um jeden Preis undichte Stellen verhindern.«

»Sautereau ist ein Vertrauensmann, ein ehemaliger Bulle ...«

»Und das finden Sie beruhigend? Gut, tun Sie Ihr Bestes, wir kommen nicht um ihn herum. Außerdem müssen wir Bucks Bewegungen in den Tagen nach seiner Vorladung verfolgen. Wir brauchen Unterstützung. Fabrice, erste Amtshandlung, gehen Sie zum Chef. Sie erstatten ihm mündlich Bericht, enthusiastisch und nur geringfügig aufgebauscht, Sie besorgen uns Verstärkung und Sie organisieren die Beschattung, die

Sie einleiten, sobald Bertrand Buck vorlädt. Lainé und ich, wir gehen zu Bertrand und bringen ihn auf den Stand.«

Bobigny

Als Ghozali und Lainé beim SDPJ aufkreuzen, werden sie freundlich empfangen, Bertrand ist kein Undankbarer. Noria fasst die Informationen, über die ihr Team verfügt, nüchtern zusammen, dann übergibt sie ihm die Aufstellung von Castelvieux' Handyverbindungen.

»Wir haben sie vor nicht mal zwei Stunden bekommen.« Noria lässt ihm Zeit, die Liste zu überfliegen, dann fährt sie fort: »Zwei wiederkehrende Nummern, die eine ist die seiner Ex-Geliebten, die mit uns zusammenarbeitet. Die andere …«

»Die von seinem ›Banker‹?«

»Das ist unsere Vermutung. Der Inhaber der Nummer heißt Steven Buck, er ist leitender Angestellter bei Orstam. Wir beobachten Orstam, wir beobachten Buck. Aber zwischen ihm und Castelvieux haben wir nie eine Verbindung hergestellt. Wir wissen, dass beide früher in unterschiedlichen Eigenschaften für ein amerikanisches Unternehmen tätig waren, das im gleichen Sektor wie Orstam aktiv ist, PE, mit einer Banktochter namens PE-Credit, die in Montreal in mafiöse Geschichten verstrickt ist, mehr wissen wir nicht. Wie gehen wir weiter vor?«

»Wir befragen ihn als Zeugen im Ermittlungsverfahren Castelvieux. Angesichts der Handyverbindungen ist das ein Muss. Das Team wird mit zwei Jungs von uns und einem von Ihnen besetzt. Ich informiere den Staatsanwalt, wir befinden uns immer noch im Rahmen einer Vorermittlung, er wird mitziehen.«

»Könnten Sie eine Abhörgenehmigung für die Nummer erwirken?«

»Ich denke ja. Ich kümmere mich sofort darum. Buck werde ich morgen früh für morgen Abend vorladen. Ich stelle ihm diese Unterredung so harmlos und diskret wie möglich dar.«

»Man darf keinerlei Aufschub dulden. Amerikaner, Führungskraft, ich habe Angst, dass er uns durch die Lappen geht.«

»Da sind wir uns einig. Und wir sehen uns morgen eine Stunde vor seinem Kommen, um uns abzustimmen. Noch etwas. Unsere zwei Kasper schweigen weiterhin, aber der schwarze Sack, der bei Dib gefunden wurde, fängt an zu reden. Wir haben allerdings keine DNA-Probe von Castelvieux. Für uns ist er ein Phantom.«

»Wir können seine Ex-Geliebte um Kleidung von ihm bitten. Sie hat sie nach seinem Verschwinden an sich genommen. Lainé wird sich darum kümmern.«

Paris

Sautereau und Reverdy treffen sich im *Café Zimmer*. Sie machen es sich in einer Ecke der Bar in Sesseln bequem und schlürfen zwei »Gelbe«. Jeder wartet, dass der andere die Katze aus dem Sack lässt. Reverdy gibt als Erster nach.

»Es hat sich etwas Neues ergeben. Auf für uns unerwartete Weise …« Sautereau beugt sich über sein Glas, aufmerksam. »Buck ist in eine Mordgeschichte verwickelt.«

»Transen?«

»Nein, keine Transen, folgenschwerer. Mehr kann ich dir heute Abend nicht sagen, aber mach dich darauf gefasst, dass es um Buck ab morgen Unruhe geben wird. Halt ein Auge darauf. Du verstehst, was ich sagen will?«

»Absolut.«

»Sobald die Maschinerie in Gang gesetzt ist, erzähl ich dir alles. Es droht schlingerig zu werden.«

Sautereau genießt die Neuigkeit und den Pastis in kleinen Schlucken. Beide schmecken gut. Reverdy hält ihn nicht zum Narren. Der Tauschhandel kann weitergehen.

»Jetzt bin ich dran. Der Oberboss hat ein Großmanöver eröffnet, um Lamblin abzuservieren.«

»Fürchtet er keinen Aufstand der Belegschaft?«

»Nein. Er hat es wunderbar angestellt. Er hat die Suppe hochkochen lassen. Und heute Morgen verkündet er den Gewerkschaften, dass sie zurückrudern müssen, da Lamblin im Knast sitzt, weil er junge Mädchen gebumst und gekokst hat.«

»Und das stimmt?«

»Ich habe keine Ahnung. Unter welchem Vorwand auch immer, Lamblin ist im Knast, um den Boss zu bedrohen und ihm Angst einzujagen. Er mag gevögelt und gekokst haben, niemand schert sich darum, aber es hat den Eifer der Gewerkschaften abgekühlt, und der Chef hat freie Hand.«

»Hat er keine Angst, dass Lamblin gegen ihn aussagt, wenn er ihn fallenlässt?«

»Er hat sicher Vorkehrungen getroffen, das Ganze geht ja schon über einen Monat. Eine hübsche Entschädigungszahlung auf ein Konto in einem Steuerparadies, ein paar schwierige Monate und dann ein sorgenfreies Leben auf einer tropischen Insel. Lamblin ist nicht mehr ganz jung, vielleicht sehnt er sich nach einem glücklichen Ruhestand …«

»Rhythmuswechsel also, der Grabenkrieg ist beendet und man geht zu offenen Kampfhandlungen über?«

»Kann gut sein.«

Zweite Runde Pastis.

»Und in der Mitte des Schlachtfelds Soldat Buck in Bedrängnis.«

»Die Unwägbarkeiten des Krieges. An die Arbeit, bereiten wir den morgigen Tag vor.«

Dienstag, 28. Mai
Levallois-Perret

Als das Personal an diesem Morgen eintrifft, zeigt in der Eingangshalle der Betriebsschutz von Orstam Präsenz. Diskreter und wohlwollender Auftritt, gerechtfertigt durch den wiederholten Aufruhr im Zusammenhang mit Lamblins Verhaftung. Sautereau führt die Aufsicht, lächelnd und freundlich, er grüßt systematisch die Führungskräfte. Darunter Buck.

Als das Einlaufen des Personals beendet ist, verlässt ein Mann das Gebäude, steuert auf einen hundert Meter weiter geparkten Wagen zu und trifft auf Reverdy und einen seiner Kollegen.

»Ich habe besagten Buck geortet. Ihr Kumpel hat mir auch ein Foto gegeben, hier«, er klemmt es ans Armaturenbrett. »Er ist meistens mit dem Auto unterwegs, ein weißer Citroën C3, den er im Firmenparkhaus abstellt. Wenn er den Wagen nimmt, kommt er zwangsläufig an euch vorbei. Wenn er zu Fuß geht, werden wir telefonisch benachrichtigt.«

»Alles klar. Wir warten jetzt, dass Ghozali uns das Startsignal gibt.«

Buck sitzt gemütlich in seinem Büro, blättert in einem unlesbaren Bericht über technische Fragen, die ihm schnurzegal sind, und wartet darauf, dass die Zeit vergeht. Sein Privathandy klingelt, unbekannte Nummer, er nimmt an.

»Monsieur Steven Buck?«

»Am Apparat.«

»Kriminalpolizei Bobigny.« Schlag in den Magen, die Fortsetzung ... »Wir ermitteln wegen des beunruhigenden Verschwindens eines gewissen Ludovic Castelvieux.« ... da ist sie. »Sie kannten ihn, nicht wahr?«

Leichtes Zögern. »Ja.« Schweigen. »Mir war nicht bekannt, dass er verschwunden ist. Wissen Sie etwas über die Umstände?«

»Leider gehen wir stark von einem Mord aus. Ehe wir uns definitiv auf Mord festlegen, warten wir den Rücklauf der letzten Gutachten ab. Ich erläutere Ihnen kurz das Motiv meines Anrufs. Wir telefonieren alle Leute ab, deren Nummer im Monat vor seinem Verschwinden in Monsieur Castelvieux' Handy auftaucht, und wir bitten sie herzukommen und über den Mann und die Beziehung, die sie zu ihm unterhielten, eine Zeugenaussage abzugeben. Um eine Vorstellung von seiner Person zu bekommen und davon, was passiert sein kann. Wir haben zwischen dem 17. und dem 22. April vier Anrufe auf Ihrer Nummer gezählt ... Verstehen Sie das Interesse hinter unserem Vorgehen?«

»Sicher.«

»Es handelt sich selbstverständlich um eine freiwillige Aussage. Und wir wollen Ihren Arbeitstag nicht allzu sehr durcheinanderbringen ... Können Sie heute Abend um achtzehn Uhr ins Kommissariat von Bobigny kommen?«

»Heute Abend, ich weiß nicht ...«

»Es geht um ein beunruhigendes Verschwinden und höchstwahrscheinlich um Mord, Monsieur, verstehen Sie bitte, dass wir keine Zeit verlieren dürfen.«

»Ich werde da sein.«

»Danke, Monsieur. Ich schicke Ihnen alle notwendigen Kontaktdaten per SMS.«

Ende des Gesprächs. Fest in seinen Sessel gelehnt, lässt sich Buck von Panik überfluten. Wie haben die Bullen die Verbindung zwischen meiner Nummer und Castelvieux hergestellt? Haben die Mörder das Handy ihrer Zielperson liegen lassen? Irrsinn. Alles wird möglich. Neue Welle der Panik. Vor allem

Vorsicht, bloß nicht die Schublade öffnen. Gegen die Panik sind die Pillen machtlos. Schlimmer, sie drohen sie noch zu steigern, bis sie nicht mehr beherrschbar ist. Wäre nicht das erste Mal. Buck wartet reglos darauf, dass die Ruhe zurückkehrt, während er dem Schlagen seines Herzens lauscht. Langsam, ein Gedanke nach dem anderen. Was wissen die Bullen? Sicher nicht viel. Ich kenne ihn, gut. Woher, wie? Eine Urlaubsfreundschaft, Sonne und hübsche Miezen? In Jamaika, weit weg von den Kaimaninseln? Auf Durchreise in Paris, Austausch von Erinnerungen. Nichts Kompromittierendes. Wenn das durchgeht … Barrot anrufen? Verfrüht. Erst meinen Ansprechpartner in der Botschaft. Unumgänglich. Er kennt Castelvieux, aber ich habe seinen Aufenthalt in Paris nicht erwähnt. Zoff vorprogrammiert. Und er ist nicht zimperlich. Buck hebt beide Hände, betrachtet sie, sie zittern. Er hat mich in der Hand. Von Irrtümern über Versäumnisse habe ich mich in einen Albtraum laviert. Er nimmt sein Handy, überlegt eine Sekunde, legt es zurück, greift zum Telefon auf seinem Schreibtisch.

Um 8:35 Uhr erreicht Ghozali Reverdy: Buck wurde gerade nach Bobigny einbestellt, er hat zugesagt, heute Abend um achtzehn Uhr dort zu sein. Um 9:05 Uhr informiert Sautereau Reverdy, dass Buck von seinem Festnetzapparat eine geschützte, nicht identifizierte Nummer angerufen hat, das Gespräch ist praktisch unhörbar. Zum Glück war eine der Sekretärinnen eingeweiht, eine vertrauenswürdige Frau, Freundin von Martine, sie hat gelauscht (die alten Methoden sind die sichersten). Er hat sich für dreizehn Uhr im *Lazare* verabredet, dem neuen Restaurant in der Gare Saint-Lazare. Möglich, dass er die Métro nimmt, es gibt eine Direktverbindung.

Reverdy wendet sich an seine zwei Kollegen. »Perfekt. Es dürfte nicht allzu schwierig sein, ihm zu folgen. Ich brauche Fotos von seinem Gesprächspartner.«

»Wir sollten einen Tisch reservieren, wenn wir reinkommen wollen. Offenbar ist in diesem neuen Bistro die Hölle los. Und an einem Bahnhof ist die Umgebung womöglich schwer zu kontrollieren.«

»Dann guten Appetit. Ich verlasse Sie jetzt. Ich will die Vernehmung von heute Abend vorbereiten. Halten Sie mich auf dem Laufenden?«

Polizeipräfektur Paris

Lainé kümmert sich darum, ein paar Kleidungsstücke von Castelvieux aus den Kartons zu holen, die im Keller lagern, und sie Alice zu geben, damit die es übernimmt, sie dem SDPJ 93 auszuhändigen, der sie wiederum zur DNA-Analyse ans Labor weiterleitet. Ihr Zwischenstopp in den Räumlichkeiten der DRPP, außerhalb jedes gesetzlichen Rahmens, darf im Verfahren nicht auftauchen.

Im grauen Anzug, seiner Uniform für Firmenkontakte, sitzt Reverdy gemütlich hinter seinem Schreibtisch und dopt sich mit Kaffee, ehe er sich noch einmal seine Orstam-Akte vornimmt, unerlässliche Relektüre seit der Schnittstelle Buck/Castelvieux, die dem ganzen Fall eine neue Dimension verleiht.

Nicht er, sondern Ghozali wird am Gespräch mit Buck teilnehmen: Im Umfeld von Orstam muss er so weit wie möglich im Hintergrund bleiben, sagt sie. Sie hat recht, natürlich, aber es ist trotzdem frustrierend. Er macht sich an die Arbeit. Seine beiden Kunden, Castelvieux und Buck, haben sich aller Wahrscheinlichkeit nach zwischen November 2010 und

April 2013 kennengelernt, dem Zeitpunkt von Castelvieux’ Abreise aus Frankreich und dem seiner Rückkehr. Da Begegnungen nie zufällig sind: Was hatten sie während dieser Zeit gemeinsam? Nicht nötig, in der Ferne zu suchen. Castelvieux arbeitet mit PE-Credit zusammen, das belegen die Listen auf dem USB-Stick, der in seinen Sachen gefunden wurde, und Buck ist, seinen Aussagen gegegenüber Sautereau zufolge, ebenfalls für PE tätig, als freiberuflicher Finanzberater, wie er schließlich widerstrebend präzisierte. Wo können sie sich im Rahmen ihrer Aktivität für PE begegnet sein? Montreal, New York, Washington … Von Castelvieux sind außerdem Finanzgeschäfte mit Grand Cayman bekannt. Grand Cayman … Castelvieux ist ein Betrüger und Buck eindeutig nicht koscher. Stützt sich PE-Credit Montreal für seinen Geldwäschekreislauf nicht auf InterBank auf den Kaimaninseln? Der Ort wäre gut geeignet für eine Begegnung der beiden Personen. Hat PE eine Niederlassung auf der Insel? Unternehmen veröffentlichen ihre Niederlassungen in Steuerparadiesen nicht … Reverdy grübelt. Und die Internetpresse? Wie Ghozali und Lainé es bei Castelvieux in Montreal gemacht haben. Es gibt ganz sicher ein Käseblatt, die Kaimaninseln sind britisch, die Briten lesen Zeitung, und zwar im Internet, weil die potenziellen Leser auf diesen Inseln Betrüger und Finanzjongleure sind. Reverdy gibt sich zwei Stunden und findet *Cayman News*, eine wöchentliche Doppelseite, die Inserate, Berichte über mondäne Abendempfänge und »kulturelle Ereignisse«, Familienanzeigen und Lokalnachrichten veröffentlicht. Er überfliegt den Zeitraum 2011 bis 2012 und stößt schließlich im April 2011 auf einen euphorischen Artikel über das vom Gouverneur der Kaimaninseln in seiner Residenz in George Town organisierte glanzvolle Fest anlässlich des Geburtstags Ihrer Allergnädigsten Majestät. Unter den Ehrengästen streicht der Journalist die Anwesenheit von Steven Buck heraus, Direktor von InterBank. Der Gouverneur freut sich über sein Kommen.

Reverdy ebenfalls. Er ist auf eine Goldmine gestoßen. Buck und InterBank sind die Finanzpartner von Castelvieux und CredAto. Keine Zeit, weiterzugraben. Wenn Bucks Lebenslauf um diesen ganzen Teil seiner beruflichen Tätigkeit »bereinigt« wurde, wenn er Sautereau nie davon erzählt hat, muss es triftige Gründe dafür geben. Er frohlockt.

Stoff zum Nachdenken für Ghozali. Und da eine gute Nachricht nie allein kommt, melden ihm die Kollegen, dass Buck nach dem Mittagessen zu Orstam zurückgekehrt ist, das Essen im *Lazare* den Umweg wirklich lohnt und sie zwei gute Fotos von Bucks Gesprächspartner haben.

Bobigny, 18 Uhr

Buck kommt sehr pünktlich und wirkt verstimmt. Der Botschaftsrat, den er getroffen hat, hat ihm gesagt: keine übertriebene Beflissenheit. Sie haben gemeinsam eine Richtschnur für sein Auftreten gegenüber der französischen Polizei erarbeitet: so wenig wie möglich lügen und dabei das Wesentliche verbergen. Ihnen sagen, was sie wahrscheinlich bereits wissen, nicht mehr, es dosieren je nachdem, was die Fragen verraten. Und nicht panisch werden: Das sind Frenchies, also nicht die Fixesten. Buck war gezwungen, von seinen Pariser Treffen mit Castelvieux zu erzählen, ohne das breitzuwalzen. Und sein Gesprächspartner fand ihn extrem leichtsinnig.

»Aber ich habe mit seinem Verschwinden nichts zu tun.«

»Das will ich auch hoffen.« Damit hat er Buck entlassen.

Er weiß, welches Risiko er eingeht, nicht nötig, ihn daran zu erinnern.

Capitaine Bertrand empfängt ihn höflich, stellt die zwei Polizisten vor, die ihn begleiten, darunter eine große magere Frau, eisig, mit einem flammenden Blick, der ihm auf Anhieb Unbehagen bereitet, und man wendet sich sehr schnell seiner Aussage zu.

»Also, Sie kannten Castelvieux, bevor Sie ihm in Paris begegnet sind?«

Bertrand hat das Kommando. Die Frau schweigt, fixiert ihn, ohne sich zu rühren.

»Ja.«

»Wo hatten Sie ihn kennengelernt?«

Buck hat eine Richtlinie: so nah wie möglich an der Wahrheit bleiben. »Im Urlaub in der Karibik.«

»Geht das etwas genauer?«

»Auf Grand Cayman. Ungefähr Anfang 2011. Zwei oder drei Urlaubswochen.«

»Zu diesem Zeitpunkt keine geschäftliche Verbindung?«

»Nein, keine.«

»Ich muss insistieren. Denn Castelvieux wurde im Moment seines Verschwindens wegen diverser Geldwäscheaktivitäten für die Mafia in Montreal gesucht, und zwar in Verbindung mit PE-Credit Montreal. Aktivitäten, die bis Anfang 2011 zurückreichen, und Sie selbst waren damals Leiter einer Bank auf Grand Cayman, InterBank, die ebenfalls in diesem Ermittlungsverfahren auftaucht …«

Nicht schlecht für Frenchies, egal was mein Botschaftskontakt sagt, der behauptet, diesen ganzen Teil meines Lebens aufgeräumt zu haben. Vermasselt.

Breites Lächeln. »Auch Banker haben das Recht, mal Urlaub zu machen. Ich habe InterBank kurz danach verlassen, oder kurz davor, ich erinnere mich nicht mehr genau. Möglich, dass Castelvieux mit meinem Nachfolger geschäftlich zu tun hatte, aber davon habe ich nie erfahren. InterBank ist ein großes Geldinstitut.«

»Hat er Ihnen gesagt, warum er in Paris war?«

»Nein. Er hat mir nur gesagt, er sei auf der Durchreise und hätte nicht vor, lange zu bleiben.«

»Wir wissen, dass er hier war, um seinen Banker zu treffen. Hat er Ihnen nicht davon erzählt?«

Jetzt wird es haarig. »Nein, kein Wort. Wir haben nur Erinnerungen ausgetauscht und Späße gemacht.«

»Was hatten Sie für einen Eindruck von seiner seelischen Verfassung?«

»Entspannt … normal.« Das war zu dick aufgetragen. Auf der Flucht, Mafias … Nicht übertreiben.

»Wie oft haben Sie ihn in Paris getroffen?«

»Zwei Mal. Einmal am frühen Abend im Sofitel Maillot, lassen Sie mich nachdenken, Martini-Gin, gleich nach einer wichtigen Sitzung in meiner Firma … es war ein Mittwoch …«

Die Frau hakt etwas auf einem Zettel ab, der vor ihr liegt. »Der 17. April?«

»Möglich … Und ein anderes Mal am folgenden Samstag im *Atelier Renault Café* …«

Die Frau, während sie einen Haken auf ihrer Liste setzt: »Der 20. April. Um wie viel Uhr?«

Buck gereizt: »Am frühen Nachmittag, wir haben einen Espresso getrunken, gegen fünfzehn Uhr vielleicht. Und wo Sie danach fragten: Ja, diesmal war er nervöser, möglicherweise ängstlich.«

»Von seinem Banker hat er immer noch nichts erzählt?«

»Nein.«

»Haben Sie ihn danach noch mal gesehen?«

»Nein.«

»Und das hat Sie nicht stutzig gemacht?«

»Natürlich nicht. Zum einen, weil zwei Runden Erinnerungsaustausch schon viel sind, und zum anderen, weil er es eilig zu haben schien, Paris zu verlassen. Ich sehe nicht, warum er sich hätte verpflichtet fühlen sollen, mich von seiner Abreise zu unterrichten.«

Wieder die Frau: »Dabei hat er Sie nach diesem Datum noch zweimal angerufen …«

So eine Giftkröte … »Nein, ich hatte ihn nicht mehr am Telefon. Wenn es diese Anrufe gibt, haben sie mich aus mir unbekannten Gründen nicht erreicht.«

»Dieses zweite Treffen am 20. April, ist das nicht der gleiche Tag, an dem Sie im Bois de Boulogne eine Auseinandersetzung mit Paula hatten?«

Diesmal wirkt Buck ehrlich überrascht, er scheint zu warten, aber es kommt nichts nach. »Ja und?«

Bertrand übernimmt wieder die Führung und schließt: »Nichts weiter. Danke für Ihre Mitarbeit, Monsieur Buck. Allerdings, falls wir im Laufe der Ermittlung genauere Angaben von Ihnen brauchen sollten …«

»Ich halte mich zu Ihrer Verfügung.«

Als Buck schließlich gegangen ist, zieht Noria Bilanz.

»Buck war schlau genug, so wenig wie möglich zu lügen. Man hat ihn gut beraten. Er ist nur einmal ins Stolpern gekommen, als er versichert hat, dass Castelvieux entspannt war, alle unsere Zeugen sagen das Gegenteil, das hat er gespürt und versucht seine Taktik zu ändern, zu spät. Castelvieux' Banker, das ist er. Und bei dessen Ermordung hat er eine Rolle gespielt, die noch zu klären ist. Wir hätten weitergehen können, aber ich glaube, es ist gut, wenn wir ihn ein bisschen schmoren lassen.«

»Wir bleiben ihm auf den Fersen, darauf können Sie sich verlassen.«

»Wir unsererseits haben Montreal über die Verbindungen

zwischen InterBank, Castelvieux und PE-Credit informiert. Wir werden nachlegen, indem wir ihnen von Buck erzählen. Vielleicht haben sie uns etwas dazu zu sagen. Und wir lassen die Berichterstattung aus den *Cayman News* bei Orstam durchsickern. Das ist doch nicht Teil des Ermittlungsverfahrens?«

»Nein, wir haben es nicht in die Akte aufgenommen, Sie können loslegen.«

»Es wird kabbelig für ihn, das garantiere ich Ihnen, und das ist ihm bewusst. Wir kriegen ihn.«

Paris

Buck sucht Zuflucht in *Harry's Bar* im Viertel Opéra. Heute Abend betrinkt er sich mit Bier und Whisky, ein langsamer Rausch. Er will sich Zeit nehmen, sich beim Absturz zusehen. Er steckt in der Klemme, das weiß er. Bei Orstam ist er bereits erledigt: Sautereaus Besuch, die Fragen zu seinem Lebenslauf, kein Zufallstreffer, er wusste längst Bescheid. Der Botschaftsrat wird bald alles durchschauen, und dann … Sich vor all diesen lustunfähigen Fressen rechtfertigen? Wofür? Für seine Exzesse, seine Fehltritte? Niemals. Bei Orstam setzt er keinen Fuß mehr in die Tür. Der Botschaftsrat soll verrecken. Und die Bullen, die sind clever. Sie haben Paula aufgestöbert, Schlaglicht auf den traumhaften Körper, sie werden auf die Anrufe nach Montreal stoßen, die abgehörten Treffen, es ist nur noch eine Frage der Zeit. Wahrscheinlich längst passiert. Er ist ein toter Mann. Bei diesem Alkoholspiegel beginnt er sich leidzutun, Grand Cayman, das verlorene Paradies, er war der König der Welt, Koks in rauen Mengen, alle Mädchen willig, alles Nutten. Er liebt die Nutten. Nicht die Frauen, die Nutten. Bis zu diesem idiotischen Autounfall, dem getöteten Polizisten, er beginnt zu entgleisen, auszuflippen, zu viel Koks, zu viel Alkohol, zu viel von allem, die Vergewaltigung der Gouverneurstochter – behauptet sie, denn mal ehrlich, die wollte seinen Schwanz … Er war am Ertrinken, der scheiß Botschaftsrat, der ihn an den Haaren hochzieht, in die Staaten zurückbringt, ihn an die Kandare nimmt, ihn streng führt, kein Alkohol mehr, kein Koks mehr, keine Mädchen mehr, er drillt ihn darauf, bei Orstam die Partitur zu spielen, die er für ihn geschrieben hat. Wie ein dressierter Hund. Entweder das oder er bringt ihn zurück auf die Kaimaninseln, das Gefängnis dort ein Albtraum. Aber die Vergangenheit lässt sich nicht einfach so ausradieren, auch die Mafias von Montreal haben Ansprüche gegen ihn, aber das kann er dem Botschaftsrat nicht sagen, und jetzt neuer Ärger. Da kommt er nicht raus, niemals, es ist vorbei. Gegen Mitternacht, nachdem er literweise Flüssigkeit ins Klo gekotzt hat, sieht er sein Leben in tausend Scherben über den Boden der Bar verstreut, inmitten der gut geölten Maschinerie des Botschaftsrats, der das nicht wird dulden können und Abschaum wie ihn davonjagen wird. Zu Recht, ich an seiner Stelle täte dasselbe. Er nimmt seinen Wagen, um wie im Nebel nach Hause zu fahren, greift nach dem Pillenfläschchen im Handschuhfach, schluckt eine Handvoll und kommt wieder hoch – und hebt ab. Superluzide, euphorisch. Es ist Zeit, in den Bois zu fahren und Transen zu zerlegen.

Er erreicht den Bois, den Discountstrich, der einzige, wo er noch hinkann, weniger Büsche als in den guten Abschleppbezirken, ein paar Rasenstücke, wo die Billigtransen sich umstandslos zur Schau stellen, aber heute Nacht ist er in seinen Augen schön. Er erblickt eine in Schwarz gehüllte Gestalt, die sich im Licht seiner Scheinwerfer nähert. Zwei Aussparungen am Oberkörper entblößen zwei unglaubliche Brüste, eine dritte, im Schritt, einen behaarten weichen Schwanz. Die

Gestalt verzerrt sich, wogt, ein gigantischer Mund, sie bedroht ihn. Das Geschöpf seiner Albträume und seiner Träume. Das Absolute der Macht, sie töten und sich töten. Er beschleunigt, jagt über den Bordstein, beschleunigt noch einmal, nimmt die Gestalt ins Visier, die panisch die Flucht ergreift, der Wagen prallt gegen den Stamm einer jahrhundertealten Kastanie und verkeilt sich, Motor im Leerlauf. Buck öffnet langsam die Tür, eine Gruppe Transen formiert sich, es dominieren hohe Stiefel und Leder, Buck steigt schwankend aus, die Gruppe stürzt sich auf ihn, er rotiert mit den Armen, geballte Fäuste, trifft eine Transe in Shorts und Highheels, die benommen taumelt, die anderen packen Buck bei seinen Kleidern, halten ihn fest, traktieren ihn mit aus dem Nichts aufgetauchten Schlagringen, er wankt, offener Mund, geschlossene Augen, bricht zusammen, triumphierendes Geheul, sie treten auf ihn ein, ein Bleistiftabsatz sticht ihm ein Auge aus, blutschwarzes Loch, erbittert toben sie sich an ihm aus, zerfetzte Kleidung, zahlreiche oberflächliche Wunden. In der Ferne Polizeisirenen, die Gruppe flüchtet und taucht ab, indem sie ein paar hundert Meter weiter ins Unterholz springt. Am Ort des Scharmützels angekommen, stellen die Polizisten den Tod des Kunden fest.

Kapitel 12

Mittwoch, 29. Mai
Paris

Noria wacht früh auf, in Hochform. Zufrieden mit sich. Dusche, Shorts und T-Shirt, sie will um das Bassin de la Villette laufen gehen, ehe sie einen intensiven Arbeitstag antritt, wie sie sie liebt. Ihr Handy klingelt, kurzer Blick: Marmont vom 16. Arrondissement. Sie drückt auf Annehmen.

»Ghozali, sind Sie das? Steven Buck wurde letzte Nacht gegen drei Uhr von einer wild gewordenen Horde Transen umgebracht.«

Sie setzt sich hin. »Ich muss erst mal durchatmen. Können Sie mir etwas mehr sagen?«

»Der Leichnam ist gerade zur Pathologie abtransportiert worden. Tja, ich habe seine Leiche am Tatort gesehen, zahlreiche Verletzungen, fast alle oberflächlich, sehr wenig Blutungen. Die Autopsieergebnisse werden es zeigen, aber ich halte es für möglich, dass er ganz zu Beginn der Schlägerei einen Herzinfarkt hatte. Wir haben an die dreißig Transen einkassiert, das Kommissariat ist die reinste Hölle …«

»Das glaube ich gern. Brauchen Sie mich?«

»Im Moment nicht.«

»Danke, dass Sie uns so schnell informiert haben. Man muss auch im SDPJ 93 anrufen, Capitaine Bertrand. Ich weiß, dass sie Buck gestern befragt haben, in einem Mordfall, für den sie zuständig sind. Soll ich das übernehmen?«

»Nein, ich hab's notiert. Capitaine Bertrand, SDPJ 93, ich mache das.«

»Sehr gut. Ich melde mich im Laufe des Tages.«

Heute Morgen kein Lauf ums Bassin. Noria ruft ihre Männer an und bestellt sie dringend ins Büro.

Polizeipräfektur Paris

Als Reverdy und Lainé zu Noria stoßen, liegen auf ihrem Schreibtisch die Fotos von Buck und seinem unbekannten Gesprächspartner aus dem *Lazare*, am Vortag während des Mittagessens von den Kollegen aufgenommen, sorgsam nachbearbeitet. Die beiden Gesichter sind gestochen scharf.

Noria kommentiert: »Ich habe sie heute Morgen beim Reinkommen vorgefunden. Sie sind sehr gut, gratulieren Sie unseren Kollegen dazu, Fabrice. Ich hole Kaffee.«

Als sie zurückkommt, verkündet sie die Neuigkeit: Buck ist in der Nacht bei einer Schlägerei mit Transsexuellen ums Leben gekommen.

Schockwirkung. Dann sagt Reverdy schlicht: »Gerade als wir dachten, wir haben ihn ...«

Noria ist aufgestanden, sie sitzt halb auf ihrem Schreibtisch, ein Bein wippt im Takt. »Es besteht wahrscheinlich ein Zusammenhang zwischen beidem ...«

»Erläutern Sie, was Sie damit meinen. Sie sprachen von einer Schlägerei mit Transsexuellen ...«

»Ich will es erklären. Ich bin überzeugt, Bertrand ebenfalls, dass Buck an der Ermordung von Castelvieux unmittelbar beteiligt ist. Gestern haben wir ihn absichtlich nicht hart bedrängt, aber wir haben ihm zu verstehen gegeben, dass wir sehr viel mehr wissen, als er dachte, und ihn hochgehen lassen können, wann immer wir wollen. Wenn er das verstanden hat, können andere es auch verstehen. Folglich war er in Gefahr.«

»Wer hat ihn Ihrer Meinung nach bedroht?«

»Das ist weniger klar. Buck war eine obskure Figur, Alkoholiker, Junkie, mit grenzüberschreitenden sexuellen Gewohnheiten, ein ideales Ziel für Erpresser jeder Kategorie. Er war außerdem ein ›Mehrfirmenvertreter‹. Er war Leiter von InterBank, spezialisiert auf Steuerflucht von Großunternehmen, darunter wahrscheinlich PE, der amerikanische Landesmeister in dieser Disziplin, und aufs Waschen von Verbrechensgeld, bei mindestens einem langfristigen Arrangement im Verbund mit PE-Credit Montreal. Er operierte auf den Kaimaninseln, einem Paradies für Gauner aller Art, wo er Castelvieux begegnet ist. Er kann sich sehr gut Feinde gemacht haben, die fähig sind, ihn umzubringen. Zweites Tätigkeitsfeld: Er hat freiberuflich bei fetten Firmenübernahme-Manövern mitgemischt. Wirtschaftsspionage, Verkauf von Informationen, auch da kann er Feinde gehabt haben. In beiden Fällen Leute, die entschlossen sind zu verhindern, dass er sich zu lange bei den Bullen aufhält, nicht dass er noch was ausplaudert. Schließlich war er leitender Angestellter bei Orstam, wobei die Umstände seiner Einstellung nicht ganz durchsichtig sind. In seinem Dunstkreis findet sich erneut PE, wie schon auf den Kaimaninseln, und ein leichter Geruch von CIA eingedenk der Schützenhilfe von Anwältin und Geschäftsfrau McDolan, selbst altgediente Mitarbeiterin des Hauses, und seines bereinigten Lebenslaufs, wenn man Sautereau glaubt, der in der Sache ein wenig recherchiert hat.«

»Aber er wurde von einem durchgedrehten Trupp Transen getötet. Sie denken doch nicht, dass die sich ›unter der Decke‹ als CIA-Agenten betätigen, wenn ich mir das Wortspiel erlauben darf?«

»Das wäre witzig, ich würde es lieben, aber nein, das wage ich mir nicht vorzustellen. Was ich sagen will, ist: Wir müssen von der Annahme ausgehen, dass wir nichts über seinen

Tod wissen, und weitergraben. Ich blase unseren Bericht ein bisschen auf: Ich stütze mich auf das, was wir inzwischen über Buck wissen, um die Möglichkeit anzusprechen, dass die amerikanische Justiz und PE, ein direkter Orstam-Konkurrent, eine konzertierte Offensive gegen Orstam führen. Im Moment erwähne ich nichts von dem Mann auf den Fotos, solange wir nicht mehr über ihn haben.«

»Schalten wir einen Gang höher?«

»Ja. Ich weiß nicht genau, warum, aber ich empfinde Bucks Tod als Auslösersignal. Ich habe das Gefühl, dass uns die Zeit durch die Finger rinnt.«

Reverdy lächelt beinahe zärtlich. »Ich liebe es, wenn Sie den bauchgesteuerten Bullen geben.«

»Lainé, Sie treiben sich im Kommissariat vom 16. rum, versuchen Sie bei den Transsexuellen vom Billigstrich, die Buck zuletzt frequentiert hat, möglichst viel in Erfahrung zu bringen.«

»Ich probier's ...«

»Und Sie, Reverdy, treffen Ihre Orstam-Freunde, ich kann mir vorstellen, dass dort in den nächsten Stunden ordentlich intrigiert wird.«

Levallois-Perret

Nicolas Barrot trifft gegen acht Uhr im Geschäftssitz von Orstam ein. Wie jeden Morgen überläuft ihn ein Lustschauer, als er im Fahrstuhl auf den Knopf für den zehnten Stock drückt, mit dem wohligen Gefühl, dass er auf der Direktionsetage mehr und mehr Daseinsberechtigung hat. Noch nicht unbeschwert, aber ein bisschen stabiler. Er setzt sich an seinen Schreibtisch, macht sich an die Vorbereitung seines Tagesablaufs, als das Telefon klingelt.

»Sidney Morton am Apparat.«

»Sidney, ewig nicht gesprochen … Ein Anruf von Ihnen bedeutet nicht immer Gutes. Was haben Sie heute für mich?«

»Steven Buck wurde letzte Nacht im Bois de Boulogne von einer Meute Transen umgebracht.«

Nicolas hat das Gefühl, als hätte die Gerade eines Schwergewichtsboxers ihn voll auf dem Brustbein erwischt. Stille, während er sich davon erholt.

»Sind Sie noch dran, Nicolas?«

»Ich bin dran. Ich versuche wieder Boden unter die Füße zu bekommen, ohne einfach aufzulegen. Sagen Sie, woher haben Sie das?«

»Von einem meiner Pressekontakte in der amerikanischen Botschaft.«

»Verlässlich?«

»Hundertprozentig.«

»Na dann, danke, dass Sie mich informiert haben. Wollen wir dieser Tage mal zusammen mittagessen?«

»Sehr gern.«

»Ich rufe Sie an.«

Im gleichen Moment eine SMS auf seinem Privathandy: »Treffen heute Abend 21 Uhr im Plaza Athénée. July T.«

Morton und die Botschaft, July T. und die Bank, ein Aroma von Dringlichkeit umweht diesen Todesfall. Wer war dieser Buck, dass er so viel Interesse hervorruft? Ein guter Kenner gewisser amerikanischer Kreise, wie es scheint … Ein Kumpel, den ich nie ernst genommen habe. Fehler. Wer hat July Taddei benachrichtigt? Höchstwahrscheinlich die Botschaft. Er sieht Orstam jetzt in neuem Licht. Die komplexen Netzwerke, der Krieg zwischen den Abteilungen, die rivalisierenden Ambitionen, Berge von Groll und Argwohn, der rätselhafte Chef, die mangelnde Kommunikation und die fehlenden geschäftlichen Perspektiven ergeben ein verworrenes Panorama. Auf der anderen Seite die US-Justiz und die amerikanische Botschaft, die Bank und die Anwälte, eine Wahnsinnslobby, aufeinander abgestimmt und eingespielt, mit einer Strategie. Morton und Buck als Verbindungsglieder. Eine reibungslos laufende Maschine, Bucks Tod eine Panne. Just in diesem Moment bestellt die Bankerin mich zu sich. Also braucht sie mich. Ich will gern mitmachen, aber das kostet, und nicht nur schöne Worte. Anlass zum Grübeln während der verbleibenden Stunden bis zu dem Treffen. Und er sagt sich, dass es nach der Nacht im *Palmyre Club* mehr braucht als ein Streicheln seines Handrückens, um ihn zu erregen und um den Verstand zu bringen. Er wünscht, er könnte sich dessen sicher sein.

Bois de Boulogne

Am Ort von Bucks Tod, zu dieser Morgenstunde eine ziemlich saubere Straße ohne jedes Geheimnis, trifft Lainé auf das Team des SDPJ 93. Bertrand empfängt ihn grinsend. »Sagen Sie mal, die Kunden, die Sie mir bringen, lassen keine Langeweile aufkommen. Tja, die Leiche ist schon abtransportiert, und die Kriminaltechnik ist hier bald fertig. Uns bleibt nichts mehr zu tun, als die Karre abschleppen zu lassen.«

Lainé nähert sich dem »Schauplatz des Verbrechens«. Der Wagen klemmt immer noch am Stamm der schönsten Kastanie auf der Wiese, eingedrückter Kühler, gähnende Motorhaube, Ziehharmonika-artig zerquetscht, Windschutzscheibe geborsten, die beiden Vorderreifen hängen in der Luft, die abgerissene Fahrertür liegt auf dem Boden. An der linken Wagenseite, wo Bucks Körper gelegen hat, ist der Rasen niedergetrampelt, aufgerissen, zerhackt. Lainé betrachtet schweigend die lesbaren Zeichen, die der Gewaltausbruch der vergangenen Nacht hinterlassen hat. Bertrand tritt zu ihm.

»Er hatte ein Handy, es ist auf dem Weg ins Labor. Ansonsten nichts Interessantes im Wagen oder am Mann. Wir durchsuchen gerade sein Büro und seine Wohnung. Die Autopsie läuft, Ergebnisse spätestens morgen.«

»Wenn Sie mich hier nicht brauchen, mache ich einen Abstecher ins Kommissariat vom 16.«

»Gute Idee. Da werden Sie Spaß haben.«

Kommissariat des 16. Arrondissements

Als Lainé im Kommissariat des 16. eintrifft, ist die Ruhe einigermaßen wiederhergestellt, und ein Polizeiteam nimmt die Zeugenaussagen der etwa zwanzig Transen auf, von denen die Polizisten glauben, dass sie an der Schlägerei beteiligt waren. Marmont zieht ihn beiseite und bringt ihn kurz auf den Stand.

»Es steht so gut wie fest, dass Buck sie angegriffen hat. Er hat versucht, einen von ihnen zu überfahren, auf dem Gehweg, ein Dutzend Meter von der Straße entfernt.«

»Ich habe mich vor Ort umgeschaut, ich habe den Wagen gesehen.«

»Bevor es zur Prügelei ausgeartet ist, soll er einen anderen bewusstlos geschlagen haben, der musste ins Krankenhaus eingeliefert werden. Bucks Leiche war kein schöner Anblick, aber warten wir die Autopsieergebnisse ab, ehe wir voreilige Schlüsse ziehen.«

Lainé drückt sich ein bisschen in den Fluren und bei den Verwahrzellen herum. Die Müdigkeit trägt dazu bei, dass die Transen sich hinreißen lassen, etwas mehr über den Freier zu reden. Ein Brutalo. Speedjunkie. Er hatte immer größere Mengen dabei. Verteilte das Zeug recht freigiebig bei jedem Besuch. Sein Eintrittsgeld sozusagen. Infolgedessen wurde er eher gut aufgenommen.

Am Ende seiner Vernehmung fängt ein Transsexueller in abgetragenem Regenmantel an zu schwanken, bekommt keine Luft, dann muss er sich so heftig erbrechen, dass es überall auf den Boden und an die Wände spritzt. Die Bullen brüllen ihn an, zerren ihn unsanft zu den Toiletten und rufen angesichts der sich verschlimmernden Symptome den Notarzt.

Marmont, der dazugekommen ist, kommentiert für Lainé: »Garantiert der Beginn einer Amphetamin-Überdosis. Er muss es geschafft haben, was mit reinzuschleusen. Wir haben die Bande nicht richtig gefilzt. Wir legen da nicht so gern Hand an. Hoffentlich krepiert er nicht bei uns, mehr verlange ich gar nicht.«

Der Notarzt trifft ein, nimmt die Transe mit, und zwei Bullen bekommen die Drecksarbeit des Aufwischens aufgehalst.

Levallois-Perret

Zur Mittagszeit ist Reverdy mit Sautereau in der Cafeteria des Erlebnisbads von Levallois verabredet. Sautereau hat ihn vorgewarnt, kein Jacuzzi diesmal, keine Zeit, die Bude brennt. Ein Sandwich auf die Schnelle. Reverdy dagegen hat sich ein Viertelstündchen Planscherei gegönnt, und da Sautereau stark im Verzug ist, dehnt er es aus. Als er schließlich das Becken verlässt, findet er auf seinem Handy eine SMS von seinem Freund Blanchard, Hausdetektiv im *Plaza Athénée*, der ihm in Andeutungen schreibt, weil er Handys misstraut: »July heute Abend im Haus. Bin selbst nicht da, aber sie wird erwartet.« Taddei in Paris, man schaltet von Bewegungs- auf Blitzkrieg um. Ghozalis Bauchgefühl bestätigt sich, das Tempo zieht an.

Als er in der Cafeteria auf Sautereau trifft, grinst der zunächst breit. »Na, der Soldat Buck, einsam in der Mitte des Schlachtfelds, hat sich ja nicht lang gehalten.«

»Kann man so sagen ... Wie hat euch die Nachricht erreicht?«

»Marmont rief gegen zehn an. Ich bin rauf in die Direktion, die wussten schon Bescheid. Barrot wurde als Erster informiert, direkt von einem amerikanischen Journalisten, der der Botschaft nahesteht.«

»Da kommt man ins Grübeln.«

»Du sagst es. Danach hat Barrot es dem Boss gemeldet, der nichts dazu gesagt hat, wie es inzwischen seine Gewohnheit ist. Er wartet ab, wie es sich entwickelt. Der SDPJ 93 hat am späten Vormittag Bucks Büro durchsucht, offenbar ohne etwas Aufschlussreiches zu finden, und Anderson hat dafür gesorgt, dass die Neuigkeit im ganzen Laden die Runde macht. Solange sich alles um Buck dreht, interessiert man sich nicht für ihn ... Und es wirkt. Im Haus spricht man über nichts anderes mehr. Die unglaublichsten Gerüchte grassieren. Neuesten Nachrichten zufolge soll Buck selbst eine Transe gewesen sein, die ihren Körper im Bois verkaufte. Manchen fällt es schwer, das zu glauben ...«

»Ich hab noch was Besseres.« Reverdy reicht Sautereau einen Ausdruck der *Cayman News* und kommentiert: »Bankier von InterBank, Ansprechpartner von PE-Credit Montreal auf den Kaimaninseln, Experte für Steuerbetrug und Geldwäsche, sehr wahrscheinlich in schmutzige Geschichten verwickelt, für uns ist er ferngesteuert und eine Schachfigur der amerikanischen Offensive gegen Orstam, die inzwischen unübersehbar ist. Aber mit welchem Ziel, was denkst du?«

»Eine schlichte Sondierungsmission ist es ganz sicher nicht. Die Amerikaner wissen schon so gut wie alles über uns, und Bucks Stellung im Unternehmen war nicht sonderlich dafür geeignet, an sensible Daten heranzukommen.«

»Also lautet die Frage des Tages: Für welche krumme Tour hier bei Orstam hat man ihn programmiert?«

»Das kann ich nicht beantworten.«

»Eine Schachfigur der amerikanischen Offensive … Wer sind die anderen Figuren? Barrot, Bucks Freund von der amerikanischen Botschaft?«

Sautereau zieht eine Grimasse. »Ich weiß es nicht. Am ehesten wohl Anderson … Hast du immer noch nichts über ihn?«

»Nein, nichts, und ich stehe auch etwas auf dem Schlauch.«

Sautereau betrachtet Reverdy ein paar Sekunden lang. »Christine Dupuis, Lamblins Mitarbeiterin. Meiner Meinung nach weiß sie Dinge, die sie für sich behält und auch niemandem aus der Firma anvertrauen wird. Du musst sie kennenlernen. Ich wette fünfzig Cent, dass du der Typ Mann bist, auf den sie steht, wenn du dich ein bisschen ins Zeug legst.«

Paris

Nicolas Barrot betritt um Punkt einundzwanzig Uhr die Hotelhalle des *Plaza Athénée*, nach wie vor beklommen in diesem Palastdekor. Er sagt sich, dass schon bald Gewöhnung eintreten wird, und geht zum Empfangstresen.

»Ich bin mit Madame Taddei verabredet. Hat sie bei Ihnen eine Nachricht für mich hinterlegt? Auf den Namen Nicolas Barrot.«

»Madame Taddei erwartet Sie in ihrer Suite, Monsieur.«

Ein Wink, und der Liftboy geleitet Monsieur Barrot, der sich bewegt wie ein Schlafwandler. Treffen in der Suite von Madame Taddei, Hitzewallung. Aufzug, vier Etagen, um wieder zur Besinnung zu kommen, sich einzurichten, dass sie ihn behandelt wie ein Spielzeug, über das sie verfügen kann, dass er Besseres verdient hat, und sich gegen die Charmeoffensive der schönen July zu wappnen. Er tritt in das erste Zimmer der Suite, eine Schreibtischecke und ein sehr gemütlicher, nicht zu protziger Salonbereich. July Taddei kommt ihm entgegen. Kein duftiges Negligé, sie trägt einen schwarzen Bolero über einem strengen grauen Kleid. Auf dem Schreibtisch ein Aktenkoffer und eine Laptop-Tasche, beides noch ungeöffnet, in einer Ecke des Zimmers ein Koffer.

»Ich bin eben erst angekommen, ich hatte weder Zeit, mein Gepäck auszuräumen, noch mich umzuziehen. Wir essen hier zu Abend, wenn es Ihnen nichts ausmacht. Wir verlieren weniger Zeit und können in Ruhe reden. Und es gibt einiges zu besprechen, glaube ich. Setzen Sie sich, ich bin in zwei Minuten bei Ihnen.«

Barrot, erneut auf dem falschen Fuß erwischt, enttäuscht und verärgert über seine Enttäuschung, spürt Wut aufsteigen.

Ein Kellner bringt einen Rollwagen mit dem Abendessen, deckt den Salontisch mit Tellern, Gläsern und Schüsseln und geht wieder. Als Vorspeise Foie Gras und Toast. Zu trinken Champagner.

»Exzellenter Champagner passt zu jedem Gericht«, verfügt July.

Barrot hütet sich, ihr zu widersprechen, der Champagner ist ihm egal, und bleibt auf seine für ihn neue Aggressivität konzentriert. Nach zwei Bissen eröffnet July endlich das Gespräch.

»Der Tod von Steven Buck ändert vieles …«

Barrot unterbricht sie mit einer Handbewegung. »Tut mir leid, Sie müssen mir schon erklären, was sich dadurch ändert, für mich ist das nicht auf Anhieb ersichtlich.«

»Er zieht eine polizeiliche Ermittlung nach sich. Die Ermittler werden im ganzen Unternehmen herumschnüffeln, gerade jetzt, wo wir Diskretion brauchen, wenn nicht gar absolute Verschwiegenheit, um mit der amerikanischen Justiz zu verhandeln. Und wir wissen beide, dass verhandelt werden muss, und zwar schnell.«

»Moment. Buck war offenbar in einen Mord verwickelt und wird bei einer Schlägerei mit Transen selbst ermordet. In beiden Fällen firmenexterne Umtriebe. Orstam ist nicht betroffen. Es ist die Kriminalpolizei, die ermittelt, nicht die DCRI. Eine Beeinträchtigung der Verhandlungen, wie Sie sie befürchten, scheint mir von daher unwahrscheinlich.«

Die Foie Gras ist aufgegessen. July deckt selbst neue Teller auf, nimmt die Wärmeglocke von dem Trüffelomelette und serviert, füllt die Champagnergläser nach, was ihr Bedenkzeit verschafft. Nicolas Barrot hat an Selbstsicherheit gewonnen. Die Nähe zu Macht und Geld lässt junge Männer sehr schnell reifen. Vorteile? Nachteile? Sie beschließt, zum nächsten Level überzugehen.

»Die Ermittler könnten feststellen, dass Buck ständigen Kontakt zu seiner Botschaft unterhielt, was die Botschaft nicht publik werden lassen will …«

»Wozu diente er ihnen?«

»Als Quelle für Unternehmensinterna … Das sind nicht ganz lautere Sitten, aber ziemlich gängig …«

»Buck wird ihnen nicht fehlen. Die Botschaftsdienste verfügen noch über andere nicht ganz lautere Methoden der Informationsbeschaffung. Zum Beispiel das Hacken von Firmen-E-Mails. Ich denke, dass Orstam für sie keinerlei Geheimnis mehr birgt. Wovor haben Sie Angst? Dass herauskommt, dass die CIA mit im Ausland tätigen amerikanischen Geschäftsleuten Kontakt hält? Das ist eine Binsenwahrheit, die nicht erklärt, warum Sie um den Tod von Buck so einen Wind machen.«

»Spielen wir mit offenen Karten.« Barrot spannt sich an, schlechtes Zeichen, so ein Einstieg … »Buck war ein Typ mit zweifelhafter Vergangenheit. Er hat lange für eine Bank in einem Steuerparadies gearbeitet, die mit der Bank von PE regelmäßige Geschäftsbeziehungen unterhielt. Und er hat sich mit Geldwäschetransaktionen die Finger schmutzig gemacht, die tabu sein sollten und von denen einige derzeit Gegenstand gerichtlicher Untersuchungen sind. Unsere Freunde in der Botschaft glaubten, diese Vergangenheit benutzen zu können, um sich seiner Loyalität zu versichern und ihn zu steuern. Das sind primitive Methoden, die ich missbillige. Wenn die französische Polizei sie jetzt aufdeckt, kann das dem Ansehen der USA schaden.«

»Vor allem kann es dem Ansehen von PE schaden …« Mit dem Gefühl, in einen Abgrund zu springen, stockender Herzschlag, ergänzt Nicolas: »… Ihrem Kandidaten für die Übernahme von Orstam, wenn ich recht verstehe.«

»Ja, das haben Sie ganz richtig verstanden.« Nicolas hat den Eindruck, freier zu atmen, vor einem endlich klaren Horizont. »Man muss das Buck-Desaster und den Zeitdruck, der durch die polizeiliche Ermittlung entsteht, ausnutzen, um das Tempo zu beschleunigen und möglichen Konkurrenten von PE, die gerade erst aufwachen, zuvorzukommen. Immer der gleiche Gedanke: sich von Krisen nicht überrollen lassen, sondern Profit daraus ziehen.«

»Wozu brauchen Sie mich? Ich habe keine echte Entscheidungsbefugnis im Unternehmen.«

»Sie sind das Auge, die Hand und sogar das Gehirn von Carvoux, der wankelmütig und abgeschlafft ist. Wir brauchen einen starken Verbündeten, einen jungen Mann, der bei dem Geschäft viel zu gewinnen hat. Sie.«

»Wenn ich die Rolle spiele, riskiere ich, bei Orstam unten durch zu sein.«

»Nach Abschluss der Operation gebe ich Ihnen einen Job in unserer Londoner Niederlassung. Im Bereich Finanzierung von Unternehmensumstrukturierungen. Sie werden auf dem Feld Erfahrung gesammelt haben.«

»Sehr gut. Abgemacht. Gibt es Informationen, die mir fehlen und die ich haben sollte?«

»Mit Lamblin wird derzeit verhandelt.«

»Ich weiß.«

»Lamblin bekennt sich schuldig, wird aber seine Vorgesetzten persönlich nicht belasten.«

»Und vor allem nicht den Oberboss.«

»Wenn er freikommt, wird er entschädigt, und die Bank beteiligt sich an der Entschädigung, um den Deal zu beschleunigen. Streng vertraulich, Nicolas.«

»Das habe ich schon begriffen.«

»Für die Aushandlung des Deals arbeiten wir mit Jef Wesselbaum von der Kanzlei Bronson & Smith zusammen.«

»Wesselbaum, gehört er zur Familie des Chefs von PE?«

»Er ist sein Bruder.«

Angesichts der Power der PE-Maschinerie wird Barrot kurz schwindlig.

»Warum nicht unsere Anwälte Hoffman und Burgess von derselben Kanzlei?«

»Weil Jef keine offensichtliche Verbindung zu Orstam hat, er ist deshalb außerhalb des Radars der Staatsanwaltschaft, was ihm die Freiheit gibt, sich um Lamblin zu kümmern, und er kann sich problemlos mit den Orstam-Anwälten absprechen, da sie in der gleichen Kanzlei arbeiten. Was die Entschädigung angeht, werden gerade letzte Anpassungen vorgenommen, eine Frage von Tagen. Jef wird sich bei Ihnen melden. Er hat unser Vertrauen und langjährige Erfahrung. Zögern Sie nicht, ihn um Rat zu fragen.«

Nicolas versteht, dass er gerade den Chef gewechselt hat. Eher beruhigend, was die Zukunft betrifft.

July ist aufgestanden, mit einer natürlichen Geste knöpft sie ihren schwarzen Bolero auf, wirft ihn auf einen Stuhl. Nicolas verkrampft sich, Achtung, Gefahr, vergiss das nicht, bleib auf der Hut. July dreht sich zu ihm um. Es ist nicht mehr dieselbe Frau. Der feine Stoff ihres hellgrauen Kleides klebt auf ihrer Haut, modelliert die Fülle ihrer Brüste, deren aufgestellte Spitzen. Nicolas hört auf zu atmen. Hypnotisiert schaut er zu, wie sie sich in einem langsamen Tanz ihrer Beute nähert. Eine rote Welle presst seinen Unterleib zusammen, schießt in sein Geschlecht, pocht in seinen Schläfen. Vorsicht, Argwohn, Gegenwehr, alles zerspringt in Stücke. July ist da, sie beugt sich über ihn, ihre Brüste streifen seinen Arm, ihr Haar streift seine Wange, eine Hitzewelle trifft ihn voll ins Gesicht.

»Genug gearbeitet für heute Abend. Wenden wir uns anderen Spielen zu?«

In diesem Moment sieht sich Nicolas Barrot ins Paradies der Mächtigen eintreten.

Donnerstag, 30. Mai
Polizeipräfektur Paris

Beim Hereinkommen findet Reverdy eine Nachricht vor, ein paar handgeschriebene Zeilen in einem Umschlag, ganz altmodisch. Sein Freund Blanchard natürlich.

»Ein gewisser Nicolas Barrot war gestern, am 29. Mai, um 21 h im Plaza mit July Taddei verabredet. Kam pünktlich. Sie haben in Taddeis Suite in Zweisamkeit zu Abend gegessen. Sich über eine Stunde brav unterhalten. Dann sind sie ins Bett gewechselt. Er ist gegen 3 h morgens wieder gegangen.«

Die Neuigkeit der Liaison Taddei/Barrot erregt ihn, Wissensdurst, Jagdinstinkt. Als Erstes prüfen, ob Blanchard mit leistungsfähigen Mikros ausgestattet ist, und beim nächsten Treffen alles mitanhören bis hin zu Nicolas' Grunzen im Bett.

Dann der Frust: Ein Soldat fällt, ein anderer rückt vor an die Front. Ihre Personalressourcen scheinen nahezu unerschöpflich. Wir kämpfen nicht mit gleichen Waffen. Lainé hat angekündigt, dass er den Tag beim SDPJ verbringt, Ghozali macht ihre Runde bei den Häuptlingen des Dienstes, Reverdy fühlt sich auf einmal sehr allein. Er braucht einen Kaffee.

Levallois-Perret

Kaum hat er ihn getrunken, ist eine SMS von Sauterau auf seinem Handy. »Treffen 11 h 30 im Eckcafé. Mittagessen vorgesehen. Korrekte Kleidung erforderlich.« Reverdy mustert seine Klamotten: violette Hose, blassrosa Polohemd, struppeliges Haar, gerade noch Zeit, nach Hause zu gehen und sich als Allerweltsbürokrat zu verkleiden, und um Punkt 11:30 Uhr stößt er im Eckcafé beim Orstam-Geschäftssitz zu Sautereau, der mit finsterer Miene vor einem trockenen Weißen sitzt.

»Dem Laden geht es schlecht. Zoff auf allen Etagen, eine Abteilung gegen die andere. Korrekte Informationen über Buck und seine Vergangenheit, die wer weiß woher stammen, jedenfalls nicht von mir, verquirlt mit massenhaft Wahnvorstellungen. Arbeiten ist unmöglich.«

Reverdy bestellt einen Suze und vermeldet: »Barrot hat einen Großteil der Nacht damit verbracht, im *Plaza* die Bankerin Taddei zu vögeln.«

Strahlendes Lächeln von Sautereau. »Eine heiße Nummer, wie ich hörte.«

»Wenn du mich fragst, eher eine schöne Kriegsbeute für die Eastern-Western Bank. Gut, wie war das mit dem Mittagessen?«

»Ich lade dich in die Orstam-Kantine ein.«

»Deine Großzügigkeit haut mich um.«

»Martine Vial isst um zwölf mit Christine Dupuis. Die

beiden sind inzwischen unzertrennlich. Wir kommen zufällig dazu. Du bist mein Freund und der von Martine, wir setzen uns an ihren Tisch, normal. Und dann – Christine, Lamblins Mitarbeiterin, ist in den Dreißigern und vereinsamt, seit ihr Chef im Knast sitzt. Du hast freie Bahn.«

Sautereau und Reverdy betreten den großen Kantinensaal im Untergeschoss des Orstam-Gebäudes. Starker Geräuschpegel, Geschirr, Stühlescharren, zahllose Gespräche, Reverdy zieht eine Grimasse, nimmt sich am Selbstbedienungstresen ein Tablett und hält sich an »Salat, Käse, Dessert«, dann folgt er Sautereau, der forsch auf eine weniger belebte Saalecke zusteuert. Martine Vial wird auf sie aufmerksam, winkt ihnen zu. Ihr gegenüber eine Frau mit üppigem rotem Haar, die Reverdys Blick fesselt, überrascht und bewundernd.

Martine: »Christine, das ist Fabrice Reverdy, unser Lieblingsersatzspieler bei unseren Bridgeabenden.«

Die Frau lächelt ihm zu, die Männer werden eingeladen, sich zu setzen, die Unterhaltung beginnt und kreist um das Thema des Tages, Buck und seine Schandtaten. Martine Vial stellt fest, dass der Betreffende vielerlei Phantasmen heraufbeschwört, Sautereau lässt ein paar Bemerkungen über Anderson einfließen, der sehr zufrieden ist, dass man nicht mehr über ihn spricht, und Christine konstatiert, dass die Mobilisierung für Lamblin, der in diesem Orkan in Vergessenheit geraten zu sein scheint, mühselig ist. Fabrice, schweigsam, isst ohne zu murren seinen »Salat, Käse« und betrachtet dabei die Hände seiner Tischnachbarin, die den Dialog elegant rhythmisieren.

Martine und Sautereau gehen Kaffee holen, Fabrice wendet sich Christine zu. »Ich habe Sie nie bei einem von Martines Bridgeabenden gesehen. Sind Sie keine Spielerin?«

»Bei diesem Spiel eher nicht. Zu verkopft für mich.«

»Und wie steht es mit anderen Spielen?«

Leichtes Zögern, ein Lächeln begleitet das Geständnis: »Manchmal auf der Rennbahn. Ich bin in der Manche geboren, einer Traberzucht-Region. Ich wette auf die Pferde unserer Nachbarn, eine Möglichkeit, den Kontakt zu meiner Familie zu halten. Wenn ich meine Eltern anrufe, haben wir uns nicht viel zu sagen, es sei denn, wir sprechen über Pferde.«

Pferderennen, Traber. Vincennes, ganz neue Erfahrung, Freitagnachtrennen, Restaurant in Himmelsnähe, die Gelegenheit?

»Ich gehe hin und wieder zu Pferderennen in Vincennes, ich liebe das Schauspiel, aber ich habe wenig Ahnung und gewinne nie. Wenn ich Sie morgen beim Freitagnachtrennen zum Essen einlade, füllen Sie dann die Zettel für mich aus?«

Sie wendet sich ihm zu, mustert ihn. Verpestete Atmosphäre bei Orstam, Bedürfnis nach frischer Luft. In all der Zeit, die sie schon in Paris ist, war sie nie in Vincennes, wieso eigentlich nicht. Die Gelegenheit?

»Das ist eine phantastische Idee.«

»Heißt das ja?«

»Na klar.«

Sautereau und Martine Vial sind mit Kaffee zurück.

Bobigny

Lainé gönnt sich einen Morgen im Bett mit Madame, einer Lehrerin, die donnerstagvormittags keinen Unterricht hat, dann fährt er direkt zum SDPJ 93 in Bobigny, um sich live über den Ermittlungsstand im Todesfall Buck zu informieren.

Bertrands Team ist in Aufruhr, die Analyseergebnisse der verschiedenen Labors treffen eins nach dem anderen ein. Zunächst Bucks Handy, die Liste der empfangenen und getätigten Anrufe. Castelvieux ruft Buck am 17. April um 9:33 Uhr an. Am gleichen Tag um 9:38 Uhr telefoniert Buck mit einer Nummer in Montreal. Am 20. April um 14:30 Uhr bekommt er einen zweiten Anruf von Castelvieux und kontaktiert um 14:33 Uhr dieselbe Nummer in Montreal. Danach gibt es noch zwei Anrufe von Castelvieux, die Buck nicht annimmt.

»Gut, das scheint geklärt, Buck hat Castelvieux an die Auftraggeber in Montreal ausgeliefert.«

»Dreckskerl.«

»Ich würde eher sagen gehetztes Tier. Das war spürbar, vorgestern bei seiner Befragung. Wir setzen uns mit unseren Kollegen in Montreal in Verbindung. Diese Telefonnummer dürfte sie interessieren. Gekommen sind auch die vollständigen Ergebnisse des Labors, das den Sack untersucht hat, den berühmten schwarzen Sack mit der länglichen Form, der bei Dib gefunden wurde. Die DNA, die den Nähten entnommen wurde, hat man mit der von Castelvieux' Kleidung abgeglichen. Irrtum ausgeschlossen, es ist seine DNA. Saadi und Dib werden heute Nachmittag noch mal vernommen. Das sind Pimpfe, diesmal stecken sie in der Klemme, wir sind überzeugt, dass sie einknicken.«

Schließlich treffen die Autopsieergebnisse ein: Buck ist an akutem Herzversagen gestorben. Das von einem Stiletto-Absatz ausgestochene Auge ist eine üble Verletzung, die ihn hätte töten können, aber sie wurde post mortem zugefügt, die über den ganzen Körper verteilten sonstigen Verletzungen sind recht oberflächlich. Der Blutalkoholgehalt zum Zeitpunkt des Todes wurde mit etwa fünf Promille gemessen, die Blutuntersuchung hat außerdem eine schwere Amphetaminvergiftung erbracht. Der exzessive Alkohol- und Amphetaminkonsum in Kombination mit den Nachwirkungen des Autounfalls und der beginnenden Schlägerei mit den Transen führte zum Herzstillstand und zum Tod.

»Letztendlich eine Form von unterstütztem Selbstmord«, schlussfolgert Bertrand.

Amphetamine, das Wort alarmiert Lainé. Gestern die Transen: Buck verteilte jedes Mal Speed, der Transsexuelle mit der Amphetaminüberdosis ... Er wendet sich an Bertrand: »Was haben Sie bei Buck und in seinem Wagen gefunden?«

Bertrand reicht ihm eine Akte. »Wenn Sie die Protokolle lesen wollen, nur zu. Bei Bucks Wohnung ist es einfach: nichts. Sie wurde vor unserem Auftauchen gesäubert, und zwar von Profis.« Lainé denkt CIA und sagt nichts. »Nicht mal ein Privatcomputer war mehr da. Am Mann und im Wagen: bis auf sein Handy nur belangloser Kleinkram.«

Lainé blättert in der Akte, verweilt bei dem Auto: Ersatzreifen, Wagenheber, Ölkanister ... Regenschirm, leerer Whisky-Flachmann, Wasserflasche ... In der Kleidung außer dem Handy: ein Portemonnaie, 113 Euro Bargeld, Brieftasche: Ausweispapiere, amerikanischer Führerschein, EC- und Kreditkarten, Eintrittskarte fürs Musée Marmottan, verwahrt zwischen zwei Geldkarten.

»Kennen Sie das Musée Marmottan?«

»Nein, aber wir haben das überprüft, Malerei, im 16. Arrondissement von Paris.«

»Schräg. Ich kann mir Buck nicht vorstellen, wie er Gemälde bewundert. Macht es Ihnen etwas aus, mir eine Liste seiner Geldkartennummern zu geben und die Eintrittskarte für mich zu fotografieren? Ich möchte mich dort gern mal umsehen.«

Bertrand denkt, dass die Kollegen von der Nachrichtendienstlichen Abteilung Spinner sind, die zu viel Zeit haben, aber auch anständige Kerle, er leitet die Anfrage unverzüglich an seine Asservatenabteilung weiter.

Lainé fährt fort: »Sie haben an der Leiche oder im Wagen

keine Fläschchen oder Schachteln mit Amphetaminen gefunden?«

»Nein. Nichts in der Art.«

Lainé überlegt, zögert, ruft dann Marmont an. »Wissen Sie
den Namen des Transsexuellen, der gestern im Kommissariat
eine beginnende Überdosis erlitten hat? Ich würde ihm gern
ein paar Fragen stellen.«

»Bleiben Sie dran. Ich kriege das für Sie raus.« Ein Moment
Pause. »Marcel Franck, genannt Däumelinchen. Der Notarzt
hat ihn ins Hôpital Georges-Pompidou gebracht. Halten Sie
mich auf dem Laufenden?«

»Natürlich.«

Paris

Lainé isst mit dem Team des SDPJ in der Verwaltungskantine
schnell zu Mittag, holt das Foto von der Eintrittskarte für
das Musée Marmottan und Bucks Kartennummern ab, dann
fährt er zum Hôpital Georges-Pompidou. Er irrt lange Minuten herum, bis er Marcel Franck schließlich findet, gestern
in der Notaufnahme eingeliefert, heute in die Abteilung für
Suchtmedizin verlegt. Winziges Zimmer, einzelnes Bett, ein
niedergeschlagener junger Mann, sehr durchschnittlich in seinem Krankenhaushemd, kurze schwarze Haare, gezeichnetes
jugendliches Gesicht. Er beäugt Lainé misstrauisch.

»Ich hatte gestern meine Dosis Bullen.«

»Ich bin hier, um mit Ihnen über den Mann zu sprechen,
der im Bois de Boulogne gestorben ist. Autopsieergebnis:
Herzstillstand. Mord ist vom Tisch ...«

»Gute Nachricht.«

»Herzstillstand, ausgelöst durch eine Überdosis Amphetamine. Da er ein erfahrener Konsument war, habe ich mich

gefragt, ob seine Pillen vielleicht manipuliert wurden, um seinen Tod herbeizuführen, Sie verstehen? Was auch Ihre Überdosis gestern im Kommissariat erklären würde, da Sie sich an seinen Vorräten vergriffen haben …«

Ein Moment Schweigen.

»Ja und?«

»Und nichts. Ich will nur eine Probe von diesen Pillen haben, damit ich sie untersuchen lassen kann, um zu sehen, ob meine Hypothese sich bestätigt oder nicht. Und wenn sie sich bestätigt, gebe ich Ihnen Bescheid, weil diese Pillen Sie dann ebenfalls in Lebensgefahr bringen.«

Franck schaut ihn regungslos an, trifft eine Entscheidung, schiebt seine Hand unter die Matratze, tastet blind herum, zieht einen dreckigen Umschlag mit ein paar Tabletten hervor, hält ihn Lainé hin, der sich noch die kleinste Bemerkung verkneift.

»Nehmen Sie sie. Ich hatte gestern den Flash meines Lebens, danach dachte ich wirklich, ich sterbe. Wenn ich sie behalte, nehme ich wieder davon, sobald ich hier rauskomme, das weiß ich, und wahrscheinlich geh ich dabei drauf.«

Lainé steckt den Umschlag ein, bedankt sich und geht, Rückkehr zum Kommissariat des 16. und zu Marmont, um seinem Fang und den anschließenden Untersuchungen einen »vorschriftsmäßigen« Anstrich zu verpassen.

Polizeipräfektur Paris

Am Ende des Tages, nachdem sie mit ihren Männern kurz Bilanz gezogen hat, Buck höchstwahrscheinlich mit Amphetaminen vergiftet, Barrot im Bett der Bankerin, bleibt Noria im Büro hoch oben in der Präfektur allein zurück. Es ist spät, die Tage werden länger. Durch das Dachfenster betrachtet

sie die Lichteffekte des Sonnenuntergangs am unermessli-
chen Himmel von Paris, ein ganzer Fächer in Orangegelb,
und findet darin eine Art Trost. Zwei demoralisierende Tage.
Zuerst gestern das Aufsetzen eines zusammenfassenden Berichts über die Lage bei Orstam. Da liegt er, vor ihr auf dem
Schreibtisch. Sie hat die Entstehungsgeschichte der Krise
überarbeitet und näher ausgeführt: 2011, also bereits vor zwei
Jahren, Beginn einer gerichtlichen Untersuchung in den USA
wegen Korruptionsverdachts. Dann die Beschleunigung des
staatsanwaltschaftlichen Handelns – Massenspionage, offizielle Verfahrenseröffnung, Verhaftung Lamblins, immer
noch im Gefängnis, Durchsuchung der US-Niederlassung,
Beschlagnahmung zahlloser E-Mails mit eindeutigem Inhalt,
Schuldbekenntnisse mehrerer Orstam-Mitarbeiter, hier und
da ins Gespräch gebrachte Summen möglicher Geldstrafen,
die mehr nach Erpressung aussehen als nach strafrechtlicher
Sanktion … Dem gegenüber: Informationssperre seitens der
Unternehmensleitung, keinerlei Reaktion der betroffenen
Ministerien. Den Beitrag ihres Teams herausstellen: Aufspüren einer bei Orstam eingeschleusten Person mit zweifelhafter Vergangenheit, Bankier auf den Kaimaninseln, wo
er Geldwäsche betrieb (Dokumente im Anhang), der DCRI
bei seiner Einstellung nicht aufgefallen, in den letzten Tagen
unter fragwürdigen Umständen gestorben. Aufdecken der
Existenz einer amerikanischen Lobby auf Führungsebene
(Bank, Verwaltungsrat, Buck, Anderson, Anwälte), die eine
Rufmordkampagne gegen Orstam betreibt. Sichtbares Fehlen
einer Strategie seitens der Unternehmensleitung und Verun-
sicherung des Personals im Geschäftssitz. Sie hat sich bemüht,
überzeugend zu sein, ohne zu dick aufzutragen, und ist sich
nicht sicher, wie versiert sie darin ist.

Heute hat sie bei den Chefs der DRPP die Runde gemacht,

um ihnen den Bericht vorzustellen, ihre Fragen zu beantworten, sie von der Dringlichkeit zu überzeugen. Dies ist keine Warnung mehr, sondern bereits ein SOS. Man muss den Bericht an den Präfekten geben, zur Weiterleitung an die Ministerien. Die Reaktion: zurückhaltend. Für Montag wurde ein Termin vereinbart, die Chefs nehmen sich Zeit zum Nachdenken. Und heute Abend, ganz allein in diesem Büro, ist sie müde, sie zweifelt an sich, an ihrer Arbeit auf diesem Posten. Die guten Jäger sind die, die ihr Wild und seine Gewohnheiten kennen, sein Leben leben, es lieben. Jahrelang hat sie das Vergnügen der Jagd unter ihresgleichen erfahren. Aber Führungskräfte in der Wirtschaft, hohe Beamte, Politiker, mit denen hatte sie nie zu tun, sie kennt sie nicht, mag sie nicht. Und wer sein Wild nicht liebt, verliert die Freude an der Jagd. Wenn Macquart hier wäre, würde er mit diesem eisigen Lächeln auf den zusammengepressten Lippen zu ihr sagen: »Nanu, Noria, Sie haben Angst?« Und sie würde erneut in den Kampf ziehen, zähneknirschend, aber sie würde losziehen. Er ist nicht mehr da, zwei Jahre schon. Und sie ist nicht sicher, ob sie noch Lust hat, in diese Arena zurückzukehren. Sie wirft einen Blick auf den Bericht, der aufgeschlagen vor ihr auf dem Schreibtisch liegt. Ausbleibende Reaktion der Behörden … Untätigkeit der Firmenleitung … Sie hört Daquin: »Dumme Ignoranten oder gekauft …« Sie erinnert sich, dass sie schockiert war – er hatte recht. Daquin, gleiche Generation wie Macquart, fast jedenfalls, gleiche kantige Robustheit des selbstsicheren Mannes, der alle Funktionsmechanismen der herrschenden Klassen kennt. Sie zögert ein wenig, greift schließlich zum Telefon und erreicht ihn problemlos. Er wirkt nicht überrascht. Verabredung für den kommenden Vormittag.

»Kommen Sie, wann Sie wollen, ich arbeite in meinem Büro, aber nicht zu spät, ich muss zuverlässig um zwölf los.«

Kapitel 13

Freitag, 31. Mai
Paris

Bei Öffnung des Musée Marmottant um zehn Uhr steht Lainé
schon auf der Matte. Praktisch keine Besucher. Kassiererin
und Wachleute sind freundlich, voll guten Willens. Eher froh
über die Abwechslung.

»Wir hier lieben die Polizei. 1985 haben uns irgendwelche
Gauner neun Gemälde gestohlen, die schönsten, die Polizei
hat sie fünf Jahre später wiedergefunden und heil zurückge-
bracht. Hut ab, Jungs …«

Lainé zeigt das Foto von der Eintrittskarte und Bilder von
Buck und fragt, ob sich jemand erinnern kann, diese Person
gesehen zu haben.

Die Kassiererin betrachtet das Ticket. »Wir können anhand
der Seriennummer schon mal den Besuchszeitraum eingren-
zen. Sie müssen in der Direktion fragen.«

Die Direktionsbüros sind in den oberen Stockwerken
des Museums untergebracht, ein Jagdschlösschen aus dem
18. Jahrhundert mit Blick auf einen vornehmen Park. Buchhaltung. Die Nummern der verkauften Eintrittskarten werden
automatisch monatsweise erfasst. Nach einer Viertelstunde
Arbeit an den Verkaufsrhythmen und unter Berücksichti-
gung des wöchentlichen Ruhetags am Montag schlussfolgert
der Buchhalter, dass die fragliche Karte am Donnerstag, dem
23. Mai verkauft wurde, höchstwahrscheinlich am Nachmittag, und ergänzt: »Seit dem Einbruch hat das Museum ein

Videoüberwachungssystem. Das Einfachste ist, den Wachmann zu befragen, der an dem Tag an der Videoüberwachung Dienst hatte.«

Die Personalverantwortliche konsultiert ihrerseits den Einsatzplan. Am 23. Mai war Paul Brunet zuständig.

»Und Sie haben Glück, er hat heute Dienst in den Räumen im Untergeschoss.«

Es gibt solche Tage, an denen alles klappt. Lainé bedankt sich herzlich und steigt ins Untergeschoss des Museums hinab. Dort sitzt Paul Brunet auf einem Stuhl und meditiert. Lainé zeigt ihm die Fotos von Buck.

»Er hat das Museum wahrscheinlich am Donnerstag, dem 23. Mai besucht, als Sie an der Videoüberwachung saßen. Haben Sie ihn gesehen?«

Brunet sieht sich die Abzüge einen nach dem anderen aufmerksam an.

»Nicht mit Gewissheit, aber doch, ist möglich. Ich erinnere mich, dass mir ein Mann auffiel, der dem Typ auf den Fotos ähnelt, und ich ihn über die Videoanlage verfolgt habe. Er spazierte durch die Räume, die Nase in der Luft, ohne die Gemälde anzuschauen, er ging ins Untergeschoss, kam wieder hoch, stieg wieder nach unten, ohne jemanden was zu fragen, ich fand ihn suspekt.«

»Wie ging es aus?«

»Er setzte sich auf die Bank vor Monets *Impression, Sonnenaufgang* …« Er hält inne. »Kennen Sie *Impression, Sonnenaufgang* hier im Raum nebenan?«

»Ja«, sagt Lainé auf gut Glück, »erzählen Sie weiter.«

»Wir bewachen es besser als alle anderen. Es ist unser Juwel. Die Diebe hatten es uns gestohlen … Sie wissen, dass das Museum ausgeraubt wurde …«

»Ja, 1985.«

»Eine Bande Gauner kam rein, kaufte ganz normal Eintrittskarten. Sie trieben sich im Museum herum, und irgendwann holten sie Knarren raus, richteten sie auf die Wachleute und nahmen neun Gemälde mit, alles in wenigen Minuten. Deshalb sind wir jetzt mit Kameras ausgestattet, und wir bewahren die Bänder eine gewisse Zeit auf, um mögliche Ausspähaktionen aufdecken zu können. Für uns alle hier ist das eine Obsession. Deshalb habe ich diesen Typen im Auge behalten, als er sich *Impression, Sonnenaufgang* näherte. Er hat sich auf die Bank vor dem Gemälde gesetzt, neben einen Mann, den wir ein bisschen kennen, ein Kulturmensch von der amerikanischen Botschaft, und sie fingen eine Unterhaltung an. Das hat mich beruhigt.«

»Können wir die Bänder zusammen anschauen?«

»Wenn meine Vorgesetzten es genehmigen, klar, dann können wir es versuchen.«

Paul Brunets Vorgesetzte erteilen die Genehmigung, und im Raum für die Videoüberwachung findet er die Sequenz, die sie interessiert: Buck betritt den Ausstellungssaal, erblickt einen Mann, der auf einer Bank sitzt, geht zu ihm, setzt sich, sofort beginnt das Gespräch, es dauert etwa zehn Minuten, dann geht Buck wieder. Lainé spürt einen Adrenalinstoß.

»Wissen Sie den Namen von diesem Kulturmenschen?«

»Nein. Ich habe ihn ein-, zweimal getroffen, als die Ausstellung *Monet und die Abstraktion* gehängt wurde. Er war Mitglied der Botschaftsdelegation, die uns geholfen hat, bestimmte Gemälde aus amerikanischen Museen und Sammlungen zu bekommen. Sehr sympathische Leute.«

Lainé entnimmt dem Video zwei Standbilder von dem Kulturmann, sucht erneut die Direktion auf. Zwei Personen erinnern sich, ihm in der Zeit des Ausstellungsaufbaus begegnet zu sein, ja, er gehörte offenbar zum Botschaftspersonal, aber niemand kennt seinen Namen.

»Das war kein wichtiges Mitglied der amerikanischen Delegation«, schließt der Direktor.

Mag sein, aber dieser Mann ist auch der Tischgenosse aus dem *Lazare*, der mit Buck am Tag seines Todes zu Mittag gegessen hat. Und das ist sehr wohl wichtig.

Paris

Noria ist gegen zehn Uhr morgens bei Daquin, der sie in Empfang nimmt und ins große Zimmer führt. »The Look«, beim letzten Mal flüchtig gesehen, ist auch da, in einem weiten grauen Möbelpackerkittel ordnet er großformatige Fotos, gerahmt und zu Füßen der Bücherregale gestapelt, durch Pappblätter geschützt. Daquin macht kurz bekannt: »Ich glaube, Sie sind sich schon begegnet«, und schlägt vor: »Café?«

»Sehr gern.«

»Für dich auch, Bastien?«

»Natürlich.«

Daquin verschwindet in die Küche. Fasziniert nähert Noria sich den Fotos. Gesichter, mehr oder weniger in Nahaufnahme, manche leicht verzerrt, frontal oder im Dreiviertelprofil, ausgefeiltes Licht ohne einen Funken Natürlichkeit, vollkommen übersteigerte Gesichter. Jedes Porträt fängt einen intensiven und flüchtigen persönlichen Ausdruck ein – in den Falten, den Augen, dem Mund – von Verzweiflung, Freude, Selbstzufriedenheit oder Bosheit. Und alle scheinen sie zum gleichen Stamm zu gehören, den zu identifizieren Noria nicht gelingt.

»Erstaunliche Porträts.«

»Alle diese Leute sind Kunstliebhaber, denen ich auf amerikanischen Fachmessen begegnet bin.«

»Ich sehe sie vor mir, in kompakten Gruppen und in Bewegung. Ein Albtraum wie von Hieronymus Bosch.«

Bastien lächelt. »Das trifft es in etwa. Ich stelle sie in einer Pariser Galerie aus, die Vernissage ist am kommenden Freitag.« Er verbeugt sich sehr feierlich. »Erweisen Sie mir die Ehre zu kommen?«

Noria, überrascht: »Vielleicht ... Warum nicht?«

Daquin bringt die Cafés. Die beiden Männer trinken im Stehen. Noria, die sitzt, konzentriert sich auf den Inhalt ihrer Tasse und findet ihre Wahrnehmungen wieder. Die Bitterkeit an der Spitze, um den Mund zu reizen, und dahinter ... vielleicht eine Karamellnote? Vielfältige Aromen, lang anhaltend. Mit einer guten Maschine, könnte ich mir da auch einen guten Café machen?

Sobald er ausgetrunken hat, wendet sich Bastien Noria zu. »Dann lasse ich Sie mal arbeiten. Ich hinterlege Ihnen in der Diele eine Einladung für meine Ausstellungseröffnung, vergessen Sie sie nicht, wenn Sie gehen.«

Sie lächelt. Daquin setzt sich.

»Also, Noria, dieselbe Frage wie bei Ihrem letzten Besuch: Was erwarten Sie sich von mir?«

Schwer, das eindeutig zu beantworten. Den Geschmack von gutem Café? Eine erneute Begegnung mit »The Look«? Etwas mehr Ernst, mein Mädchen ... Bring das Gespräch in Gang und warte ab, was passiert.

»Zunächst mal will ich Ihnen Neues von unserer Arbeit berichten. Nichts wirklich Überraschendes, nehme ich an. Mangelnde Kooperation zwischen den französischen Diensten, jeder kocht sein eigenes Süppchen ...«

»Vermehrung der Dienste, Vermehrung der Koordinationsgremien, kein Informationsaustausch, Sie haben recht, wahrlich nichts Neues.«

»Zurückhaltung, sobald die Amerikaner ins Spiel kommen …«

»Unsere Dienste machen sich keine Illusionen, sie kennen sie gut genug, aber gleichzeitig wissen sie, dass sie von ihnen abhängig sind …«

»… also haben wir uns durchgewurstelt, wie wir konnten. Wir haben festgestellt, dass im Umfeld von Orstam ein Unternehmen ungewöhnlich aktiv ist, die amerikanische PE.« Noria entnimmt Daquins Blick, dass sie ins Schwarze getroffen hat. Sie fährt fort: »Wir haben die Sache bis Anfang 2012 zurückverfolgt, als ein Mann von PE bei Orstam eingestellt wurde, also lange vor Lamblins Verhaftung …«

»PE hat 2006 Claire Goupillon als Nummer zwei bei PE-Europa engagiert. Eine ENA-Absolventin, Meisterin aller Klassen bei der Einflussnahme auf die französischen Machtnetzwerke. Ihre einzige Kompetenz, aber da leistet sie Hervorragendes. Ich würde zu dem Schluss neigen, dass PE seit diesem Datum, seit 2006, ein Auge auf Orstam geworfen hat.«

»Abgespeichert. Der Typ, den wir aufgespührt haben, war in Geldwäsche- und Mordgeschichten verstrickt, bevor er selbst unter fragwürdigen Umständen starb, als wir gerade dachten, wir hätten ihn in die Enge getrieben.«

»Bestimmt kein Zufall. Die außergesetzlichen Praktiken der Großunternehmen geben ihnen bisweilen Anlass, mit der klassischeren Verbrecherwelt zusammenzuarbeiten. PE hat eine solide Tradition auf diesem Gebiet, und ihrem Tochterunternehmen, der Bank PE-Credit, ist in dieser Hinsicht gerade ein kleines Meisterwerk gelungen.«

»Erzählen Sie.«

»Die Bank war an einer unerlaubten Absprache beteiligt, die den Markt für Kommunalanleihen in den USA verzerrt hat, ein Betrug in Höhe von fünf Milliarden Dollar. Entgegen der üblichen amerikanischen Praxis gehen die Parteien bis vor Gericht. Ein Kronzeuge der Anklage, der bis zum Prozess unter Polizeischutz stand, wird von der Anklage befragt, dann ist die Verteidigung am Zug. Bevor er auf deren Fragen antwortet, genehmigt der Richter dem Zeugen eine Pause, unter Aufsicht natürlich. Er nimmt eine Flasche Wasser mit, um sich zu erfrischen, und liegt als Nächstes im Krankenhaus im Koma. Die Ärzte sprechen von versuchtem Suizid durch Vergiftung, der Richter stellt fest, dass die Verteidigung den Hauptzeugen nicht mehr befragen kann, Schlussfolgerung: Die Waffengleichheit der Parteien vor Gericht ist nicht mehr gewährleistet. Er beschließt deshalb, in aller Unabhängigkeit, die Einstellung des gesamten Verfahrens.«

»Hübsch ... Immer noch in der Rubrik Neuigkeiten: Bei unserem letzten Treffen haben Sie sich gefragt, wie die Banken zu Orstam stehen. Heute kann ich Ihnen sagen, dass ihre amerikanische Bank unter der Flagge bevorstehender Konkurs einen Feldzug gestartet hat ...«

»Das heißt, ein Übernahmegeschäft tritt in seine aktive Phase ...«

»Das heißt, wir arbeiten unter Zeitdruck. Wir haben unseren Chefs gestern einen ersten Bericht übergeben, der mit der Notwendigkeit schließt, schnellstmöglich zu handeln.« Ein Moment Schweigen. Daquin sieht sie an, wartet. »Wenn unser Bericht an den Präfekten und dann an die zuständigen Ministerien weitergeleitet wird, und das erfahre ich am Montag, werde ich losgehen und ihn rechtfertigen müssen. Das ist nicht meine Welt, ich weiß nicht, wo ich da hingerate.«

Daquin hat sich in seinen Sessel zurückgelehnt, die Hände gefaltet. Das ist es also. Nicht einfach.

»Es stimmt, das ist nicht Ihre Welt. Sie werden die Leute in den Ministerien schnell abgeschätzt haben. Frankreich und

Europa haben sich in den letzten dreißig, vierzig Jahren stark verändert. Um es gleich zu sagen, diese Leute haben keine echte Macht und keine echten Befugnisse mehr. Zu allem Übel gibt es allein im Ministerium für Wirtschaft und Finanzen in Bercy sieben Minister, die sich untereinander ständig Konkurrenz machen, also allesamt machtlos sind. Gar nicht zu reden von dem jüngsten Skandal, dem Haushaltsminister, einem der ›Sieben von Bercy‹, der sein Privatvermögen in der Schweiz und in Singapur in Sicherheit bringt. Die Mehrheit der hohen Beamten hat sehr wohl begriffen, wie machtlos sie ist, und findet sich damit ab. Sie begreifen ihren Abstecher in den gehobenen Staatsdienst als Gelegenheit, nützliche Beziehungen für die Zeit danach zu knüpfen. Sie wahren den Schein, indem sie sich den wahrhaft Mächtigen freiwillig dienstbar machen – das sind derzeit die multinationalen Konzerne und die Amerikaner, demnächst vielleicht China –, und sie bemänteln die Sache mit mehr oder weniger theoretischen Diskursbrocken. Gleichzeitig behalten sie die Karriereplanung fest im Auge, den möglichen Wechsel zu multinationalen Unternehmen und die persönlichen Gewinne, die sich daraus ziehen lassen. In ihrem Spiel kommen wir nicht vor, Sie so wenig wie ich, wir haben darin keinen Platz.«

»Sie sind hart.«

»Sie und ich, wir haben die gleiche berufliche Praxis, wir sind Bullen, die im Gelände agieren, eingelassen in eine dichte, widerständige Wirklichkeit, in der wir uns nach Kräften durchschlagen und mit der wir von Tag zu Tag fertigzuwerden versuchen. Wir sind allergisch gegen große Reden. Das ist unsere DNA, das ist unsere Stärke. Sie taugen hundertmal mehr als diese Apparatschiks und Attrappen, und auch wenn sich die ersten Kontakte schwierig gestalten, werden Sie das schnell erkennen. Aber machen Sie sich keine

Illusionen. Sie intervenieren sehr spät in einem Vorgang, der seit Jahren reift. Der Ausgang hängt nicht mehr von Ihnen ab, genauso wenig wie von Ihren Ansprechpartnern in den Ministerien.«

Noria bleibt ein paar Sekunden still, während ihr Blick über die Porträts schweift, die sich zu Füßen der Regale stapeln.

»Ich werde über all das nachdenken. Wie wär's, wenn Sie uns noch einen Café machen, und dann breche ich auf.«

Daquin lächelt. »Sofort, Commandant.«

Vincennes

Reverdy widmet seinen Tag der Vorbereitung des anstehenden Abendessens mit der schönen Christine. Ein aufregendes Spiel. Auf die Schnelle eine überzeugende Figur erschaffen, Angestellter einer privaten Sicherheitsfirma ist genau das Richtige. Sich mit Sautereaus Hilfe Informationen über Lamblin beschaffen. Unbestrittene Fachkompetenz. Ingenieursabschluss an der Elitehochschule Arts et Métiers. Reverdy denkt: hervorragende Ausbildung, wahrscheinlich einfache soziale Herkunft, bei den maßgeblichen Netzwerken außen vor, er droht noch eine Weile im Knast zu bleiben … Seit zwanzig Jahren bei Orstam, zuerst sieben Jahre als Ingenieur, dann als Leiter der kleinen US-Niederlassung, bevor er 2006 Direktor für das internationale Kraftwerksgeschäft wird, gilt als einer der führenden Experten in Sachen Kraftwerke der neuen Generation. Christine Dupuis, 2008 bei Orstam angefangen, ist seit 2009 seine Assistentin. Diese Chronologie lässt Reverdy eine Zeitspanne von zwei Jahren, 2006–2008, zur Improvisation. Privatleben. Ein paar bekannte außereheliche Abenteuer, was die Vorwürfe der amerikanischen Justiz in den Augen der Kollegen wenn nicht erwiesen, so zumindest glaubhaft erscheinen lässt. Den Kollegen und seiner Ehefrau zufolge ist Christine Dupuis seine Geliebte, eine Information, die Sautereau nicht entkräftet hat, Christine hat in der Firma den Ruf einer Frau, die die Männer liebt. Fabrice verbietet es sich, von sich in der Rolle des Verführers zu träumen, es ist ein Arbeitsessen – keine Vermischung. Und Anderson? Er weiß es bereits: ein Großteil seiner Karriere in der Rechtsabteilung der BAN, eines englischen Unternehmens, das wie Orstam im Kraftwerks- und Turbinenbau tätig ist. Sein Ruf ist nicht fleckenlos. Stoff, um die zwei Jahre vor Christine Dupuis' Firmeneintritt zu füllen.

Wechsel des Bühnenbilds, Reverdy ist mit Capitaine Bertrand beim SDPJ 93 verabredet, um seinen Abend auf der Rennbahn im Detail zu planen. Aufkleber für den VIP-Parkplatz, Tischreservierung im schicksten Restaurant. Bertrand amüsiert sich, er hat ihm eine Ausgabe von *Paris Turf* mit dem Programm des Abends gekauft, erklärt ihm, wie man es lesen muss (nicht leicht für einen Anfänger), liefert ihm ein paar »Sprachbausteine«, damit er als Liebhaber von Trabrennen glaubwürdig ist, sowie Kommentare zu den bekanntesten Pferden und Fahrern des Abends, damit er eine gute Figur macht. Viel Wissen, das in kurzer Zeit aufgenommen werden muss, Reverdy legt sich ins Zeug.

Mit einem Lächeln droht ihm Bertrand, am Abend inkognito vorbeizuschauen, »um die Zielperson auszuspechten«.

Reverdy holt Christine Dupuis nach Büroschluss ab, in einem Zivilwagen, dessen vollkommene Anonymität er sorgsam überprüft hat. Die Rennen beginnen um neunzehn Uhr, keine Zeit zu verlieren, an einem Freitagabend ist die Fahrt durch Paris ein Langzeitwettkampf. Unverfängliche Konversation über das Wetter heute und in den nächsten Tagen, Christine stellt Fragen zu den Kartenspielen bei Martine Vial, Fabrice antwortet voller Humor und Zuneigung. Er hat Martine sehr gern.

Das große Spiel beginnt mit der Ankunft an der Rennbahn. Ziel: Christine beeindrucken. VIP-Parkplatz, Aufzug speziell für die Gäste des Restaurants oberhalb der Tribünen, direkter Ausstieg zur Bar. Zu ihrer Linken, wie schwebend über der Rennbahn, der Speisesaal, der in Stufen bis zu der riesigen Fensterfront hinabführt, in der Ferne der Bois de Vincennes, dahinter die Stadt. Atemlos ergreift Christine Fabrice' Arm.

Phase 1 erfolgreich.

Ein Oberkellner führt sie zu ihrem Tisch dicht am Fenster. Champagner und Amuse-Gueules warten bereits. Ein Ober füllt die Sektschalen, Fabrice erhebt seine: »Auf unsere Pferde!« Christine schmunzelt und leert ihr Glas.

»Wissen Sie, bei mir zu Hause in der Manche sagt man, Vincennes sei das Mekka des Trabsports. Es gibt die, die hier auf der großen Bahn gelaufen sind, und den Rest.«

Start des ersten Rennens in fünfzehn Minuten. Reverdy holt seine Ausgabe von *Paris Turf* hervor, schlägt auf dem Tisch das Tagesprogramm auf.

»Also dann, wetten Sie, Christine. Füllen Sie unsere Zettel aus, ich bringe sie zu den Schaltern oben neben der Bar.«

Christine prüft aufmerksam das Programm, bemerkt am Seitenrand einige mit Kugelschreiber notierte unverständliche Zeichen, ein Profi-Ding. So unerfahren, wie er tut, ist er nicht, der charmante Blondschopf. Christine hebt den Kopf, Reverdy schenkt eine zweite Runde Champagner aus, sie trinkt zwei Schlucke.

»Die Pferde in den ersten beiden Rennen kenne ich nicht.«

»Na gut, dann wetten wir nicht, wir nutzen die Gelegenheit und fangen in Ruhe mit unserem Abendessen an.«

Die Pferde laufen im Zeitlupentempo, wie zum Greifen nah,

vor den Gästen vorüber, die Menge auf den Tribünen fürs Volk ist unsichtbar, in einer anderen Welt. Der Startschuss fällt. Fasziniert von der Anspannung der Pferde unter der Kraftanstrengung, der Leichtigkeit der Sulkys, dem Dröhnen und dem Farbwirbel des Hauptfelds, leert Christine ihre zweite Schale Champagner. Phase 2 gut angelaufen. Übergang zu Phase 3, der heikelsten, den Vertraulichkeiten.

»Ich habe Ihnen gestern in der Kantine zugehört. Bei Orstam haben Sie keine Zeit, sich zu langweilen, könnte man meinen.«

»Normalerweise ist das Leben bei uns im Büro viel ruhiger. Kennen Sie Sautereau schon lange?«

»Seit sieben oder acht Jahren. Ich war mal für die Sicherheit einer englischen Firmendelegation zuständig, die in Frankreich auf Erkundungsreise war, Leute von der BAN, wenn meine Erinnerung mich nicht täuscht. Sie haben sich mit Orstam getroffen, ich habe mit Sautereau zusammengearbeitet, wir sind Freunde geblieben.«

»Die BAN? Komischer Zufall. Da haben Sie vielleicht meinen Chef getroffen, der kannte die BAN gut …« Sie lässt den Satz in der Luft hängen.

»Monsieur Lamblin? Nicht, dass ich wüsste. Aber ich bin Anderson begegnet, von dem Sie neulich sprachen, er gehörte zur Delegation der BAN.«

Neuerliche Stille, sie nutzt sie, um ihre Poularde in Sahnesauce aufzuessen, leert zwei Gläser hintereinander und richtet einen weichen Blick auf Reverdy. Der bestellt eine zweite Flasche Champagner und sagt: »Gleich beginnt das zweite Rennen, Schluss mit lustig, wir müssen unsere Wahl für das dritte treffen.«

Die beiden beugen sich gleichzeitig über die Zeitschrift,

Christines rotes Haar streichelt Fabrice' Wange, sie wählt drei Pferde aus.

»Setzen Sie auf diese drei Nummern, in beliebiger Reihenfolge.«

Nach dem Zieleinlauf des zweiten Rennens steigt Reverdy zu den Wettbüros hinauf, atmet tief durch und sagt sich: »Ich bin auf dem richtigen Weg.«

Kaum ist er wieder unten, schlägt Christine mit rosigen Wangen vor, auf ihre Siege anzustoßen. Als sich erweist, dass sie das Siegerpferd des dritten Rennens haben, küsst er ihre Hand, sie gibt ihre Zurückhaltung auf, Fabrice, ein Freund ihrer Freunde, der Anderson kennt und nicht bei Orstam arbeitet, jetzt oder nie das Herz ausschütten, und sie wird sich weniger einsam fühlen. Sie legt ihre Hand auf die von Fabrice, um sich Mut zu machen, und wagt sich vor.

»Dieser Anderson, den Sie kennengelernt haben, als er noch bei der BAN war ...« Pause.

»Ja?«

»Monsieur Lamblin kannte ihn seit langem, sie waren beide im Kraftwerksgeschäft tätig, sie hatten in England beruflich Kontakt, das war noch vor meiner Zeit bei Orstam. Er misstraute ihm. Er hat mir erzählt, sie hätten in London mal eine Sause unter Männern gemacht, und die ist ausgeartet, er warf sich vor, dass er sich da hat reinziehen lassen. Was, wenn es diese alten Geschichten sind, die die amerikanische Justiz ausgegraben hat? Er hätte niemals fahren dürfen ...«

»Warum haben Sie nicht mit Martine darüber gesprochen, oder mit Sautereau?«

»Ich hatte meinem Chef versprochen, es nicht zu tun, er schämte sich ... Und außerdem, aus welchem Grund sollte ich Einblick in sein Privatleben haben? Die Kollegen im Büro sind nicht zimperlich ... Verleumdungen, Stänkereien ... Jetzt habe ich Gewissensbisse ...«

Hier hat er etwas am Wickel, sagt sich Reverdy. Anderson, der perfekte Verräter? Die beruflichen Zielvorgaben für den Abend sind erfüllt. Er gestattet sich, sich ganz der schönen Rothaarigen zu widmen.

»Von außen betrachtet haben Sie recht damit, vorsichtig zu sein, bei Ihnen im Laden wird wild geschossen, wie es scheint. Aber Gewissensbisse, ehrlich, Christine, das ergibt keinen Sinn. Lamblin hat seine Entscheidung in voller Kenntnis der Lage getroffen. Hat er Sie nach Ihrer Meinung gefragt?«

»Nein, natürlich nicht.«

»Na, sehen Sie ... Christine, lächeln Sie mir zu.«

Sie lächelt, setzt sich neben ihn, Schulter an Schulter vertiefen sie sich in *Paris Turf,* ihre Hände verheddern sich beim Unterstreichen von Namen im Programm, sie lassen sich mitreißen vom Spiel der Prognosen, der Wetten, der Gefühle, der Rennen, die in schnellem Takt aufeinander folgen. Christine besteht darauf, dass die guten Tipps der Familie Dupuis die dritte Flasche Champagner finanzieren.

Als die Veranstaltung zu Ende ist, spät in der Nacht, gehen sie zu ihrem Wagen, Arm in Arm, Hüfte an Hüfte, ihre Schritte im gleichen Rhythmus. Rückkehr nach Paris durch den Bois de Vincennes, eine dunkle Masse, ganz nah.

Christine sagt leise: »Halten Sie an, Fabrice. Küssen Sie mich.«

Reverdy überzeugt sich, dass für seine weitere Arbeit bei Orstam eine Weigerung nicht förderlich wäre. Schöner Ausklang des Abends.

Kapitel 14

Montag, 3. Juni
Polizeipräfektur Paris

Im Büro von Ghozalis Team ist die Atmosphäre angespannt, alle warten auf die Entscheidung der großen Chefs: Wird ihr Bericht an den Präfekten weitergeleitet oder begraben?

Lainé hat die Screenshots aus dem Musée Marmottan mitgebracht und gibt sie herum. »Auch wenn die Bilder nicht so gut sind wie die vom Mittagessen im *Lazare*, ist es für mich derselbe Mann, Irrtum ausgeschlossen.« Reverdy und Ghozali sind seiner Meinung. »Im Marmottan sagte man mir, er sei Teil einer Delegation der amerikanischen Botschaft gewesen, aber niemand kennt seinen Namen.«

Auf dem Screenshot steht das Datum: Donnerstag, 23. Mai, 17:30 Uhr.

Reverdy wirft ein: »Der Tag, an dem Sautereau Buck indiskrete Fragen zu seinem Lebenslauf stellt.«

»Buck hatte demnach in der Botschaft einen festen Ansprechpartner, dessen Anschluss sorgsam verschlüsselt ist.«

»Heißt das jetzt, wir reden von der CIA?«

»Ob es das heißt, ich weiß nicht, man muss sehen, wer der Kontaktmann ist.« Ein Moment Schweigen, Blick auf die Abzüge. »Das ist das Gesicht von Bucks Mörder.«

»Das müssen wir beweisen, Commandant.«

»Schon klar. Und Sie, Fabrice, was gibt es Neues?«

»Anderson und Lamblin kennen sich seit 2007 und haben wahrscheinlich damals an einer schlüpfrigen Abendgesellschaft teilgenommen, die Lamblin in sehr schlechter Erinnerung hat.

Vielleicht die, deren sich die amerikanische Justiz jetzt bedient. Daher meine Hypothese: Anderson hat Lamblin nicht nur zur Schlachtbank geschickt, er hat auch mit der amerikanischen Justiz das Anklagedossier zusammengebastelt.«

»Mit welchem Ziel, was denkst du?«

»Vielleicht im Austausch gegen seine eigene Immunität? Und gegen Zusicherung einer Stelle im zukünftigen Konzern unter Führung von PE?«

»Was für ein Drecksack …«

Noria vermerkt, dass der Beginn der Geschichte Anderson/ Lamblin zeitlich in etwa mit Claire Goupillons Eintritt in die Geschäftsleitung von PE-Europa zusammenfällt, den Daquin erwähnt hat, zieht es aber vor, nichts zu sagen.

In diesem Moment kommt die Nachricht: Die Chefs der DRPP haben den Orstam-Bericht an den Präfekten weitergeleitet, der ihn seinerseits weitergeleitet hat: an den Elysée, den Wirtschaftsberater und den Berater, der die französischen Nachrichtendienste koordiniert, außerdem an Bercy, an die Ministerialkabinette des Industrie- und des Wirtschaftsministers. Während ihre Männer sich gegenseitig gratulieren, fühlt Noria, wie eine Welle der Angst sie überrollt. Wir hätten bestimmt mehr und Besseres leisten können, auch wenn ich nicht wüsste, wie. Daquin hat gut reden, sollte ich hinmüssen, um mit ihnen zu sprechen, werde ich dem nicht gewachsen sein.

Levallois-Perret

Nicolas Barrot trifft in aller Frühe bei Orstam ein, aufgeregt und selbstzufrieden. Der Anwalt Wesselbaum hat ihn am Samstag informiert, dass Lamblin sich zu einem Schuldbekenntnis bereit erklärt hat, was bedeutet, dass eine Globalabsprache mit ihm getroffen wurde. Signal für den Start der Großmanöver. Er hat seinen Sonntag mit Nachdenken verbracht. Der Belegschaft das Abrücken von Lamblin verkaufen. Und die Gerüchte über Buck abwürgen, um zu verhindern, dass sie negativ auf PE abfärben. Ihm fällt Bucks Mail wieder ein: »Ich wurde von Sautereau gerade einem regelrechten Verhör unterzogen ...« Immer da, wo man ihn nicht sehen will, der Kerl. Sein skeptisches Gesicht, als ich ihn über Lamblins Schandtaten informiert habe, geradezu ironisch. Gute Gelegenheit, den Typ loszuwerden. Endlich kommt die Sache ins Rollen. Das große Spiel. Er fühlt sich intelligent, siegessicher, weil er über Informationen und Unterstützung verfügt, die andere nicht haben. Und weil er das Lager der Sieger gewählt hat.

Sobald er auf der zehnten Etage ist, wird er ins Chefbüro bestellt. Mit einem schiefen Lächeln der Befriedigung stellt er sein Handy nicht auf Aufnahme, er fühlt sich nicht mehr verletzlich, und tritt ein.

Der Boss kommt ohne Einleitung zur Sache. »Wissen Sie, dass Lamblin sich für ein Schuldbekenntnis entschieden hat?«

»Ja, Monsieur.«

»Wahrscheinlich, um sich ohne viel Aufhebens aus einer heiklen Situation zu befreien. Damit ist er nicht länger solidarisch mit unserer Position und mit den Interessen von Orstam. Wir können daher nicht länger seine Verteidigung übernehmen. Ich glaube, gewisse Informationen über die Umstände und die Gründe seiner Verhaftung haben sich in letzter Zeit breit herumgesprochen ...«

»Ja, Monsieur. In den Büros redet man über nichts anderes.«

»Dann dürfte unsere Haltung intern leichter auf Verständnis stoßen.«

»Ja, Monsieur.«

»Ich habe beschlossen, diese Entscheidung öffentlich zu machen.«

Nicolas schweigt, wartet.

»Ich zähle auf Sie, dass Sie eine lapidare Meldung verfassen, um Spekulationen über eventuelle Geheimabsprachen, finanzielle Kompensationen und Ähnliches im Keim zu ersticken. Sie verstehen, was ich meine?«

»Ich verstehe, Monsieur.«

»PE, mit denen wir hier in Frankreich bereits zusammenarbeiten, hat in den USA als Unternehmen großes Gewicht, und gewisse Kontakte drüben haben mich darauf hingewiesen, dass sie bereit sind, uns bei der Lösung unserer aktuellen Probleme mit der amerikanischen Justiz zu helfen.«

»Eine gute Nachricht, Monsieur.«

»Ich denke, es ist Zeit für ein Treffen, und ich habe beschlossen, Anderson auf eine Erkundungsmission in die USA zu schicken.«

Anderson, diese blässliche Figur ... Ist mir irgendwas entgangen? Nur Mut, du bist in einer Position relativer Stärke.

»Monsieur, wenn ich mir die Frage erlauben darf: Warum Anderson?«

»Aus einem sehr einfachen Grund, Barrot, er ist der Einzige von uns, der mit der Gewähr in die USA fahren kann, nicht von der US-Justiz verhaftet zu werden. Mehr werde ich Ihnen dazu nicht sagen.«

Ein Moment Schweigen. Endlich durchschaut Barrot, welche Stellung Anderson im Gesamtgefüge einnimmt. Anderson ist also höchstwahrscheinlich ein Verräter, und ich bin immer noch schön naiv. Nicht mehr ganz so selbstsicher. Wieder Boden unter die Füße bekommen.

»Es gibt noch ein anderes Thema, Monsieur, das in den Büros für Gesprächsstoff und für Verwirrung sorgt, nämlich die Unternehmenszugehörigkeit einer Person wie Steven Buck. Es wird viel spekuliert über Unterstützung von ganz oben, von der er profitiert haben könnte. Das ist ungesund. Ich bin der Ansicht, dass der Betriebsschutz seine Filterfunktion bei der Einstellung nicht korrekt wahrgenommen hat. Wenn der Abteilungsleiter die Verantwortung dafür übernehmen würde, dürfte das die Gemüter beruhigen.«

»Ich denke darüber nach. Noch eine andere Sache, damit Sie informiert sind. Die Entscheidung, einen meiner treusten Mitarbeiter aufzugeben, geht mir sehr nah, das werden Sie verstehen, und löst bei mir eine körperliche Reaktion in Form einer Schuppenflechte aus, die mich stark beeinträchtigt. Mein behandelnder Arzt sagt, dass ich ausspannen muss. Ich werde daher nächste Woche nicht hier sein, zeitgleich mit Anderson. Ich zähle auf Sie, dass Sie mir jeden Tag Bericht erstatten, was im Unternehmen vorgeht.«

»Sie können sich darauf verlassen, Monsieur.«

»Und ich habe Lapouge, unseren Finanzdirektor, gebeten, seinen Urlaub ab dem 10. Juni zu nehmen, damit unsere Führungsmannschaft im August vollständig anwesend ist, in einer Phase, die heikel werden kann angesichts der Krisenkonjunktur, die wir gerade durchmachen. Der stellvertretende Leiter der Finanzabteilung übernimmt die Vertretung. Das ist für heute Morgen alles, Barrot. Kommen Sie im Laufe des Tages wieder zu mir, wenn Sie einen Entwurf für die Meldung über Lamblin haben.«

Am frühen Abend, in dem Moment, als sich die Büros zu leeren beginnen, erscheint eine Pressemeldung der Orstam-Direktion auf den Bildschirmen:

Die Direktion von Orstam wurde soeben von ihren Anwälten informiert, dass Monsieur Lamblin, Leiter des internationalen Kraftwerksgeschäfts, der aktuell von der amerikanischen Justiz beschuldigt wird, bei der Aushandlung eines Geschäfts mit Indonesien mutmaßlich Geldsummen an Mittelsleute überwiesen zu haben, ein Schuldbekenntnis abgelegt hat. Die Direktion von Orstam erinnert daran, dass sie nach den Standards der Unternehmensethik handelt und keinerlei Verantwortung für eventuelle betrügerische Aktivitäten oder Korruptionsmanöver übernimmt, weder bei diesem Geschäft noch bei einem anderen. Monsieur Lamblin distanziert sich damit von der Position des Unternehmens, das aus diesem Grund seine Verteidigung nicht länger aufrecht erhält.

Die Direktion von Orstam gibt bekannt, dass Monsieur Lamblin aus tatsächlichem und ernsthaftem Grund entlassen wird: Sein fortgesetztes Fehlen auf einem Leitungsposten gefährdet den Betrieb der Kraftwerkssparte auf internationaler Ebene.

Bei der Belegschaft löst die Meldung Fassungslosigkeit aus. Lamblin wegen fortgesetzten Fehlens entlassen … In den Presseagenturen, in denen die Meldung zeitgleich eintrifft, fragen sich die Journalisten, welche halluzinogene Substanz der oberste Boss von Orstam nimmt. Niemand weiß die Antwort.

Dienstag, 4. Juni
Levallois-Perret

Carvoux ist heute in aller Frühe ins Büro gekommen, wie immer. Er ist daher praktisch allein auf der Etage, als ihn ein Anruf aus Bercy erreicht, in dem ihm die Existenz und der Inhalt des Berichts der DRPP zu Orstam und Power Energy mitgeteilt wird. Tobsuchtsanfall, er wirft eine Vase um, zerstört sein Handy, indem er es auf den Tisch knallt, dann kommt er allmählich zur Ruhe. Er ruft Claire Goupillon an, die Nummer zwei bei PE-Europa.

»Claire, wie geht's? ... Ich habe gerade von der Existenz eines Berichts der Pariser Polizeipräfektur über die Situation bei Orstam und die amerikanischen Manöver erfahren ... Bercy und das Elysée ... Gestern eingereicht ... Inoffiziell natürlich, und ich habe ihn nicht gelesen ... Die gleichen Netzwerke wie deine in etwa ... Nach dem, was man mir sagte, gut dokumentiert ... Keine Aufregung, okay, aber es wird Zeit, dass du bei deinen gesellschaftlichen Aktivitäten Gas gibst ... Das rituelle Abendessen der ENA-Absolventen am Samstag bei Alain Minc, ja, exzellente Idee, ein guter Anfang ... Wird Daniel Albouy dabei sein? ... Perfekt ... Nein, ich will nicht hin, ich will jeden Kontakt mit den Schwachköpfen von der Regierung vermeiden ... Natürlich erreichst du mich auf meinem Handy ... Gutes Gelingen, Claire, wir halten uns auf dem Laufenden ... Ich umarme dich.«

Nicolas Barrot kommt etwas später als üblich ins Büro. Er ist satt. Den gestrigen Abend hat er mit einem Escort-Girl verbracht, eine High-Society-Nutte von der Agentur *Les Nuits Parisiennes*. Die Kontaktdaten hat er von Wesselbaum, der ihm dort auch ein Konto eröffnet hat: Willkommensgeschenk zum Aufstieg in die erste Liga. Auf seine Vergangenheit als Nacktmassagenfan schaut er jetzt voller Herablassung zurück. Und er ist zufrieden. Bei dem Gespräch gestern hat Carvoux ihm anvertraut, was er bereits wusste, im Wissen, dass er es wusste. Dieses subtile Spiel der falschen Vertraulichkeiten ist die offizielle Bestätigung für seinen neuen Status. Ein Genuss.

Als er aus dem Fahrstuhl steigt, steht die Chefsekretärin auf dem Flur und tritt ungeduldig von einem Bein aufs andere.

»Kommen Sie schnell, Sie werden erwartet.«

Er betritt das Direktionsbüro. Der Boss steht vor der Panoramascheibe und kehrt ihm den Rücken zu. Im Salonbereich eine umgestürzte Vase, auf dem Teppich ein dunkler feuchter Fleck neben einem zersprungenen Handy, der Boss regungslos am Fenster – Nicolas geht davon aus, dass der Höhepunkt des Anfalls vorüber ist.

»Monsieur, Sie haben nach mir verlangt?«

Der Boss dreht sich langsam um, das Gesicht weiß, die Wut nunmehr gebändigt und gut in Szene gesetzt.

»Die Nachrichtendienstliche Abteilung der Pariser Polizeipräfektur hat dem Elysée und Bercy einen Bericht über Orstam vorgelegt, in dem sie darauf aufmerksam machen, dass konzertierte Manöver der amerikanischen Justiz und des Unternehmens Power Energy die französische Wirtschaft gefährden.«

Nicolas sucht nach Worten. »Wer von uns hier hat mit ihnen gesprochen?«

»Dumme Frage, Barrot. Und wir werden unsere Zeit nicht darauf verschwenden. Ich bemühe mich darum, das Feuer einzudämmen. Und was Sie betrifft, kein Wort zu niemandem. Verstanden?«

»Ja, Monsieur.«

»Zu Sautereau. Ich schließe mich Ihrem Vorschlag an. Ich

glaube nicht, dass er die Quelle für diesen Bericht ist. Aber sein Abgang wird intern nützen, um die Gemüter zu beruhigen. Ich sehe ihn heute Nachmittag. Ich werde ihm Modalitäten und einen finanziellen Ausgleich anbieten, die ihm die bittere Pille versüßen. Verfassen Sie mir bis heute Abend ein Rundschreiben, das die Belegschaft von seiner Entlassung in Kenntnis setzt, begründet mit Schlampereien in Bucks Einstellungsakte. Vollzug, Barrot.«

Bevor er sich an die Arbeit macht, erlaubt sich Nicolas in seinem Büro einen Moment Bedenkzeit, zurückgelehnt in seinem Sessel, Augen geschlossen. Er hat jetzt eine klare Vorstellung von Carvoux' Strategie. Er hat in der Firma die Kacke hochkochen lassen, damit seine Lösung alternativlos wird, der Verkauf an PE, der ihm Kohle und Schutz vor Strafverfolgung garantiert. Es funktioniert. Gut gespielt. Er hat Sinn für Rhythmus, passt sich von Fall zu Fall an, um Herr über die Zeit zu bleiben. Respekt. Ich kann viel von ihm lernen. Was mich betrifft, so bin ich auf dem aufsteigenden Ast. Aber dass Anderson in die USA geschickt wird, zeigt, dass mir noch vieles entgeht. Carvoux und ich, wir haben eines gemeinsam: Wir ziehen unsere Kraft allein daraus, dass wir uns für das Lager der Amerikaner entschieden haben. Ohne sie existieren wir nicht mehr.

Paris

Reverdy hat eine SMS bekommen: »Apéro heute Abend im *Zimmer*. Dringend.« Mit einer gewissen Unruhe wartet er auf Sautereau. Dringend, gar nicht sein Stil. Sautereau kommt mit ungewohnter Verspätung, trudelt zwischen den Tischen hindurch, unsicherer Schritt, lässt sich in einen niedrigen

Sessel fallen, ohne ein Wort, ohne einen Blick. Er ist auf einen Schlag gealtert, es sieht aus, als hätte er abgenommen. Nach ein paar Sekunden:

»Man hat mich bei Orstam gefeuert.«

»Was?«

»Nicht direkt gefeuert. Ausgeschieden. In Ehren. Was aufs Gleiche rauskommt.«

»Erzählst du's mir?«

»Der Boss hat mich heute Nachmittag zu sich bestellt. Langer Vortrag über den Schaden, den die Unternehmenszugehörigkeit eines Typen wie Buck anrichtet. Und wer hat bei seiner Einstellung mit sündhafter Leichtfertigkeit eine positive Einschätzung abgegeben? Ich.«

»Ganz schön unverfroren.«

»Aber er ist der Boss. Und dass ich einen Teil der Verantwortung trage, ist mir bewusst, seit ich die Einstellungsakte noch mal gelesen habe. Ich habe eine leere Akte durchgewinkt.«

»Hast du dich beschwert?«

»Du träumst wohl ... Eine mehr als ordentliche Abfindung, natürlich gekoppelt an eine betonharte Verschwiegenheitsklausel, vorzeitiger Ruhestand, Glückwünsche, lobhudeliges Zeugnis. Ich bin kein Held. Ich greife zu und sag danke.«

»Buck ist nur ein Vorwand. Du bist meinetwegen gefeuert, so oder so.«

»Das glaube ich nicht, nein. Der Boss macht derzeit auf Teufel komm raus die Schotten dicht. Lamblin gefeuert wegen fortgesetzten Fehlens, der Betriebsschutzleiter gefeuert wegen Fahrlässigkeit, Ende der Zeit der Wirren ...«

»Lamblin und fortgesetztes Fehlen ... das ist doch Irrsinn ...«

»Es wirkt. Seit die Neuigkeit gestern eintraf, muckt niemand mehr auf. Alle sagen sich: Hinter der Verhaftung und der Entlassung liegen irgendwelche Abscheulichkeiten, besser nicht so genau hinsehen. Das ist noch nicht alles. Ich habe erfahren, dass Anderson nächste Woche in die USA reist, ich habe es von der Sekretärin, die heute seine Flugtickets gebucht hat. Sie war verblüfft, dass Anderson dieses Risiko einzugehen wagt, und kam zu mir, um mir davon zu erzählen.«

»Anderson, den der Staatsanwalt gut kennt und gebührend zu würdigen weiß, wird bevollmächtigt, mit der amerikanischen Justiz zu verhandeln …«

»Willst du meine Meinung hören? Mit der Justiz *und* mit PE, die beiden hängen zusammen. Wie dem auch sei, in Anbetracht der Verschwiegenheitsklausel – ich will mir nicht meinen Hauptgewinn vermasseln – werden wir uns eine Weile nicht sehen …«

»Ich hab's verstanden.«

»Ich lasse dir ein kleines Souvenir da. Du hattest mich doch nach dem Datum des Rundschreibens an die Führungskräfte gefragt, in dem sie angehalten werden, nicht in die USA zu fahren, erinnerst du dich?«

»Ja.«

»Ich hatte erst keine Zeit, mich darum zu kümmern, und dann habe ich es vergessen. Ich fand eine Notiz mit deiner Frage, als ich vorm Gehen meine Unterlagen aufgeräumt habe. Das Rundschreiben datiert vom 28. Februar, und die offizielle Eröffnung des Gerichtsverfahrens war am 15. März. Es gibt noch eine Koinzidenz, die ich interessant finde und die mir im ersten Moment nicht aufgefallen war: Die letzte USA-Reise von Carvoux war am 25./26. Februar, unmittelbar vor dem Rundschreiben. So, und jetzt fahre ich in Urlaub.«

»Whisky?«

»Einen doppelten.«

Mittwoch, 5. Juni
Polizeipräfektur Paris

Als Reverdy dem Team von seinem Apéro mit Sautereau berichtet, herrscht konsterniertes Schweigen. Dann Lainé: »Heißt das, die Leitung zu Orstam ist gekappt?«

»Nicht ganz. Für den Augenblick bleiben noch Martine Vial, Sampaix. Auch Christine Dupuis, falls es mir gelingt, sie zu gewinnen, aber das ist keine ausgemachte Sache. Ich muss andere Kontakte finden. Wir können darauf nicht verzichten.«

»Aus dem Stand und in einer Zeit der Spannung neue Kontakte zu finden, ich weiß nicht, ob das der richtige Weg ist. Mir scheint, es wäre besser, mit Martine Vial, der Sie seit langem vertrauen, einen Gang höher zu schalten. Treffen Sie sie, schildern Sie ihr die Lage, schauen Sie, wie sie reagiert ...«

»Alles klar, Chefin.«

Ein Moment Schweigen. Lainé wagt sich vor: »Der Rauswurf von Sautereau könnte durchaus damit zu tun haben, dass unser Bericht im Ministerium eingetroffen ist ...«

»Ich habe mit Sautereau nicht über diesen Bericht gesprochen und offenbar weiß er nichts von seiner Existenz. Er denkt, dass der Chef aus rein internen Gründen handelt, um den Unmut in der Belegschaft zu besänftigen.«

Noria hat sich aufgerichtet und Lainé zugewandt. »Denken Sie ernsthaft, unser Bericht ist bereits zu Orstam durchgesickert?«

»Ich hatte vor ein paar Jahren im Milieu der Beamten in Bercy zu tun. Ich denke, dass es nicht nur möglich ist, sondern sogar wahrscheinlich. Alles, was wir ihnen zukommen lassen, sickert potenziell zu dem betroffenen Unternehmen durch, und es ist eine einspurige Autobahn.«

Neuerliches Schweigen im Büro. Noria hört Daquins Stimme in Endlosschleife: freiwillige Dienstbarkeit, die wahrhaft Mächtigen, Wechsel in die Privatwirtschaft, persönliche Gewinne ... Aus den tiefsten Tiefen ihres Körpers fühlt sie eine Welle von Hass aufsteigen und die Lust zuzuschlagen. Bleib ruhig.

Reverdy greift den Faden wieder auf. »Sautereau hat mir als Abschiedsgeschenk zwei Dinge erzählt. Erstens: Es gibt ein Rundschreiben an die Führungskräfte von Anfang des Jahres, unterschrieben vom Chef, der ihnen empfiehlt, nicht in die USA zu reisen. Dieses Rundschreiben beschäftigt mich, seit ich von seiner Existenz weiß. Wie soll es gehen, dass die Führungsriege eines weltweit operierenden Unternehmens nicht mehr in die USA reist sowie in kein Land, mit dem die USA ein Auslieferungsabkommen haben? Das ist unmöglich. Und der beste Beweis ist, dass Lamblin sich nicht daran gehalten hat. Ich wollte wissen, in welcher Situation das Rundschreiben entstanden ist. Es stammt vom 28. Februar, also lange vor der offiziellen Eröffnung des Gerichtsverfahrens am 15. März. Und es wurde unmittelbar nach Carvoux' letzter USA-Reise verfasst, die am 25. und 26. Februar stattfand. Ich bin sicher, dass es da etwas zu holen gibt, aber ich weiß noch nicht, was. Zweite Information: Anderson fährt nächste Woche in die USA. Um zu verhandeln ... Beachten Sie, dass *er* keine Sorge hat, verhaftet zu werden. Über alle Gerüchte eines möglichen Verrats hinaus liegt sein abgekartetes Spiel mit der amerikanischen Justiz offen zutage.«

»Das ist wahr. Wir werden unseren Chefs also melden, dass Verhandlungen mit der US-Justiz angebahnt sind, höchstwahrscheinlich auch mit PE, und das mit dem Namen des Unterhändlers untermauern. Wir können nicht tatenlos zusehen, wie unsere Alliierten fallen. Wir hängen uns an Barrot,

Reverdy und ich etwas mehr aus der Nähe. Lainé, Sie versuchen den Mann aus dem *Lazare* und dem Musée Marmottan zu identifizieren. Jede Idee von Ihnen ist willkommen. Diese beiden Punkte bleiben strikt unter uns, innerhalb des Teams. Vorerst kein Wort davon in den Berichten. Sollte es Ärger mit den Vorgesetzten geben, übernehme ich für alles die Verantwortung, allein.«

Keiner der beiden Männer erhebt Einwände.

Paris

Als Erstes auf dem Programm: »wilde« Hausdurchsuchung bei Barrot und Hacken seines Computers. Initiativen dieser Art bedürfen normalerweise sorgfältiger Vorbereitung. Aber Noria verfügt: »Wir haben keine Zeit für picobello. Wir stehen unter Druck.«

Reverdy fasst zusammen, was sie über Barrot wissen: »So gut wie leitender Angestellter bei Orstam, ehrgeizig, also verrückte Arbeitszeiten, Junggeselle. Das lässt einigen Spielraum.«

»Kommissariat und Postamt des Arrondissements liegen in unmittelbarer Nähe seiner Wohnung, damit fangen wir an.«

Die Tagschicht der Sondereinheit für Verbrechensbekämpfung des 17. Arrondissements pflegt in einer Bar in der Rue des Batignolles gegenüber vom Rathaus gegen Mittag ein Gläschen zu trinken, auf die Schnelle natürlich, gemeinsam mit den Postboten der Frühschicht, die ihre Tour beenden. Die beiden Kollegen von der DRPP gesellen sich zu ihnen, sie übernehmen eine Runde und sind herzlich willkommen.

Albert Juillet, der die Rue Nollet »abfertigt«, ist ein Postbote vom alten Schlag, prä-Internet. Gesprächig und hilfsbereit, kennt er alle und jeden in seinem Bezirk. Er assistiert

beim Ausfüllen von behördlichem Papierkram, weiß Anlage-
möglichkeiten für das Ersparte und bringt entlaufene Katzen
zurück.

»Die Nummer 9 in der Rue Nollet, ja klar. Die Concierge,
Madame Blanco, ist so was wie eine Freundin von mir.«

Zwischen zwei Runden Ricard erfahren Reverdy und
Ghozali, dass Madame Blanco in dem Gebäude halbtags
arbeitet, nur vormittags. Sie putzt die Gemeinschaftsflächen
und stockt ihr Gehalt auf, indem sie bei einigen Mietern
den Haushalt macht, zufällig auch bei Monsieur Barrot, dem
Mieter im vierten Stock links, zwei Vormittage die Woche.
Und beim nächsten Ricard verrät Juillet Reverdy den Haus-
türcode.

Also ist nachmittags die Bahn frei. Schneller Gang durch
die Straße. Eng, ziemlich viele Läden, klassische Gebäude aus
dem Paris der Vor-Haussmann-Zeit, Hausnummer 9 ist ein
etwas bourgeoiserer Bau, Art-Déco-Stil, Balkone, Skulptu-
ren und Schmiedeeisen, eine passende Adresse für einen aufstrebenden, aber noch nicht sehr weit oben angekommenen
Jungmanager. Um vierzehn Uhr steigen Ghozali und Reverdy
die Treppe hoch, um den Ort zu erkunden, alles ruhig, kein
Laut. Im vierten Stock klingelt Noria zur Sicherheit an der
Tür, nichts rührt sich. Ganz gewöhnliches Türschloss. Rückkehr zur Präfektur. Kurze Absprache. Das Unternehmen wird
für den folgenden Nachmittag festgeklopft. Reverdy sorgt für
einen Satz Dietriche und eine Hightech-Wanze. Und mobilisiert für morgen Abend vorsichtshalber einen befreundeten
Hacker.

Donnerstag, 6. Juni
Paris

Ghozali und Reverdy betreten die Hausnummer 9 in der Rue Nollet um zwei Uhr nachmittags. Zeit der Mittagsruhe. Vierter Stock, linke Tür. Niemand in Sicht. Reverdy fingert am Schloss herum, es gibt nach fünfunddreißig Sekunden geräuschlos nach. Kinderspiel. Sie betreten die Wohnung, ziehen Handschuhe über, eine Mütze, schließen hinter sich die Tür, holen eine Taschenlampe heraus. Sie stehen in einer kleinen Diele, vor sich zwei Türen, die sie einen Spaltbreit öffnen. Auf der einen Seite ein Wohnzimmer von respektabler Größe, nicht mehr, über den Daumen fünfundzwanzig Quadratmeter, eine Fenstertür zur Straße, ein Balkon, mit Nachbarn auf der gegenüberliegenden Straßenseite. Gardinen vor dem Fenster. Sehr gut. Auf dem Tisch ein Laptop, ein paar Papiere, sonst nicht viel. Ein Fernseher. Eine winzige Küche. Auf der anderen Seite ein Zimmer von fünfzehn Quadratmetern, Fenster zum Hof, Badezimmer. Die Wohnung ist tadellos aufgeräumt, die Einrichtung sauber, von mittlerer Qualität, ohne Seele.

»Erster Eindruck: Barrot ist noch sehr weit vom Gipfel entfernt. Für mich gehört er zur Kategorie Mädchen für alles.«

Der Laptop. Reverdy berührt die Tastatur, er schaltet sich ein. Er war auf Stand-by.

»Lausiges Türschloss, offener Computer, der Typ ist ein Chorknabe. In diesem Ausmaß schon irritierend.«

»Trödeln wir nicht rum. Notieren Sie seine Mailadresse und suchen Sie nach Dateien, die er garantiert öffnet. Um das Hacken zu erleichtern. In der Zwischenzeit befestige ich das Mikro in der Hängelampe im großen Zimmer und fange mit der Durchsuchung an.«

In weniger als einer Stunde sind die paar Bücher und die Ordner mit Steuer-, Versicherungs- und Bankunterlagen durchgeblättert. In einer Rosenholzkiste Familienfotos, Papa, Mama, zwei Schwestern, untere Mittelklasse. Kein Foto jenseits der Jugendzeit. Auch kein Brief. Er scheint keine Arbeit mit nach Hause zu nehmen. Küche: Standard-Lebensmittelvorräte, keine frischen Produkte, er isst wohl nicht oft hier zu Abend. Offenbar hat ihm Mama nicht das Kochen beigebracht. Noria macht die einzig interessante Entdeckung: im Badezimmer, in den Rahmen des Spiegels über dem Waschbecken geklemmt, eine Karte vom *Palmyre Club* in der Rue Marbeuf. Ein Privatclub, in diesem Viertel, könnte von Bedeutung sein. Sie nimmt die Karte, schaut auf die Rückseite, in einer festen und sehr leserlichen Handschrift: *Nicolas, mein Lieblingskunde. Kümmern Sie sich gut um ihn. Lara*

Noria macht Reverdy ein Zeichen, zeigt ihm die Karte. Er fotografiert sie. Sie steckt sie an ihren Platz zurück. Ende der wilden Durchsuchung.

Polizeipräfektur Paris

Noria und Reverdy trinken Kaffee und ziehen Bilanz.

»Das Mikro schaltet sich automatisch ein, sobald jemand das Zimmer betritt, und zeichnet hier bei uns auf.«

»Gut, aber das gesellschaftliche Leben in Barrots vier Wänden scheint bescheiden zu sein. Die Ernte könnte mager ausfallen. Sein privater Laptop scheint mir da verheißungsvoller.«

»Für das Einschleusen eines Trojaners bietet der *Palmyre Club* uns eine ideale Möglichkeit. Die schicken regelmäßig Fotodateien ihrer weiblichen Klientel, die Barrot umgehend öffnet.«

»Perfekt. Sie haben mir von einem befreundeten Fachmann erzählt, der das für uns austüftelt?«

»Ja, darum habe ich mich gekümmert, es müsste bis heute Abend erledigt sein.«

Reverdy verlässt das Büro und stürmt ein paar Minuten später wieder zur Tür herein. »Das ganze Haus ist in Aufruhr. Während wir bei Barrot herumgewerkelt haben, ist die NSA ins Wanken geraten.«

Noria sieht ihn verwirrt an.

»Die amerikanische Behörde, die für die gesamte elektronische Überwachung zuständig ist – die die Sicherheit Amerikas garantiert und die globale Kommunikation ausspäht ... Das ist krass ... Glauben Sie mir nicht? Schauen Sie bei AFP nach oder auf lemonde.fr ...«

Noria kommt der Aufforderung nach. Eilig überfliegt sie Agenturmeldungen und Artikel. Enthüllungen: Ein anonymer Techniker der NSA hat begonnen, ein riesiges, umfassendes Überwachungssystem aufzudecken. Dank einer geheimen Anordnung hat die NSA auf amerikanischem Boden Zugriff auf sämtliche Verbindungsdaten amerikanischer Kunden des US-Telekommunikationsanbieters Verizon. Über ein Geheimprogramm mit dem Codenamen Prism hat sie Zugang zu auf den Servern der großen Internetkonzerne gespeicherten Daten aller ausländischen Nutzer. Hierzu bedarf es keines Geheimgesetzes: Die Verfassung der USA schützt ausschließlich die Rechte von Amerikanern. Mit den Ausländern macht die amerikanische Regierung, was sie will. Dies ist nur der Anfang, weitere Enthüllungen werden folgen ...

Als Noria aufblickt, erläutert Reverdy: »Hier denken alle, dass die Infos aus dem Inneren der NSA stammen und vertrauenswürdig sind. Ein Kettenglied ist gerissen. Das große Auspacken könnte beginnen. Die Hypothese eines massiven Diebstahls interner Firmenmails in unserer Orstam-Geschichte ist damit praktisch belegt, ich werde Sampaix endlich eine Antwort geben können, allerdings braucht er mich dafür nicht mehr, er muss nur Zeitung lesen. Und Orstam ist bloß ein Fall von Tausenden.«

»Unsere Dienste wussten davon, zwangsläufig.« Noria ist noch nicht wieder zu Atem gekommen. »Wir sind elende Stümper, mit einer Wasserpistole bewaffnet kämpfen wir unkoordiniert gegen eine zusammengeschweißte Truppe, die die Atombombe einsetzt. Wie können wir da auf Erfolg hoffen? Ich kann verstehen, dass wir Abtrünnige haben.«

»Die haben offenbar auch Abtrünnige.«

In diesem Moment kommt Lainé ins Büro. Er legt seine Sachen auf seinen Schreibtisch, Geste der Entmutigung. »Ich habe immer noch keinen Namen für unseren Unbekannten.«

Noria steht auf, nimmt zwei Fotos des Unbekannten, die auf ihrem Schreibtisch liegen, steckt sie ein. »Um sicherzugehen, dass ich ihn erkenne, falls ich ihm auf der Straße begegne. Bei dem Grad an Improvisation und Stümperei, den wir erreicht haben … Einstweilen lasse ich Sie allein. Ich gehe ins Kino. *Der dritte Mann* in restaurierter Fassung, das darf ich nicht verpassen.«

Sie geht und lässt Lainé sprachlos zurück. Reverdy nimmt seinen Arm.

»Komm her, ich gebe dir ein paar Agenturmeldungen zu lesen.«

Kapitel 15

Freitag, 7. Juni
Paris

Mühsames Aufwachen. Noria muss sich zwingen, nicht zu lang im Bett liegen zu bleiben. Laufrunde um das Bassin de la Villette, um den Schock der Enthüllungen zur Überwachung durch die NSA zu verdauen, das hat sie stärker mitgenommen, als sie gedacht hätte. Natürlich wussten alle weitgehend Bescheid. Ich nicht, die Kanakin, die Fremde, der erzählt man seine Familiengeschichten nicht ... Sie fühlt sich verraten, verletzt. Sie kürzt ihre Laufstrecke ab. Zurück in die Wohnung, Milchkaffee, LU-Kekse. Noch einmal nachdenken. Bevor die Bombe geplatzt ist, konnten die obersten Chefs mehr oder weniger so tun, als gäbe es das Ganze nicht. Das geht jetzt nicht mehr. Jedenfalls ... für eine gewisse Zeit. Wie lange? Zwei Wochen? ... Danach geht alles weiter wie zuvor. Übelkeit ... Könnten wir den Pressewirbel nutzen, um uns Gehör zu verschaffen? Sie schaltet ihr Handy ein, das sie gestern Nachmittag beim Verlassen der Präfektur ausgestellt hat. Zwei SMS. Reverdy: »Dib und Saadi sind eingeknickt. Auftraggeber noch nicht identifiziert, aber SDPJ auf der Fährte eines russisch-kanadischen Amphetamin-Rings mit Vertriebsnetz in Frankreich und Europa.« Und Lainé: »Laborergebnisse, sehr hohe Konzentration in Bucks Pillen, potenziell tödlich. Wirkung garantiert im Mix mit Alkohol.« Hartnäckigkeit zahlt sich manchmal aus. Danke, Männer. Sehr aufmerksam. Ich liebe euch.

Sie schaut auf die Uhr. In einer Dreiviertelstunde Treffen

mit dem großen Chef in der Präfektur, um gemeinsam nach
Bercy zu fahren, Termin mit dem Ministerialkabinett des
Industrieministers. Danach Elysée. Vor dem Aufbruch kurzer
Blick auf ihren Arbeitstisch. Neben dem Laptop die Einladung zur Vernissage der Ausstellung von Bastien Marquet in
der Galerie Krammer. Heute Abend. Sie hatte sie vergessen,
zögert. Bastien mit seinem erstaunlichen Blick, diese Porträts,
die sie verstören, in welcher Verfassung wird sie heute Abend
sein? Sie steckt die Karte ein.

Bercy, Hauptstadt des Ministerialvolks. Noria betritt das
Meisterwerk technokratischer Architektur des 20. Jahrhunderts zum ersten Mal, luxuriöse Strenge zur absoluten Regel
erhoben. Sie sind mit einem Ministerberater verabredet, deshalb erwartet man sie. Nach akribischer Prüfung von Wagen
und Insassen werden sie zum Ministeriumsparkhaus zugelas-
sen. Dann weist man ihnen den Weg, ein endloser schnur-
gerader Korridor, breit, sehr hohe Decke, hell, führt sie bis
zum Haus der Minister, das der Architekt im Verhältnis zum
Gesamtensemble so versetzt hat, dass es exakt in einer gedach-
ten Linie mit der Seine, der Île Saint-Louis und Notre-Dame
liegt. Nette Aufmerksamkeit. Von Amtsdiener zu Amtsdiener
dringen sie in die dritte Etage und zum Büro des Beraters vor.
Ein Berater mittleren Rangs. Gewiss, er ist auf der Etage seines
Ministers, aber er hat keinen Ausblick auf die Seine, und die
Fläche seines Büros, strikt berechnet nach der Stellung des
Inhabers in der Hierarchie, umfasst nur zwei Raumeinheiten.
Steigerungsfähig.
    Der Mann steht auf, geht ihnen entgegen, protokollarischer
Händedruck, er stellt sich vor, Julien Daumas, Berater des
Ministers, und er stellt ihnen Daniel Albouy vor, der neben
ihm steht, Direktor der Agentur für Staatsbeteiligungen, die

auf Geheiß des Ministers gemeinsam mit dem Ministerial-kabinett das Dossier Orstam betreut. Zwei Klone. Groß, schlank, gepflegte Körper in grauem Anzug und Krawatte, kurzes gegeltes Haar, glatte Gesichter. Nur dass der Direktor älter ist als der Berater.

Alle vier setzen sich um den Schreibtisch, der Berater ordert vier Kaffee und wendet sich an die beiden von der Polizei: »Wir haben den Bericht, den Sie dem Präfekten übergeben haben, aufmerksam gelesen. Könnten Sie bitte knapp zusam-menfassen, wie Sie die Situation sehen.«

Was bedeutet, dass der Bericht nicht gelesen wurde. Zum Glück ist der Chef mit dem ganzen Dossier gut vertraut, und auf dem Weg nach Bercy sind sie den Bericht noch mal durchgegangen. Massenhaftes Ausspähen der Orstam-Mails durch die Amerikaner (was im aktuellen Kontext, wie er be-tont, einen besonderen Nachhall hat), Führungskraft des Unternehmens im Gefängnis, infolge der extraterritorialen Anwendung von US-Recht in einem Fall, der bereits vor einem französischen Gericht verhandelt wurde und der kein amerikanisches Unternehmen und keinen amerikanischen Staatsbürger betrifft, Bedrohung der Finanzen und der lei-tenden Angestellten der Firma durch die US-Justiz. So weit der allgemeine Rahmen.

Commandant Ghozali ergänzt: Unternehmenszugehörig-keit zweifelhafter, von außen gesteuerter Subjekte, Desinfor-mationskampagne seitens der amerikanischen Hausbank. Sie schließt: »Wir halten es für geboten, die Aufmerksamkeit des Ministers auf die Gefahr zu lenken, dass ein sehr bekannter amerikanischer Konzern den von der US-Justiz ausgeübten Druck nutzen könnte, um die Finger nach Orstam auszu-strecken und damit nach einem strategischen Segment der französischen Industrie. In dem Bericht weisen wir darauf hin, dass die Unternehmensleitung von Orstam in Verhandlungen mit den Amerikanern eingestiegen ist, und wir nennen Ihnen den Namen des Unterhändlers.«

»Vielen Dank für diese präzise Darstellung, wir nehmen Ihre Warnsignale zur Kenntnis. Auf Ihren Bericht hin haben wir beschlossen, ein Expertenbüro mit einem Gutachten über die Finanzlage des Unternehmens zu beauftragen, das wiederholt in Schwierigkeiten steckt. Um klarer zu sehen, auf besserer Grundlage handeln zu können. Ich werde Sie selbstverständlich kontaktieren, falls wir zusätzliche Informationen für notwendig erachten sollten.«

»Darf ich darauf hinweisen, dass die Situation Eile erfordert?«, sagt Noria.

»Natürlich, Commandant, natürlich. Wir sind uns dessen bewusst.«

Der Berater steht auf, der andere hat kein Wort gesagt, das Treffen endet, wie es begonnen hat, mit Handschlag. Kaum haben die zwei Ermittler den Raum verlassen, bricht Daniel Albouy sein Schweigen.

»Diese Leute machen keinen guten Eindruck auf mich. Befrei mich von einem Zweifel: Ihr werdet doch wohl weder eure noch meine Zeit mit solchem Geschwätz vergeuden, das sich aus primitivem Antiamerikanismus speist?«

»Ruhig Blut, Daniel. Eine Studie zu beauftragen hat noch nie geschadet. Und du weißt sehr gut, dass das Ministerialkabinett seine gebündelten Kräfte in das Großvorhaben des Ministers steckt, ›die 34 Industrieprojekte der Zukunft‹, wie bretonische Pullis und Haushaltsroboter. Kein Bezug zu Orstam.«

Noria verlässt die Sitzung wie betäubt. Amerikanisches Gerichtsverfahren, massenhafte Datenpiraterie, Lamblin im

Knast, Aufnahme von Verhandlungen, und der Minister interessiert sich noch immer nicht für Orstam? Wozu ist er denn da? Erst im Wagen auf der Rückfahrt zur Präfektur findet sie ihre Sprache wieder.

»Wer ist dieser Albouy? Der Staat hält doch keine Aktien von Orstam, oder irre ich mich?«

»Er ist ein einflussreicher Mann. Der Minister vertraut ihm.«

»Experten mit einem Gutachten beauftragen, heißt das, sie unternehmen gar nichts?«

»So ungefähr.«

»Läuft das immer so?«

»Nicht immer. Oft. Die Anzahl der Expertenbüros aller Fachgebiete, die von solchen Aufträgen leben, ist ziemlich eindrucksvoll.«

»Haben sie nicht genügend Beamte, um diese Gutachten selbst zu erstellen? Nach dem, was ich im Vorfeld gelesen habe, sind sie zu siebentausend in ihrem Bunker.« Der Chef macht eine vage Geste der Ohnmacht. »Heute Nachmittag treffen wir den stellvertretenden Generalsekretär des Elysée, wird das genauso ablaufen?«

»Ich weiß es nicht, Noria.«

»Ich habe mich verachtet gefühlt.«

»Diese Typen verachten uns Bullen, uns alle. Wir sind nicht ganz stubenrein, mit uns verkehrt man nicht.«

Polizeipräfektur Paris

Hacken von Barrots Computer geglückt. Auf der Suche nach Lara stürzen sich Reverdy und Lainé auf seinen Inhalt und stoßen sehr schnell auf die Termine in Kabine fünf des Nacktmassagesalons *Massage Émoi* im 17. Pariser Arrondissement. Etwa alle vierzehn Tage seit fast einem Jahr. Ein einsamer junger

Mann leistet sich regelmäßig ein erschwingliches kleines Vergnügen, nicht ganz schicklich, aber auch nicht kompromittierend, mit einer topmodischen Öko-Note. Seit Ende April sind im Computer keine Termine mehr gespeichert. Reverdy ruft die Homepage des Massagesalons auf und stellt fest, dass Lara in der Liste der Masseurinnen nicht aufgeführt ist.

»Anscheinend hat der *Palmyre Club* den Massagesalon abgelöst. Jedenfalls schickt er Barrot seit Freitag, dem 17. Mai, Fotos ihrer spärlich bekleideten weiblichen Klientel, eine Sendung pro Woche. Diese Woche bekommt er gleich zwei, der Glückspilz.«

»Wir müssen Lara aufspüren. Wir haben über sie nur zwei Informationen: Sie war bis April Masseurin im Salon *Émoi*. Und im *Palmyre Club* kennt man sie gut genug, dass sie Barrot empfehlen kann, und mit Erfolg: Er ist süchtig geworden.«

Lainé erklärt: »Nacktmassagesalon, Privatclub in der Rue Marbeuf, das riecht nach Pseudonutte. Reden wir, bevor wir loslegen, mit unseren Freunden von der Sitte? Damit wir wissen, wo wir uns reinbegeben.«

»Auf geht's.«

Capitaine Gilles Duchesne von der BRP, der Einheit zur Bekämpfung der Zuhälterei, ist eine alte Bekanntschaft, die Lainé fleißig pflegt, weil er demnächst einen Wechsel zur Kriminalpolizei plant, wo sehr viel schönere Karrieren möglich sind, und warum nicht zur BRP.

»Den *Palmyre Club* kenne ich gut. Es ist der kleine Bruder vom *Zahman Café*, wo wir vor zwei, drei Jahren eine spektakuläre Razzia gemacht haben, ihr erinnert euch sicher, superprominente Fußballer, Zahia, die minderjährige Hure mit Brüsten wie Fußbälle, die ganze Presse hat sich darauf gestürzt. Das sind die neuen Kultläden auf den Champs-Elysées, eine Mixtur aus Showbiz, TV-Trash, Banlieue-Volk, das Kohle macht, und Geldsäcken, die sich Gefühle machen. Viel Geld, viel Gevögel, viel Alkohol und Drogen aller Art. So gut wie jede Sorte Abzocke ist dort möglich. Das Milieu der Nacktmassagen dagegen kenne ich kaum und den Massagesalon *Émoi* gar nicht. Ich nehme euren Besuch gern zum Anlass, mich damit vertraut zu machen. Treffen wir uns Dienstagvormittag noch mal, damit ich den Zuständigen die Operation bis dahin in einer akzeptablen Form unterbreiten kann? Suche nach einem verschwundenen Zeugen, passt euch das?«

Paris

Am Nachmittag haben Noria und ihr Chef einen Termin mit dem stellvertretenden Generalsekretär des Elysée, zuständig für Wirtschaftsfragen. Nach Bercy ein Tempel republikanischer Macht von schmucklosem, kargem Luxus, hier ist alles Gold und Erinnerung an vergangenen Ruhm. Hinter dem Amtsdiener, der sie durch das Labyrinth der Flure lotst, denkt Noria in Endlosschleife: »Das Mammut liegt im Sterben«, und wird diesen Satz nicht los, der ihr Hirn verklebt.

Der stellvertretende Generalsekretär empfängt sie in seinem Büro, riesig, vergoldet, Fenster zum Schlosspark, ganz in der Nähe des Präsidentenbüros. Er ist allein, heißt sie herzlich willkommen, schüttelt Hände. »Der für die Koordination der Nachrichtendienste zuständige Berater des Präsidenten, der Ihren Bericht ebenfalls erhalten hat, kann an unserem Treffen nicht teilnehmen. Ich werde ihn selbstverständlich informieren.«

Das geht nicht gut los. Sag lieber, dass dein Koordinator uns für Stümper hält und sich einen Dreck um die Nachrichtendienstkoordination schert, denkt Noria.

Der stellvertretende Generalsekretär hört ihnen aufmerksam zu und gibt durch ein paar kluge Bemerkungen zu erkennen, dass er im Gegensatz zu den Männern des Ministeriums den Bericht gelesen oder sich eine anständige Zusammenfassung hat schreiben lassen. Er ist jung, dynamisch in Haltung und Sprechweise, offen, wie es scheint, eher sympathisch, beginnt Noria zu denken.

Er kommt zu dem Schluss: »Ich stelle fest, dass die Probleme, die Sie ansprechen, real sind, dass die Sicherheit unserer Unternehmen, unsere Unabhängigkeit auf dem Gebiet der neuen Technologien zur Energiegewinnung auf dem Spiel stehen. Das sind Fragen, die nicht vernachlässigt werden dürfen. Ich habe entschieden, persönlich mit der Führungsspitze von Orstam zu sprechen, sie sind uns zu diesen Themen Rechenschaft schuldig, ich wundere mich, dass Monsieur Carvoux, den ich gut kenne, nicht längst um ein Treffen gebeten hat, und ich werde mich darum kümmern. Bis dahin habe ich ein Expertenbüro mit einer Studie über die Situation von Orstam betraut …«

Noria schaltet ab. Das Mammut ist bereits tot.

Paris

Am Ausgang des Elysée verabschiedet sich Noria kommentarlos von ihrem Chef, alles Weitere am Montag, und geht zu Fuß in Richtung Marais, wo in der Galerie Krammer die Vernissage der Fotoausstellung von Bastien Marquet stattfindet. Sie schaut auf der Einladung nach: ab 19 Uhr. Auf dem Weg hat sie noch Zeit, sich eine Kinovorstellung im MK2 Beaubourg zu gönnen, um das Mammut zu vergessen.

Galerie Krammer: ein leeres Schaufenster, ein Empfangs-
bereich, der an einen finsteren Korridor erinnert, geschlossene Türen, hinter denen stille Büros liegen, zwei reizende
Hostessen, die die Einladungen kontrollieren, die Garderobe
abnehmen und den Weg weisen: eine Wendeltreppe, die senk-
recht in den Keller hinabführt. Vorsicht, nicht fallen, warnen
sie. Noria bereut, dass sie gekommen ist.

Im Keller dann Verblüffung: drei prächtige Gewölbe hintereinander, Wände und Decken aus weißem Kalkstein, viel
Volk, in lärmenden Gruppen zusammengedrängt, Glas in
der Hand, und an den eintönig weißen Wänden, in einer
schlichten und ausgeklügelten Hängung, etwa fünfzig Por-
trätfotos, deren Komplexität, Seelenqualen, Farben und oft
heftige Lichtkontraste sich von der nüchternen Eleganz der
Räumlichkeiten abheben. Noria bleibt auf der letzten Stufe
stehen, nimmt sich Zeit zu schauen. Bastien löst sich aus einer
der Gruppen und kommt zu ihr. Noria freut sich, seinem
blauen Blick wiederzubegegnen, heute blasser als in ihrer Erinnerung, eine Mischung aus Provokation und Zurückhaltung. Er begrüßt sie: »Ich habe nicht zu hoffen gewagt, dass
Sie kommen.«

»Ich hatte es auch nicht vor.«

»Aber diese Porträts verlocken Sie.«

»Stimmt. Wie schaffen Sie es, diese Gesichter so hinzukrie-
gen?«

»Alle diese Leute sind Liebhaber moderner Kunst …«

»Das haben Sie mir schon erzählt.«

»Ich bin der Hausfotograf einer der größten New Yorker
Kunstgalerien. Also bin ich akzeptiert. Mehr noch, ich bin
begehrt. Ich kann Türen öffnen, bei Leuten einführen, die
zählen … Und die Fotosessions finden alle in der Galerie
meiner Chefin statt, einem sehr angesagten Ort. Deshalb

weigert sich niemand, für mich Modell zu stehen. Während der Sessions sprechen wir über die Kunstwerke um uns herum, und indem meine Modelle mehr oder weniger ehrlich über ihre erklärte Leidenschaft sprechen, entblößen sie sich.«

»Überzeugendes Ergebnis.«

»Noria, wären Sie bereit, für mich Modell zu stehen?«

»Ich bin keine Kunstliebhaberin.«

»Ich bin überzeugt, dass Ihr Gesicht das Licht sehr gut annimmt. Der Fotograf, der ich bin, ist fasziniert von dem Gegensatz zwischen Ihrem Gesicht, das glatt ist wie eine weiße venezianische Maske, und Ihren hyperlebendigen Augen hinter dieser Maske. Und ich sehe, wie dieses Gesicht sich derzeit verändert. Ich weiß nicht, wie oder warum, aber ich möchte diesen Moment einfangen.«

Tod von Macquart, Rauswurf bei der DCRI, die Polizeifamilie, die sich abwendet, die Jagdleidenschaft, die erlischt, die Fünfzig, die näherrückt, die biologische Familie, die zurückzukommen versucht – ja, ich muss es zugeben, meine Identität als Frau und als Polizistin ist dabei, sich zu verändern. Und das sieht man in meinem Gesicht? Ein Zauberer, »The Look«?

»Darüber sprechen wir ein andermal. In der Zwischenzeit holen Sie mir ein Getränk, ich sterbe vor Durst.«

Ein wenig später, nachdem sie zwischen den Fotografien umhergegangen ist, erkennt sie darin wie ein Echo all jene Menschen, die irgendwann einmal vor ihr gesessen haben, die sie betrachtet, befragt, angehört, manipuliert, umkreist, in die Falle gelockt hat, damit sie einen Moment der Ehrlichkeit ausspucken. Den gleichen Moment der Ehrlichkeit, den diese Porträts auf ihre Weise einfangen. Bastien und ich, die gleiche Jagd? Die gleichen Methoden? Faszinierend, sein Erfolg. Argwohn, ich kenne die Tricks. Noria drängt sich durch die immer noch zahlreichen Gruppen, um am Buffet am Ende des dritten Gewölbes ein letztes Glas zu trinken, und stößt auf ein bekanntes Gesicht – der Mann aus dem *Lazare* und dem Musée Marmottan. Sie hat die Fotos in ihrer Tasche, aber nicht nötig, es zu überprüfen, sein Gesicht, Profil und Dreiviertelprofil, ist in ihr Auge eingebrannt. Irrtum ausgeschlossen, er ist es. Was für ein Abend.

Sie sucht nach Bastien, findet ihn. »Wer ist der Mann dort, links vom Buffet, grauer Anzug, neben der Frau in Rot?«

»Edward Sutton, ein Kulturattaché der amerikanischen Botschaft.«

»Was tut er hier?«

»Seine Pflicht, Noria. Sehen Sie sich um. Ich bin der newyorkischste der Pariser Fotografen. Soll ich Sie miteinander bekannt machen?«

»Nein danke. Ich breche auf, Bastien.«

»Bis bald?«

Sie ist bereits gegangen.

Kapitel 16

Dienstag, 11. Juni
Paris

Das Eintreffen der vier unfreundlich dreinblickenden Zivilpolizisten im Massagesalon *Émoi* versetzt die Empfangsdame in Aufregung, die ersten Kunden machen sich unter Protest davon, der Geschäftsführer steigt aus seinem Büro in der oberen Etage herab, theatralische Miene, auf Krawall gebürstet, Duchesne packt seinen Arm, brutaler Stoß, der Geschäftsführer landet auf einem Stuhl.

»Keine Panik, wir suchen eine Zeugin in einem wichtigen Fall, eine Masseurin, die unter dem Namen Lara für Sie arbeitet.«

Der Geschäftsführer behauptet, keine Lara zu kennen. Außerdem beschäftigt er in seinem Salon keine Masseurinnen. Es sind alles Selbständige. Er stellt ihnen lediglich einen Salon zur Verfügung, dazu Empfangsservice, Instandhaltung, Reinigung – gegen Miete, zahlbar Anfang des Monats. Er weiß nicht, welchen Namen die Frauen gegenüber ihren Kunden verwenden.

Lainé und ein Polizist der BRP haben das Durcheinander genutzt, um sich in den Massagekabinen umzusehen. Als sie zurückkommen, beladen mit diversem Sexspielzeug, kleinen Riegeln Hasch und Fläschchen mit verschiedenfarbigen Kapseln unbekannter Herkunft und Zusammensetzung, ändert der Geschäftsführer seine Meinung und holt die Akte von Thérèse Letellier: 32 Jahre, Foto, hübsche Frau, wohnhaft Avenue de Choisy 133, 13. Arrondissement, Telefonnummer,

Bankverbindung. Das Feld »Im Notfall zu benachrichtigende Person« ist nicht ausgefüllt.

»Wann hat sie den Salon verlassen?«

»Laut meinen Aufzeichnungen am 24. April abends, nach einem normalen Arbeitstag. Sie ist am 25. nicht wiedergekommen und hat sich nicht mehr gemeldet. Ich habe ihre Kabine zum ersten Mai an eine andere Masseurin vermietet.«

»Laras Kundenliste vom 24. April?«

»Ich sagte Ihnen doch …«

»Sie haben schon angefangen, uns zu helfen, nur noch ein oder zwei Fragen, dann gehen wir.«

Nicolas Barrot steht auf der Liste der Kunden vom 24. April.

Währenddessen treiben Reverdy und Lainé die Masseurinnen zusammen, die alle ihre rosa Kittel übergezogen haben, teilen ihnen mit, dass Cannabis noch nicht legalisiert ist, man die Kapseln untersuchen lassen wird und sie sich zu deren Herkunft werden äußern müssen. Es sei denn …

»Reden wir über Lara. Wer erinnert sich an einen Vorfall am 24. April oder an den Tagen davor? Heute mit der Polizei zu kooperieren kann morgen von Nutzen sein …«

Zwei Frauen sind bereit, sich zu erinnern. An einem Abend, kurz vor dem 24. April, schuldete Lara ihnen Geld, viel Geld, fünfhundert Euro. (Schreibst du mit? Das wird Duchesne interessieren …) Vor Ladenschluss haute Lara einfach ab. Als sie es merkten, warfen sie sich einen Mantel über und rannten hinter ihr her. An der Métrostation Ternes entdeckten sie Lara, ein Mann sprach sie an, ein Mann, den Lara nicht kannte, das sah man an ihrer Haltung. Die zwei Frauen blieben stehen, warteten ab. Nach ein paar Minuten Hin und Her nahm der Unbekannte Lara mit in die Brasserie *La Lorraine* und sie setzten sich zum Essen. Daraufhin gingen sie beide. Am nächsten Tag hat Lara ihre Schulden beglichen.

»Würden Sie den Mann wiedererkennen?«

»Käme auf einen Versuch an.«

Lainé und Reverdy holen mehrere Fotos aus ihrer Tasche, gehen ein Stück auseinander, jeder Polizist mit einer Frau. Das ist er, sagt die eine. Das könnte er sein, sagt die andere.

Der Mann aus dem Musée Marmottan.

Polizeipräfektur Paris

Am frühen Abend kehren Reverdy und Lainé zu Noria in die Präfektur zurück und erstatten Bericht. Lara heißt Thérèse Letellier, im Salon *Émoi* ist sie seit dem Abend des 24. April nicht mehr aufgetaucht, Datum des letzten Termins mit Barrot. Sie hat ihre Wohnung in der Avenue de Choisy am 25. morgens verlassen, ihre drei Bankkonten bei der Société Générale im Laufe des Vormittags geräumt. Sie besitzt einen Fiat 500 mit dem Kennzeichen 759 TV 75, der normalerweise in einem Parkhaus in der Nähe ihrer Wohnung steht, sie hat ihn am 25. gegen Mittag abgeholt, danach wurde sie nicht wieder gesehen.

»Rasanter Umzug …«

»Ein paar Tage vor ihrem Verschwinden wurde sie auf der Straße vom Mann aus dem Musée Marmottan angesprochen, der sie zum Abendessen in ein ziemlich luxuriöses Restaurant an der Place des Ternes einlud.«

»Der Mann aus dem Marmottan ist Kulturattaché bei der amerikanischen Botschaft …«

»Immerhin, da haben wir doch eine für unsere Freunde von der CIA ganz klassische Besetzung …«

»… und er heißt Edward Sutton.«

»Darf man erfahren, woher die Information stammt?«

»Ich bin ihm am Freitag zufällig bei einer Ausstellungseröffnung begegnet. Ich habe den Künstler nach seinem Namen gefragt, der ihn mir freundlicherweise verraten hat.«

Die beiden Männer wechseln einen perplexen Blick, Noria fährt fort:

»Jetzt, wo wir seinen Namen und seine Tarnung bei der Botschaft kennen, können Sie einen Vermerk schreiben, Fabrice. In dem Sie seine Auftritte im Umfeld von Orstam auflisten, die Kontakte zu Buck, die wir ausgemacht und dokumentiert haben, seine Begegnung mit der verschwundenen Lara. Und stellen Sie eine Verbindung zu unseren Fragen über Anderson, McDolan und die Banker her. Qualitätsarbeit.«

»Was machen wir, um Lara zu finden?«

»Wir haben keine Zeit für eine langwierige und aufwendige Aktion. Also nichts, oder nicht viel. Wir geben eine Suchmeldung mit ihrem Namen und ihrem Autokennzeichen heraus. Falls sie noch in Frankreich ist ...«

»Falls sie noch am Leben ist ...«, sagt Reverdy.

»... müssten wir einen Rücklauf bekommen.«

»Es ist nicht nötig zu hoffen, um etwas zu unternehmen ...«

Mittwoch, 12. Juni
Paris

Reverdy ist um neunzehn Uhr mit Martine Vial verabredet. Sie hat die Brasserie *Les Trois Obus* an der Porte de Saint-Cloud vorgeschlagen, bei ihr um die Ecke. Reverdy überlegt, wie er das Treffen gestalten soll. Nicht einfach. Martine Vial bekommt einen anderen Status, sie wird seine Hauptalliierte im Unternehmen. Er wird über die üblichen Salonlöwen-gespräche hinausgehen müssen und wählt deshalb weniger klassische Kleidung als sonst, um die neue Qualität ihrer

Beziehung zur Darstellung zu bringen, bleibt aber bei dezenten Farben. Grauer Kord, Weste mit vielen Taschen. Als er eintrifft, entdeckt er sie in einer Ecke des Saals, Körper und Gesicht verkrampft, haltlos auf ihrer Bank.

»Als ich das letzte Mal hier war, war ich mit Sophie Lamblin verabredet, ungefähr vor einem Monat. Es fühlt sich an wie eine Ewigkeit.«

»Haben Sie sie wiedergesehen?«

»Nein. Sie hat ihre Kinder eingepackt und ist weggezogen, ohne eine Adresse zu hinterlassen.«

»Wie ist das, Martine, ist neunzehn Uhr für Sie Tee- oder Apérozeit?«

»Für mich Tee.«

»Wären Sie böse, wenn ich einen Apéro nehme?«

Klägliches kleines Lächeln. »Wie kann man Ihnen böse sein, Fabrice?«

Er bestellt einen Tee und einen Whisky, setzt sich ihr gegenüber, nimmt ihre Hand. »Entspannen Sie sich, Martine.«

»Das ist unmöglich. Lamblin entlassen. Haben Sie die Verlautbarung der Direktion gelesen?«

»Ja, ich habe die Agenturmeldung von AFP bekommen.«

»Entlassen wegen fortgesetzten Fehlens. Beim Lesen hatten wir den Eindruck, wir sind in die vierte Dimension eingetreten. Das war nur der Anfang. Am nächsten Tag verschwindet Sautereau, ohne sich von irgendwem zu verabschieden … Und es geht weiter. Der Generaldirektor krankgeschrieben …«

»Ach so?«

»Ja, für zwei Wochen. Offenbar eine Schuppenflechte. Anderson ist abgetaucht …«

»Er ist in die USA gefahren.«

Kurzes Stutzen. »Das wusste ich nicht. Woher wissen *Sie* es?«

Reverdy zuckt die Achseln. Martine fährt fort:

»Um Carvoux oder Anderson zu erreichen, muss man sich an Nicolas Barrot wenden! Das ist doch allerhand. Noch nie habe ich in einer solchen Atmosphäre gearbeitet. Und zu allem Übel eröffnet mir mein Chef, der Finanzdirektor, am vergangenen Freitag, dass er ab dieser Woche seinen Sommerurlaub antritt. Das hat er in den zwanzig Jahren, die ich mit ihm zusammenarbeite, noch nie gemacht.«

»Und er verschwindet spurlos wie die anderen?«

»Nein, er ist sehr viel vorhersehbarer, ein Gewohnheitsmensch. Er ist in sein Elternhaus am Lac du Bourget gefahren, er bleibt leicht erreichbar.«

»Können Sie mir seine Handynummer geben?«

Martine zögert eine Viertelsekunde, dann kommt sie der Bitte nach.

»Normalerweise nimmt er es nicht mit in Urlaub. Aber da nichts mehr ist wie normal …«

Stille. Der Tee und der Whisky stehen auf dem Tisch. Reverdy schenkt Martine eine Tasse ein.

»Trinken Sie langsam, ohne sich zu verbrühen, und hören Sie mir gut zu.«

Er fasst kurz und bündig zusammen, wie sein Team die gerade stattfindende Transaktion der Orstam-Übernahme sieht. Zu deren Aushandlung Anderson in die USA gereist ist.

Absolute Stille, dann Martine, verzagt: »Und Sie tun nichts?«

»Wir sind ein Nachrichtendienst, wir tun das Einzige, was wir tun können. Wir alarmieren alle Stellen, die die Macht haben zu intervenieren.«

»Die aber nicht intervenieren.«

»Noch nicht. Sie wissen doch, wie schwerfällig sie in ihren Entscheidungen sind, Sie haben das schon erlebt. In der Schmiergeld-Geschichte mit der DATAR haben wir zehn Jahre gebraucht, um einen Prozess und eine Verurteilung zu erwirken. Aber wir haben es geschafft. Heute machen wir weiter.«

Martine Vial schweigt, ausdrucksloses Gesicht, in ihre Bankecke gedrückt trinkt sie in winzigen Schlucken eine zweite Tasse Tee. Sie ist in Gedanken woanders. Reverdy gewährt ihr die Zeit zum Verarbeiten. Als sie wieder bei ihm ist, sagt sie schlicht: »Sie können auf meine Freundschaft bauen, heute wie gestern.«

Er weiß, dass er sich damit begnügen muss.

Das Gespräch geht noch ein paar Minuten entspannter weiter, dann verabreden sie, sich regelmäßig in dieser Brasserie zu treffen.

Donnerstag, 13. Juni
Polizeipräfektur Paris

Noria überfliegt ihren elektronischen Pressespiegel. Die Veröffentlichung ausgewählter Bröckchen der Millionen geleakter NSA-Mails geht weiter. Eine Riesengeschichte. Und der Urheber der Piraterie, Edward Snowden, gibt seine Anonymität auf. Sein Name, sein Foto in allen Zeitungen. Ein zierlicher junger Mann, gejagt, auf der Flucht in Hongkong. Anrührend. Die Snowden-Affäre ist eine Manipulation der Chinesen, sagt die französische Presse, unparteiisch und gut informiert wie immer. Und quer durch alle durchsickernden Informationen immer präsenter eine Gewissheit: Die Geheimdienste der europäischen Länder wussten Bescheid und haben kooperiert. Freiwillige Dienstbarkeit, der Ausdruck geht ihr in Endlosschleife durch den Kopf. Ohne mich. Ich bin ein unbedeutendes Teilchen in einer Maschine, deren wahre Funktionsweise ich nicht kenne. Abgehängt. Orientierungslos. Meine ureigene Snowden-Krise.

Freitag, 14. Juni
Polizeipräfektur Paris

Reverdy versucht nachzudenken, sich nicht geschlagen zu geben. Ghozali hatte recht, Bucks Tod hat an allen Fronten Feindseligkeiten ausgelöst, er hat Schwierigkeiten zu verstehen, warum. Martine Vial bleibt eine zuverlässige Stütze, die er sorgsam behandeln muss. Glaubt man Sautereau, sind die Finanzabteilung und ihr Direktor insgesamt ein Zentrum des Widerstands gegen die Verkaufsstrategie von Carvoux. Sampaix. Einer von der alten Garde, sagte Sautereau. Dessen Misstrauen Reverdy gespürt hat. Normal, ich gehöre nicht zur Orstam-Familie. Der Mann ist vielleicht etwas schwerfällig, aber geradeheraus, handfest. Im aktuellen Kontext – Rauswurf von Lamblin, Geheimverhandlungen, Entlassung von Sautereau, Anderson und Carvoux an unbekanntem Ort, um nicht Rede und Antwort stehen zu müssen – ist Lapouge, der Finanzdirektor, nicht im Urlaub. Er wurde vorsätzlich weggeschickt. Das liegt auf der Hand.

Um Barrot kümmern wir uns. Sautereau, endgültig und freiwillig aus dem Spiel, legen wir ad acta. Anderson, Carvoux außerhalb unserer Reichweite. Bleibt Lapouge, wahrscheinlich bloß eine Randfigur in dem großen Schacher, aber an ihn kommen wir heran, vielleicht fallen da ein paar Krümel für uns ab.

Nachdem Ghozali grünes Licht gegeben hat, ermittelt Reverdy Adresse und Festnetznummer von Gilbert Lapouge in Brison-Saint-Innocent am Ufer des Lac du Bourget. Überstürzte und durch nichts gerechtfertigte Abreise des Finanzdirektors in einer Situation, in der die Firma sich in einer internen Krise und im Konflikt mit der amerikanischen Justiz befindet – mit Unterstützung seiner Vorgesetzten erwirkt

Reverdy die zeitlich befristete Überwachung seiner beiden Telefonnummern. Die Maßnahme greift ab dem 17. Juni.

Montag, 17. Juni
Polizeipräfektur Paris

Immer noch nichts Neues von Lara. Lainé fasst zusammen, was sie über die Beziehung zwischen Barrot und Lara wissen.

»Sutton erfährt, dass Barrot regelmäßig den Massagesalon *Émoi* aufsucht, Lara, Kabine fünf …«

»Das war nicht schwer, zu diesem Zeitpunkt ist Buck ja längst eingeschleust …«

»Angesichts der Rolle, die er im Laden spielt, hat Sutton Barrot auf dem Kieker. Er beschließt, ihm eine Falle zu stellen. Mit Hilfe von Lara ist ihm das am 24. April gelungen. Sie hat sehr gut verstanden, dass sie mit dem Teufel paktiert. Als die Falle um Barrot zuschnappt, ist sie so schlau und verschwindet.«

»Aber wir wissen immer noch nicht, worin genau die Falle bestand. Falls es eine gab.«

»Ich habe neulich die Massagekabinen besichtigt. Am Eingang zu jeder Kabine gibt es eine Mini-Umkleide mit Dusche, die durch einen Paravent abgetrennt ist. Barrot kommt. Wie alle Kunden zieht er sich in der Umkleide aus, duscht, geht nackt in die Kabine, also ohne sein Handy, das in seiner Jacke außer Sicht in der Umkleide bleibt, für eine halbe Stunde, so lange dauert den Mädels zufolge eine Massage. Eine Zeitspanne, die ausreicht, um Telefone zu verwanzen.«

»Ein ziemlich kompliziertes Unterfangen. Und ich kann mir Sutton nur schwer bei dieser Operation vorstellen, die Amerikaner haben das nicht nötig, sie haben eine superausgeklügelte Abhöranlage auf dem Dach ihrer Pariser Botschaft,

und laut Snowden sind sie in der Lage, die ganze Welt abzu-
hören.«

»Manche Wanzen haben noch andere Vorzüge. Man kann
damit die gesamten Smartphone-Aktivitäten verfolgen, nicht
nur die Gespräche, man kann sogar die Kontrolle über das
Gerät übernehmen, wann immer man will. Die Überwachung
kann ›dezentral‹ erfolgen, nicht über den zentralen Spionage-
dienst der Botschaft, also flexibler sein, reaktionsschneller.«

»Ich schlage vor, wir halten an dieser Hypothese fest, solange wir nichts Neues von Lara haben.«

»Wir müssen ein Dossier Sutton anlegen. Er ist Bucks Ver-
bindungsagent. Worüber sprechen sie? Über Orstam oder
über den Mord an Castelvieux? Buck isst mit ihm zu Mittag
an dem Tag, als er zum SDPJ einbestellt wird, zugleich der
Tag seiner Ermordung. Sutton wird mit Lara gesehen, und
sie verschwindet. Was für ein Spiel spielt der Kulturattaché?«

»Das Metzelspiel. Wer ist sein nächstes Opfer?«

»Ich tippe auf Barrot.«

»Warum er?«

»Barrot ist in Gefahr, weil wir ihm auf der Pelle kleben.«

Mittwoch, 19. Juni
Levallois-Perret

Am späten Vormittag ruft Nicolas Barrot den Boss auf der für
ihre Telefonate vorgesehenen Nummer an.

»Ich hatte heute Morgen zwei Experten vom Büro für Wirt-
schaftsforschung RDVS hier. Ein Minister aus Bercy hat sie
mit einem Gutachten über die aktuelle Situation von Orstam
beauftragt …« Der Boss schweigt. »Sie wollen unsere Finanzabteilung einer externen Revision unterziehen.«

»Was haben Sie entgegnet?«

»Ich habe nichts entgegnet. Ich habe sie gebeten, heute Nachmittag noch mal anzurufen.«

»Sehr gut. Diese Idioten von Elitehochschulabsolventen, halten die sich für Koryphäen und wollen mir erklären, wie ich meinen Laden zu führen habe? Der Teufel soll sie holen. Ich verbiete ihnen, auch nur einen Fuß in unsere Firma zu setzen, und sagen Sie in der Finanzabteilung Bescheid. Wer sie empfängt, wird gefeuert. Noch etwas?«

»Nein.«

Der Generaldirektor unterbricht die Verbindung. Und ruft Claire Goupillon an.

»Offensichtlich will Bercy weiterhin die Nase in unsere Angelegenheiten stecken. Ein Minister hat ein Gutachten bestellt. Das ist dein Fachgebiet, kannst du das unterbinden?«

»Seit wann hast du Angst vor einem Ministerialgutachten?«

»Der Zeitpunkt ist heikel …«

»Sei unbesorgt. Ich kümmere mich um Bercy. Willst du einen ausführlichen Bericht über das Abendessen der ENA-Absolventen bei Alain Minc vor zehn Tagen?«

»Nein, bloß nicht. Sag mir nur eins: gut oder schlecht?«

»Hervorragend. Wie ich dir sagte, Daniel Albouy war da, wir haben lange geplaudert. Du kannst auf ihn zählen. Und in dieser Angelegenheit hat er Einfluss. Ich treffe ihn in zwei Tagen, um mich mit ihm zu besprechen. Du kannst ruhig schlafen.«

Montag, 24. Juni
Levallois-Perret

Der Boss und Anderson sind zurück. In aller Frühe ist im Chefbüro eine Sitzung des engsten Kreises anberaumt. Im selben

Moment, als er den Geschäftssitz betritt, empfängt Nicolas Barrot eine SMS: »Mittwoch 20 h im Plaza. J.« Plaza: Herzklopfen. Es verspricht eine faszinierende Woche zu werden.

Im Büro sind sie nur zu fünft. Der Boss, Barrot, Anderson, Hoffman, der Anwalt von der Kanzlei Bronson & Smith, und ein Mann, den Nicolas nicht kennt. Anderson, der neben ihm sitzt, souffliert: »Henri Pinsec, Kindheitsfreund vom Boss, ENA-Absolvent, Mitglied des Verwaltungsrats.« Dann beginnt er mit seinem Bericht.

»Ich habe den Staatsanwalt als recht konziliant empfunden. Er weiß, dass er die Partie mit Lamblin verloren hat, er wird sich nicht festbeißen.«

»Aber Lamblin ist immer noch im Gefängnis.«

»Ja, und da wird er bis zum endgültigen Abschluss der Verhandlungen mit PE wohl auch bleiben. Ich habe mir sagen lassen, dass seine Haftbedingungen verbessert wurden …«

»Fahren Sie fort.«

»Der Staatsanwalt schlägt eine gütliche Einigung vor, mit einer Geldstrafe in Höhe um achthundert Millionen –«

Der Chef unterbricht ihn: »Keine Verhandlungen über die Höhe der Strafe, ich betrachte es als gesichert, dass PE sie bezahlt.«

»– aber er lehnt es ab, sich formal zu verpflichten, die Strafverfolgung gegen Orstam-Manager einzustellen.«

»Das ist nicht verhandelbar. Also belassen wir es dabei.«

Hoffman schaltet sich ein. »Diese Haltung täuscht der Staatsanwalt nur vor. Der Fall Lamblin ist ab sofort erledigt, er hat nichts mehr, worauf er seine Anklage gegen Sie persönlich stützen könnte, und das weiß er. Im Übrigen dürfte PE seinen Eifer dämpfen. Der Staatsanwalt wird niemals das Risiko eingehen, die Verhandlung zu vereiteln. Was für PE gut ist, ist gut für Amerika und damit für seine Karriere. Auch das weiß er.«

»Wenn Sie es sagen. Damit wir uns richtig verstehen: Ich verlange nicht, dass der Staatsanwalt öffentlich widerruft, aber PE soll wissen, dass nichts unterschrieben wird, solange die Drohung gegen meine Person besteht. Das ist ein Knackpunkt, nicht verhandelbar.«

»Ist notiert, ich gebe es weiter. Aber ich denke, dessen sind sie sich vollkommen bewusst.«

»Weiter, Anderson, kommen Sie zu den Kaufbedingungen.«

»Die Verhandlungen waren sehr einfach, PE kennt die Situation von Orstam gut, alle Unterlagen liegen vor. Ihr Terminplan sieht eine Unterzeichnung Anfang September vor, die Abstimmung unseres Verwaltungsrats folgt dann im Laufe des Monats. Sie bitten darum, dass ihre Fachleute ab sofort Zugang zu den Unternehmenskonten erhalten, um ihr Angebot zu verfeinern.«

»Bevor wir unsere Buchhaltung offenlegen, brauche ich ein paar Tage Zeit, um ein internes Problem zu regeln. Sagen wir Juli, und mit etwas Puffer: zweite Julihälfte.«

»Das wird passen. Die anvisierte Kaufsumme liegt bei etwa zwölf Milliarden …«

»Diese Zahl lag in der Luft.«

»Innerhalb des neuen Firmengebildes sind drei Gemeinschaftsunternehmen Orstam-PE vorgesehen, die als Kooperation von Franzosen und Amerikanern präsentiert werden. Eine Formel, die gegenüber der französischen Öffentlichkeit und der französischen Regierung als Aushängeschild benutzt werden kann, um nicht klipp und klar von Übernahme sprechen zu müssen, aber in den Gemeinschaftsunternehmen eine Beteiligung von jeweils 51 Prozent für PE gegenüber 49 für Orstam. Sie bestehen darauf, die Kontrolle über alle drei Gemeinschaftsunternehmen zu behalten.«

Der Chef fragt: »Geht es auch anders?«

»Ich glaube nicht.«

»Gut, dann einverstanden. Aber wir wollen eine Übergangs-phase. Beteiligung 51:49, aber im ersten Jahr französische Firmenleitungen in den drei Gemeinschaftsunternehmen.«

Nicolas denkt: Er wird sowieso nicht mehr da sein, es ist ihm scheißegal.

Anderson fährt fort: »Ist notiert. Wird weitergegeben. Mei-ner Einschätzung nach ist das für sie akzeptabel. Der letzte Punkt ist der heikelste. Es braucht bei den Aktionären und im Verwaltungsrat eine sehr breite Unterstützung für den Verkauf. Die einzige Möglichkeit, sich eventuellem Druck seitens der Regierung oder einem Konkurrenzangebot zu widersetzen. Man muss daher in den Köpfen und in den Brieftaschen die Gewissheit verankern, dass es Orstam sehr schlecht geht und PE der einzige Rettungsanker ist. Die Orstam-Aktie notiert derzeit bei dreißig. PE hält es für opportun, dass sie signifikant fällt, bevor sie sich stärker engagieren. Sie sprechen von einem Kurs um zwanzig herum.«

»Wir besprechen das mit der Bank. Es wird sich eine Lösung finden. Gut, jetzt wissen wir exakt, auf welcher Grundlage wir arbeiten.« Er wendet sich an den Unbekannten: »Henri, du übernimmst es, eine erste Runde bei den Verwaltungsratsmit-gliedern zu drehen, natürlich unter Umgehung derjenigen, die Anteile von PE-Konkurrenten halten, wir sehen zu, dass wir sie von der Abstimmung ausschließen, indem wir uns auf den Interessenkonflikt berufen. Du sprichst von einer möglichen Annäherung an PE, wobei du dich nur vage äußerst, und son-dierst die Reaktionen. Müh dich nicht mit den Amerikanern und Engländern ab, die sind uns sicher. Je nachdem, was bei deinen Gesprächen herauskommt, passen wir unsere Strategie an. Ich kümmere mich mit ein paar Freunden um die Minis-terialkabinette. Meine Herren, die Basis unserer Verhandlung diesseits und jenseits des Atlantiks ist damit klar, ich danke Ihnen für Ihre Unterstützung ... Nicolas, Sie bleiben bitte noch.«

Als alle anderen gegangen sind: »Es war gut, um nicht zu sagen sehr gut, wie Sie für Beruhigung gesorgt und die Kapitel Lamblin und Sautereau gemanagt haben. Jetzt gilt es, der Belegschaft zu vermitteln, dass die finanzielle Situation des Unternehmens kritisch ist, äußerst kritisch, und ihre Arbeitsplätze in Gefahr sind. Auch für sie muss der Rettungsanker PE heißen. Schreiben Sie mir eine interne Mitteilung mit einer wirtschaftlichen Analyse in diesem Ton. Sie verstehen, was ich sagen will?«

»Ich verstehe, Monsieur.«

»Und das ist sehr wichtig. Die Gewerkschaften haben einen Vertreter im Verwaltungsrat, ich verlasse mich auf Sie, dass er im gegebenen Moment für ›die Lösung PE‹ stimmt, ›die den Arbeitsplatzerhalt garantiert‹. Also los, an die Arbeit.« Der Chef lächelt strahlend. »Und grüßen Sie Madame Taddei von mir, wenn Sie sie sehen, mein lieber Nicolas.«

Barrot geht ohne ein Wort, sehr aufrecht, sehr steif. Das wirst du mir büßen, Dreckskerl.

Dienstag, 25. Juni
Lac du Bourget

Zum ersten Mal verbringt Gilbert Lapouge schon im Juni seine Ferien am Lac du Bourget, normalerweise kommt er im Juli oder im August hierher. Er findet diesen Juni kühl, frisch und ruhig, sehr angenehm. Heute wie an jedem Morgen mit gutem Wetter angelt er, bequem eingerichtet in seinem Boot, Strohhut auf dem Kopf und Kühltasche zu seinen Füßen.

Handyklingeln. Er knurrt, angesichts der Schwierigkeiten, die Orstam gerade durchmacht, hat er das Handy dieses Jahr nicht ausgestellt, und das hat er nun davon. Er schaut wütend aufs Display, Stoß ins Herz, es ist die Nummer seines Sohnes, der seit fünf Jahren in Los Angeles lebt und arbeitet. Er legt seine Angelrute ab, nimmt das Handy.

»Marc, was ist passiert?«

»Alles in Ordnung, Papa, keine Sorge. Ich muss dich dringend sehen, ich werde dir erklären, warum, aber nicht am Telefon. Können wir uns morgen am Genfer Flughafen treffen, gegen achtzehn Uhr im VIP-Salon? Schaffst du das? Ich fliege gleich danach wieder nach L.A. zurück.«

»Ja, natürlich, aber …«

»Danke. Und kein Wort zu Maman.«

Die Leitung ist unterbrochen.

Während er auf den nächsten Tag wartet, wird Lapouge die Zeit sehr lang. Sein einziger Sohn. Er hat sich um Marc immer Sorgen gemacht. Er hatte immer das Gefühl, als Vater nicht präsent genug zu sein, nicht beschützend genug. Vollkommen überfordert während der Pubertätskrise und dann ein paar Jahre später, als Marc sein Studium hinschmiss, um die weite Welt zu bereisen. Machtlos, als Marc sich damit herumplagte, die Firma für Flugtaxis, die er in Miami gegründet hatte, am Laufen zu halten. Der Finanzbedarf jenseits dessen, was er imstande war, ihm zu geben. In letzter Zeit, seit er sich in Los Angeles niedergelassen hat, schienen die Geschäfte besser zu gehen, Marc wirkte glücklich, aber was weiß er schon von ihm? Ein Mann jetzt, und er kennt ihn nicht. Kein Wort zu seiner Frau … Das ist er nicht gewöhnt. Hart.

Am frühen Abend hört Reverdy das Gespräch von Lapouge und seinem Sohn ab. Er bespricht sich mit Ghozali. Beide finden den Dialog rätselhaft genug, dass sich Reverdy für das Treffen interessieren sollte. Klarmachen zum Gefecht. Reverdy sagt das für morgen geplante Mittagessen mit einer reizenden jungen Frau ab, besorgt sich bei Martine Vial Fotos von Lapouge, ein gutes Mikro, kauft ein Flugticket erster Klasse nach Genf. Beim Nachhausekommen überprüft er, ob er ein glaubhaftes Geschäftsmann-Kostüm besitzt. Das ist der Fall.

Mittwoch, 26. Juni
Genf

Reverdy landet um 15:25 Uhr am Genfer Flughafen, schlendert durch die Geschäfte und Cafés der Economyclass, kauft Zeitungen, dann setzt er sich, ausgestattet mit seinem Erste-Klasse-Ticket, um siebzehn Uhr in den VIP-Salon. Er installiert sich in einem Sessel, von dem aus er den gesamten Raum gut überblickt, öffnet seine Aktentasche, holt seinen Packen Zeitungen heraus und ein Gerät, das einem iPod ähnelt. Er schaltet es ein, steckt die Stöpsel in die Ohren, testet, wie er per Tastendruck im Raum ein Ziel anpeilt, es isoliert, perfekten Empfang herstellt. Zwischen seinen Zeitungen hat er ein gutes Foto von Gilbert Lapouge.

Die Zielperson betritt den VIP-Salon gegen 17:30 Uhr. Als der Sohn kurz darauf eintrifft, steht der Vater auf, die beiden Männer umarmen sich.

»Es tut gut, dich zu sehen. Du hast ein paar Kilo zugenommen, mein Sohn.«

»Das ist der Wohlstand.«

Gilbert bestellt zwei Whisky, die Männer setzen sich in massive, tiefe Sessel, gemütlich, aber nicht so leicht, sich daraus hochzurappeln, wenn man von Rheumatismus geplagt ist, denkt Gilbert.

»Schieß los, Sohn.«

»Was ich dir zu sagen habe, ist sehr unangenehm für mich, ich brauche dafür meinen ganzen Mut und deine Liebe.«

»Die hast du.«

»Ich beginne mit dem Ende. Heute läuft meine Firma sehr gut, etwa fünfzig Angestellte, bevorstehende Eröffnung einer Zweigstelle an der Ostküste, und Banker, die sich überschlagen, um mir Geld zu leihen. Aber die Anfänge waren hart.«

»Ich weiß.«

»Nein, das weißt du nicht. Als ich meinen Firmensitz in Miami hatte, besaß ich ein einziges Flugzeug, auf Pump gekauft, das ich oft selber flog. Mit einer Kundschaft aus zwielichtigen Geschäftsleuten und nicht ganz seriösen Touristen. Es kam der Tag, an dem ich meine Kreditrate nicht mehr bezahlen konnte.«

»Das nennt sich Pleite.«

»Das hätte sich Pleite nennen können. Ich hatte einen Playboy-Banker auf Grand Cayman kennengelernt, Stevie Buck …«

»Steven Buck, derselbe, der seit 2012 bei Orstam gearbeitet hat?«

»Keine Ahnung, ich habe ihn seit fünf Jahren nicht gesehen. Ein sympathischer Typ, wir sind zusammen Wasserski gelaufen und haben Orgien gefeiert. Eines Abends, als ich total fertig und reichlich betrunken war, habe ich ihm von meinem Ärger erzählt. Und da, oh Wunder, sagt er, er kann mir aus der Patsche helfen. Er war Direktor einer Bank, deren Hauptgeschäft darin bestand, das durch Steuerflucht entstandene Vermögen einiger amerikanischer Großunternehmen zu verwalten. Er hantierte mit beträchtlichen Geldmengen, weitgehend unabhängig von den Mutterkonzernen. Er konnte mir die Summe leihen, die ich brauchte, um meine Schulden zu bezahlen und neu anzufangen, zu einem hohen Zinssatz und für kurze Zeit. Er wusste, wie er es anstellen musste, damit es in der Buchhaltung nicht auftaucht, und so landeten die Gewinne in seiner Tasche.«

»Hohe Gewinne, kurze Laufzeit, Flugzeug, Karibik ist gleichbedeutend mit Kokaintransport.«

»Exakt. Wir haben uns auf eine Frist von einem Jahr geeinigt, danach habe ich mich in L.A. niedergelassen, um mit diesen Machenschaften nichts mehr zu tun zu haben. Und der Laden läuft.«

»Aber du bist hier. Es gibt also eine Fortsetzung der Geschichte.«

»Vor genau zehn Tagen kreuzt bei mir zu Hause ein Unbekannter auf, der sich als Anwalt vorstellt. Ausstrahlung und Auftreten sind eher die eines Soldaten oder Bullen, aber gut ... Er erklärt mir, dass Buck sich die Mühe gemacht hatte, allerlei Spuren meines Abstechers ins Kokaingeschäft zu sammeln, Fotos, Mails, Geldbewegungen, und dass er sie ihm aus mir unbekannten Gründen überlassen hat.«

»Er wurde vor zwei Wochen ermordet.«

»Ah ... Wurde er ermordet, um ihm diese Unterlagen zu klauen?«

Der Vater macht eine ausweichende Geste. »Erzähl weiter.«

»Der Anwalt zeigt mir Fotokopien und sagt, dass seine Klienten alles tun werden, um mich zu ruinieren und für mindestens zwanzig Jahre in den Knast zu bringen, wenn ich nicht persönlich herkomme und dich bitte, deinen Posten bei Orstam aufzugeben, oder falls du ihn nicht aufgibst. Für wen er arbeitet, warum du bei Orstam aufhören sollst, wie er an Bucks Papiere gekommen ist, das weiß ich nicht, er hat keine meiner Fragen beantwortet. Aber er meinte, du würdest es wissen. Und dass du im Urlaub am See bist. Ich selbst wusste das nicht. Ich habe die Kopien dabei, soll ich sie dir zeigen?«

»Nein.«

Gilbert Lapouge ist nach hinten gesunken, verkeilt in seiner Sesselfalle, Augen geschlossen. Ich dachte, ich hätte Gewicht, ich habe mich geirrt. Nicht schnell genug, nicht gewieft genug. Jetzt störe ich, man schaltet mich aus. Okay. Soll ich mich widersetzen? Auf wen mich stützen? Carvoux? Der ist ein PE-Mann, seit langem, und er weiß, dass ich es weiß. Deshalb muss er mich feuern. Sautereau entlassen. In meiner eigenen Abteilung Sampaix kurz vor der Pensionierung, mein Stellvertreter, der mich aufs Kreuz legt, um um jeden Preis meinen Platz einzunehmen. Bei unserem traditionellen Verbündeten, dem Rechtswesen, sieht es nicht besser aus, Anderson, ein PE-Mann, hat seine Abteilung vielleicht schon umgepolt. Die Ministerien? Ich kenne ihre Position: »Die Amerikaner? Wir ducken uns weg.« Auf Seiten des Gegners gute Organisation und Feuerkraft. Sie bringen Buck in Stellung, sie verlieren ihn, und binnen zwei Wochen ersetzen sie ihn durch meinen Sohn. Eine Schlacht, die von vornherein verloren ist, braucht man gar nicht erst zu beginnen.

Das Schweigen dauert an. Marc beobachtet aufmerksam das Gesicht seines Vaters. Man könnte meinen, er döst.

»Eine letzte Sache noch …«

Der Vater zuckt zusammen, öffnet die Augen, hatte die Anwesenheit seines Sohns fast vergessen.

»Der Anwalt sagte mir, wenn du dich zurückziehst, würdest du sehr großzügig entschädigt.«

Der Vater wirft einen Blick auf die Uhr über der Bar. »Du

musst los, wenn du deinen Rückflug nach L.A. nicht verpassen willst.«

»Wie entscheidest du dich?«

»Ich warte auf das finanzielle Angebot.«

Reverdy nimmt um 19:20 Uhr das Flugzeug, das ihn nach Paris zurückbringt.

Paris

Nicolas Barrot wird um zwanzig Uhr am Empfangstresen vom *Plaza Athénée* vorstellig, gewisse Erinnerungen im Kopf und Blut in Wallung. Man teilt ihm mit, Madame Taddei erwarte ihn in der Bar. Herbe Enttäuschung, kleiner Durchhänger, schließlich geht Barrot in die Bar, ein kalter Raum mit wenig Betrieb. July Taddei sitzt hinten an einem Tisch, orangefarbenes sexy Abendkleid, fließende Silhouette, elegant. Ihre Haare sind um den Kopf zu einem hyperraffinierten Kranz hochgesteckt. Sehr viel stärker geschminkt als sonst. Eindeutige Botschaft: Wilde Bettspiele stehen nicht auf dem Programm. Vor ihr auf dem Tisch eine Flasche Champagner im Kühler, zwei Sektschalen und ein schönes Orchideengesteck. Sie lächelt Nicolas zu, bedeutet ihm, sich zu setzen. Der Barkeeper stürzt herbei, bringt einen Teller Amuse-Gueules, öffnet die Flasche, füllt die Schalen. July hebt mit einem strahlenden Lächeln ihr Glas.

»Heute Abend Empfang im Elysée, Madame Jouyet wird vom Präsidenten der Republik mit dem Orden der Ehrenlegion ausgezeichnet.«

Offensichtlich sagt der Name Jouyet Nicolas nichts. July zieht ihn auf: »Sie müssen noch viel lernen über Ihr Land. Die Jouyets gehören zu den Familien mit dem größten Einfluss in französischen Politikerkreisen gleich welcher Gesinnung, ihre Unterstützung ist für uns in dieser Phase verzichtbar … Und morgen fliege ich in aller Frühe zurück nach New York. Beeilen wir uns. Wir haben ein Problem: Wie Sie wissen, stellt PE eine Bedingung für die Übernahme – ein Aktienkurs von zwanzig Euro. Man muss den Kursabfall organisieren. Das mag zynisch sein, aber ich denke, Sie verstehen das.«

Nicolas wartet schweigend.

»Für jedes Problem gibt es eine Lösung. Es ist leicht, den Aktienkurs in den Keller zu schicken …«

Nicolas wartet weiter.

»Im Kontext der Wirtschaftskrise wäre eine alarmistische Verlautbarung des Generaldirektors, wenn sie gut inszeniert ist, sehr glaubwürdig und würde ausreichen, um den Kurs um mindestens zehn Punkte einbrechen zu lassen.«

»Aber die Finanzsituation von Orstam ist nicht so schlecht.«

»Wer würde das Risiko eingehen, dem Generaldirektor zu widersprechen?«

»Der Hauptaktionär Béton et Compagnie?«

»Um den kümmert sich der Chef. Er will seit langem verkaufen. Carvoux wird ihm beweisen, dass die Übernahme durch PE in seinem Interesse liegt.«

»Dann vielleicht der Finanzdirektor.«

»Gut erkannt. Und da kommen Sie ins Spiel. Sie werden ihn aufsuchen, um ihn zu überzeugen, in den vorzeitigen Ruhestand zu gehen.«

»Mit welchen Argumenten?«

»Die Ihnen einfallen, wenn Sie ein bisschen nachdenken, gestützt auf das Angebot einer dicken Abfindung und eines dekorativen und überbezahlten Beraterpostens. Ihr Mann wird dafür empfänglich sein.«

»Solche Argumente ziehen nicht bei jedem.«

»Doch. Es hängt davon ab, was man es sich kosten lässt. Jeder Mensch hat einen Preis, die einzige Schwierigkeit besteht darin, sich bei dessen Festsetzung nicht zu vertun. Nicht zu niedrig, nicht zu hoch, der richtige Preis. Also, ja oder nein?«

»Wenn Sie denken, dass ich dazu fähig bin, dann ja.«

July holt aus ihrem winzigen golddurchwirkten Abendtäschchen ein Kuvert und hält es ihm hin.

»Da drin finden Sie die aktuelle Adresse des Direktors, an seinem Urlaubsort. Und die Höhe unseres bezifferten Angebots, von Orstam und der Bank gemeinsam ausgearbeitet. Etwas sagt mir, dass er in der richtigen Stimmung ist, um dieses Geschäft in Betracht zu ziehen. Man darf den Moment nicht verstreichen lassen. Sehen Sie zu, dass Sie bald hinfahren, und präsentieren Sie diese Übereinkunft als die banalste Sache der Welt. Es liegt in Ihrem eigenen Interesse, überzeugend zu sein, denn auch Sie spielen mit großem Einsatz.«

»Wie das?«

»Erinnern Sie sich: ›Sie werden gleichzeitig am Ruder und an der Kasse sein‹?«

»Ich erinnere mich.«

»Und siehe da, es ist so weit. Wenn die Aktie abstürzt, kaufen Sie zu zwanzig oder zweiundzwanzig. Ohne Risiko, Sie wissen, was die anderen Aktionäre noch nicht wissen, dass PE den Laden zwei Monate später übernimmt und die Aktie umgehend zu ihrem Kurs um dreißig zurückfinden wird. Sie müssen nur warten.«

»Insiderdelikt. Das ist illegal.«

»Nicolas, wir haben die Macht, vergessen Sie das nicht. Machen Sie nicht so ein Gesicht, ich habe versprochen, Ihnen beizubringen, wie man diese Spiele spielt, und ich werde mein Versprechen halten. Trinken wir auf unsere Zukunft. Und dann zwitschere ich ab zum Elysée.«

Kapitel 17

Donnerstag, 27. Juni
Paris

Als er am Morgen aufsteht, findet Reverdy einen handgeschriebenen Brief, der in der Nacht unter seiner Tür durchgeschoben wurde. Er öffnet ihn: »Heute unbedingt um 11 h an der Bar der Brasserie *Terminus Nord*, Gare du Nord. Wichtig.« Er erkennt die Handschrift von Blanchard.

Als Reverdy zu ihm stößt, lehnt er mit den Ellbogen auf dem Tresen und wirkt selbstzufrieden, was nicht oft vorkommt. Sie bestellen einen Kir und einen Suze und setzen sich in eine Ecke des Saals.

»Die Taddei war gestern Abend mit Barrot im *Plaza*.«

»Guter Fick?«

»Du bist auf dem Holzweg. Ich übrigens auch. Komplizierter Tag. Um neun Uhr morgens kündigt die Taddei ihr Kommen an. Ich schaffe es, dein kleines technologisches Wunder an einem Fenster der Suite zu befestigen. Die Taddei trifft gegen fünfzehn Uhr im Hotel ein und verbringt ihren Nachmittag zwischen Kosmetikerin und Friseur, während das Zimmermädchen ihr Abendkleid bügelt. Ich schließe daraus, dass es keine Bettnummer geben wird, und nehme das Mikro wieder ab. Um 19:30 Uhr benachrichtigt die Taddei den Portier, dass sie Monsieur Barrot um zwanzig Uhr in der Hotelbar erwartet. Tumult, ich schnappe mir ein Blumengesteck von einem der Restauranttische, bastele das Mikro hinein und gebe das Gesteck dem Barkeeper, der es um zwanzig Uhr gleichzeitig mit der Schampusflasche auf dem Tisch von der Taddei abstellt, genau in dem Moment, als Barrot aufkreuzt.«

»Gut gemacht.«

Dann referiert Blanchard das ganze Gespräch: Die Übernahme von Orstam durch PE ist eingeleitet. Die Bank bereitet einen großen Coup an der Börse vor: den Aktienkurs künstlich einbrechen lassen, damit die Übernahme durch PE attraktiver erscheint.

»En passant können ein paar Eingeweihte Geld machen, indem sie Aktienpakete zum Tiefpreis kaufen. Der derzeitige Finanzdirektor soll verdrängt werden. Barrot ist beauftragt, ihm eine Abfindung anzubieten, damit er die Kündigung einreicht. Er soll ihn noch diese Woche treffen, an seinem Urlaubsort, ich weiß nicht, wo.«

»Hast du aufgezeichnet?«

»Natürlich nicht. Mit einer solchen Aktion riskiere ich meine Stelle, meine Gewerbezulassung und das Gefängnis. Verlang nicht zu viel von mir.«

Polizeipräfektur Paris

Am frühen Nachmittag stößt Reverdy im Büro zu Noria und Lainé. Er beginnt mit einem vollständigen Bericht vom Treffen zwischen Vater und Sohn und schließt:

»Buck war im Besitz der Beweise für den Kokainschmuggel, von dem Lapouge junior sprach. Er war also von PE darauf programmiert, Lapouge zu erpressen, sollte er sich gegen die Übernahme stellen.«

»Aber es bringt uns wenig, dass wir das wissen. Kaum gefallen, schon ersetzt.«

»Stimmt. Bemerkenswerte Reaktionsgeschwindigkeit.«

Reverdy schließt an mit dem »Blanchard-Bericht«, dem

Börsencoup in Vorbereitung und Barrots Mission, Lapouge den Preis für den Verrat zu zahlen.

»Verrat, das Wort ist ein bisschen stark. Nennen wir es Rückzug. Ihr Kumpel Sautereau hat es nicht anders gemacht.«

Reverdy beschließt, die Bemerkung zu überhören.

Das Team ist hin- und hergerissen zwischen der Euphorie darüber, recht gehabt zu haben, und dem Katzenjammer, fast vollständig machtlos zu sein. Aber, wie Reverdy einmal mehr zitiert: »Es ist weder nötig zu hoffen, um etwas zu unternehmen, noch erfolgreich zu sein, um durchzuhalten«, also überlegt das Team, wie sie weiter vorankommen können.

Ghozali wird die Vorgesetzten über den Inhalt der beiden Gespräche informieren, wobei sie Blanchard außen vor lässt. Danach alarmiert sie die Finanzaufsicht AMF wegen der bevorstehenden Börsenmanipulation an der Orstam-Aktie mit dem Ziel, die Übernahme durch einen amerikanischen Großkonzern zu erleichtern.

»Nennen wir Namen?«

»Warum nicht? An dem Punkt, an dem wir sind, haben wir nichts zu verlieren, und eine Intervention der AMF könnte die Dynamik vielleicht ausbremsen, wo die Regierung schon nicht reagiert …«

Reverdy, der die AMF besser kennt als Ghozali, macht ein skeptisches Gesicht, sagt aber nichts. Der Vermerk muss ohnehin geschrieben werden.

»Also, Übernahme von Orstam durch PE, Geheimverhandlungen zwischen den Unternehmen bereits im Gange, Börsenmanipulation, um den Aktienkurs einbrechen zu lassen. Wenn sie sich daraufhin nicht rühren …«

Zu guter Letzt wird Noria dem stellvertretenden Generalsekretär des Elysée eine Nachricht zukommen lassen.

»Ihm schien daran gelegen, die Firmenleitung von Orstam

zu treffen. Ich werde ihm die gute Neuigkeit überbringen, dass der Generaldirektor in Topform aus dem Krankenstand zurück ist, und da der Prozess des Verkaufs von Orstam an PE in die aktive Verhandlungsphase eingetreten ist, möchte er vielleicht mit ihm darüber reden … Mit einem Wort, ich halse mir alle Fronarbeiten auf.«

»Normal. Sie sind der Chef.«

Reverdy übernimmt es, Martine Vial so schnell wie möglich zu treffen.

»Sie wird erschüttert sein über das, was mit Lapouge passiert. Sie empfindet Zuneigung für ihn.«

»Nutzen Sie das. Wenn nötig, geben Sie ihr einen Schubs.«

Lainé gewährleistet die Überwachung von Barrots Mailverkehr.

Im Laufe des Tages reserviert Barrot elektronische Bahntickets für den 1. Juli, Paris-Chambéry und zurück. Ankunft in Chambéry um 12:37 Uhr.

Chambéry, der Bahnhof am Lac du Bourget. Lainé wird dort sein.

Freitag, 28. Juni
Levallois-Perret

Am Ende des Tages wird Barrot ins Chefbüro bestellt.

»Montag treffe ich mich mit einem der Großkopferten vom Élysée. Offenbar sickern Informationen über die laufenden Verhandlungen durch. Mit dem Hornochsen werde ich nicht allzu viel Mühe haben, aber es wäre ungesund, die Sache schleifen zu lassen. Wir müssen Gas geben. Man sagte mir, dass Sie sich um Lapouge kümmern?«

»Ja, Monsieur.«

»Wann treffen Sie ihn?«

»Montag zur Mittagszeit in Chambéry.«

»Perfekt. Ideal wäre es, wenn er keinen Fuß mehr in sein Büro setzt. Sobald wir von Lapouge grünes Licht haben, berufen wir die Pressekonferenz ein. Ich verlasse mich auf Sie, enttäuschen Sie mich nicht.«

Montag, 1. Juli
Chambéry

Barrot steigt am Bahnhof Chambéry aus dem Zug, dicht gefolgt von Lainé, betritt die Bahnhofsgaststätte, Lainé auf seinen Fersen, steuert einen Tisch an, an dem Lapouge auf ihn wartet. Mit undurchdringlichem Gesicht weigert sich der Mann, ihm die Hand zu geben. Lainé setzt sich in die Nähe und dreht ihnen den Rücken zu. Er überprüft das Abhör-Aufnahme-Gerät, läuft. Die beiden Männer bestellen zwei Gläser Apremont. Barrot räuspert sich und beginnt:

»Monsieur Lapouge …«

Der andere fällt ihm ins Wort. »Wie viel?«

Barrot, offener Mund, braucht drei Sekunden, um sich zu fangen, schiebt Lapouge einen Umschlag hin, der öffnet ihn, liest schweigend die beiden Zettel, die darin waren, steckt sie ein, leert sein Glas Weißwein auf einen Zug und steht auf.

»Sehr gut. Ich bin einverstanden. Orstam hat meine Bankverbindung. Wir haben uns nichts mehr zu sagen, nicht wahr?«

Damit geht er und lässt Barrot sprachlos und tief gekränkt zurück. Eine Vertrauensmission, meinte July. Im Grunde bin ich nichts als der Postbote. Er bestellt einen doppelten Whisky und beginnt ihn in kleinen Schlucken zu trinken, ohne Wasser, ohne Eis. Schwer, den Blick von Lapouge zu vergessen. Was ist zwischen Carvoux und Lapouge vorgefallen? Carvoux hat mich wieder mal ohne Munition an die Front geschickt. Satzfetzen kommen ihm in den Sinn. Carvoux: »Sie sind mir zu Dank verpflichtet, Sie haben nicht die Mittel, mich übers Ohr zu hauen, deshalb genießen Sie mein Vertrauen.« Andere Erinnerung, July im *Maison Blanche*: »Das bleibt unter uns, nichts Offizielles ... Ihr Chef ist nicht auf der Höhe, Sie dagegen sind es ... wenn Sie die richtige Wahl treffen, Gelegenheiten beim Schopf packen.« Ich habe die richtigen Entscheidungen getroffen. Carvoux weiß das, deshalb nimmt er mich als Bedrohung wahr und vertraut mir nicht mehr. Sehr gut. Wenn er mich kaltstellen will, lasse ich mir das nicht gefallen ...

Polizeipräfektur Paris

Am Abend erstattet Lainé Bericht.

Reverdy: »Barrot hat eine Episode verpasst, das ist offensichtlich.«

»Ja. Er ist ein Laufbursche, nicht viel mehr.«

»Und die Höhe der Abfindung kennen wir immer noch nicht.«

Lainé lacht. »Umso besser. Ich will es lieber nicht wissen. Nicht dass ich noch neidisch werde.«

Dienstag, 2. Juli
Polizeipräfektur Paris

Am Vormittag entnimmt Reverdy den Agenturmeldungen, dass die Orstam-Direktion für morgen eine Pressekonferenz zum Finanzergebnis des Unternehmens anberaumt hat. Die

Meldung macht deutlich, dass der Oberboss persönlich das Wort ergreifen wird. Schlussfolgerung: Jetzt, wo Lapouge sich auf das Geschäft eingelassen hat, ist die Bahn frei für Finanzmauscheleien. Er greift zum Telefon. Verabredung mit Martine Vial für heute Abend um sieben im *Trois Obus*.

»Ich habe Ihnen einiges zu erzählen.«

Noria erhält einen hochoffiziellen Anruf, durchgestellt von der Zentrale: der stellvertretende Generalsekretär des Élysée persönlich. Er hat eine ruhige, schmeichelnde Stimme, Noria sieht wieder sein Gesicht, ganz bei der Sache, interessiert, engagiert.

»Guten Tag, Commandant. Ich habe den ergänzenden Vermerk, den Sie mir am Montag haben zukommen lassen, aufmerksam gelesen. Und ich danke Ihnen dafür.« Schweigen. »Ich habe den Generaldirektor von Orstam umgehend um ein Treffen gebeten. Wir hatten ein sehr offenes Gespräch … Ich kann Sie beruhigen. Er hat mir Auge in Auge versichert, dass keinerlei Verhandlungen mit einem amerikanischen Großunternehmen im Gange sind, mit welchem auch immer.«

»Und Sie glauben ihm?«

»Selbstverständlich, Commandant. Dieser bedeutende Unternehmer kennt meine Vergangenheit, meine Karriere, unsere Beziehung ist hervorragend, wir sitzen im selben Boot, er hat keinen Grund, mich anzulügen, nicht mich. Übrigens scheinen die Gutachten über Orstam, die Bercy und das Élysée in Auftrag gegeben haben, zu keiner alarmierenden Beurteilung der Unternehmenssituation zu kommen, nichts, was einen überstürzten Verkauf rechtfertigen würde.«

»Was mich betrifft, Monsieur, bin ich mir vollkommen bewusst, dass ich nicht zur gleichen Welt gehöre wie der Orstam-Chef und Sie, aber ich verstehe mein Handwerk, ich halte am Wortlaut meines Vermerks und an sämtlichen darin enthaltenen Informationen ohne Abstriche fest. Die Verhandlung mit PE hat sehr wohl begonnen, ich habe Ihnen den Namen des Unterhändlers auf französischer Seite genannt, ebenso die Hauptpunkte, um die es bei dieser Verhandlung geht. Ich kann Ihnen vorhersagen, dass die in meinem Vermerk beschriebenen Maßnahmen, die zum Absturz der Orstam-Aktie führen sollen, morgen eingeleitet werden. Die Nachrichtendienstliche Abteilung der Pariser Polizeipräfektur hat ordentliche Arbeit geleistet.«

»Sie erklären mir in Ihrem Vermerk, dass das amerikanische Gerichtsverfahren die strategischen Entscheidungen des Unternehmens beeinflusst, aber Sie legen keine Beweise vor. Ich habe mit Monsieur Carvoux darüber gesprochen, und er hat mir versichert, das sei nicht der Fall.«

»Auge in Auge, ja?«

»Sehr richtig. Außerdem sind die Amerikaner unsere Partner, unsere Beziehung beruht auf gegenseitigem Respekt.« Noria unterdrückt ihren Impuls zu rufen: Und Snowden? Der Schock über die Enthüllungen hat sich keinen Monat gehalten. »Ich weigere mich, an eine Manipulation von ihrer Seite zu glauben, erst recht nicht vermittels ihrer Justiz.«

»Gegenseitiger Respekt, den Begriff möchte ich festhalten, Monsieur. Inmitten der Krise, die Snowdens Enthüllungen über das flächendeckende Ausspähen der US-Verbündeten durch die NSA ausgelöst haben, und im Kontext einer Affäre, bei der erwiesen ist, dass die Korrespondenz eines im Nuklearsektor tätigen französischen Konzerns von unseren amerikanischen Alliierten und Käufern gehackt wurde, bin ich nicht sicher, ob er angebracht ist. Genauso wenig wie auf dem Feld der Wirtschaftsspionage im Allgemeinen.«

»Hören Sie. Es ist wahr, dass unsere Unternehmen ungenügend geschützt sind, sowohl, was das Geschäftsgeheimnis betrifft, als auch die gesetzlichen Schutzregelungen. Wir überlegen, die Instanz zum Schutz der wirtschaftlichen Sicherheit beim Premierminister zu verstärken. Ich schätze Ihre Arbeit, es wäre wichtig, dass Sie sich bei der Ausgestaltung dieses gerade entstehenden Kompetenzzentrums einbringen können. Was sagen Sie dazu?«

»Ich danke Ihnen, dass Sie weder Zeit noch Mühe gescheut haben, mir Ihre Meinung über unsere Arbeit mitzuteilen. Mein Team und ich werden diese Arbeit beim Nachrichtendienst der Polizeipräfektur auch in Zukunft fortsetzen.«

»Zögern Sie nicht, mir jegliche neue Information weiterzuleiten, wenn Sie es für sinnvoll erachten.«

»Ich werde nicht zögern.«

»Gutes Gelingen, Commandant.«

Sobald das Gespräch beendet ist, setzt Noria sich auf, die Fäuste auf dem Schreibtisch geballt. »Auge in Auge. Er kann mich nicht anlügen, nicht mich.« Schmieriger Unschuldsengel … Du liebst sie, deine Familie … »Ich weigere mich, an eine Manipulation seitens der Amerikaner zu glauben, gegenseitiger Respekt.« … Daquins Ausspruch: ignorante Dummköpfe oder gekauft … Ignorante Dummköpfe *und* gekauft? Was habe ich hier verloren, auf diesem Posten, in dieser Abteilung?

Paris

Martine Vial betritt die Brasserie *Les Trois Obus*, wo Reverdy sie schon erwartet. Tee und Whisky, wie immer, aber heute hat Reverdy zum Tee köstliche frische Cannelés mitgebracht.

»Genießen Sie sie, Martine, was ich Ihnen zu sagen habe, ist eher unbekömmlich.«

Er legt den Fortschritt der Verhandlungen zwischen PE und Orstam dar, die Notwendigkeit der Finanzmauschelei, um sie zum Abschluss zu bringen. Lapouge droht zu stören, er wird ins Abseits geschoben und scheint es zu akzeptieren. Nebenbei zeichnet sich im Nachgang der Börsenmanipulation ein lukratives Insiderdelikt ab. Reverdy spürt, dass Martine angespannt ist, voller Vorbehalte.

»Ich verlange nicht, dass Sie mir glauben, Martine. Ich kann Ihnen keine Beweise liefern für das, was ich Ihnen dargelegt habe. Ich bitte Sie nur um eins: Kommen Sie morgen Vormittag zu der Pressekonferenz, die Ihr Generaldirektor einberufen hat. Sind Sie mit dem Stand der Orstam-Finanzen vertraut?«

»Natürlich. Meine Abteilung bereitet derzeit die Jahresbilanz für November vor.«

»Sehr gut. Sie gehen zu der Pressekonferenz, und um zwölf kommen Sie ins Restaurant *L'Entrecôte* an der Porte Maillot. Ich lade Sie zum Mittagessen ein.«

Mittwoch, 3. Juli
Levallois-Perret

In über Orstam gut informierten Kreisen haben zahlreiche und widersprüchliche Gerüchte zu kursieren begonnen. Laut Flurfunk haben Élysée und Industrieministerium, jeweils für sich und gegeneinander, Expertengutachten über das Unternehmen in Auftrag gegeben. Es ist die Rede von einer sich anbahnenden Großoperation. Auch hat die Ankündigung der Pressekonferenz Neugier geweckt. Eine Erklärung zur Finanzsituation zu diesem Zeitpunkt des Jahres? Ungewöhnlich ... Was steckt dahinter? Und der Oberboss persönlich wird sich äußern ... Der große Konferenzsaal im Erdgeschoss des

Geschäfssitzes ist proppenvoll. Ganz hinten im Raum steht Nicolas Barrot und hegt seinen Groll, er hat Martine Vial nicht bemerkt, ein paar Meter von ihm entfernt, Notizbuch und Stift in der Hand. Auf dem Podium ein hell erleuchtetes Stehpult, im Raum ein Wald aus Mikrofonen, Kameras, Fotoapparaten. Hoher Geräuschpegel. Der Chef lässt auf sich warten.

Als er kommt, tritt Stille ein. Aufrecht hinter dem Stehpult, ohne Notizen, betrachtet er mit ernster Miene das Publikum und beginnt:

»Meine Damen und Herren, ich danke Ihnen, dass Sie so zahlreich gekommen sind.«

Er zeichnet zunächst ein konventionelles Bild der schwierigen Wirtschaftslage … träger Markt in den »reifen« Volkswirtschaften, bleierner Handel in den aufstrebenden Ökonomien … Dann kommt er zum Thema des Tages:

»Ich habe Sie versammelt, um Ihnen eine Neuigkeit zu verkünden, die wir nicht als gute Neuigkeit betrachten. Unser Cashflow ist derzeit negativ, und das wird aller Voraussicht nach bis zur Veröffentlichung unserer Bilanz im November so bleiben. Unsere Umsätze liegen unter unseren Prognosen, wir haben daher beschlossen, diese Prognosen nach unten zu korrigieren.«

Kurzes Innehalten, eine Frage aus dem Saal: »Um wie viel?«

»Wir senken die Umsatzprognose von plus fünf auf plus zwei Prozent. Mit der höchst logischen Folge, dass wir die prognostizierte Gewinnmarge von acht Prozent auf einen späteren Zeitpunkt verschieben müssen. Was natürlich nicht dazu geeignet ist, hohe Dividenden an unsere Aktionäre auszuschütten. Daher die Gewinnwarnung, die wir heute herausgeben.«

»Können Sie den Dividendenrückgang je Aktie beziffern?«

»Noch nicht, die Aktionärsversammlung wird dazu Stellung nehmen, wenn sie zusammentritt. Abgesehen von den finanziellen Mitteilungen, die nicht sehr positiv sind, möchte ich die Aufmerksamkeit der Presse auf die Solidität unseres Unternehmens lenken. Eine überstürzte Kapitalerhöhung schließen wir vollkommen aus. Wir beabsichtigen, unsere Gewinnmargen durch Veräußerung nicht-strategischer Vermögenswerte wiederherzustellen. Und wir werden die notwendigen Anpassungsmaßnahmen einleiten, um die Widerstandsfähigkeit des Unternehmens international zu stärken.«

»Bedeutet das Entlassungen?«

»So schmerzlich es ist, aber wahrscheinlich ja.«

»Auch in Frankreich!?«

»International.«

Die Journalisten wirken verunsichert. Nach einem kurzen Moment Stille fragt einer von ihnen: »Warum diese Mitteilung heute? Warum nicht den Jahresabschluss abwarten?«

Der Generaldirektor verstärkt noch den Ernst seines Tons: »Wir bei Orstam halten uns an die Firmenethik. Die Information der Öffentlichkeit ist für ein börsennotiertes Unternehmen Pflicht.« Noch ein Rundblick über das Publikum, dann: »Ich übergebe das Wort an unseren Finanzdirektor Monsieur Pinot, der seinen Posten gerade angetreten hat und Ihre Fragen gerne beantworten wird.«

Verwunderung, allerhand Geräusche im Saal. Pinot steigt aufs Podium, der Generaldirektor verschwindet. Erwarteter Effekt: Die Fragen richten sich zunächst auf das Schicksal von Monsieur Lapouge. Eine plötzliche Erkrankung, wohlverdienter Ruhestand … Eine dick aufgetragene Huldigung.

Nicolas bewundert die Effizienz des Manövers. Man wird auf der Hut sein müssen. Der Alte hat noch Reserven.

Martine Vial ist unglücklich.

Paris

Als sie im Restaurant an der Porte Maillot zu Reverdy stößt, wirkt sie müde.

»Sie waren nicht bei der Pressekonferenz, warum?«

»Aus Gründen der Diskretion, aber wir waren vertreten. Also?«

»Genau wie Sie gesagt haben. Ankündigung einer Liquiditätskrise, die bei keinem der Unternehmenskonten den Tatsachen entspricht, und von Lapouges Pensionierung.« Winziges Lächeln. »Der Betrag des goldenen Fallschirms, falls es einen gibt, wurde nicht mitgeteilt.«

»Den kenne ich auch nicht. Ihr Entrecôte, blutig oder medium?«

»Blutig.«

»Zweimal Entrecôte blutig und eine Flasche von Ihrem Côte du Rhône.«

Sie beginnen schweigend zu essen und denken beide: Das Fleisch ist gut. Dann Reverdy:

»Könnten Sie sich vorstellen, in Lapouges Büro zu gehen, unter dem Vorwand, seine persönlichen Sachen abzuholen, um sie ihm zu schicken, und bei der Gelegenheit seine Akten und seinen Computer zu filzen? Nach persönlichen Unterlagen zu suchen, die er möglicherweise beiseitegelegt hat und die mit seiner Abschiebung zu tun haben?«

»Das mache ich. Sogar mit Vergnügen.«

»Es ist riskant.«

»Ich mache es als eine Art Vergeltung.« Sie hält kurz inne. »Vergeltung trifft es nicht ganz, mir fehlt das richtige Wort ...«

»Aber ich verstehe die Idee dahinter. Hier ist ein leerer USB-Stick. Für den Fall, dass Sie etwas finden ... Wir haben schon viele Informationen zusammengetragen und an die Regierung weitergegeben. Es bleiben immer noch eine Menge offene Fragen. Zum Beispiel: Carvoux verschickt am 28. Februar ein vertrauliches Rundschreiben, in dem er seinen Führungskräften empfiehlt, nicht in die USA zu reisen. Das ist eine erhebliche Behinderung für einen internationalen Konzern. Denn wenn man das Schreiben ernst nimmt, läuft es darauf hinaus, Frankreich nicht mehr zu verlassen, da zwischen sehr vielen Ländern und den USA Auslieferungsabkommen bestehen. Außerdem müsste man schleunigst eine gewisse Anzahl von im Ausland lebenden leitenden Angestellten zurückholen.«

»Stimmt.«

»Das Schreiben müsste also logischerweise von diversen Maßnahmen flankiert sein, um die Firma vor dieser tödlichen Gefahr zu schützen. Sind wir uns da einig?«

»Ja. Auf Anhieb habe ich das nicht richtig erfasst ...«

»Niemand scheint es erfasst zu haben, denn offenbar hat niemand das Schreiben wirklich ernst genommen. Was hat zu seiner Abfassung geführt? Keine neuen Schritte seitens der amerikanischen Justiz vor dem 15. März. Hingegen war Carvoux am 25. und 26. Februar in den USA. Diese Information habe ich von Sautereau, als er noch bei Orstam war. Was ist während dieser Reise passiert? Ein Ereignis, das das Rundschreiben ausgelöst hat?«

»Gehen wir mal davon aus. Lapouge hatte, untertrieben gesagt, kein sonderlich herzliches Verhältnis zu Carvoux. Warum sollte er eingeweiht worden sein?«

»Weil er die Finanzen verwaltet. Und wenn es beispielsweise eine Erpressung gibt ...«

»Fabrice, wir sind doch nicht bei Gangstern ...«

Levallois-Perret

Am Nachmittag betritt Martine Vial, ausgerüstet mit einer Stofftasche, das Büro von Lapouge, das immer noch unbenutzt ist. Es wirkt größer, riecht nach Leere. Die Assistentin des neuen Direktors, ein paar Türen weiter, hat eine Gestalt bemerkt, sie stürzt herbei.

»Sie können nicht … Gehen Sie hier raus.«

Martine Vial dreht sich um, alle Muskeln verkrampft in dem Versuch, sich zu beherrschen, sie öffnet den Mund zu einer Antwort, kein Laut, bricht vor der sprachlosen Assistentin in Tränen aus und bringt schließlich hervor:

»Ich habe zwanzig Jahre in dieser Abteilung gearbeitet, er ist gegangen und hat sich nicht einmal von mir verabschiedet.«

Die andere tritt verlegen näher, berührt ihre Schulter. »Ich hatte Sie nicht erkannt … Die sind alle so, die großen Chefs.«

Martine fängt sich allmählich. »Danke. Die Aufregung …« Sie zeigt auf die Tasche, die sie auf dem Schreibtisch abgestellt hat. »Ich wollte nur seine persönlichen Sachen abholen und sie ihm zuschicken.«

»Machen Sie das, Martine, und entschuldigen Sie, ich war ein bisschen grob, aber ich habe meine Anweisungen. Der neue Direktor ist heute Nachmittag nicht da, nach der Pressekonferenz ist er für den Rest des Tages in einer Sitzung mit dem Generaldirektor. Er kommt am Montag wieder und bezieht dann dieses Büro. Bis dahin Verbot, es zu betreten. Aber bei Ihnen ist das natürlich etwas anderes. Ich gehe dann mal.«

Martine macht sich schnell an die Arbeit. Fährt den Computer hoch, wobei sie den Ton abschaltet, beginnt dann, Stifte, Fotos, einen persönlichen Terminkalender in die Tasche zu stopfen. Der Computer ist bereit. Sie startet eine Suche nach den Daten vom 25., 26., 27. und 28. Februar. Steckt Medikamente ein, eine Bonbondose. Und vergisst nicht, sich in regelmäßigen Abständen geräuschvoll zu schnäuzen. Am frühen Nachmittag des 25. Februar hat Lapouge einen Ordner »Simulationen« geöffnet. Abhebung von Beträgen zwischen zehn und fünfzig Millionen Dollar. Zur sofortigen Verfügung. Auswirkungen auf die Liquidität? Möglichkeit, den Verwendungszweck im Jahresabschluss zu verschleiern? Ein paar Stunden Arbeit, danach wurde der Ordner nicht wieder geöffnet. Sie kopiert ihn schnell. Nimmt ein weißes Hemd und eine Ersatzkrawatte aus der untersten Schublade, schaltet den Computer aus, klemmt sich eine schöne lederne Schreibunterlage unter den Arm und geht hinaus. Sie zeigt Tasche und Schreibunterlage bei der Assistentin vor, die rot anläuft.

»Verzeihen Sie mir, Martine.«

Reverdy holt den USB-Stick noch am gleichen Abend ab.

4. bis 8. Juli
Paris

Bei Börsenbeginn fällt die Orstam-Aktie um mehrere Punkte. Am Abend treffen sich Reverdy und Martine Vial im *Trois Obus.*

»Heute lieber einen Kir statt Tee. Also, können Sie mit diesem Dateiordner etwas anfangen?«

»Lassen Sie mich vorausschicken, was für eine fabelhafte Frau Sie sind.«

»Das ist sehr nett, verheißt aber nichts Gutes. Oder irre ich mich?«

»Nicht wirklich. Lapouge befasst sich mehrere Stunden mit

der Prüfung der Möglichkeit, Summen von bis zu fünfzig Millionen Dollar abzuheben, in bar, ohne dass der Verwendungszweck in der Buchhaltung auftaucht. Dieses Spiel dürfte er nicht täglich gespielt haben. Dollarbeträge: Carvoux ist in New York.«

»Das besagt nichts. Zahllose Transaktionen erfolgen in Dollar.«

»Sie haben recht. Sagen wir, dass es möglicherweise eine Verbindung gibt, nicht mehr. Ich weiß nicht mal, ob Carvoux und Lapouge an dem Tag miteinander gesprochen haben.«

»Hat die Polizei nicht die Mittel, das herauszufinden?«

»Ich kann meine Chefs nicht um die Genehmigung bitten, die Telefonverbindungen von Orstam zu durchforsten, sie würden sie mir verweigern. Und ich verbiete mir, meiner Phantasie freien Lauf zu lassen, auch wenn ich nicht übel Lust dazu hätte.«

»Habe ich Ihnen gesagt, dass Gilbert Lapouge ins Ausland gegangen ist, ohne eine Adresse zu hinterlassen?«

»Nein.«

»Ich habe heute Morgen angerufen, um ihn zu fragen, was ich mit den Sachen machen soll, die ich aus seinem Büro geholt habe, und habe nur noch eine Putzfrau angetroffen. Abgereist, verschwunden, mitsamt seiner Frau. Ich habe an das Abteilungsleben in den letzten Monaten zurückgedacht. Gilbert Lapouge war uns gegenüber oft wie gehemmt. Zu reserviert, zu vorsichtig. Nicht natürlich. Verstehen Sie, was ich sagen will?«

»Ich verstehe.«

»Nur mit Maurice war er entspannt. Ich sagte mir: eine Art Verbundenheit zwischen alten Kollegen. Aber vielleicht war da noch etwas anderes. Sie sollten sich mit Maurice Sampaix unterhalten.«

»Mein Kontakt mit ihm lief immer über Sautereau, ich habe nicht mal seine Telefonnummer.«

»Ich kann Sie zusammenbringen, ich kümmere mich morgen darum. Und rufe Sie an.«

Am nächsten Tag geht Martine Vial in Maurice Sampaix' Büro vorbei. Sie findet ihn zutiefst deprimiert.

»Kleiner Kaffee?«

»Wenn Sie darauf bestehen.«

Vor dem Kaffeeautomaten auf der Etage spricht sie ihn auf die Pressekonferenz vom Vortag an. »Ich komme nicht darüber hinweg. Ich habe von der vorgeschobenen Versetzung in den Ruhestand unseres Direktors auf diesem Weg erfahren, in aller Öffentlichkeit ...«

Er hält den Blick starr auf die Blasen in seinem Kaffee gerichtet. »Ich auch. Es ist nicht zu fassen ...«

Sampaix ist ein alter Hase, er macht sich keine Illusionen. Er weiß, dass auf die Verlautbarungen des Generaldirektors automatisch der Absturz der Orstam-Aktie folgen wird. Die Börse ein Casino? Vielleicht. Aber in diesem Fall ein Casino, in dem der Croupier Herr über den Zufall ist.

Als Martine ihm vorschlägt, sich mit Reverdy zu treffen, verspürt er Brechreiz.

»Was will der von mir? Seit Monaten schleicht er um uns herum, und was hat es uns genützt? Nichts. Das ist meine Antwort.«

Martine Vial richtet sie Reverdy aus.

»Er ist sehr angeschlagen, wissen Sie, wie unsere gesamte Abteilung. Sie sollten es etwas später noch mal versuchen, wenn er angefangen hat zu verdauen.« Sie gibt ihm Sampaix' Kontaktdaten, geschäftlich und privat. Und weist darauf hin: Maurice ist noch bis zum ersten August im Büro. Ich selbst mache ab dem 14. Juli Urlaub. Eine Frage der geistigen Gesundheit. Sie sollten es genauso machen.

Zwischen einem Brunch-Picknick am Ufer der Seine und zwei Tennispartien hat Reverdy das ganze Wochenende Zeit zum Nachdenken. Er ahnt geradezu körperlich einen Moment der Krise an diesem 25. Februar in New York. Er stellt sich Carvoux vor, wie er bedroht wird. Vom Staatsanwalt? Dem Boss von PE? Dem FBI? Von einem der drei zum Nutzen der zwei anderen? Womit bedroht? Gefängnis? Er erkundigt sich bei Lapouge nach einer möglichen Kautionszahlung. Und? ... Wenn er Ghozali darauf anspricht, wird sie ihn wahrscheinlich aufziehen. »Machen Sie's wasserdicht, alter Knabe, dann sprechen wir uns wieder.« Sei's drum. Er beschließt, die Sache ihr gegenüber anklingen zu lassen, unter vier Augen, vorsichtig.

Am Montag, dem 8. Juli, keine Woche nach der »Liquiditätswarnung«, hat die Orstam-Aktie ein Drittel ihres Werts verloren, sie notiert um zwanzig Euro.

Kapitel 18

9. bis 13. Juli

Die Stadt dünstet Hitze aus, entleert sich ihrer Bewohner, das Leben läuft auf Sparflamme.

Nicht für alle. Die Chefs von PE leiden nicht unter Sommermüdigkeit. Sie verfolgen aufmerksam den Kurs der Orstam-Aktie, registrieren zufrieden deren Stabilisierung auf niedrigem Niveau, gehen aber davon aus, dass dieser Stand den Sommer wohl nicht überdauern wird. Sie wissen von Claire Goupillon, dass das Élysée und ein Minister bei Expertenbüros Gutachten über die Situation von Orstam bestellt haben. Und die offizielle Unternehmensbilanz wird für November erwartet. Es ist zwingend erforderlich, dass der Verkauf vor diesem Datum in trockenen Tüchern ist. Auch wenn Claire meint, dass die Lage nach wie vor unter Kontrolle ist, darf man jetzt nicht trödeln. Die Sommerpause ist ein guter Moment, um fernab böswilliger Blicke das Tempo hochzuziehen. Jetzt, wo man in der Finanzabteilung freie Bahn hat, schickt PE ein Expertenkommando, um in aller Diskretion und mit Hilfe des neuen Direktors einen gründlichen Inspektionsgang durch die Geschäftsbücher von Orstam zu machen. Auch wenn ihre Anwesenheit bei eventuellen Konkurrenten unbemerkt bleibt, fällt sie einigen Mitarbeitern der Finanzabteilung auf, auch Sampaix. Aber er hat jeden Kampfgeist verloren.

Für das Team Ghozali ist es Zeit, ein erstes Fazit zu ziehen. Noria beginnt mit dem, was gut und sehr gut gelaufen ist. Das Team hat effiziente »bürgernahe nachrichtendienstliche

Arbeit« geleistet, gut gezielte Kontakte aufgebaut. Es hat Castelvieux aufgetan, den Kleinkriminellen, der im Schatten von PE aktiv war, in jener Grauzone, in der Gangster und Geschäftsleute in aller Vertraulichkeit kooperieren. Es hat der Kriminalpolizei eine üppige Akte über seine Ermordung übergeben, mit möglichen Verzweigungen in Richtung Amphetaminhandel. Zweite Achse: Orstam. Das Team hat die Bedrohung für das Unternehmen zu identifizieren vermocht, und das sehr schnell, wenn man bedenkt, dass sie sich erst seit Mitte April für den Fall interessiert haben.

An diesem Punkt löst sich der Optimismus in Luft auf.

»Die wahre Frage lautet: Warum waren nicht sämtliche Nachrichtendienste seit zwei oder drei Jahren auf dem Posten?«

»Gute Frage. Sie stellt sich der DRPP, aber geht weit darüber hinaus. Der Warnruf musste von woanders kommen. DGSE oder DCRI.«

»Ich bleibe bei unserem Fazit. Wir haben sehr früh Alarm geschlagen, schon im Mai, bei unseren Vorgesetzten, unserer Regierung, wir haben die Bank ins Visier genommen, die ins Unternehmen eingeschleusten Personen ausfindig gemacht. Auf unsere Initiative hin wurde zu Bucks Tod eine Ermittlung wegen Giftmord eingeleitet. Wir haben die Börsenmanipulation angekündigt. Wir haben unsere Arbeit gemacht. Wir dürfen stolz sein.«

»Und es interessiert kein Schwein. Wir dürfen verzweifelt sein.«

»Bercy, das Élysée, die Gesamtheit der institutionellen Ansprechpartner hält unsere Arbeit für eine Marotte unterbeschäftigter Beamter.«

»Und werden das Klima der bevorstehenden Ferien nutzen, um vollkommen auf Tauchstation zu gehen.«

»Und meine Kontakte bei Orstam sind allesamt gekündigt oder verzagt oder im Urlaub.«

Noria schließt: »Es wird Zeit, dass auch Sie Ihren Urlaub nehmen, um am 15. August in besserer Stimmung wieder anzutreten. Ich halte solange die Stellung. Ich liebe Paris im Sommer, es ist die Zeit, in der die Programmkinos die schönsten alten amerikanischen Filme zeigen.«

Lainé packt sehr schnell seine Sachen, er hat es eilig, Schluss zu machen. Noria trödelt noch herum und räumt ihren Schreibtisch auf. Reverdy gibt sich einen Ruck:

»Noria, ich würde Ihnen gern noch ein paar Worte sagen, ehe ich aufbreche.«

»Schießen Sie los. Ich bin ganz Ohr.«

Er erinnert sie an seine Fragen bezüglich des Rundschreibens vom 28. Februar, erzählt ihr von Carvoux in New York am 25. Februar, den simulierten Transaktionen in Dollar von Lapouge, von Martines Rat: »Unterhalten Sie sich mit Sampaix«, und von dessen Weigerung.

»Er ist noch bis Ende Juli bei Orstam. Ich wollte nicht im Team darüber sprechen und meine Notizen auch nicht in die Orstam-Akte legen, weil ich weiß, dass ich noch nichts Handfestes habe. Aber wenn ich sie Ihnen gebe, könnten Sie versuchen, Sampaix zu treffen?«

»Fabrice, ich arbeite seit kaum drei Monaten mit Ihnen zusammen, und das so vertrauensvoll wie nur selten in meiner Vergangenheit. Unsere Fortschritte im Orstam-Fall haben wir Ihnen zu verdanken. Also, ich übernehme selbstverständlich Ihre Notizen und verfolge die Sache weiter.«

Montag, 15. Juli
Polizeipräfektur Paris

Als sich Noria im Büro allein vor zwei leeren Sesseln wieder-
findet, und das für drei lange Wochen, verfällt sie zunächst
in depressive Stimmung. Dann ein Gefühl der Freiheit. Sie
gibt ihrem Herzen einen Stoß und tut, worauf sie seit ihrem
Besuch in der Galerie Krammer Lust verspürt und was sie
in Anwesenheit ihrer Teamkollegen niemals getan hätte, sie
nimmt ihr Handy, sucht eine Nummer heraus. Klingeln.

»Bastien Marquet?«

»In Person.«

»Noria Ghozali. Haben Sie ein Datum für unsere Fotosession anzubieten?«

Verabredung für den 18. Juli in einem Atelier der Galerie
Krammer.

Ende des Gesprächs.

Noria spürt, was sie gerade getan hat, ist ein Zeichen des
Bruchs. Eine Commandante der DRPP steht nicht Modell
für diese Sorte Porträts, diese Sorte Fotograf. Sie hat gerade
einen Schritt zur Seite gemacht, einen Schritt nach draußen,
sie hatte das Bedürfnis, sie brauchte es. Und danach? Sie wird
schon sehen. Morgen ist ein neuer Tag.

Und sie stürzt sich in ihre alltägliche Arbeit. Lektüre der
Wirtschaftspresse, um das Neueste aus der Unternehmens-
welt zu erfahren, auch wenn über den Sommer das Tempo
gedrosselt ist. Eine lästige Arbeit, aber unerlässlich jetzt, wo
Reverdy nicht da ist, um sie zu übernehmen. Auf einem recht
schwachen Aktienmarkt verblasst der Effekt der pessimisti-
schen Äußerungen des Orstam-Chefs, die Aktie hat in der
Vorwoche einen Anstieg um ein oder zwei Punkte eingeleitet.
Heute verkündet der Hauptaktionär Béton et Compagnie,

dass er angesichts der Liquiditätswarnung und der anschließenden Börsenentwicklung den Wert seiner Orstam-Aktien
in seiner Jahresbilanz um 1,4 Milliarden abschreiben wird.
Diese rein buchhalterische Entscheidung hat keine Auswir-
kung auf die Geschäftstätigkeit oder die Finanzen von Béton
et Compagnie, macht aber auf die Märkte mit ihrem Zahlen-
kult tiefen Eindruck. Die Orstam-Aktie fällt erneut.

Als Noria die Meldung in der Wirtschaftspresse liest,
schließt sie daraus: Béton et Compagnie wurde über den Verkauf von Orstam an PE informiert und befürwortet ihn. Was
im Übrigen logisch ist. Die Zustimmung des Hauptaktionärs
ist notwendig, um ein solches Vorhaben zu verwirklichen.

Sie schickt einen kleinen Vermerk an die Finanzaufsicht,
um den Fakt mitzuteilen und an die »Liquiditätswarnung«
von Anfang Juli zu erinnern, ohne sich allzu viele Illusionen
zu machen. Zu Recht. Es scheint, dass ihre Notiz niemals
gelesen wird.

Dienstag, 16. Juli
Polizeipräfektur Paris

Auf dem Desktop von Norias Computer der Ordner
»25. Februar«, den Reverdy ihr hinterlassen hat. Sie öffnet
ihn. Rundschreiben des Chefs an seine Führungsriege vom
28. Februar, dazu Reverdys Überlegungen: bemerkenswerter
Text, im Grundsatz folgenschwer, in der Realität ohne jede
Konsequenz. Warum zu diesem Datum? Dann: Carvoux in
den USA, 25. und 26. Februar, *The Pierre Hotel.* Ein län-
gerer Komplex: Simulation von Geldbewegungen in Dollar,
am 25. Februar erstellt von Lapouge. Noria überfliegt ihn
schnell, überzeugt, nichts davon zu verstehen. Medienspiegel

über die Pressekonferenz vom 3. Juli, mit einer Notiz von Reverdy: Vial und Sampaix anwesend, erfahren bei der Gelegenheit von Lapouges Pensionierung. Schließlich der Rat von Martine Vial: »Unterhalten Sie sich mit Sampaix«, und dessen Absage.

In dem Versuch, Sampaix' Persönlichkeit und seine Beziehung zu Lapouge zu erfassen, nimmt sich Noria noch einmal die gesamte Orstam-Akte vor. Die beiden sind verwandt in ihrer Arbeitsweise, ihrer Verbundenheit mit der Firma und ihrer Überzeugung, dass sie lebensfähig ist. In seiner Funktion als Leiter der Finanzabteilung ist Lapouge ein kaum überwindbares Hindernis. Die Verfechter des Verkaufs betreiben großen Aufwand, um ihn kaltzustellen, und starten die Finanzmauschelei erst nach seinem Firmenaustritt. Zweiter Aspekt: Sampaix weiß nicht, wie Lapouge ausgeschaltet wurde, sie dagegen weiß es. Ein Vorteil, den es zu nutzen gilt.

Noria ruft Sampaix an, stellt sich als Reverdys Vorgesetzte bei der DRPP vor und fragt, ob es möglich ist, sich zu treffen. Sampaix schimpft vor sich hin.

»Ein Treffen, um was zu tun? Ich lebe in einem Trümmerfeld, und ich sehe nicht, inwiefern Reverdy uns hat helfen können. Ich habe keine Zeit zu vergeuden.«

»Ein Treffen, weil ich Ihnen einiges zu sagen habe. Wir sehen uns, ich packe meine Geschichte aus, und Sie fangen damit an, was Sie wollen. Sie wissen sehr gut, dass wir ausschließlich auf Kooperationsbasis arbeiten. Wir haben keine Möglichkeit, Sie zu irgendwas zu zwingen.«

Sampaix ist neugierig, will es aber nicht zeigen. Er akzeptiert, widerwillig. Freitag, der 19., vorm Wochenende, um achtzehn Uhr in der Brasserie *L'Européen* gegenüber der Gare de Lyon.

Donnerstag, 18. Juli
Paris

Noria sitzt in einem großen Sessel, umstellt von weißen Foto-
schirmen, die das Licht der drei Scheinwerfer reflektieren. Vor
ihr auf einem niedrigen Tisch eine Schale mit Pflaumen und
die Zeitungen des Tages. Bastien bewegt sich unablässig durchs
Zimmer, umkreist sie, stellt die Fotoschirme um, die Scheinwerfer, werkelt an seinen Digital- und Analogkameras, redet,
trinkt Wasser, Orangensaft, bietet ihr ein Getränk an. Eine
Art Tanz, den Noria aus dem Augenwinkel amüsiert verfolgt.

»Heute sehe ich Sie, Noria, als eine Frau aus Stahl, die entdeckt, dass das Metall eine Schwachstelle hat. Diese Schwachstelle möchte ich fotografieren. Und Sie würden gern das Foto
der Schwachstelle sehen, das weiß ich.«

»Stimmt. Ihre Porträtausstellung hat mich zum Nachdenken gebracht. Fangen wir an?«

»Action. Sie waren nicht immer diese Frau aus Stahl. Gibt
es einen Geburtsakt, einen Tag, einen Moment, wo es kippt?
Vorher sind Sie eine andere, in diesem Moment werden Sie zu
der Person, die Sie sind?«

»Ja, es gibt einen Tag, es gibt eine Stunde. Ein Konflikt mit
meinem Vater. Das kam bei mir häufig vor ...«

Noria sieht wieder die Küche, den Eintopf, der auf dem
Feuer köchelt, sie packt den Topf, wirft ihn ihrem Vater an
den Kopf, die nicht wiedergutzumachende Tat.

»... an diesem Tag habe ich zurückgeschlagen. Und bin ge-
flüchtet ...«

Mit einer Art Jubel durchlebt Noria noch einmal diesen
Moment. Sie ist in ein Zimmer eingesperrt. Sie öffnet das
Fenster, steht auf der Brüstung, drei Stockwerke, die Leere,
die Angst, tief Luft holen ...

»… ich bin aus dem Fenster gesprungen.«

Auf der Digitalkamera betrachtet sie die Fotos, die in ihrem Gesicht den Blick der gehetzten Antilope eingefangen haben, in dem Moment, als sie zur Flucht ins Leben ansetzt, ihre Angst und ihre Entschlossenheit. »Es braucht viel Mut, um zu fliehen.«

»Die Flucht, okay, Sie lassen die Jugend hinter sich. Wann werden Sie erwachsen? Gibt es auch dafür ein Datum?«

»Ich gehe sehr jung zur Polizei …«

Sie erinnert sich an dieses Gefühl, eine Rolle zu haben, die sie spielen kann, endlich, mit Requisiten, die ihr dabei helfen, ein Dienstausweis, eine Uniform. Ein eigener Platz in einer Hierarchie, einer Familie, endlich.

»… ich habe das Spiel mit vollem Einsatz gespielt …«

Auf den Fotos, frontal, ihr gehobenes Gesicht, der Blick weit in die Vergangenheit gerichtet, markante Backenknochen und Kiefer, glatte, makellose Wangen, schmale, gerade Nase, das Gesicht einer amerikanischen Schauspielerin der Fünfzigerjahre.

»… ich hatte die Chance, direkt unter dem Chef der Pariser RG zu arbeiten …«

Gesicht im Dreiviertelprofil, weniger hartes Licht, Bastien fängt die Andeutung eines Lächelns ein, den Schatten eines Grübchens in den Mundwinkeln.

»… ich habe Jahre ständiger Kämpfe erlebt, in meiner neuen Familie und außerhalb, im Einvernehmen mit mir selbst. Ich nehme an, das nennt man Glück.«

»Und heute?«

»Heute …«

Fortgejagt. Vergifteter Riss. Ich hielt mich für ein eheliches Kind und entdecke, dass man mich unter Vorbehalt adoptiert hat. Befristete Adoption. Verbrauchsdatum überschritten. Ich hätte sterben mögen.

»... heute ist das zerstört, und ich habe keine Lust, darüber zu reden.«

Bastien hat das Gesicht im Profil aufgenommen, Blick zu Boden, das Auge im Schwarz seiner Höhle versunken, die Wange in Schatten gegraben. Er sagt: »Sie versuchen, erneut den Mut zur Flucht zu finden.«

Noria betrachtet das Foto auf dem Kameradisplay. Die Versuchung, den Schritt zur Seite zu tun. Er hat recht. Noch einmal den Mut zur Flucht in mir finden.

Nach einem ganzen Nachmittag Arbeit packt Bastien seine Utensilien ein, räumt das Studio auf, während er mit Noria plaudert. Er löscht die Lichter.

»Ich bin heute Abend mit Freunden zu einer Privatvorstellung von *Ugly* eingeladen, einem indischen Kriminalfilm, der gerade in Cannes gelaufen ist, begleiten Sie mich? Sie sind Kinofan, lassen Sie sich verführen.«

»Woraus schließen Sie, dass ich Kinofan bin?«

Bastien lacht. »Aus Ihrer speziellen Art, sich meine Ausstellung anzuschauen. Gebannt von den Bildern, aber Sie sind ständig umhergelaufen, ich habe wohl begriffen, dass Sie die Bewegung suchten.«

»Nicht falsch.«

»Dabei bekommen Sie in der Bewegung niemals diese eingefrorenen, schwindelerregenden Momente zu fassen, die Ihnen ein Foto schenkt. Aber zurück zur Sache. Ein indischer Kriminalfilm ist eine Attraktion, dazu sagt man nicht nein.«

»Ist Daquin auch dabei?«

Bastien sieht sie an, perplex. »Nein, wir verkehren nicht mit denselben Leuten.«

»Dann komme ich mit.«

Großartiger Film, sehr noir. Danach schleifen Bastien und seine Freunde Noria zum Abendessen in ein Restaurant in Les Halles. Mit ihrem Omelette plus Karaffe Wasser sticht sie heraus aus dem allgemeinen Elsässer Sauerkraut und Bier, aber sie fühlt sich wohl in dieser Clique passionierter Kinogänger. Das Gespräch kreist zunächst um *Ugly*. Noria liebt dieses Gruppenporträt indischer Bullen, brutal und korrupt, aber nicht mehr als die Gesellschaft, in der sie agieren. Komplexe Wirklichkeit, wahrhaftiger Ton. Nicht sehr verbreitet, sagt Noria. Die Diskussion wendet sich französischen Fernsehkrimis zu. Noria gesteht ihre Unkenntnis, sie schaut sie sehr selten. Am Ende des Essens schlägt Bastien vor, sie nach Hause zu fahren, sie nimmt die Einladung an. Es gibt noch einen zweiten Mitfahrer, ein Mann, ruhiger Fünfziger. Bastien stellt vor: Guillaume Neveu ... Noria Ghozali... Träge Unterhaltung, es ist spät.

Neveu merkt an: »Sie scheinen das Polizeimilieu gut zu kennen, Noria.«

Sie zögert weniger als eine Sekunde, dann: »Ja, ich kenne es gut. Ich arbeite da seit fast dreißig Jahren.«

Man nähert sich dem Bassin de la Villette. Guillaume fährt fort: »Ich produziere fürs Fernsehen, und ich habe viele Anfragen für Krimis. Das Genre ist groß im Kommen. Gerade arbeite ich an einem Pilotfilm für France 2, wenn Sie Lust haben zu erleben, wie so ein Dreh läuft, tun Sie sich keinen Zwang an, melden Sie sich bei mir, es wäre mir eine Freude, Sie am Set zu begrüßen. Und dann setzen wir unser Gespräch über französische Serien fort.«

Der Wagen hält vor Norias Haus, Neveu reicht ihr seine Visitenkarte, sie nimmt sie, steckt sie ohne einen Blick in ihre Tasche, verabschiedet sich und geht.

Freitag, 19. Juli
Paris

In der Brasserie *L'Européen* sitzen sie sich gegenüber, Sampaix vor einem Bier, Noria mit einem Perrier. Sie ergreift schnell das Wort, damit sich keine Beklommenheit einstellt. Ihr Team hatte die Bedeutung der Finanzabteilung erkannt, um der Desinformationskampagne seitens der Bank entgegenzutreten. Es war ein Leichtes, daraus zu folgern, dass die Abteilung Zielscheibe verschiedener Manöver sein würde, mit dem Zweck, sie nicht zum Zug kommen zu lassen. Der Schutz der Abteilung und ihres Direktors war daher bald oberstes Gebot.

»Sehr schnell wurden wir auf Buck aufmerksam, haben seine Vergangenheit als Leiter einer Bank auf den Kaimaninseln rekonstruiert, die auf Geldwäsche und diverse Schiebereien spezialisiert war, und seinen CIA-Kontaktmann hier in Paris identifiziert. Die Regierung wurde selbstverständlich auf dem Laufenden gehalten, in Echtzeit. Wir haben Buck unschädlich gemacht, als sich die Gelegenheit dazu bot, unmittelbar vor seinem Tod. Aber wir haben nicht herausgefunden, worin die Druckmittel gegen Lapouge bestanden, ein Schwachpunkt, der erklärt, warum wir im Anschluss von den Ereignissen überrollt wurden. Buck wurde innerhalb einer Woche ersetzt. Wissen Sie, dass Lapouge einen Sohn hat?«

»Ja, er betreibt eine private Fluglinie in Los Angeles. Gilbert hat mir davon erzählt.«

»Vor L.A. war die Firma in Miami ansässig. Und in diesen Jahren hat Lapouge junior Kokaintransporte gemacht, finanziert durch Bucks Bank. Als guter Erpresser hat Buck allerlei Beweise gegen ihn gehortet, Beweise, die sich nach seinem Tod in den Händen seines CIA-Kontakts wiederfanden, der Lapouge junior aufsuchte und ihm ein Geschäft unterbreitet hat: Entweder er bringt seinen Vater dazu, bei Orstam zu kündigen, oder alle diese Papiere landen auf dem Schreibtisch eines Staatsanwalts in Miami. Vater und Sohn haben sich am 26. Juni in Genf getroffen. Der Vater hat gekündigt. Der schöne Ruhestand kam erst hinterher. Er hat der Erpressung nachgegeben, nicht dem Geld.«

»Weiß Martine Bescheid?«

»Nein, Reverdy wollte sie schonen. Ich weiß nicht, ob er gut daran getan hat, ich kenne sie nicht, entscheiden Sie selbst, ob Sie ihr davon erzählen oder nicht. Aber verstehen Sie mich richtig: Alles, was ich Ihnen gesagt habe und was ich der Regierung mit den verschiedenen mir zu Gebote stehenden Mitteln kommuniziert habe, existiert nicht. Wir haben Beweise, aber so, wie wir sie uns beschafft haben, können wir uns nicht offiziell darauf berufen, und alle Betroffenen werden leugnen, wenn man sie darauf anspricht, angefangen mit mir.«

Sampaix bestellt ein zweites Bier und versinkt in der Betrachtung des Schaums. Noria lässt ihm Zeit zum Verdauen und Nachdenken.

Schließlich hebt er den Kopf. »Warum wollten Sie mich treffen?«

»Was ist am 25. Februar in der Finanzabteilung vorgefallen?«

»Was wissen Sie?«

»Nicht viel. Carvoux ist in New York und Lapouge simuliert Abbuchungen von Dollar-Beträgen.«

Neuerliche Pause. Sampaix trinkt sein Bier.

»An dem Tag arbeitete ich mit Gilbert in seinem Büro. Das taten wir oft. Sein Handy klingelt. Er schaut hin, sagt: der Chef. Er nimmt den Anruf an, er sitzt an seinem Schreibtisch, ich stehe neben ihm, ich höre alles mit. In New York ist es ungefähr acht Uhr morgens, Carvoux frühstückt in seiner Suite im *Pierre*. Ich war nie dort, aber ich stelle mir die Aussicht auf den Central Park vor, das riesige Zimmer, das XXL-Bett. Ein unmäßiger Hang zum Luxus, natürlich auf Firmenkosten. Für mich schwer nachvollziehbar.«

»Er braucht das, um sich seiner Bedeutung zu versichern. Er ist nicht der Einzige von der Sorte.«

»Mag sein. Er erzählt, dass gerade zwei FBI-Agenten in sein Zimmer eingedrungen sind, wegen des Pampa-Vertrags leitet die amerikanische Justiz gegen ihn persönlich gerichtliche Schritte ein, ihm droht Gefängnis. Panisch ruft er Lapouge an, um zu erfahren, was in Sachen Kaution machbar ist. Gilbert ist kreidebleich. Er legt auf und stürzt sich in die Simulationen, die Sie ausgegraben haben.«

»Carvoux hat nie erfahren, dass Sie an dem Tag bei Lapouge im Büro waren?«

»Nein. Nach seinem Anruf habe ich einen Freund im Ministerialkabinett des Außenministeriums kontaktiert, ehemaliges Parteimitglied der sozialistischen PSU, eine schon ältere Freundschaft. Ich habe ihn angerufen und ihn gefragt: ›Im Fall eines größeren Problems mit der amerikanischen Justiz, werdet ihr uns in Schutz nehmen?‹ Er antwortet mir: ›Nein, vor der amerikanischen Justiz kuschen wir. Es ist das Einzige, was man tun kann. Sie sind die Stärkeren.‹ Carvoux rief zwei Stunden später wieder an. Er sagte zu Lapouge: ›Trotz der Drohungen habe ich unerschütterlich an der Firmenposition festgehalten: Wir haben uns nichts vorzuwerfen. Sie haben aufgegeben.‹ Lapouge hat ihm geglaubt. Oder vielmehr: Er zog es vor, sich einzureden, dass er ihn nicht anlügen würde.«

»Dann würde eine geheime Absprache mit PE von diesem Tag datieren?«

»Wahrscheinlich. Als Carvoux zurückkam, blieb er bei seiner Version ›Alles in Ordnung‹. Lapouge hat die Abfassung des berühmten Rundschreibens verlangt, um sich etwas Ruhe zu verschaffen, solange man die Verteidigung des Unternehmens gegenüber der amerikanischen Justiz vorbereitet. Aber wir sind langsam. Handstreiche sind nicht unsere Sache. Unsere Frist war November, das Datum der Veröffentlichung unserer Jahresbilanz. Lapouge wusste, dass die Bilanz unser Unternehmen als gesund und leistungsfähig ausweist, und glaubte fest an die Schlagkraft dieser Veröffentlichung. Lamblins Verhaftung im April hat alles beschleunigt.«

»Sie wurde vielleicht zu diesem Zweck organisiert.«

»Mag sein. Und jetzt …« Sampaix klatscht beide Hände flach auf den Tisch. »Das wär's. Sie sind zufrieden, Sie haben den Eindruck, das Spiel zu durchschauen, Ihre Arbeit gemacht zu haben. Aber Sie haben nicht die Mittel, um die Maschinerie zu stoppen, genauso wenig wie wir.« Er steht auf. »Erfreut, Sie kennengelernt zu haben. Grüßen Sie Reverdy von mir.«

Und er geht.

Noria lockert die Muskeln, lässt sich in die Sitzbank sinken. Zufrieden mit sich? Blick durch den Speisesaal des *L'Européen*. Immer mehr Gäste kommen zum Abendessen, Zeit aufzubrechen. Nicht schlecht, dieser rationale Bericht, den du da eben improvisiert hast, Schutz der Finanzabteilung, Aufspüren der Gefahr Buck und seiner Verbindungen zur CIA. In der Realität eine vom ersten bis zum letzten Tag zufallsgeleitete und ungesteuerte Ermittlungsarbeit, als einziger Antrieb der Furor, nicht lockerzulassen. Du hast ein schlüssiges Drehbuch für ihn ersonnen und ihm eine Spitzenrolle hineingeschrieben. Und am Schluss stehst du mit einer unerwarteten Wendung da und weißt gar nicht, was du damit anfangen sollst.

Woche vom 22. bis 26. Juli
Polizeipräfektur Paris

In dem kleinen Büro unterm Dach der Polizeipräfektur ist es sehr heiß, aber Noria nutzt die Ruhe und die ihr zur Verfügung stehende Zeit, um sich an die Lektüre des Inhalts von Barrots Laptop zu machen, beginnend mit dem 13. April, Datum von Lamblins Verhaftung. Ohne Druck und mit regelmäßigen Pausen, um sich mit Flüssigkeit zu versorgen und eine Runde an den Ufern der Seine zu drehen. Versuchen, sich der Persönlichkeit zu nähern, eine Arbeit, für die das Team bisher keine Zeit gefunden hat und die ihr gefällt. Langsam und akribisch. Als Erstes ein Überflug über das Gesamte. Und sehr schnell eine schöne Überraschung. In Barrots Privatlaptop ein einziger gesperrter Ordner. Ein Spezialist der Präfektur hilft ihr, ihn zu öffnen. Er enthält etwa zwanzig Aufnahmen kurzer Dialoge und zwei von Besprechungen, mittelmäßige Qualität, allem Anschein nach heimliche Mitschnitte. Jede Aufnahme beginnt mit der Nennung des Datums, die erste ist vom 7. Mai, die letzte vom 3. Juni, ansonsten keinerlei Kommentar. Datei für Datei hört Noria sie mehrmals aufmerksam durch, während sie sich Notizen macht. Unbekannte Stimmen. Wer sind die Gesprächspartner? Einer von ihnen taucht in allen Dateien auf, das wäre logischerweise Nicolas Barrot, der aufzeichnet und auf seinem Computer speichert. Ein anderer kommt sehr oft vor. Noria vergleicht die Stimme mit der Aufnahme der Pressekonferenz, die sie in Reverdys Schreibtisch findet, es handelt sich zweifelsfrei um Carvoux. Der Inhalt wirkt unverfänglich, aber Reverdy wird vielleicht fündig. Wichtiger: Was bringt einen Mann dazu, heimliche Mitschnitte zu machen? Angst, Unterlegenheitsgefühl, Suche nach einer Art Absicherung?

Sie macht weiter, durchforstet den gesamten Computer-inhalt. Barrot verbringt viel Zeit mit dem Versuch, sich im Internet Informationen über seine Kollegen Anderson und Buck zu beschaffen. Ohne Erfolg im Fall von Buck, der ziemlich gut geschützt ist. Aber er recherchiert auch zur Eastern-Western Bank und zu July Taddei. Sogar zur Funktionsweise der amerikanischen Justiz. Ein Arbeitstier, einer, der auch nach Feierabend an die Arbeit denkt und der nicht zur Aristokratie der Geschäftswelt gehört, die über genügend Netzwerke verfügt, um alles über diese Themen zu wissen, ohne es je gelernt zu haben, durch schlichte Kapillarwirkung. Wurzel seines Unterlegenheitsgefühls?

Nach Laras Verschwinden sucht Nicolas hin und wieder Pornovideos, relativ softe. Ein sehr einsamer Mann, wie schon die bei ihm deponierte Wanze erbrachte: kein einziger Besuch. Angesichts der regelmäßigen Mails vom *Palmyre Club* kann man von ein paar Abenden mit Professionellen ausgehen. 28. Juni: Eine Mail der Agentur *Les Nuits Parisiennes* informiert ihn über das Eintreffen von sechs neuen »Begleiterinnen«, Fotos anbei. Nicolas hat sie ein Dutzend Mal angeschaut. Noria ruft Duchesne von der Sitte an. Ja, er kennt *Les Nuits Parisiennes*. Hiesige Filiale einer amerikanischen Escort-Girl-Kette, deren Klientel vor allem aus amerikanischen Geschäftsmännern besteht, die auf Durchreise in Paris sind. Fühlt sich der kleine Nicolas unter Amerikanern möglicherweise wohler?

Noria hat jetzt eine etwas klarere Vorstellung von Nicolas Barrot. Gewissenhafter und einsamer Wasserträger, wahrscheinlich geschätzt für seine Tüchtigkeit, eingeweiht in einige Geheimnisse, aber nicht alle (man denke an seine »Mission« bei Lapouge am Lac du Bourget, das war regelrechte »Blindarbeit«), er sucht verzweifelt Zugang zum innersten Zirkel, weiß aber, dass er von Rechts wegen, qua Geburt nicht dazugehört, dass er weder die Schlüssel noch die Netzwerke hat und auch nicht aus dem Holz ist, aus dem Häuptlinge geschnitzt sind. Also sucht er nach Tricks, Listen, Schleichwegen, um seine Ängste zu befrieden und die Türen zum Paradies gewaltsam zu öffnen. Die Person befindet sich derzeit im Aufwind, aber durch das Ganze zieht sich ein Riss. Noria richtet sich auf, schaltet den Computer aus. Den sollten wir ausnutzen können.

Während der gesamten Arbeit spürt Noria, wie ein Gedanke durch ihren Kopf spukt, ohne dass sie ihn zu fassen bekommt. Und dann eines Morgens beim Eintreffen im Büro die Erkenntnis: Wenn Reverdys Hypothese zutrifft, wurden Barrots Handys verwanzt, und der sie verwanzt hat, weiß, dass Barrot seinen Chef und ein paar andere Gesprächspartner aufgenommen hat. Wenn es sich um Sutton handelt, und das ist möglich, er wurde in Laras Dunstkreis gesehen, muss er sich die Hände reiben. Weiß Barrot davon? Hat er die Mitschnitte deshalb am 3. Juni eingestellt? Ob er sich dessen bewusst ist oder nicht, er sitzt auf einem Fass Dynamit.

Zu viele ungeprüfte Hypothesen. So nicht benutzbar. Was nichts daran ändert, dass mir beim Gedanken an Barrot automatisch dieser Filmtitel einfällt: *Wenn Männer fallen*. Und ich wäre zu gern dabei, wenn er fällt.

Montag, 29. Juli
Paris

Noria ist auf dem Weg zur Präfektur, als sie ein Anruf von Daquin erreicht.

»Bastien hat mir Dokumente anvertraut, die ich Ihnen zu eigenen Händen übergeben soll.«

Dokumente ... Die Fotos? »Kann er sie mir nicht selbst bringen?«

»Nein. Er ist letzten Freitag überstürzt in die USA aufgebrochen, ein kurzfristiger Anruf von einer wichtigen Kunstgalerie, und er weiß nicht genau, wann er wieder hier sein kann. Ich arbeite die ganze Woche in der Nähe der Präfektur. Ich kann sie Ihnen irgendwohin liefern.«

»Ich bin nicht gerade unter Arbeit begraben. Heute um achtzehn Uhr in der Bar vom *Jardins du Pont Neuf*?«

»Das passt mir. Bis später.«

Als Noria ankommt, sitzt Daquin schon an einem Tisch, Kurzarmhemd und Hose in beigem Leinen. Er schlürft ohne Begeisterung einen Café frappé, wirkt gelangweilt, weniger Präsenz als sonst, wie Noria feststellt. Das Knitterbeige steht ihm nicht besonders gut. Mangel an Vitalität. Macht ihm die Hitze zu schaffen? Oder Bastiens Abwesenheit? Plötzlich ein zugänglicherer Mann. Ein großer Umschlag aus festem Karton, Format 40x50, zugeklebt, lehnt an den Beinen seines Stuhls. Die Fotos, ganz sicher. Eine Mischung aus Neugier und Unbehagen in Daquins Gegenwart. Sie setzt sich, bestellt ein Himbeereis. Er schiebt ihr den Umschlag zu, sie rührt ihn nicht an, nicht sofort, bedankt sich, betrachtet das Strömen der Seine und sagt:

»Wir nähern uns der Auflösung. Es ist Sommer in Paris, ich bin allein im Büro, eine Zwischenzeit. Ich lasse den Gedanken freien Lauf, phantasiere, erfinde. Angenommen, ein Zeuge vertraut mir an, dass der Generaldirektor eines französischen Riesenbetriebs während einer seiner Auslandsreisen, in den USA beispielsweise, gefangen gesetzt wurde, mit Gefängnis bedroht, und dass er, um dem zu entgehen, seine Firma an seine Erpresser ausliefert ...«

»Erpressung ist in der amerikanischen Geschäftswelt eine alte Tradition.«

»Was fange ich mit dieser vertraulichen Mitteilung an?«

»Ist Ihr Zeuge ein Mann mit Macht?«

»Nein, ein wackerer Kerl, verbraucht.«

»Können Sie Beweise auftreiben, wenn Sie gründlich danach suchen?«

»Diese Beweise gibt es bestimmt, aber mit der Zeit und den Mitteln, die mir zur Verfügung stehen, werde ich sie nicht finden.«

»Wenn Sie nicht plattgewalzt werden wollen, fangen Sie nichts damit an, und das wissen Sie.«

»Vielleicht musste ich es aus Ihrem Mund hören.«

»Später, in ein, zwei Jahren, kann man die Hypothese in einer Vorlesung zur Wirtschaftsgeschichte erwähnen ...«

»... oder noch besser, sie liefert eine schöne Szene für einen Kriminalfilm, spannungsgeladen und düster. Apropos, nehmen Sie mich nächstes Semester als Gasthörerin auf?«

Noria geht schnell nach Hause, stellt den überdimensionierten Kartonumschlag in ihr Wohnzimmer. Eine gewisse Distanz wahren. Sie duscht, zieht ein leichtes langes Hemd über, dann nimmt sie den Umschlag in Angriff. Sie entnimmt ihm fünf großformatige Abzüge. Sie erkennt vorab, auf den ersten Blick, Bastiens Stil: Nahaufnahmen von überlebensgroßen Gesichtern. Es ist eine Serie in Schwarz-Weiß. Ausgeprägte Hell-Dunkel-Kontraste. Sie lehnt die Abzüge gegen eine Wand, nimmt sich Zeit, sie einen nach dem anderen zu betrachten. Wer ist diese Fremde? Diese Frau, so scharfkantig, so artifiziell, wer ist sie? Zwei der fünf Fotos: unmöglich, sich von ihnen zu lösen. Beim ersten hört sie ihre Stimme: »den Mut zu fliehen«, beim letzten: »das ist zerstört«. Fotos, in denen es spukt.

Bastien hat einen handgeschriebenen Brief beigelegt, in dem er seinen überstürzten Aufbruch erklärt und sich dafür entschuldigt, sich bedankt, dass sie bereit war, für diese Fotos, die er liebt, Modell zu stehen, sie liest schnell darüber hinweg. »Guillaume Neveu rief mich gestern an.« Ihre Aufmerksamkeit ist geweckt. »Er arbeitet immer noch an der Pilotfolge für die neue Krimiserie, von der er bei unserem gemeinsamen Abendessen erzählt hat. Und er hofft immer noch, dass Sie vor Drehschluss, der für den 15. August geplant ist, am Set vorbeikommen. Also sehr bald, die Zeit vergeht so schnell. Ich gebe Ihnen noch einmal seine Kontaktdaten, falls Sie sie verlegt haben.«

Das Kino dringt an allen Ecken in ihren Pariser Sommer ein, selbst in ihre Polizeiarbeit. Mit Sampaix: »ein schlüssiges Drehbuch«, mit Daquin: »eine schöne Szene in einem Kriminalfilm, spannungsgeladen und düster«.

Morgen ruft sie Neveu an, sie wird die Dreharbeiten besuchen.

Kapitel 19

Montag, 19. August
Polizeipräfektur Paris

Als Reverdy und Lainé aus den Ferien zurückkommen, braun gebrannt, dynamisch und redselig, empfindet Noria eine leichte Befangenheit, sie ist ihnen während dieser Ferien verschiedentlich untreu geworden und zieht es vor, nicht darüber zu sprechen.

»Machen wir uns an die Arbeit.«

Als Erstes liefert sie einen kurzen Bericht von ihrem Treffen mit Sampaix. Ja, es ist etwas passiert am 25. Februar in den USA, Carvoux wurde unter Druck gesetzt, vielleicht von FBI oder CIA, oder durch Handlanger von PE, auch nicht unmöglich, aber der einzige unmittelbare Zeuge ist Lapouge, wahrscheinlich ein weiterer Grund dafür, dass Carvoux ihn kaltstellen musste. Das ist vollbracht. Und deshalb ist es, wie die Dinge liegen, nicht verwendbar.

Dann Barrot. Sein Porträt: ein kleiner Fleischfresser unter großen Raubtieren, der sich nach besten Kräften tapfer schlägt. Noria spielt die Aufnahmen vor, die er von Carvoux und ein paar anderen gemacht hat, und merkt an:

»Problem. Wenn sein Handy verwanzt wurde, wenn es von Sutton verwanzt wurde, ist Barrot in Gefahr.«

»Das sind reichlich Wenns.«

»Wir behalten diese Eventualität einfach im Hinterkopf. Aber ich bin überzeugt: Barrot ist schwach. Mir scheint, wir müssen uns jetzt darauf konzentrieren, wie und wann wir ihn knacken können. Andere Fährten sehe ich nicht. Um seine

Charakterisierung abzuschließen: Er steht auf Frauenbeziehungen gegen Bezahlung. Das wussten wir bereits. Lara und den *Palmyre Club* muss man um die Agentur *Les Nuits Parisiennes*, ihre Escort-Girls und ihre vorwiegend amerikanische Kundschaft ergänzen. Aber ich habe in seinem Computer keine Spur von Börsengeschäften rund um die Gewinnwarnung vom 3. Juli gefunden.«

»Die schöne July hat das vielleicht für ihn übernommen.«

»Wir müssen die Überwachung von Barrot verstärken.«

»Er ist unser bester Kandidat.«

»Du meinst: Er ist unser einziger Kandidat.«

»Arbeitsplan: tägliche Verfolgung von Barrots Aktivitäten, das übernehmen Sie, Lainé. Tag für Tag, sein Computer, die bei ihm deponierte Wanze, jeden Abend prüfen, ob er allein nach Hause kommt. Sie, Fabrice: Die Kontakte bei Orstam bleiben Ihre Domäne. Und wir bleiben an Sutton dran, falls wir einen Ansatzpunkt finden.«

Donnerstag, 29. August
Polizeipräfektur Paris

Gleich am Tag ihrer Abgabe im Élysée und im Ministerium beschafft sich Noria die zwei Gutachten, die bei den Experten in Auftrag gegeben wurden. Sie beschreiben Orstam als ein Unternehmen, das seit langem Probleme hat, die seiner Finanzstruktur geschuldet sind, ein Hauptaktionär, Béton et Compagnie, der sich weder für Turbinen noch für Kraftwerke interessiert, nicht investiert und bei jeder sich bietenden Gelegenheit von Verkauf spricht. Aber gute Produkte, eine riesige Kundschaft, ein stark entwickeltes Geschäftsfeld – Instandhaltung und Wartung –, stabil und kaum unter Wettbewerbsdruck. Kein Anzeichen für eine unmittelbar bevorstehende Katastrophe. Die Schlussfolgerungen: »Orstam steht nicht am Rand des Abgrunds, aber der Konzern muss strategische Entscheidungen für die Zukunft treffen.« Noria schreibt einen zusammenfassenden Vermerk, wobei sie betont, wie sehr die Kampagne der Eastern-Western Bank und die vom Orstam-Generaldirektor auf der Pressekonferenz vom 3. Juli ausgesprochene »Liquiditätswarnung« im Widerspruch zu diesen Gutachten stehen, was zwangsläufig die Frage nach der Glaubwürdigkeit und den Absichten der Banker und des Generaldirektors aufwirft. Den Vermerk übergibt sie ihrem Chef.

»Man sollte diese Gelegenheit vielleicht nutzen, um erneut eine Runde durch die Ministerien zu drehen.«

Der Chef lächelt. »Warum nicht? Was den Kern der Sache angeht, haben Sie mich überzeugt, Noria. Aber Sie wissen so gut wie ich, dass man einen Esel, der keinen Durst hat, nicht zum Trinken zwingen kann.«

Freitag, 30. August
Polizeipräfektur Paris

Wie jeden Tag sichtet Lainé den Inhalt von Barrots Privatcomputer. Er liest eine Mail, die in der Nacht eingegangen ist: »Das Bristol bestätigen«. Keine Signatur. Verschickt von einer unbekannten Handynummer. Barrot, gefügiges Werkzeug des Generaldirektors. Das *Bristol*, Hochburg diskreter geschäftlicher Treffen. Mail ohne Signatur, in der privaten Mailbox. Es lohnt die Mühe, sich näher damit zu befassen. Wie jeder erfahrene DRPP-Mann, der etwas auf sich hält, pflegt Lainé Beziehungen in den meisten Luxushotels von Paris. Das *Bristol* bildet keine Ausnahme. Ein simples Telefonat, und ein paar Stunden später sitzt er in einem Café auf den Champs-Élysées bei einem Glas mit dem Oberkellner des *Bristol*. Nicolas Barrot hat für Dienstagabend, den 3. September, ein Separee mit sechs Gedecken auf Orstam reserviert.

Lainé informiert umgehend Noria Ghozali. »Vorrangiges Ziel«, sagt sie.

»Geschäftsessen. Carvoux kann wer weiß wen treffen, Gott und die Welt ...«

»Wenn er sich mit Chinesen oder Lappen trifft, ziehen wir uns zurück, aber wenn er sich mit PE trifft, hängen Sie beide sich rein. Wir müssen in Echtzeit wissen, wer dort ist und was gesprochen wird.«

»Wer da ist, kriegen wir wahrscheinlich raus, was gesprochen wird – schon schwieriger.«

Paris

Das Wochenende ist ausgefüllt mit den Vorbereitungen für die Überwachung des Abendessens im *Bristol*. Als Erstes muss man ein »Observatorium« finden. Ziemlich einfach. Im ersten Stock eines Gebäudes, dem Hoteleingang genau gegenüber, belegt ein Mitglied des Sicherheitsdiensts vom Élysée ganzjährig ein kleines Studio, das er gelegentlich abendweise an Polizeidienste vermietet, die Bescheid wissen und für Nachfrage sorgen. Das *Bristol* hat im politischen Leben Frankreichs einen ganz besonderen Status. Danach legt Reverdy ein »Verbrecheralbum« der möglichen Tischgenossen an, ausgehend von der Hypothese eines französisch-amerikanischen Gipfeltreffens. Auf französischer Seite gibt es angesichts der Todesfälle, Verhaftungen und Kündigungen sehr wenige Kandidaten. Carvoux, Anderson, Barrot und der neue Direktor der Finanzabteilung. Was die amerikanische Seite betrifft, so hat sich Reverdy Fotos von einem Dutzend PE-Manager besorgt. Mit einem Exemplar des Verbrecheralbums wird der Ober- kellner ausgestattet, der sich weigert, sich in irgendeiner Form an Geheimaufnahmen zu beteiligen, aber einwilligt, sie nach Dienstschluss in ihrem Observatorium zu besuchen, wobei er über den Hof des Nachbargebäudes kommen wird, man kann nie vorsichtig genug sein.

Dienstag, 3. September
Paris

Ab sieben Uhr abends schlagen Lainé und Reverdy in dem Stu- dio ihr Quartier auf, halb versunken in zwei riesigen Sesseln in Fensternähe, Musik in den Ohren und den Blick gebannt auf ihr Ziel gerichtet. Hinter ihnen auf einem Tisch Bierflaschen, Sandwiches und ein Laptop. Lainé hat eine große Digital- kamera auf dem Schoß, Reverdy ein Fernglas. Sie müssen nicht sehr lange warten. Um Punkt zwanzig Uhr halten zwei große schwarze Limousinen am Eingang des Nobelhotels, die Pagen stürzen herbei, öffnen die Wagentüren, ein Mann steigt aus dem ersten (Lainé drückt ab), zwei aus dem zweiten Auto (Lainé drückt ab), und die drei Männer verschwinden im Entree. Es ist früh, noch kommen nicht viele Gäste, ein paar Pärchen, die Lainé vernachlässigt, dann eine neue schwarze Limousine, ein Bodyguard springt heraus (Lainé drückt ab) und öffnet die hinteren Türen, zwei Personen steigen aus (Lainé drückt ab) und betreten eilig das *Bristol*, in gemesse- nem Abstand gefolgt von dem Bodyguard.

Während Lainé weiter die ankommenden Gäste beobachtet, macht sich Reverdy am Computer an die Arbeit, stellt die geschossenen Fotos den gespeicherten gegenüber und erkärt:

»Alles klar. Unsere ersten Kunden sind Carvoux allein, Anderson und Barrot zusammen, die Orstam-Delegation, keine Überraschung. Die Amerikaner sind Wesselbaum, der CEO von PE, und Sam Browning, sein Direktor für das Geschäftsfeld Energie. Die Chefs. Die machen die Reise nicht für nichts. Bodyguard nicht identifiziert.«

»Vielleicht keine Überraschung, aber der kleine Nicolas hat endlich seine Beförderung bekommen…«

»Er profitiert von dem freien Feld, das durch die Todesfälle und Kündigungen entstanden ist …«

Bleibt nur noch, das Ende des Abends abzuwarten.

Die Franzosen haben dieses vertrauliche Abendessen in einem der kleinen Salons des *Bristol* anberaumt. Ihre Delegation ist als Erste gekommen, um ihren Status als einladende Macht zu unterstreichen. Diskreter Auftritt. Privatgarderobe gegenüber dem Salon. Der CEO von PE trifft kurz darauf ein, begleitet vom Direktor der Energiesparte und, mit ein paar Metern Abstand, seinem Bodyguard. Vorstellung, Begrüßung, dann verfügen sich die fünf Tischgenossen in den Salon. Der Bodyguard richtet sich in einem kleinen Nebenzimmer ein.

Im Salon Champagner zum Apéritif, die Stimmung ist ungezwungen, das Gespräch geht in alle Richtungen. Nicolas Barrot beobachtet schweigend. Da er noch nicht imstande ist, den Luxus und die Raffinesse des *Bristol* weltmännisch zu genießen, passt er sein Auftreten an das von Anderson an, der hier Stammgast zu sein scheint.

Als die Mahlzeit beginnt, nehmen die Tischgenossen Platz und schalten in einer gemeinsamen Geste ostentativ ihre Handys aus. Barrot, überrascht, macht es ihnen mit einem Moment Verspätung nach, lässt aber sein zweites Handy in seiner Jackentasche im Aufnahmemodus. Getrieben von der

Angst, abserviert zu werden, von Groll und Misstrauen gegen-
über Carvoux, ist er zu seinen kleinen Machenschaften vom
Monat Mai zurückgekehrt, wohl wissend, dass er diesmal den
Hauptgewinn in Händen hält. Nach dem Mittschnitt dieser
Mahlzeit glaubt er sich unberührbar. Aber dieses Handy wiegt
eine Tonne. Er beschließt, seine Existenz zu vergessen.

Das Gespräch wird sehr schnell ernst, angespannt. Die zwei
Amerikaner wissen, wozu sie hier sind, und halten es für unnötig, behutsam vorzugehen.

»Der aktuelle Preis der Aktie scheint uns erfolgversprechend
für unser Geschäft. Wichtige Frage: Besteht das Risiko einer
Ermittlung durch die Finanzaufsicht?«

»Nein, wir haben entsprechende Vorkehrungen getroffen.
Claire Goupillon ist eingeweiht.«

»Sie erzählte mir davon. Es versteht sich von selbst, dass kein
Orstam-Manager sich den Spaß erlaubt, zum aktuellen Kurs
Aktien zu erwerben ...«

»Natürlich nicht.«

»Es würde unser Geschäft unnötig gefährden.«

Nicolas Barrot bemüht sich, seine Überraschung zu verber-
gen. Und was ist mit dem, was July sagte, »Sie werden am
Ruder und an der Kasse sein«? Wer blufft, July oder der CEO?
Ich vertraue July. Der andere, das ist Spiegelfechterei, Political
Correctness.

»Gut. Schreiten wir voran. Die Gutachten unserer Fachleute, die im vergangenen Monat im Verbund mit Ihrem
Finanzdirektor die Geschäftsbücher geprüft haben, bestätigen
die Schätzungen unserer Abteilungen.«

Barrot konzentriert den Blick auf seinen Teller. Der Amerikaner weiß genau, dass seit Monaten alles angezapft wird.
Wieder nur Spiegelfechterei.

»Die mit Anderson erarbeiteten Eckdaten wurden von unseren Experten daher weiterentwickelt und beziffert. Von unserer Seite liegen die Unterlagen fertig vor. Wir sind einsatzbereit.«

Carvoux schließt an: »Ich habe unser Verhandlungsteam zusammengestellt. Die Leitung haben unser neuer Finanzdirektor und Anderson. Sie sind ebenfalls einsatzbereit. Ein Punkt, den Sie nicht erwähnt haben: die Geldstrafe, die die amerikanische Justiz festsetzen wird?«

»Ich bestätige. Zu unseren Lasten, wie vereinbart. Jetzt zur Verpackung. Natürlich braucht es rund um den Vertrag etwas Schmiere, damit Ihre Gewerkschaften und Ihre Regierung ihn schlucken. Wir schlagen vor, das PR-Büro GTM mit dem Vorgang zu beauftragen.«

»Mit der Wahl von GTM sind wir einverstanden. Die Kosten für die Kampagne übernimmt PE.«

»Das versteht sich von selbst. Wir lassen ihnen freie Hand bei der Ausgestaltung der Punkte, die wir fixieren und bei denen es darauf ankommt, dass wir uns einig sind. Beschäftigung: Schaffung von tausend Arbeitsplätzen, eine runde Zahl, die gut klingt, die Fristen halten wir vage. Was sagen Sie dazu?«

»Eine recht hohe Zahl angesichts der herrschenden Konjunktur …«

»Spielt keine Rolle, es geht darum, die Leitlinie für eine PR-Kampagne vorzugeben. Zweites Thema: die Gemeinschaftsunternehmen. Wie weit sind wir damit?«

»Wir akzeptieren die Minderheitsbeteiligung, aber die Unternehmensleitungen werden mit Franzosen besetzt.«

»Im ersten Jahr. Die Idee erscheint uns ausgezeichnet, diesen Punkt muss GTM besonders hervorheben, aber über ein Jahr hinaus legen wir uns nicht fest …«

Die Franzosen werden sich nicht lange halten, konstatiert Barrot, immer noch stumm.

»Letzter Punkt: der Zeitplan für die Operation. Wir müssen schnell machen.«

»Davon sind wir mittlerweile ebenfalls überzeugt, auch wenn wir ein paar Vorbehalte hatten.«

»Unsere Hauptversammlung findet am 9. September in New York statt. Unser Verwaltungsrat wird vor diesem Datum in Kenntnis gesetzt. Ich wünsche, dass Sie an der Aktionärsversammlung teilnehmen und wir unseren Vertrag bei der Gelegenheit in New York unterzeichnen.«

»Das ist sehr kurzfristig.«

Anderson mischt sich ein: »Es ist Eile geboten. Die von Élysée und Ministerium in Auftrag gegebenen Expertengutachten wurden gerade veröffentlicht. Sie sind nicht in unserem Sinne. Sie drohen die Orstam-Aktie wieder in die Höhe zu treiben. Je kürzer sie im Umlauf sind, desto besser für uns.«

Wesselbaum ergänzt: »Und andere Großkonzerne haben bereits den Marschbefehl erteilt. Man darf ihnen keine Zeit lassen, sich zu organisieren. Diese Konzerne bieten in Bezug auf die amerikanische Justiz nicht die gleichen Garantien wie wir, mein lieber Carvoux, muss ich Sie daran erinnern?«

»Apropos amerikanische Justiz. Wenn ich nach New York komme, wer garantiert mir, dass man mich nicht beim Verlassen des Flugzeugs oder in meinem Hotelzimmer verhaftet? Wie es schon mal vorkommt. Und ich spreche nicht nur von Lamblin.«

»Ich verstehe. Die Unannehmlichkeiten, die Sie bei Ihrer letzten New-York-Reise erlebt haben, werden sich nicht wiederholen. Das können wir Ihnen fest zusichern. Wir haben bereits mit dem Justizministerium verhandelt. Wir gehen nicht das Risiko ein, Sie kommen zu lassen, wenn wir Ihre Reise nicht absichern können. Unser Interesse gilt ausschließlich dem Vertrag, dem wir gerade gemeinsam den letzten Schliff verpassen. Stellen Sie sich vor, Sie werden verhaftet – so weit, wie wir gediehen sind, kann Ihre Regierung gar nicht anders als reagieren. Daran ist uns selbstverständlich nicht gelegen.«

»Überzeugendes Argument. Ich werde da sein.«

»Perfekt.«

Nachdem sie die Delegationen beim Aufbruch zur Sicherheit noch einmal fotografiert haben, löst Reverdy Kreuzworträtsel, Lainé döst, und eine Stunde nach Beendigung des »Abendessens im *Bristol*« stößt der Oberkellner zu ihnen.

»Haben Sie die Ankunft der Tischgesellschaft mitbekommen?«

»Ja. Sie waren zu fünft, richtig?«

»Zwei Amerikaner und drei Franzosen. Das Essen hat zwei Stunden gedauert, interessiert Sie das Menü?«

»Kein bisschen.«

»Also, viel gibt es nicht zu erzählen. Sie wechselten das Thema, wenn wir hereinkamen. Haben Sie auch den Bodyguard ausgemacht?«

»Ja. Überraschend für ein Geschäftsessen.«

»Ein Mann, der von der Botschaft ausgeliehen wurde, wenn Sie mich fragen. Man hat ihn in einem kleinen Nebenraum abgestellt. Ich habe mich um ihn gekümmert. Ein eher genügsamer Kerl. Er hat einen Hamburger und ein Bier bestellt. Er hatte ein Gerät, Handyformat, das er den ganzen Abend nicht aus den Augen gelassen hat. Er hatte sich mit dem Rücken an die Wand gesetzt, ich konnte nicht hinter ihm vorbei, schwer zu sehen, was er tat. Erst dachte ich an irgendwelche Computerspiele. Aber einmal habe ich einen Blick auf das Display erhascht. Zwei vibrierende Kurven. Nicht besonders spaßig.«

Dankesworte, ein letztes Bier, schnell noch die Wohnung aufgeräumt und alle Mann ins Bett.

Bequem zurückgelehnt in der Limousine, die ihn nach Hause bringt, durchlebt Nicolas Barrot noch einmal den Abend. »Verhaftet im Hotelzimmer ... kommt schon mal vor ... die Unannehmlichkeiten Ihrer letzten New-York-Reise werden sich nicht wiederholen ...« Diesmal hat er Carvoux in der Hand. Morgen im Büro wird er rund um seine letzte USA-Reise ein bisschen herumschnüffeln. Er wird etwas finden. Und wenn Carvoux ihn auszubooten versucht, haut er ihm alles um die Ohren. Verkauf von Orstam mit vorgehaltener Pistole ... Hier hört er auf zu jubeln. Achtung, hinter Carvoux steht PE, und PE ist meine eigene Zukunft. Wie Carvoux treffen, ohne PE in Mitleidenschaft zu ziehen? Müdigkeit, angegriffene Nerven, ich denke morgen darüber nach.

Sobald er zu Hause ist, holt er sein Spionage-Handy hervor, um zu seinem Vergnügen ein paar Passagen der Unterhaltung nachzuhören. Das Gerät ist tot, durchgebrannt, schwarzes Display. Verständnislosigkeit, Panik. Er braucht eine Weile, bis er sich wieder gefangen hat. Morgen bringe ich es zur Reparatur. Ein paar Sätze, die für ihn mehrdeutig klangen, aber Carvoux dennoch kompromittieren, tippt er in seinen Computer, um die von Carvoux wie von Wesselbaum benutzten doppelbödigen Formulierungen exakt festzuhalten. Er ist am Ende, geht ins Bett.

Unmittelbar vor dem Einschlafen fällt ihm auf, dass er während des gesamten Abends so ängstlich und konzentriert war, dass er sich überhaupt nicht an den Rahmen erinnern kann, daran, was er gegessen, getrunken hat. Schade. Er wird wiederkommen. Der regelmäßige Besuch des *Bristol* ist Teil seiner Zukunftspläne.

Mittwoch, 4. September
Paris

Lainé hat Hefegebäck und Chouquettes gekauft, die Stimmung im Büro steht auf Kameradschaft. Er übernimmt es, über den Abend Bericht zu erstatten. Noria hört aufmerksam zu.

»Bevor wir weitermachen, werde ich unverzüglich einen Vermerk für den Chef schreiben. Treffen der Unternehmenschefs von Orstam und PE, im aktuellen Kontext ist das nicht unerheblich.«

Sie kommt gut gelaunt zurück.

»Die Information wird den Ministerien und dem Élysée vor Ende des Vormittags mündlich überbracht.«

Die Besprechung im Team wird fortgesetzt.

»Der Bodyguard ...«

»Ein Bediensteter der Botschaft.«

»Wozu war er dort? Nicht um Playstation zu spielen.«

»Auch nicht, um seine Delegation zu überwachen, wie bei den Sowjets zu ihrer Glanzzeit.«

»Also um die französische Delegation zu überwachen. Aber warum?«

Noria isst die letzte Chouquette. Sie hat eine Schwäche dafür.

»Greifen wir Reverdys Hypothese auf. Die Amerikaner könnten wissen, dass Barrot sich den Spaß macht, seinen Chef aufzuzeichnen ...«

»Dann wäre der Gorilla dort gewesen, um mit seinem Pseudocomputerspiel zu kontrollieren, dass niemand sein Handy anhat, um während des Essens Aufnahmen zu machen. Barrot oder auch ein anderer. Ziemlich klassische Vorsichtsmaßnahme.«

»Wenn Barrot das getan hat ...«

»Bescheuert genug dafür ist er.«

»... spielt er mit hohem Risiko.«

»Und was machen wir jetzt?«

Am Vormittag, vor seiner Rückkehr nach New York, trifft sich Wesselbaum, der CEO von PE, auf die Schnelle mit Claire Goupillon, um den Stand der Dinge zu besprechen.

»Carvoux kommt am 9. September nach New York, um während unserer Hauptversammlung den Vertrag zu unterschreiben.«

»Sie dinieren bei ihm, er zeichnet bei Ihnen. Hübsche Symbolik. Und stirbt er nicht vor Angst bei der Vorstellung, amerikanischen Boden zu betreten?«

»Nein, nun ja ... Er hat mein Wort. Hat er seine Regierung immer noch nicht offiziell informiert?«

»Nein.«

»Auch nicht seinen Verwaltungsrat?«

»Nein.«

»Was denkt er sich dabei? Wenn der Boden nicht bereitet ist, wie wird man uns da empfangen?«

»Es wird ein paar Wellen schlagen, aber nichts, was sich nicht beheben ließe. Die Mehrheitsentscheidung des Verwaltungsrats steht außer Zweifel. Carvoux hat Wege gefunden, die am feindlichsten gesinnten Mitglieder unter unterschiedlichen Vorwänden auszuschalten wie Interessenkonflikt bei allen, die zu irgendeinem Zeitpunkt mit der Konkurrenz zusammengearbeitet haben. Béton und die amerikanischen Verwaltungsratsmitglieder mit Einfluss werden die Unentschiedenen mitnehmen. Von Gewerkschaftsseite kein Widerstand. Auf Regierungsseite ist das Élysée bereits gewonnen. Der einzig neuralgische Punkt ist das Industrieministerium, aber dort haben wir Verbündete.«

»Man muss den Minister aufsuchen, ihn informieren, das ist das übliche Vorgehen. Wir hätten das bei uns längst getan.«

»Carvoux wird es nach der Entscheidung des Verwaltungsrats tun.«

»Um den Minister vor vollendete Tatsachen zu stellen?«

»Ja.«

»Um ihn öffentlich zu demütigen?«

»Etwas in der Art.«

»Wie Kinder auf dem Schulhof. Ich werde die Frenchies nie verstehen. Keine unternehmerische Denke. Was besorgniserregender ist, meine amerikanischen Freunde in Paris berichten von undichten Stellen auf französischer Seite, und zwar auf höchster Firmenebene, in Carvoux' unmittelbarem Umfeld. Glauben Sie das, Claire?«

»Tatsächlich sind wichtige Informationen offenbar recht systematisch und prompt zu den französischen Polizeidiensten durchgedrungen. Die Tragweite dieser Lecks allerdings …«

»Im Moment sind sie ohne Folgen, Sie haben das institutionelle Gegenfeuer in Stellung gebracht. Aber in der Schlussphase, beim Kampf um die Eroberung der öffentlichen Meinung, liegt die Sache anders. Das Geschäftsgeheimnis muss geschützt werden. Das Breittreten gewisser Schlüsselmomente der Operation in der Öffentlichkeit könnte sich sehr nachteilig auswirken, Abwehrreaktionen hervorrufen, das wissen wir beide. Wir wollen keine Risiken eingehen.«

»Ihre Freunde, wie Sie sagen, sind sehr viel qualifizierter in dieser Frage als ich.«

»Meine Freunde haben in der Tat ihren eigenen Fokus. Aber man muss mit Carvoux reden.«

»Ich treffe ihn nachher. Was soll ich ihm sagen?«

»Bringen Sie ihn dazu, dass er uns machen lässt, ohne auf Einzelheiten einzugehen.«

»Einzelheiten, die ich im Übrigen nicht kenne und auch nicht kennen will.«

Der Industrieminister hat nicht viel Zeit, sich mit Orstam zu befassen. Aber der offensichtliche Widerspruch zwischen der »Liquiditätswarnung« der Firmenleitung und den konstruktiveren Schlussfolgerungen der Expertenbüros verunsichert ihn doch. Als am Vormittag der Vermerk der DRPP über ein Abendessen der Unternehmenschefs von Orstam und PE eintrifft, reagiert er mit Sorge. Ist ihm etwas Wichtiges entgangen? Gefahr, den Anschluss zu verlieren? Er befragt seine Berater, sein Umfeld: Was geht bei Orstam wirklich vor? Er erntet keine einzige verbindliche Antwort. Daniel Albouy, guter Freund des Ministers und des Orstam-Bosses, schlägt, ohne auf die Frage einzugehen, ein Treffen im Ministerium vor, um alle Unsicherheiten auszuräumen. Aber Carvoux ist nicht leicht zu erreichen: den ganzen Tag außer Haus, Handy auf Mailbox geschaltet. Albouy hat daraufhin die Idee, seine Beziehungen spielen zu lassen, sich an Claire Goupillon zu wenden, und Treffer, just in Claire Goupillons Büro wird er fündig. Carvoux nimmt den Vorschlag eines Treffens mit dem Minister sehr kühl auf, willigt aber ein, als er erfährt, dass die Neuigkeit vom Abendessen im *Bristol* bereits zum Ministerium durchgedrungen ist. Als er mit ausdrucksloser Miene auflegt, schweigt er einige Sekunden. Er rekapituliert im Geiste die Serie von Lecks, die in den vergangenen zwei Monaten aufgetreten sind, in Richtung Ministerien und Élysée und, wie man ihm sagte, noch vor der »Liquiditätswarnung« in Richtung Finanzaufsicht, jetzt das Abendessen im *Bristol*, es gab nur drei, die davon wussten. Wenn der 25. Februar an die Oberfläche gespült würde ... Wer hatte Kontakt zu Lapouge? Barrot ...

Er wendet sich wieder Claire zu. »Ich glaube, Sie haben recht, ich habe wohl einen Castingfehler gemacht. Ihre Freunde sollen tun, was sie für richtig halten.«

Das Treffen findet am frühen Abend des 4. September im Ministerbüro statt. Carvoux kommt allein, Daniel Albouy begleitet den Minister. Nach ein paar knappen Höflichkeiten, die Stimmung ist eisig, fragt der Minister: »Warum die Warnung vor einer ›Cash-Krise‹?«

»Aus Ehrlichkeit gegenüber unseren Aktionären.«

»Die Gutachten unserer Experten zur Situation von Orstam sind nicht so alarmistisch.«

»Ich bin über die Situation meiner Firma besser informiert als Ihre Wirtschaftsstudenten, die ihre Praktika bei mir zu machen pflegen.«

Daniel Albouy entschärft diese Äußerung: »Das ist ein Witz, Herr Minister.«

»Vor dem Hintergrund der von Ihnen beschriebenen akuten Krise, beabsichtigen Sie da, die Möglichkeit von Kontaktaufnahmen, Schulterschlüssen mit ausländischen Konzernen auszuloten?«

»Nein, dieser Hintergrund spielt keine Rolle, Herr Minister.«

»Sie haben Wesselbaum, den CEO von PE, zum Abendessen getroffen …«

»Lassen Sie mich ausspionieren, Herr Minister?«

»Ganz sicher nicht, aber das *Bristol* ist kein sonderlich diskreter Ort und die Information ist allgemein im Umlauf. Sind Sie im Begriff, eine Annäherung an PE ins Gespräch zu bringen?«

»Herr Minister, ich esse mehrmals die Woche mit Unternehmensführern aus aller Welt zu Abend. Das gehört in unserem Metier zur üblichen Öffentlichkeitspolitik, Albouy, der uns gut kennt, kann Ihnen das bestätigen. Nicht jedes Essen hat eine tiefere Bedeutung.«

»Sollten Sie eine Annäherung in Betracht ziehen, werden Sie uns dann als Erste informieren, vor jeglicher Entscheidung und zur rechten Zeit?«

»Aber selbstverständlich.«

Als der Generaldirektor gegangen ist, wendet sich Daniel Albouy an den Minister: »Und, sind Sie jetzt beruhigt?«

Der Minister antwortet nicht.

In die Rückbank seines Wagen gelehnt, grübelt Carvoux vor sich hin. Er hat jedes Wort abgewägt, er kann jederzeit behaupten, dass er den Minister nie angelogen hat. »Nicht jedes Essen hat eine tiefere Bedeutung«, richtig, aber manche eben doch ... »zur rechten Zeit informieren«, natürlich, das heißt, so spät wie möglich, ich bin Herr über die Zeit ... Er wird niemanden damit überzeugen, schon gar nicht den Minister, aber das ist ohne Belang, der Mann hat keine Zukunft. Ernst nehmen muss man dagegen den Druck, der mit zunehmender Stärke und immer besser dokumentiert von allen Seiten kommt. Wesselbaum hat recht, man darf nicht länger warten.

Wie Carvoux dem Minister sagte: Albouy kennt ihn gut, und als er das Ministerbüro verlässt, ist ihm klar, dass der Tag der Entscheidung bevorsteht, es ist an der Zeit, sein ultraliberales Manifest zu verfassen. Gleich beim Nachhausekommen setzt er sich daran, er fühlt sich heute Abend in Form. Er ist ein hundertprozentiges ENA-Gewächs, das Beste, was die französische Elite hervorbringt, wie es heißt. Also denkt er klar und strukturiert. Wirtschaftswissenschaft ist zwar nicht seine Stärke, aber er hat nicht vor, sich das Leben schwer zu machen. Ein paar seit Ende des 18. Jahrhunderts eingeschliffene Formeln werden den Zweck schon erfüllen. Und die erste, unverwüstliche: freier Waren- und Kapitalverkehr.

»Alle ausländischen Kapitale sind in Frankreich willkommen ...«

Nicht fulminant, aber schlicht, handfest, unbestreitbar. Achtung, nicht zu abstrakt bleiben. Es geht um die Unterstützung eines konkreten Projekts, den Verkauf des französischen Orstam an die amerikanische PE. Einfach. Amerika ist weltweit Garant für Freiheit und Demokratie.

»... insbesondere die unserer amerikanischen Freunde, unserer wichtigsten Partner.«

Angesichts dieses klaren, aber vielleicht etwas knappen Gedankens ist es opportun, mit einer Portion politischer Perfidie mögliche Gegner zu diskreditieren:

»Nicht in der Fremdenfeindlichkeit liegt Frankreichs Zukunft ... die französische Industrie zu verteidigen bedeutet, dem Front National in die Hände zu spielen ... Und das tut unser Minister nun seit zwei Jahren.«

Er liest seinen Text noch einmal durch, vervollständigt ihn, bringt ein, zwei Korrekturen an, befindet ihn als ausgezeichnet. Sein Argumentarium ist fertig, jetzt die Verbreitung organisieren. Er erstellt eine Liste der ENA-Absolventen auf der Etage des Ministers, auf den er es mit seinem Text abgesehen hat. Neben jedem Namen notiert er den Hochschuljahrgang, anhand der Zugehörigkeit zum gleichen Jahrgang lassen sich die großen Kommunikations- und Einflusslinien nachzeichnen. Im geeigneten Moment kann er mit ein paar gut gezielten Klicks die komplette Etage abdecken. Jetzt kann das Gewitter losbrechen, er ist bereit. Mit dem Gefühl einer erfüllten Pflicht geht er zu Bett.

Kapitel 20

Donnerstag, 5. September
Polizeipräfektur Paris

Als sich das Team Ghozali zur morgendlichen Lagebesprechung versammelt, bringt Lainé eine Bombe mit, die Abschrift der Notizen zum Abendessen im *Bristol*, die Barrot vorgestern Nacht verfasst hat.

»Ich habe seinen Laptop gestern Morgen nicht ausgelesen. Ich habe mir angewöhnt, es am frühen Abend zu machen. Das ist ein Fehler.«

Aufmerksame Lektüre, mehrfach.

»Es handelt sich wahrscheinlich um Sätze, die Wesselbaum und Carvoux während des Essens geäußert haben.«

»Warum hat er diesen Text getippt?«

»Wahrscheinlich aus den gleichen Gründen, aus denen er aufgezeichnet hat …«

»Falls er aufgezeichnet hat.«

»Und weil die Aufzeichnung nicht geklappt hat?«

»Hat er sein Handy verloren?«

»Damit ist die Zeugenaussage von Sampaix vielleicht bestätigt, von den Akteuren selbst.«

»Vielleicht, aber was haben wir in unserer Akte? Eine Zeugenaussage aus zweiter Hand, von einem alten Mann, der wahrscheinlich alles abstreiten wird, wenn wir versuchen, sie zu benutzen. Dazu ein paar Zeilen eines mehrdeutigen Dialogs ohne Datum, ohne Ort, zwischen zwei unbekannten Gesprächspartnern, auf einem Computer, den wir illegal gehackt haben. Ich sehe nicht recht, was man damit anfangen kann.«

»Man muss es einsetzen, um Barrot zu knacken. Das ist die einzige Lösung, und es ist der richtige Moment, das spüre ich.«

»Lainé?«

»Einverstanden.«

»An die Arbeit.«

Nach und nach nimmt ein Plan Gestalt an. Heute Abend legen sich Reverdy und Lainé in der Nähe von Barrots Wohnung auf die Lauer und warten auf seine Rückkehr. Wenn er allein nach Hause kommt, was wahrscheinlich ist, geben die zwei Polizisten ihm eine Viertelstunde, damit er es sich bequem machen kann und die Deckung herunternimmt, dann gehen sie hoch, verschaffen sich Zutritt und machen ihm ordentlich Angst. Die Amerikaner sind möglicherweise keine gute Wahl. Buck und Lara haben auf die Amerikaner gesetzt. Und sie sind tot.

»Lara ist vielleicht gar nicht tot.«

»Nicht der Zeitpunkt, sich mit Einzelheiten aufzuhalten. Man muss Barrot klarmachen, dass seine Aufnahmepraktiken …«

»Seine mutmaßlichen Aufnahmepraktiken …«

»Dito, wir haben weder die Zeit noch die Möglichkeit, uns mit Einzelheiten aufzuhalten, man muss es nur geschickt präsentieren, so dass wir zurückrudern können, wenn wir merken, dass wir auf dem Holzweg sind.«

»… seine heimlichen Aufnahmen also bringen auch ihn in Gefahr. Vor allem die vom Abendessen im *Bristol*.«

»An der Stelle darf man nicht zögern zu bluffen und die Bedrohung maximal aufzubauschen. Es wird ihm zusetzen, wenn er erfährt, dass wir seine Notizen über das Abendessen haben. Man muss ihn dazu bringen, dass er uns seine Aufnahmen überlässt.«

Paris

Heikle Mission. Reverdy ist enthusiastisch, Lainé eher reserviert. Sorgfältige Vorbereitung. Reverdy hat eine Akte mit den Zeugenaussagen und Fotos von Buck und Lara zusammengestellt, Lainé das Kommissariat vom 17. Arrondissement über ihre Anwesenheit informiert, um Verwicklungen zu vermeiden. Und damit sie nicht zur Unzeit aufkreuzen, haben sie in ihrem Wagen einen Empfänger für das Mikro deponiert, das sie bei Barrot wenig vorschriftsmäßig installiert haben. Und sie warten. Das Mikro ist stumm, Barrot ist im Verzug.

Die Polizisten entdecken ihn endlich gegen zehn Uhr abends, er kommt gemächlich die Rue Nollet entlang, betritt sein Haus. Eine Minute später wird das Mikro aktiv, die Tür fällt ins Schloss, Geräusch von Schritten, Töne eines Radios oder Fernsehers, in wenigen Sekunden die Nachrichten.

Auf dem gegenüberliegenden Bürgersteig läuft eine Frau durch die menschenleere Straße. Groß, gut gebaut, schwarz gekleidet, Hose, zugegürteter Regenmantel, Filzhut, auf Höhe von Nummer 9 wechselt sie die Straßenseite, bleibt vor der Haustür stehen, tippt ohne zu zögern den Code, verschwindet im Eingang.

»Sag nicht, die geht zu Barrot ...«

»Wollen wir wetten?«

»Eine Nutte? Mit den Schultern einer Catcherin ...«

Im Mikro Türklingeln.

»Gewonnen. Was für ein Mist!«

Radio oder Fernseher verstummt, die Tür geht auf, Barrots Stimme: »Zu wem wollen Sie?«

»Zu dir, Nicolas. Ich komme von den *Nuits Parisiennes*«, Reverdy und Lainé schrecken hoch, »auf Rechnung deines

Anwalts«, langweilen tut er sich nicht, der kleine Nicolas. »Bietest du mir ein Gläschen an?«

Amerikanischer Akzent, murmelt Lainé. Die *Nuits Parisiennes* sind auf amerikanische Kundschaft spezialisiert, also amerikanische Huren, flüstert Reverdy.

»Ich habe nichts zu trinken da.«

»Ich habe eine Flasche mitgebracht, geh Gläser holen. Und Eis.«

Gedämpfte Geräusche. Als er zurückkommt, lacht Barrot verlegen auf. Die Frauenstimme: »Lara hat mir gesagt, dass du darauf stehst.«

Die beiden Polizisten sehen sich an. Lara? Immer noch im Rennen? Worauf stehst?

Zwei Gläser stoßen klirrend aneinander. Die Frauenstimme, gebieterisch: »Lass es dir machen, Mann.«

Reverdy wird von Erinnerungen überflutet, der Wagen, die Nacht, der Bois de Vincennes, Christine, herrisch, wirft ihn nach hinten, schiebt ihre Hand unter sein Hemd, streichelt seine Schultern, Kratzen von Fingernägeln auf der Haut, er schaudert, die Finger fahren zu seiner Brust hinab, knöpfen das Hemd auf, sie murmelt: »Lass es dir machen«, ein Zungenstoß über seine Brustwarzen, die Hand erreicht seinen Bauch, Hitzestrom ...

Oben ein Laut, der zwischen Stöhnen und Röcheln schwankt.

Reverdy erinnert sich, im Bois de Vincennes lässt er sich gehen, gibt sich hin, sie überrumpelt ihn, hält ihn in ihren Händen, er ist nicht mehr Herr über sein Verlangen, seine Lust. Seligkeit. Sofort träumt er davon, Orstam sei untergegangen, und er, endlich frei, erlebt mit Christine lange Stunden ineinander verschlungener Körper.

Oben die Frauenstimme: »Jetzt unter die Dusche.«

Leerlauf. Reverdy kommt langsam wieder zur Besinnung.

Lainé, zusammengesunken in seiner Ecke, fragt sich, ob er es noch lange ertragen muss, blinde Voyeure zu spielen.

Lachen, das Paar kommt zurück. Die Frauenstimme: »Ab ins Bett. Kleine Massage vor dem Vögeln. Ich habe das Öl mitgebracht, von dem Lara meinte, dass du es magst.« Die Geräusche entfernen sich.

Die Polizisten öffnen zwei Bierdosen.

»Mäßig kalt«, motzt Lainé.

Sehr gedämpft ein heiserer Schrei, dumpfe Schläge, der Schrei erstickt, ein Gegenstand fällt zu Boden, brechendes Glas, Lainé setzt sich auf.

»Scheiße, die prügeln sich ...«

»Sie bringt ihn um ...«

Die zwei Männer springen aus dem Wagen, rennen durch die Straße.

Reverdy brüllt: »Ruf im Kommissariat an, hol Verstärkung. Ich geh hoch, du blockierst die Haustür. Die Amerikanerin ist nicht allein gekommen.«

Reverdy tippt den Türcode, stürzt hinein, jagt die vier Stockwerke hoch, wirft sich mit Anlauf gegen die Tür, Fuß-tritt aufs Schloss, das nachgibt, stürmt in die Wohnung, das Schlafzimmer gerade voraus, ein nackter Körper bäuchlings auf dem Bett, die Catcherin steigt gerade in ihre Hose, er prallt ungebremst gegen sie, geht mit ihr zu Boden, unter sei-ner Hand eine kupferne Nachttischlampe, er packt sie und schlägt die Frau bewusstlos.

Er steht auf, beugt sich über den auf dem Bett ausgestreck-ten Körper. Barrot. Erdrosselt mit einem geflochtenen Leder-riemen, anscheinend leblos. Reverdy vergeudet einige Sekun-den mit dem vergeblichen Versuch, das Band zu lockern, komplizierte, sich selbst zuziehende Knoten. Er rennt in die Küche, schnappt sich ein großes Messer und eine Schere, kehrt zu dem Körper zurück, versucht verbissen den Riemen zu durchschneiden, ohne Erfolg. Barrot ist tot. Er richtet sich auf. Die Frau am Boden ist nicht mehr da. Zurückgeblieben sind ein T-Shirt, eine Hose, Schuhe.

Vor Hausnummer 9 hält ein Auto, zwei Männer steigen aus, Lainé verstellt ihnen den Weg, zeigt seine Dienstmarke, sie zögern, eine Polizeisirene kommt näher, die Männer steigen wieder in ihren Wagen, der anfährt und verschwindet. Lainé hat Sutton erkannt.

Oben setzt Reverdy sich aufs Bett, gewaltiger Durchhänger. Die Frau muss unter ihrem Mantel so gut wie nackt gewesen sein, als sie ging. An der Haustür von Lainé gestoppt? Auf dem Bett einige leicht identifizierbare Sexspielzeuge. Das Würgeband ist an die Stangen vom Kopfteil des Betts geknotet, eine unvollendete, wenig überzeugende Inszenierung von entgleistem Sado-Sex.

Die Wanze, die Wanze bergen? Und wie dann unser Eindringen rechtfertigen? Ich lasse sie, wo sie ist.

Im Treppenhaus Geräusche eines Polizeikommandos.

Noria anrufen.

»Kommen Sie zu Barrots Wohnung, Noria. Schnell. Er ist tot, ermordet. Und ich bin überfordert.«

Als Noria vor Barrots Haus eintrifft, ist es ein Uhr morgens, die Straße ist belebt, Ankunft und Abfahrt von Polizeiwagen, der Gerichtsmediziner, die Kriminaltechnik, Schaulustige lungern auf den Bürgersteigen herum. Ein paar Schritte vom Portal des Gebäudes entfernt wartet Lainé auf sie. Er zieht sie zu dem Wagen, in dem sie zu Beginn der Nacht auf der Lauer lagen.

»Die Ermittler haben ihn schon untersucht, wir dürfen ihn wieder benutzen.«

»Reverdy, wo ist er?«

»Noch oben, er kommt später zu uns. Lassen Sie mich erzählen, was passiert ist.«

Detaillierter, präziser Bericht. Noria hört zu, angespannt, gesenkter Kopf.

Am Ende fügt Lainé hinzu: »Capitaine Grandjean vom 1. Kriminalpolizeidistrikt, der die Ermittlung leitet, glaubte zunächst nicht an die Existenz dieser Frau, die mordet, von Reverdy bewusstlos geschlagen wird, sich dann in Luft auflöst, und betrachtete Fabrice als Verdächtigen Nummer eins. Das ist ihm vergangen angesichts des sichergestellten Beweismaterials und als seine Männer einen zweiten Ausgang über den Hof und die Rue de la Bizerte entdeckt haben. Aber er prüft sorgfältig alle Elemente von Fabrice' Zeugenaussage, und zwar in seinem Beisein.«

»Fabrice, wie kommt er klar?«

»Er ist angeschlagen, aber er hält sich. Es gibt zwei Punkte, die wir besprechen müssen. Erstens, in dem Wagen, der vor dem Haus hielt, als ich den Ausgang bewachte, habe ich Sutton erkannt.« Noria verdaut die Neuigkeit schweigend. »Und das habe ich in meiner Aussage nicht erwähnt.«

»Das haben Sie gut gemacht.«

»Zweiter Punkt, das bei Barrot eingebaute Phantommikro ist zum Vorschein gekommen.«

»Das nehme ich auf mich. Ich sagte es bereits.«

»Mag sein, aber es droht kabbelig zu werden.«

In diesem Moment kommt Reverdy, völlig zerbeult. Er setzt sich zu ihnen in den Wagen.

»Ich habe Scheiße gebaut, so richtig. Umfassend.«

Noria betrachtet ihn aufmerksam. »Sind Sie heute Nacht allein zu Hause?«

Reverdy nickt.

»Sie sind nicht in der Verfassung, den Rest der Nacht allein zu verbringen, ich nehme Sie mit zu mir, Sie schlafen auf dem Sofa. Gehen wir ins Bett. Morgen überlegen wir weiter.«

Freitag, 6. September
Paris

In der Rue de Bizerte sammelt Sutton »Laras Freundin« ein, die schöne Frau mit den Catcher-Schultern, nackt unter ihrem schwarzen Regenmantel. Er nimmt sie mit in die Botschaft und lässt sich einen kompletten Bericht geben. Das Ziel ist erreicht, die Zielperson ist tot. Vollkommen unerwartete Intervention eines Mannes, der wie eine Kanonenkugel in die Wohnung geschossen kam.

»Ein französischer Bulle«, präzisiert Sutton.

»Meinetwegen, ein Bulle. Er muss ein Überwachungsgerät in der Wohnung gehabt haben, anders ist es nicht zu erklären.«

Sutton verdaut. Er hat nicht einen Moment daran gedacht, überprüfen zu lassen, ob Barrots Wohnung »sauber« ist. Und diese Einmischung spricht deutlich dafür, dass nicht Barrot der Ursprung der festgestellten Lecks war. Ein bisschen spät.

Sie fährt fort: »Die Perücke hat mich gerettet. Als der Mann mich niedergestreckt hat, hat sie den Schlag gedämpft, ich habe mich tot gestellt und bin abgehauen, sobald er mir den Rücken zudrehte.«

»Sie reisen umgehend in die Staaten zurück. Hier haben Sie einen Pass, den die Botschaft auf Ihre neue Identität ausgestellt hat, ein Flugticket, Start von Roissy in drei Stunden. Ich begleite Sie zum Flughafen, um mich zu vergewissern, dass alles glattläuft. Im Hof wartet ein Wagen auf uns. Brigit, ich danke Ihnen. Sie haben eine heikle Situation, die nie hätte auftreten dürfen, hervorragend gemeistert. Ich übernehme die Verantwortung für den Fehler in der Planung.«

Brigit gelangt ungehindert an Bord des Flugzeugs. Auf der Rückfahrt grübelt Sutton vor sich hin. Er hat diese nervigen Bullen unterschätzt. Er hat Bucks Ärger mit der französischen Polizei auf dessen Verbindungen zu den kanadischen Mafias zurückgeführt, die er heimlich aufrechterhalten hatte. Irrtum. Die französischen Bullen waren bereits mit Orstam befasst. Kein Zufall. Den Gegner niemals unterschätzen. Er müsste das doch wissen. Das ist die Gefahr, wenn man sich auf eroberter Gebiet befindet, es lullt ein. Man muss sie um jeden Preis loswerden. Aber wie? Zunächst herausfinden, wer sie sind. Also sich Zugang zur Ermittlungsakte verschaffen. Über wen? Sich an einen Berater im Innenministerium wenden? Claire Goupillon wird wissen, wen man ansprechen muss. Ich kontaktiere sie nicht direkt. Die Anwälte Burgess oder Hoffman einschalten, hervorragende Mittelsmänner.

Levallois-Perret

Gleich um acht Uhr morgens werden drei Polizisten vom 1. Kriminalpolizeidistrikt im Geschäftssitz von Orstam vorstellig und verlangen den Leiter des Betriebsschutzes zu sprechen. Sautereaus Nachfolger empfängt sie. Sie melden ihm, dass Nicolas Barrot in der Nacht gestorben ist. Gewaltsamer Tod. Vielleicht ein Unfall infolge einer Sado-Sex-Session oder ein Mord im gleichen Rahmen, man wartet auf die Autopsieergebnisse. Die Polizisten haben in seiner Wohnung keine einzige Adresse von Angehörigen gefunden. Sie bitten deswegen das Unternehmen darum, damit man die Familie benachrichtigen kann. Außerdem wollen sie sein Büro inspizieren, um

nach möglichen Listen von Partnerinnen bei diesen gefähr-
lichen Spielen zu suchen. Der Betriebsschutzleiter führt sie
hin und wohnt der Durchsuchung bei, die über eine Stunde
dauert und ergebnislos bleibt.

Sie sind schon wieder gegangen, als Carvoux gleichzeitig
von Barrots Tod und vom Besuch der Polizei erfährt. Er bekommt einen Wutanfall, den er am Leiter des Betriebsschutzes auslässt, kein externes Element von Bedeutung darf das
Gebäude ohne seine Genehmigung betreten, und die Polizei *ist* von Bedeutung, dann schließt er sich in seinem Büro
ein. Mischung aus Angst und Bewunderung. Mit Erpressern
und Mördern zusammenarbeiten ... Schnell, effizient. Der
amerikanischen Maschinerie widersteht man nicht. Wie die
Situation handhaben? Zwei leitende Angestellte tot, einer
umzingelt von Transen, der andere bei Sado-Sexspielen. Und
ein dritter wegen Kokain und Pädophilie im Knast in den
USA. Unerfreulich. Aber das kleinere Übel. Am Grunde seines Denkens, auch wenn er sich verbietet, es in Worte zu
fassen, weiß er, dass er grünes Licht für Barrots Ermordung
gegeben hat. Es wäre fatal, wenn die Information in Umlauf
käme.

Telefon. Albouy: »Na, schon wieder ein Toter unter den
Orstam-Führungskräften?«

»Die Neuigkeit spricht sich schnell herum, aber Führungskraft – wir wollen mal nicht übertreiben.«

»Ich hatte einen Anruf von Claire Goupillon. Sie fürchtet,
wenn die Serie weitergeht, könnte sich das verheerend auf die
öffentliche Meinung auswirken. Und Polizeipräsenz ist nie gut
fürs Firmenleben.«

»Wirklich reizend von Claire. Ich sehe nicht, was ich dagegen tun kann.«

»Es sind Polizisten des Nachrichtendiensts der Polizeipräfektur, die die Ministerien mit allerhand Vermerken zu Orstam überfluten, ich habe das beim Ministerialkabinett des Industrieministers geprüft. Und sie waren es auch, die sich letzte Nacht zum Zeitpunkt des Mordes in Barrots Wohnung aufhielten, wo sie nichts zu suchen hatten. Wasserdichter Tipp, ich habe ihn von einem Berater des Generaldirektors der Police Nationale, der einen Blick in die laufende Ermittlung geworfen hat. Vielleicht die Gelegenheit, ein Geschrei zu veranstalten und sie aufzufordern, mit ihren Spielchen aufzuhören.«

Carvoux überlegt einen Moment. »Das ist keine schlechte Idee. Ich werde meine Wut an dem Hornochsen im Élysée ausprobieren.«

Polizeipräfektur Paris

Gerade als sich Ghozalis Team im Büro versammelt, gegen neun Uhr morgens, die Müdigkeit der Nacht größtenteils eingedämmt, bekommt Reverdy einen erschrockenen Anruf von Martine Vial.

»Nicolas Barrot ist tot. Wissen Sie das?«

»Ich habe heute Morgen ein Gerücht gehört. Können Sie es bestätigen?«

»Absolut. Erwürgt, bei einer Sado-Sex-Session. Nach Buck ... Wir sind im Büro alle völlig verstört.«

»Wie haben Sie es erfahren?«

»Die Polizei war heute am frühen Morgen hier. Sie haben sein Büro durchwühlt. Sie haben nach den Namen seiner Partnerinnen gesucht ... Wie entsetzlich ...«

Sobald er aufgelegt hat, referiert Reverdy mit monotoner Stimme den Wortlaut des Gesprächs und schließt an: »Ich habe alles versaut. Ich fühle mich für die Katastrophe persönlich verantwortlich. In Gedanken wiederhole ich mir ständig unsere Unterhaltung, ist noch gar nicht lange her: ›Wer ist das nächste Opfer? Nicolas Barrot. Warum? Weil wir ihm auf der Pelle kleben.‹ Und dieser Blödmann stirbt unter unseren Augen. Dann bin ich unfähig, die Mörderin zur Strecke zu bringen, und lasse sie entwischen. Zu guter Letzt treffe ich die falsche Entscheidung, ich schütze nicht unser Team, indem ich die Wanze verschwinden lasse. Das volle Programm.«

Lainé, weniger erschüttert als Reverdy, tut sein Bestes, um nicht den Glauben zu verlieren. »Die vom 1. Kriminalpolizeidistrikt haben Barrots Wohnung und sein Büro durchsucht. Vielleicht haben sie etwas gefunden. Verwendbare Notizen vom Abendessen im *Bristol* zum Beispiel. Wir können auch den *Nuits Parisiennes* ein paar Fragen stellen …«

Noria urteilt: »Das war eine Exekution der CIA, keine stümperhafte Improvisation wie bei Castelvieux. Die Frau, die uns interessiert, ist längst über die Grenze. Aber hören Sie auf, sich fertigzumachen, Fabrice. Regel fürs Leben: Wenn du am Grunde des Lochs bist, hör auf zu graben. Barrot wurde nicht exekutiert, weil wir ihm auf den Fersen waren, das haben die Amerikaner erst letzte Nacht kapiert, sondern weil er zu viel wusste und mit seinen schwachsinnigen Aufnahmen ihr Vertrauen verspielt hatte. Wir waren nur eine Viertelstunde zu spät, denken Sie daran. Wären Sie vor der Catcherin bei Barrot aufgetaucht, wäre die Geschichte anders gelaufen. Und jetzt: Vorhang. Ich werde alle erforderlichen Vermerke und Berichte schreiben und dabei Sutton, die CIA, die Botschaft explizit beschuldigen, und heute Nachmittag übergebe ich das Ganze an unsere Chefs, die Abschrift der Notizen vom Abend im *Bristol* füge ich bei und erkläre, wie wir da rangekommen sind. Wenn diejenigen, die die Macht dazu haben, intervenieren wollen, haben sie alles zur Hand. Die Ausspähaktionen, Wanze und Computer, sind meine Angelegenheit, das nehme ich auf mich. Sie beide machen erst mal Wochenende. Ich für meinen Teil habe am Montag einen Termin mit den Chefs, um im Orstam-Fall abschließend Bilanz zu ziehen. Das droht langwierig und schmerzhaft zu werden. Wir drei treffen uns am Dienstag wieder. Versuchen Sie übers Wochenende auf andere Gedanken zu kommen, und kommen Sie mit stählerner Moral wieder. Die werden wir alle brauchen.«

Samstag, 7. September
Paris

Noria wird langsam wach, schwerer Kopf. Sie hat gestern Abend Schlaftabletten genommen, Wirkung garantiert, denn sie ist kaum daran gewöhnt. Sie steht vorsichtig auf, um nicht zu schwanken, kocht sich eine Kanne Kaffee und macht sich daran, sie leerzutrinken, halb liegend in ihrem Sessel vor dem offenen Fenster zum Bassin de la Villette. Herrliches weiches Licht, ein Vorgeschmack von Herbst.

Dieser Kaffee ist widerlich, jetzt, wo ich es weiß, werde ich eine Lösung finden müssen.

Neben ihr, an die Wand gepinnt, zwei von Bastiens Fotos, das erste, »der Mut zu fliehen«, und das letzte, »das ist zerstört«. Sie hebt die Tasse in ihre Richtung: Auf euer Wohl, Mädels.

Telefonklingeln. Sie schaut auf die Uhr. Schon zehn. Sie nimmt den Anruf an.

»Guten Tag, Noria.«

»Bastien ... Sind Sie wieder da?«

»Ja, ich bin gestern Morgen aus New York zurückgekommen. Ein bisschen müde, aber zufrieden mit meiner Arbeit. Ich bin neugierig zu erfahren, wie Sie meine Fotos fanden.«

»Die Mädels sind hier an meiner Wand, und ich trinke gerade auf ihr Wohl.«

»Haben Sie heute Mittag Zeit? Ich könnte Sie abholen und wir gehen zusammen was essen.«

»Ist mir recht.«

»Ich rufe Sie an, wenn ich bei Ihnen vorm Haus bin …«

»Und ich komm runter. Abgemacht.«

Bastien nimmt sie mit zur Place de la Fontaine-aux-Lions im Parc de la Villette. Sie setzen sich auf die Terrasse des *Café de la Musique*. Schweigend betrachtet Noria das sehr leere mineralische Areal, die gepflasterte Esplanade, den Springbrunnen, groß, niedrig, rund, aus hellem Stein, rhythmisiert durch die dunkle Masse der bronzenen Statuen liegender Löwen, und die Silhouette der Halle aus Eisen und Glas, die den Horizont abschließt.

»Genau der Ort, nach dem mir heute war. Sie haben Talent.«

»Man isst hier nicht sehr gut, aber Daquin behauptet, dass Sie ohnehin nicht gern essen. Stimmt das?«

»Ja, aber woher weiß er das?«

»Das müssen Sie ihn fragen. Er hat mir das hier für Sie gegeben.«

»Eine Gasthörerkarte fürs kommende Studienjahr am Sciences-Po …«

»Er meinte, Sie hätten darüber gesprochen, und es wäre ihm eine Ehre und eine Freude, wenn Sie annehmen.«

Noria ist überrumpelt. Bietet mir Daquin für die Zeit nach Orstam bereits jetzt das Gespräch an? Immer einen Schritt voraus …

»Richten Sie ihm aus, dass ich den Semesterbeginn mit Ungeduld erwarte.«

Sie bestellen ihr Mittagessen. Noria einen gemischten Salat, Bastien Tatar.

»Guillaume Neveu rief mich heute Morgen an und erzählte, dass Sie ihn bei den Dreharbeiten besucht haben ...«

»Mehrfach.«

»Und dass er Ihnen ein Angebot gemacht hat ...«

»Richtig.«

»Ein Posten als Beraterin für die Krimiserien seiner Produktionsfirma, ohne Exklusivitätsklausel, das ist ein sehr schönes Angebot.«

»Und ich nehme es an.«

Überrascht: »Das hat er mir nicht gesagt.«

»Er weiß es noch nicht.«

Dienstag, 10. September

Carvoux ist auf dem Rückweg von der PE-Hauptversammlung, die am 9. September in New York stattgefunden hat. Nachtflug, erwartete Ankunft in Le Bourget morgen früh um zehn Uhr französischer Zeit. Müde, aber entspannt. Trotz Wesselbaums Versprechen hat ihm die Erinnerung an die Falle, die man ihm im Februar in seinem Zimmer im *Pierre* gestellt hat, den Aufenthalt verdorben. Jetzt ist er außer Reichweite der amerikanischen Justiz, vor bösen Überraschungen sicher. Der Vertrag, den die PE-Hauptversammlung genehmigt und den er heute mit Wesselbaum unterzeichnet hat, setzt einen noch zu justierenden Kaufpreis fest, der sich aber um zwölf Milliarden Dollar bewegt. Eine Summe, die es erlaubt, Aktionäre und Verwaltungsratmitglieder großzügig zu schmieren, und damit das Votum dieser Entscheidungsinstanzen für die Übernahme durch PE garantiert. Besser noch, der Vertrag sieht vor, dass die Geldstrafe für Bestechung in Höhe von achthundert Millionen Dollar, die die US-Justiz fordert, vom Käufer übernommen wird. Für ihn, Carvoux, bedeutet das das Ende aller Drohungen, aller Ängste, sowie einen goldenen Fallschirm, den der Verwaltungsrat ihm zum Dank, dass er diesen phantastischen Verkauf so gut ausgehandelt hat, ohne jeden Zweifel bewilligen wird. Es ist das Versprechen eines Ruhestands in Ehre und Wohlstand. Er lächelt. Eine außerordentliche Verwaltungsratssitzung ist für Sonntag, den 15. September anberaumt. In fünf Tagen. Die Erlösung ist nah. Danach muss er sich noch dem Minister stellen, aber mit der Zustimmung des Verwaltungsrats im Rücken wird das ein Kinderspiel ... Der Blödmann kann sich nur noch beugen. Er döst vor sich hin.

Die Meldung der Presseagentur Bloomberg erreicht ihn mitten über dem Atlantik.

»PE hat Gespräche zur Übernahme von Orstam begonnen ... der größte Firmenerwerb, den PE je getätigt hat ... etwa 13 Milliarden Dollar ... PE rechnet damit, die operative Umsatzrendite des Unternehmens sehr schnell zu steigern ... und zusätzliche 600 Millionen Dollar Jahresgewinn zu erwirtschaften.« Eine andere Meldung weist darauf hin, dass »der Generaldirektor von Orstam an der Aktionärshauptversammlung von PE teilgenommen hat«.

Das war absolut nicht vorgesehen. Scheißjournalisten. Sturmwarnung. Und keine Möglichkeit, den fahrenden Zug noch aufzuhalten ...

Paris

Als der Minister von der Bloomberg-Meldung Kenntnis erhält, am 11. September um acht Uhr morgens, ist seine erste Reaktion Ungläubigkeit. Das ist eine Ente, eine Falschmeldung. Als seine Umgebung sie ihm bestätigt, fühlt er sich als Erstes persönlich gekränkt, blamiert. Er rast. Ein Gigant der französischen Industrie, der eine Schlüsselrolle auf dem Energiesektor spielt, in der Atomenergie gleichermaßen wie bei den Erneuerbaren, das Herz der Wirtschaft des 21. Jahrhunderts, vor seiner Nase geschluckt von den Amerikanern, ohne dass er kapiert hätte, was vor sich ging ... Industrieminister ... Eine kleinlaute Stimme raunt ihm zu: »Alarmzeichen gab es, zuhauf«, und seine Wut nimmt noch zu ... Endlich ermisst er das Ausmaß des Desasters. Nationale Katastrophe, politische Katastrophe, perönliche Katastrophe. Der ministerielle Zorn verheert die gesamte Etage.

Daniel Albouy geht von Büro zu Büro. »Lassen wir das Gewitter vorüberziehen.«

Er ruft Claire Goupillon an. »Ich brauche ein Ventil. Ein Beruhigungsmittel, eine gute Nachricht, einen Schnuller, ein Schmusetier, egal, irgendwas.«

Sie teilt ihm mit, dass Carvoux um zehn Uhr in Le Bourget landet. Jetzt, wo der Verkauf quasi feststeht, egal was der Minister davon hält, ist es nur gerecht, dass Carvoux seinen Teil der Wut abbekommt, die er durch sein Verhalten mit verursacht hat, und die Funktion als Blitzableiter übernimmt. Albouy gibt die Information an den Minister weiter, der einen Wagen schickt, um Carvoux beim Verlassen des Flugzeugs einzukassieren.

In seinem Büro fackelt der Minister seine Wut ab, indem er Carvoux Beleidigungen ins Gesicht brüllt. Carvoux, ungerührt, ruft ihm in regelmäßigen Abständen in Erinnerung, dass er Generaldirektor eines Privatunternehmens ist und ihn nicht interessiert, was einer der sieben Minister von Bercy sagt oder denkt, und macht schließlich das Zugeständnis, die Verwaltungsratssitzung, auf der über den Verkauf an PE abgestimmt wird, um eine Woche zu verschieben. Sie wird nicht mehr am 15., sondern am 22. September stattfinden. Der Minister möge sich damit zufrieden geben.

Daniel Albouy wiederum hält den Zeitpunkt für gekommen, sein liberales »Manifest« zur Unterstützung von PE in Bercy zu verbreiten. »Manifest« … Er mag noch so viel Selbstachtung haben, er spürt wohl, dass die Bezeichnung gemessen am Inhalt des Textes etwas zu gewichtig ist. Petition wäre passender. Eine Petition ist per Definition kurz und simpel, um nicht zu sagen simplifizierend. Aber eine Petition ist dazu gedacht, unterschrieben zu werden … Vorsicht. An der ENA lernt man, dass man für die Zukunft vorbauen muss. Zwar wird der aktuelle Minister in der sich abzeichnenden Katastrophe höchstwahrscheinlich untergehen. Aber wer wird ihm nachfolgen? Wenn es durch unglückliche Umstände kein Ultraliberaler wäre? Öffentlich die Initiative zu ergreifen und diesen Text in Umlauf zu bringen, wäre unverzeihlicher Leichtsinn. Albouy wird ihn auf der dritten Etage, dort, wo er seine Daseinsberechtigung hat, über Internet einschleusen, indem er die bestehenden Netzwerke nutzt und ohne die Verantwortung dafür zu übernehmen. Problem gelöst. Aber eine Petition zu unterzeichnen, seinen Namen unter einem Text zu veröffentlichen, kann ebenfalls riskant sein. Albouy hat eine geniale Idee. Die Unterzeichner werden ein schlichtes Kreuz unter den Text setzen. Binnen zwei Tagen erntet die

Petition auf der Ministeretage 139 Kreuze und wird zum Text des Kollektivs 139 von Bercy. Kein Verfasser, keine namentlichen Unterzeichner. Der Minister wird von seinem eigenen Dienst bloßgestellt und niemand kompromittiert sich. Ein Meisterwerk.

Noria Ghozali steht spät auf, verwendet ungewöhnlich viel Zeit auf ihre Toilette, keine Dusche, ein Bad. Cremes, Parfum. Waschen der Toten, Waschen der Neugeborenen. Sie zieht sich langsam an, zuletzt einen roten Blouson aus feinstem Leder, den ihr Bonfils vor gut zehn Jahren geschenkt hat und den sie selten trägt. Sie betrachtet sich im Spiegel. Zufrieden mit ihrem Bild, ein Echo des Fotos »Mut zu fliehen«. Dann geht sie zu Fuß Richtung Île de la Cité, ihrem Teffen mit Reverdy und Lainé entgegen, im Büro hoch oben in der Präfektur.

Als sie eintrifft, erwarten die beiden sie hinter ihren Schreibtischen, sichtlich ungeduldig.

»Na, was haben die Chefs gesagt?«

»Ich habe ihnen den Bericht übergeben, über den wir gesprochen haben. Sie teilen unsere Sicht, was die amerikanische Erpressung von Orstam betrifft und dass die CIA hinter den zwei Morden auf unserem Territorium steckt.«

»Perfekt.«

»Im weiteren Gespräch waren wir uns außerdem einig über die Tatsache, dass sich das Schicksal von Orstam nicht auf Ebene der Nachrichtendienste, sondern auf politischer Ebene entscheidet ... Nun sind aber am Freitagnachmittag und das ganze Wochenende über die Telefone heißgelaufen. Erst das Élysée. Der stellvertretende Generalsekretär rief an, um zu fordern, dass der Nachrichtendienst der Pariser Polizeipräfektur damit aufhört, die Direktion einer so ehrbaren Firma wie Orstam zu belästigen. Gleich im Anschluss erkundigte sich der Geheimdienstkoordinator im Élysée, von dem wir bis dahin kein Lebenszeichen hatten, was wir bei Barrot zu suchen hatten. Dann fragte das Büro vom Generaldirektor der Police Nationale, wer in der Hierarchie die Entscheidung getroffen hat, bei Barrot eine Wanze anzubringen, und warum.«

Eisiges Schweigen.

Noria fährt fort: »Wie die Dinge liegen, dürfen wir uns glücklich schätzen, dass in der Polizei-Generaldirektion niemand auf die Idee gekommen ist, uns des Mordes an Barrot zu beschuldigen.«

»Also?«

»Also habe ich wie besprochen die Verantwortung für das Anbringen der Wanze übernommen. Wir lassen Orstam fallen, und die Chefs haben sich bereit erklärt, die Strafe, die sie mir auferlegen wollen, mit mir auszuhandeln.«

»Aber das ist doch nicht möglich ...«

»Ich bin folglich in die Verhandlung eingetreten. Ich habe meine Kündigung angeboten im Austausch gegen die Ausweisung Suttons in seine Heimat.«

»Das können Sie uns nicht antun.«

»Fabrice, mir ist bewusst, dass ich Ihnen Rechenschaft schuldig bin, Lainé und Ihnen, niemandem sonst. Ich habe versucht meine Arbeit zu machen, ich hoffe, Sie glauben mir das. Aber ich bin nicht geschaffen für dieses Spiel, in dem meine Schlagkraft davon abhängt, was andere beschließen daraus zu machen.«

»Hören Sie auf, Noria. Sie wissen genau, dass das für jede Polizei in den sogenannten demokratischen Ländern gilt. Und wenn die Schlagkraft der Polizei nur noch von ihr allein abhängt, sind die Katastrophen vorprogrammiert.«

»Sie haben recht. Ich höre auf, große Reden zu schwingen, das ist nicht meine Spezialität, und erzähle Ihnen stattdessen von mir. Ich habe die letzten Jahre bei der DCRI nur schwer ertragen. Ob zu Recht oder nicht, ich hatte den Eindruck, auf subalterne Aufgaben beschränkt zu sein. Trotzdem habe ich meinen Ausschluss als Drama empfunden. Ich fühlte mich von der Familie verjagt. Und um das gebracht, was mein Leben ausmachte. Mein Beruf, meine Kompetenz, meine Karriere. Sie haben mich aufgenommen, und ich hätte genesen können, wenn die Dinge anders gelaufen wären. Das war nicht der Fall. Ich werde bald fünfzig, zu alt und zu verletzt, zu beschädigt, um mir zu sagen: Beim nächsten Mal wird alles besser. Es ist das Alter für Bestandsaufnahmen, und ich muss daran denken, mich wieder zusammenzuflicken. Ich werde frische Luft schnuppern in einer anderen Welt als der Welt der Polizei.«

»Na, ich jedenfalls bedaure Ihre Entscheidung zutiefst. Sie sind der beste Bulle, mit dem ich je das Vergnügen hatte.«

»Danke, Fabrice. Ich habe auch die Nach-Ghozali-Zeit verhandelt. Ich war in einer Position der Stärke, die Chefs waren so erleichtert über meinen freiwilligen Rücktritt ... Sie werden die Teamleitung übernehmen, Lainé bleibt dabei, wenn er will, mit sofortiger Beförderung. Und man wird Ihnen ein kleinen Neuling zuteilen. Gehen wir das im *Deux-Palais* begießen? Es ist Apérozeit, wenn ich mich nicht irre.«

Epilog

Am 25. September votieren die anwesenden Mitglieder des Orstam-Verwaltungsrats einstimmig für den Verkauf des Unternehmens an PE. Nach dieser Abstimmung mag es noch ein paar kleinere Unwägbarkeiten geben, eine Frage der Ausgestaltung, aber das Wesentliche ist geschafft. Das Komplott war erfolgreich.

Carvoux, die Verwaltungsratsmitglieder, die Aktionäre kriegen einen sehr großen Teil von dem Goldregen ab, den PE ausschüttet.

Im November, zwei Monate nach der Abstimmung im Verwaltungsrat, wird die offizielle Orstam-Bilanz für die zwölf Monate September 2012 bis September 2013 veröffentlicht. Sie zeigt keinerlei Anzeichen einer »Liquiditätskrise«. Im Gegenteil, das Geschäftsergebnis des laufenden Jahres ist besser als das vom Vorjahr. Eine Untersuchung der überraschenden Gewinnwarnung vom Juli durch die Finanzaufsicht findet nicht statt.

An dem Tag, an dem Noria Ghozali ihren Weggang von der Police Nationale offiziell bekannt gibt und Sutton die Botschaft der Vereinigten Staaten und Frankreich verlässt, kündigt Daniel Albouy seinen Job als Leiter der Agentur für Staatsbeteiligungen APE, um die Nummer zwei in der Londoner Niederlassung der Eastern-Western Bank zu werden. In einem Interview mit der Zeitung *Le Monde* antwortet er auf die Frage, warum er den Staatsdienst mitten in der laufenden Amtszeit verlässt: »Um Geld zu verdienen. Es wird Zeit, dass ich an meine Familie denke.« Das Monatsgehalt des APE-Direktors liegt zwischen fünfzehn- und zwanzigtausend Euro, wenn nicht sogar darüber. Seine Freunde sagen, er hat Sinn für Humor. Die Ethikkommission, zu seinem beruflichen Werdegang befragt, findet nichts daran auszusetzen.

Auf Youtube gibt es ein furioses Video, in dem Dominique Manotti ihren Roman anschaulich auf eine Formel herunterbricht: »Wirtschaft ist doch nicht kompliziert. Wirtschaft ist ganz leicht zu verstehen, sie funktioniert wie ein Computerspiel.« Wer Französisch versteht, lernt hier in knapp vier Minuten die 4 Regeln einer erfolgreichen Konzernübernahme:
https://www.youtube.com/watch?v=_fyicE51MAA

Auf der ernsten Seite – Links zur realen Vorlage des Romans:

Übernahme der Alstom-Energiesparte durch General Electric gebilligt. Siemens hat den Kürzeren gezogen
https://www.handelsblatt.com/unternehmen/industrie/ge-uebernimmt-alstom-energiesparte-eu-billigt-milliardendeal-unter-auflagen/12293760.html

Alstom-Übernahme: Groß, größer, GE
http://www.sueddeutsche.de/wirtschaft/alstom-uebernahme-gross-groesser-ge-1.2638804

Alstom akzeptiert Angebot von General Electric
https://www.tagesspiegel.de/wirtschaft/gescheiterte-uebernahme-alstom-akzeptiert-angebot-von-general-electric/10080000.html

Frankreich übergibt Alstoms Energie an Amerikaner
https://www.welt.de/wirtschaft/article134012263/Frankreich-uebergibt-Alstoms-Energie-an-Amerikaner.html

NSA-Wirtschaftsspionage: »schmutziges Spiel« in Frankreich
https://www.heise.de/tp/features/NSA-Wirtschaftsspionage-schmutziges-Spiel-in-Frankreich-3373977.html

Text des Kollektivs 139 von Bercy (auf Französisch)
http://archives.lesechos.fr/archives/cercle/2014/06/13/cercle_99087.htm

Zu den Diensten:

Während die zivile Auslandsaufklärung seit dem Ende des Zweiten Weltkrieges allein von einer Behörde, der Direction générale de la sécurité extérieure (DGSE), ausgeübt wird, existierten bis 2008 zwei Nachrichtendienste, die mit der Inlandsaufklärung beauftragt waren. Dies war zum einen die Direction centrale des renseignements généraux (DCRG), zum anderen die Direction de la surveillance du territoire (DST). Beide Inlandsnachrichtendienste fusionierten im Jahr 2008 im Zusammenhang mit weiteren Veränderungen des gesamten französischen Nachrichtendienstrechts zur DCRI (Direction centrale du renseignement intérieur), seit 2014 DGSI (Direction générale de la sécurité intérieure). Die Pariser Abteilung der DCRG, die RGPP (Renseignements généraux de la préfecture de police de Paris), wurde aufgrund der besonderen Hauptstadtsituation nicht in die DCRI integriert, sondern als eigenständige Polizeibehörde weitergeführt: die DRPP (Direction du renseignement de la préfecture de police de Paris). Hier arbeitet das Team Ghozali in der Sektion Wirtschaftliche Sicherheit.

Dominique Manotti bei Ariadne

Letzte Schicht

Der knallharte Wirtschaftskrimi
Aus dem Französischen von Andrea Stephani
Ariadne 1188 · 978-3-86754-188-6

Roter Glamour

Der brisante Politthriller
Noria Ghozalis erster Fall
Aus dem Französischen von Andrea Stephani
Ariadne 1192 · 978-3-86754-192-3

Einschlägig bekannt

Der ultimative Polizeithriller
Noria Ghozali ermittelt
Aus dem Französischen von Andrea Stephani
Ariadne 1198 · 978-3-86754-198-5

Das schwarze Korps

Der historische Noir-Thriller
Aus dem Französischen von Andrea Stephani
Ariadne 1206 · 978-3-86754-206-7
Ariadne 1221 · 978-3-86754-221-0 (TB)

Zügellos

Von Aktien bis Zocken: hardboiled
Théo Daquin ermittelt
Aus dem Französischen von Andrea Stephani
Ariadne 1193 · 978-3-86754-193-0

Dominique Manotti bei Ariadne

Ausbruch

Wem gehört die Geschichte?
Aus dem Französischen von Andrea Stephani
Ariadne 1218 · 978-3-86754-218-0

Abpfiff

Die dunkle Seite des Fußballs
Théo Daquin ermittelt
Aus dem Französischen von Andrea Stephani
Ariadne 1197 · 978-3-86754-197-8

Schwarzes Gold

Die Ölkrise kennt nicht nur Verlierer
Théo Daquins erster Fall
Aus dem Französischen von Iris Konopik
Ariadne 1213 · 978-3-86754-213-5

Madoffs Traum

Ein Broker gegen den Rest der Welt
Aus dem Französischen von Iris Konopik
Novelle · Literaturbibliothek · 978-3-86754-401-6

Ariadne
Herausgegeben von Else Laudan

Titel der französischen Originalausgabe: Racket
© Éditions Les Arènes, Paris, 2018

Deutsche Erstausgabe
Alle Rechte vorbehalten
© Argument Verlag 2018
Glashüttenstraße 28, 20357 Hamburg
Telefon 040/4018000 – Fax 040/40180020
www.argument.de
Lektorat: Else Laudan
Umschlag: Martin Grundmann
Foto © spiritofamerica, Fotolia.com
Satz: Iris Konopik
Druck und Bindung: CPI books GmbH, Leck
Gedruckt auf säure- und chlorfreiem Papier
ISBN 978-3-86754-231-9
Erste Auflage 2018